レオン氏《うじ》郷《さと》

安部龍太郎

文芸文庫

○本表紙デザイン＋ロゴ＝川上成夫

レオン氏郷《うじさと》◎目次

信長襲来

見たいと思った。

奇妙な絵柄のついた手鞠《てまり》のように丸い形をしたものを、もう一度見てみたい。鶴《つる》千代《ちよ》は矢も楯《たて》もたまらず、父の書院に忍び込むことにした。

父蒲生賢秀《がもうかたひで》は奥御殿の一画に書院と茶室を持ち、誰にも入ることを許さない。あれをもう一度見せてくれと頼んだが、「子供のおもちゃではない」とけんもほろろに拒《こば》まれた。

かくなる上は自力で何とかするしかなかった。

幸い父は外出している。奥御殿には母や侍女《じじょ》たちしかいないが、書院にむかう長廊下の横には女中部屋があり、侍女頭《じじょがしら》が目を光らせている。見つかったなら太い腕で取り押さえられるに決まっているので、敵の城に潜入するような工夫が必要だった。

長廊下のほかに通路はない。白砂をしきつめた庭を通れば足跡がつくので、入ったことがすぐに分ってしまう。

鶴千代はひと思案し、長廊下の屋根を行くことにした。松の木をのぼって奥御殿の屋根に上がり、猫のように足音を消して書院へむかった。

数え年十三歳ながら、おどろくほど身が軽い。長廊下の屋根は鋭く切り立っているので棟《むね》しか歩けないが、怖《おそ》れる気色《けしき》もなく渡り終え、書院と茶室の間の庭にひらりと飛び下りた。

真夏なので戸は開け放ってある。鶴千代は身を低くして廻り縁に上がり、人の気配がないことを確かめてから書院に入った。

棚には父があつめた和漢の書物がびっしりと並んでいる。火灯窓《かとうまど》の前の文机《ふづくえ》には、読みかけの古今和歌集が開いたままになっているが、めざす物はどこにもなかった。

(もしや茶室か)

そう思ったが、念のために戸棚を調べてみることにした。

忍び込んだ痕跡《こんせき》を残さないように慎重に戸を開けると、木の箱があった。縦横三尺(約九十センチ)ばかりの大きさで、見たこともない文字が記してある。

貴重で高価なものだということは、上等な箱の造りからうかがえた。

そうっと両手に抱きかかえ、畳の上におろした。期待に胸をおどらせながら結びひもをほどき、音をたてないようにふたを開けた。

中には三日前に見た丸いものが入っていた。

台座のついた丸い枠《わく》に支えられている。指先で押してみるとなめらかにまわり、不思議な図柄が次々に現われた。

それは廻り燈籠《どうろう》のように幻想的で、目を奪わずにはおかない妖《あや》しさに満ちている。鶴千代はこの正体を見極めようと、箱から出してみることにした。

傷つけないように両手でかかえ上げ、畳の上に移そうとしたとたん、丸い玉が丸い枠からはずれて転がり落ちた。

「あっ」

鶴千代は思わず声を上げ、あわてて玉をひろい上げようとした。

その時、長廊下で足音がした。

外出先から戻ったのか、賢秀が叔父の式部少輔茂綱《しきぶのしょうしげつな》とともに書院にやってくる。

鶴千代はどうしたものかと途方にくれたが、父の宝物《たからもの》をこわしたままで逃げ出すことはできない。ままよ、なるようになれと肚《はら》をすえ、丸い玉をあぐらの上にのせて待ち受けた。

「何じゃ。ここにおったか」

意外なことに賢秀は怒らなかった。

息子が何をしていたのか一目で察すると、

「これが何か分るか」

丸い玉を取り上げてたずねた。

「分りませぬ。分らぬから見たかったのです」

鶴千代は後ろめたさを見せまいと虚勢を張った。

「南蛮人《なんばんじん》が作った地球儀というものじゃ。我々が住んでいる大地は、このように丸い形をしているそうだ」

賢秀は堺《さかい》との交易もさかんにおこなっていて、日野をいち早く鉄砲の生産地にした先見性を持っている。

この地球儀は、出入りの商人である日野屋宗伯《そうはく》が堺で買ってきたものだった。

「されど兄上、大地が丸いなどとは、まことでございましょうか」

茂綱は理解も納得もできないようだった。

「わしにも分らぬ。だが南蛮人たちは、この航路をたどって本国からやって来るそうじゃ。そうであるからには、まことなのであろう」

賢秀は地球儀の上に引かれた青と赤の線を示した。

青はアフリカの南をまわってインドにいたるポルトガルの航路。赤はイスパニア

（スペイン）が用いる太平洋航路である。

その先にある日本は、おどろくほど小さな島国にすぎなかった。

「そんなことより、近江《おうみ》に危機が迫っておる。これより本丸御殿で評定《ひょうじょう》を開くゆえ、鶴千代も同座せよ」

「危機とは、何でしょうか」

「美濃《みの》の織田信長が、上洛《じょうらく》の軍勢を起こす。これにどう対応するか、早急に決めねばならぬ」

賢秀の表情は、これまで見たこともない険《けわ》しさだった。


蒲生家の主城である日野城（中野城ともいう）は、日野川ぞいの高台にあった。

近江から武平《ぶへい》峠をこえて伊勢へ抜ける街道を扼《やく》する要害の地に、鶴千代の祖父定《さだ》秀《ひで》がきずいたものである。

賢秀らは日頃は城下町に近いふもとの屋敷に住んでいるが、敵に攻め込まれた時には高台の城に立てこもって応戦する。一朝《いっちょう》事ある時には本丸御殿に重臣たちを集めて対応を話し合うのが、定秀以来の仕来《しきた》りだった。

大広間には十数名の重臣たちが車座になっていた。

蒲生家は蒲生郡に君臨しているとはいえ、一門や土豪《どごう》衆の協力がなくては平安は保てない。それゆえ評定の時には車座になって、対等な関係であることを互いに確認し合っていた。

「岐阜の織田信長公より使者がまいり、次のような申し入れがございました」

進行役の茂綱が、信長からの書状を披露《ひろう》した。

このたび足利義昭《よしあき》公は越前一乗谷《えちぜんいちじょうだに》から御座を移されて当国に到り、入洛《にゅうらく》の儀をおおせ出《い》だされた。そこで信長が供をして入洛することになったが、通路の安全をはかるのは難しい。それゆえ近江の軍勢は八月五日に都に向かって先発するように。

威丈高《いたけだか》にそう求めていた。

これは蒲生家の主君である六角《ろっかく》（佐々木）承禎《しょうてい》にあてたものだが、同じ文書を近江の主立った武将たちに送って準備をうながしたのだった。

「信長公は美濃、尾張《おわり》、伊勢の軍勢四万を集め、上洛の仕度《したく》をととのえておられるそうでござる」

「まさか。四万もの軍勢を動かせるはずがあるまい」

長老格の重臣が、それは嘘だと決めつけた。

信長は一年前、永禄《えいろく》十年（一五六七）八月に美濃を攻め取ったばかりで、伊勢の支配も北半国にしかおよんでいない。領内の軍勢は四万五千ほどだから、動かせるのは二万五千がいいところだという。

「さよう。いかに義昭公を奉じているとはいえ、国を空《から》にするわけにはいくまい」

すかさず賛同する者がいた。

重臣たちには、蒲生家は俵藤太秀郷《たわらのとうたひでさと》以来の名家だという誇りがある。成り上がりの信長の下知《げち》になど従えるかと、腹の底で見下《みくだ》していた。

「小谷《おだに》の浅井長政どのは、すでに信長公に従うと決めておられます。両軍合わせれば、四万ちかくになりましょう」

茂綱はそう告げて、長老たちの認識の甘さに釘をさした。

「観音寺《かんのんじ》城のお館《やかた》さまはどうなされる。従われるつもりか」

蒲生山城守《やましろのかみ》がたずねた。

定秀の弟で、賢秀らの叔父にあたる古強者《ふるつわもの》である。

「急使をつかわして問い合わせておりますが、いまだに返答はありませぬ」

「ならば返答を待つしかあるまい。我らは六角家の被官人《ひかんにん》じゃ。お館さまと行動を共にするべきであろう」

山城守の意見に大半の重臣たちが同意した。

鶴千代には事の次第は分らない。黙って大人たちの話を聞いているばかりだが、これから織田の軍勢と戦うのに、どうして誰も信長の戦い方に触れないのか不思議だった。

翌日、鶴千代は屋敷を抜け出して城下に出た。

蒲生家の御曹司《おんぞうし》なので守役《もりやく》や侍女がついているが、彼らにいちいち指図や注意をされるのがうるさくてかなわない。出かける時はいつも一人だった。

日野の城下町は祖父の定秀の頃に整備されたもので、日野川ぞいに七十九町が細長くならんでいる。家臣たちの屋敷がつらなる一画を抜けると、鍛冶《かじ》町、鉄砲町、弓屋町、大工町など職人たちの町がつづいていた。

鶴千代は鉄砲町の和田家をたずねた。

和田家は甲賀《こうか》の土豪で、忍びの技と鉄砲のあつかいに長《た》けている。その力量を買われて、鉄砲町の差配をまかされていた。

「三左衛門《さんざえもん》に会いに来た」

家の者に告げたが、あいにく留守だった。町はずれの鍛冶場に出かけているという。

「案内《あない》いたしましょうか」

「いや、一人で行く」

鶴千代は門を飛び出し、川ぞいの道を走った。

町はずれの河原に十数棟《むね》の鍛冶場がならんでいた。蒲生家はここで鉄砲を生産し、日野鉄砲の名で全国に売りさばいている。

その規模は紀州《きしゅう》の根来《ねごろ》や北近江の国友《くにとも》に匹敵《ひってき》するほどだった。

和田三左衛門は鍛冶場のまん中にある射撃場にいた。出来上がったばかりの鉄砲の試し撃ちをして、性能に狂いがないかどうかをたしかめていた。

まだ二十歳《はたち》の若者だが射撃の腕前は抜群で、鉄砲三左の異名《いみょう》を取っている。その名は京や堺の鉄砲商にまで知れ渡っていた。

三左衛門が試しているのは、通常の鉄砲ではなかった。

銃身が一尺（約三十センチ）ばかりの馬上筒《ばじょうづつ》と呼ばれるものである。銃身が短いので命中精度は落ちるが、三左衛門は半町（五十メートル強）先の的《まと》を難なく撃ち抜いていた。

「面白い鉄砲だな」

鶴千代は馬上筒の小ささに心を惹《ひ》かれた。

これなら自分にもあつかえそうだった。

「お試しになりますか」

三左衛門は撃ったばかりの馬上筒を手渡した。硝煙《しょうえん》の匂いがして、まだ銃身は熱かった。

「撃ってもいいのか」

「まず構えてみなされ。両手でこのように持ちまする」

三左衛門が別の一挺《ちょう》を取って手本をしめした。

両足を踏んばり、目の高さに馬上筒を構える。そうして筒先の目当て（照準）を的に合わせて引き鉄《がね》をしぼる。

背が高く精悍《せいかん》な体つきをした三左衛門の姿勢は美しく、長々と構えても筒先はぴくりとも動かなかった。

鶴千代も同じ姿勢をとったが、両腕を伸ばすと馬上筒の重さに耐えきれずに筒先がふるえた。

「そのまま。十《とお》かぞえる間、支えなされ」

三左衛門がゆっくりかぞえはじめたが、五つまでこらえるのがやっとだった。

「それでは撃てませぬ。百まで耐えられるよう腕をきたえることでござる」

「分った。それまでこれを貸してくれ」

「稽古《けいこ》なされるなら差し上げましょう」

鶴千代の器量に惚《ほ》れ込んでいる三左衛門は、一挺二十貫文《かんもん》（約百六十万円）は下らない馬上筒を惜《お》しげもなくわたした。

「まことに、いいのか」

鶴千代は黒光りする銃身を惚れ惚れとながめた。

「三左に二言はありません。ところで、何かご用でしょうか」

「織田の軍勢が見たい」

鶴千代は昨日の評定のことを語り、岐阜まで行きたいので手立てを講じてくれと頼んだ。

「承知いたしました。されど今日は父が留守なので、家を空けることができませぬ。段取りをして明後日の辰《たつ》の刻（午前八時）に迎えに参りますので、仕度をして待っていて下され」

鶴千代は屋敷にもどり、賢秀に計画を打ち明けて許可を求めた。岐阜まで行くとなると数日はもどれない。これまでのように無断で抜け出すわけにはいかなかった。

「そうか」

賢秀はしばらくじっと鶴千代を見つめ、好きにするがよいと路銀《ろぎん》を与えた。まだ元服《げんぷく》もしていない嫡男《ちゃくなん》が敵地に乗り込むのだから、並の親なら難色《なんしょく》を示すはずである。ところが賢秀は、鶴千代のそうした豪気を頼もしく感じていた。

「ただし、母上には内緒《ないしょ》じゃ。わしがいいように言うておくゆえ、気づかれぬようにな」

二日後の朝、三左衛門は約束どおりやって来た。

後ろに小柄で太った丸顔の男を従えていた。

「日野屋次郎五郎《じろうごろう》と申します。商いで桑名に行く用事があると申しますので、一行に加えることにいたしました」

歳は三左衛門よりひとつ上だというが、目がくるりとした童顔なのでずっと若く見えた。

「日野屋の五男坊でおます。よろしゅうに」

父の宗伯は次男、その五男なので次郎五郎だと、なめらかな都言葉で語った。若い頃から京の商家に修業に出ていたので、言葉の癖までうつったという。

「さようか。桑名には何の商いに行く」

「伊勢屋という大店《おおだな》に唐物《からもの》の茶碗を売って、美濃の鉄を買いますんや。ええ鉄がないと鉄砲を作れまへんよって」

「日野屋には鉄ばかりか、火薬や鉛も買いつけてもらっております」

三左衛門が横から言い添えた。

「そちは地球儀を見たか。宗伯どのが堺から買ってこられた」

次郎五郎にたずねた。

あの丸い玉の印象は、鶴千代の脳裡《のうり》に鮮明に焼きついていた。

「見てしまへんけど。何ですやろ、それ」

「宗伯どのが堺で買ってこられた。手鞠のような形をして……」

知識があいまいなので、どう説明していいか分らない。それがもどかしくて話を打ち切った。

日野屋の前では荷を積んだ馬が五頭と、警固の兵三十人ばかりが待ち受けていた。日野から桑名に向かうには、東海道に出て鈴鹿《すずか》峠をこえる。いつ山賊におそわれるか分らないので、腕のたつ者をそろえて警固する必要があった。

一行は土山宿《つちやまじゆく》まで出て鈴鹿峠をこえ、その日は関宿《せきじゆく》で一泊した。

この地の領主である関盛信《もりのぶ》は賢秀の妹婿《いもうとむこ》にあたり、政治的にも経済的にも良好な関係をたもっている。それゆえ日野の商人たちを手厚く保護していた。

翌日は亀山宿で荷物を川船に積みかえ、鈴鹿川を下って楠《くすのき》の港に着いた。ここに取引き相手の伊勢屋が支店を構えているので、荷物を引き渡せば売りの商いは終わる。

身軽になった一行は、伊勢屋の船で桑名の本店に向かった。

「実はこちらの若様が、岐阜のご城下に行きたい言うておられます。手配してもらえまへんやろか」

次郎五郎は鶴千代の身分を明かさずに、伊勢屋の主人に頼み込んだ。

「手配できんことはないけど、あっちには仰山《ぎようさん》軍勢が集まって目をギラギラさせとりまっせ」

「上洛の準備をしておられると聞いてます。鉄砲を何百挺も持っておいでとか」

「そうや。千挺は下らんかもしれんな」

「わしもそれを見てみたいんですわ。鉄砲の商いをする上で勉強になりますよってな」

「分りました。そんならうちの番頭に案内させます」

主人の好意で船を仕立ててもらい、木曾《きそ》川をさかのぼることになった。

この頃には木曾川と長良《ながら》川、揖斐《いび》川は墨俣《すのまた》のあたりで合流し、海のような大河となって伊勢湾に流れ込んでいた。

その川を屈強《くっきょう》の水夫《かこ》たちがこぎ上がっていく。墨俣から先は船引《ふなひ》きに引かれて長良川をさかのぼり、岐阜城下の船着き場にたどりついた。

時は仲秋《ちゅうしゅう》、鵜飼《うかい》納めの季節である。

川岸には鵜飼船がずらりと舳先《へさき》をならべ、夜の出漁《しゅつりょう》を待っている。頭上にそびえる金華山《きんかざん》の頂きには、岐阜城の天守が壮麗《そうれい》な姿を見せていた。

「あれが……、城か」

鶴千代は茫然《ぼうぜん》と見上げた。

山の高さや城の美しさもさることながら、現世と隔絶《かくぜつ》したように天空にうかぶ姿に心をうばわれた。

「あの城は斎藤道三《どうさん》どのがきずかれたものでござる」

三左衛門も遠い目をして三層の天守を見上げていた。

「知っておる。信長どのは昨年美濃を攻め取られたのであろう」

「尾張の兵は弱く美濃は強い。みんなそう思とりましたけどな。弱い兵をひきいて強い国を盗《と》ってしまわはった。たいしたお方や」

次郎五郎はこの地方の事情にも通じていた。

「会ってみたいものだ」

どうしたらそんなことができるのか、直《じか》に会ってたずねてみたい。鶴千代は山上の城を見上げてそう思った。


伊勢屋の番頭が案内したのは、長良川の北岸にある越前屋だった。材木、菜種油をあつかう美濃でも有数の豪商で、近頃は鉄の商いにも乗り出していた。

越前から美濃にかけての山間部は優良な砂鉄の産地で、古くから刀の生産がさかんだった。東美濃の関《せき》はその中心で、関の孫六《まごろく》という刀鍛冶の名は天下に知られている。

越前屋はこの砂鉄から作った玉鋼《たまはがね》を鉄砲の生産地に売ることで、大きな利益を上げていた。

「よくお出《い》で下さいました。部屋はいくつもありますので、遠慮なくお使い下され」

越前屋の主人は大柄だった。若い頃は越前の朝倉家に仕える武士だったが、訳あって商人になり、一代で身代《しんだい》をきずき上げたという。刃物でそぎ落としたような鋭い風貌《ふうぼう》が、命がけの修羅場《しゅらば》をくぐり抜けてきたことを物語っていた。

「日野から来られたのなら、蒲生家ゆかりの方でございましょうか」

「蒲生賢秀の嫡男、鶴千代と申します」

自らそう名乗った。この主人は頼むに足ると直感が告げていた。

「私は越前屋幸太夫《こうだゆう》と申しまする」

幸太夫は丁重《ていちょう》に名乗り返し、なぜ蒲生家の若君が岐阜まで来られたのかとたずねた。

「信長どのがどれほどのお方か、この目で確かめたかったのです」

「確かめて、何となされる」

「戦って勝てる相手かどうか、父上に知らせます」

「ほう、これはこれは」

たいした若君だと、幸太夫が相好《そうごう》をくずした。

鋭い目が可愛《かわい》い孫でも見るようにやさしくなった。

「それならちょうど良い。三日後に出陣前の馬揃えがおこなわれるゆえ、見物してゆきなされ」

三日後の巳《み》の刻（午前十時）、岐阜城下の馬場で織田勢の馬揃えがおこなわれた。

馬場の東には、鎧《よろい》を着込んだ二万人ばかりの将兵が整然とならんでいる。その間の道をとおって、騎馬武者たちがぞくぞくと馬場に入ってきた。

一番は佐久間信盛《さくまのぶもり》、二番は木下秀吉、三番は丹羽長秀《にわながひで》。それぞれ五十騎ずつをひきいている。その後から黒母衣《くろほろ》衆、赤母衣衆二十騎を従えた信長が、純白の馬に乗って登場した。

銀色の南蛮胴の鎧を着込み、帽子形《なり》の丸い兜《かぶと》をかぶっている。背中には表が赤、裏が黒のビロードのマントをかけ、さっそうと馬を進めている。

銀色の兜が太陽に照らされ、まばゆいばかりの輝きを放っていた。

「あれが、信長どのですか」

鶴千代は案内役の幸太夫にたずねた。

「さよう。御歳《おんとし》三十五になられます」

「着ておられるのは、南蛮鎧ですね」

話には聞いていたが、実際に見たのは初めてだった。

「明珍《みょうちん》派の甲冑《かっちゅう》師が作ったものだそうでございます」

「鉄砲はどれほどありますか」

「二千挺と聞きました。それでも勝てる相手だと、お父上に進言なされますか」

からかうような幸太夫の問いに、鶴千代は答えなかった。信長の鮮やかすぎる姿に心を奪われ、幸太夫の声が耳に入らなかった。

これこそ夢の中で追い求めたものだった。父の部屋で地球儀を見て以来、遠い南蛮世界へのあこがれが胸の中に漠然《ばくぜん》ときざしていた。

理解もできず形もなさないまま、心だけを騒がせる夢。その夢に信長はいち早く形を与え、しっかりと方向性を示している。南蛮鎧を着込んで上洛戦にのぞむのは、天下の先に世界を見すえているからなのだ。

鶴千代ははっきりとそれを理解し、心の底から魅了されていた。

鶴千代らが日野城にもどったのは、秋風が吹きはじめた八月二十日のことだった。十日におよぶ旅の間に、情勢はいっそう緊迫《きんぱく》の度をましていた。

「どうじゃ。そちは信長どのを何と見た」

顔を合わすなり賢秀がたずねた。

「戦って勝てる相手ではありません」

「我らだけではない。観音寺のお館さまや都の三好《みよし》三人衆が身方《みかた》になる。それでもかしましょう」

「勝てませぬ」

鶴千代は美しくすんだ目で真《ま》っ直《す》ぐに賢秀を見つめた。

「なぜじゃ。なぜそう見た」

「信長どのは人に見えぬものを見すえておられます。その志が、やがてこの国を動
かしましょう」

鶴千代は感じたままを口にした。

「見えぬものとは、何じゃ」

「あの地球儀でございます」

「さようか……。よう見てきた」

賢秀も凡庸《ぼんよう》な男ではない。いち早く日野で鉄砲の生産をはじめた先見性の持ち主
だけに、信長が地球儀を見すえているという言葉の意味をすぐに理解した。

「実はな、お館さまは三好三人衆と手を結び、信長どのと戦うとお決めなされた。

それゆえ我らにも参陣せよとのご下知があったのじゃ」

だが鶴千代が信長をそのように見てきたのなら、考えを改めなければなるまい。

賢秀はそう決意していた。

翌日、日野城の本丸御殿に一門や重臣をあつめて評定を開いた。鶴千代も初めて

父の側《そば》に座ることを許された。

「ご一同に申し上げる。先日観音寺城に参陣すると取り決め申したが、あれは撤回させていただきたい」

賢秀は単刀直入に言って頭を下げた。

「馬鹿な。それでは信長に身方するつもりか」

一門の重鎮《じゅうちん》である蒲生山城守が、声を荒らげて異《い》をとなえた。

「さにあらず。信長勢の一隊が、鈴鹿峠をこえて近江に乱入するとの知らせがありました。それゆえ、我らはこの城にこもって迎え討つことにいたします」

賢秀は方便を使った。

信長に身方すると言えば、六角承禎に心を寄せている重臣たちが離反《りはん》するおそれがある。それゆえこう言って家中の結束を保とうとしたのだった。

「そのような知らせは聞いておらぬ。それがまことなら関盛信どのから知らせがあるはずではないか」

誰がそんなことを言ったのだと、山城守が詰め寄った。

「鶴千代でござる。この子が岐阜城下まで行って確かめてきたのでござる」

賢秀がそう言うと、車座になった者たちがどよめいた。あきれたような目を向ける者もあり、失笑をもらす者さえいた。

「まだ年端《としは》もいかぬ子供に何が分る。そなたは蒲生家の命運を、童《わっぱ》にたくすつもりか」

山城守が口角《こうかく》から泡を飛ばして言い立てた。

「人の賢愚《けんぐ》は歳によるものではござらぬ。誕生と同時に天上天下唯我独尊《てんじょうてんげゆいがどくそん》とおおせられたお釈迦《しゃか》さまのように、この鶴千代にも物事の本質を見抜く天性《てんせい》がござる。それがしはこの子の判断に、家の命運をたくすつもりでござる」

重臣たちは半信半疑である。はたしてこれでいいのかと、互いに顔を見合わせて腹の内をさぐり合っていた。

「兄者《あにじゃ》、よう分り申した。されどお館さまのご下知にそむいては、家の面目が立ちますまい」

それゆえ自分が手勢をひきいて観音寺城に参ずる。茂綱がそう申し出、鶴千代にそれでよいかとたずねた。

「戦《いくさ》は数日で決着がつきましょう。騎馬のみで行かれるべきと存じます」

鶴千代は驚くべき予言をしたが、その言葉には不思議な説得力がある。山城守でさえ虚をつかれたように黙り込んだほどだった。

九月一日、茂綱は百五十騎をひきいて観音寺城に向かった。

賢秀と鶴千代は一千余りの兵を日野城、音羽《おとわ》城、鎌掛《かいがけ》城に配し、信長が上洛の兵を起こすのをじっと待つことにしたのだった。

人質《ひとじち》

あの姿が脳裡《のうり》に焼きついていた。

南蛮鎧《なんばんよろい》をまとい赤いビロードのマントを羽織ってさっそうと白馬にまたがる信長は、この世に舞いおりた神のようである。

二万の軍勢も二千挺《ちょう》の鉄砲も、信長を引き立てるための小道具としか思えない。それほど強烈な光を発していると、鶴千代《つるちよ》には感じられた。

日野城にもどって一ヶ月が過ぎても、その印象はいっこうに色あせない。むしろ日に日に魅力をまし、心をとりこにしていった。

九月になって、情勢はいっそう緊迫していた。

観音寺城《かんのんじ》の六角承禎《ろっかくしょうてい》が三好三人衆に身方《みかた》すると知った信長は、九月七日に近江《おうみ》の佐和山《さわやま》城に入り、浅井長政と対応を協議した。

その上でもう一度観音寺城に使者をつかわし、今度の上洛《じょうらく》は足利義昭《よしあき》公のご下《げ》知《ち》によるものなので、心を同じくして協力するように申し入れた。

義昭が将軍に任じられたなら幕府の重職に抜擢《ばってき》すると誘ったが、承禎は我らは現将軍であられる義栄公《よしひで》に従うのみだと、頑《がん》として応じなかった。

そのため、合戦はさけられない状況になっている。承禎は観音寺城や箕作《みつくり》城に兵を集めて迎え討つ構えを取り、南近江の武将たちもそれぞれの城の守りを固めて信長の侵攻にそなえていた。

日野城も例外ではなかった。

賢秀《かたひで》は機を見て信長の軍門にくだろうと考えていたが、名誉の一戦を交えて意地を示した後でなければ面目が立たない。そこで日野城、音羽《おとわ》城、鎌掛《かいがけ》城に兵を配し、連携して敵にあたろうとしていた。

鶴千代も父とともに見回りに出た。

日野城のまわりに柵や逆茂木《さかもぎ》をめぐらし、登城道の要所に土俵を積み上げて敵の進路をはばんでいる。城がにわかに鎧を着込んだような変貌ぶりだが、鶴千代にはこんな仕度が役に立つとは思えなかった。

岐阜城の壮大さに比べればこの城など山小屋のようだし、信長の精鋭部隊の前では蒲生《がもう》勢など野伏《のぶせり》が石を投げる程度の抵抗しかできないだろう。

その無残《むざん》な姿が目に見えるようで、鶴千代は背中を焼かれるような焦躁《しょうそう》を覚えた。

「どうじゃ鶴千代。この城に拠《よ》って戦えば、一月《ひとつき》はゆうに持ちこたえられる」

賢秀は城内をくまなくまわり、どこにも手抜かりがないことを確かめた。

「一月も持ちましょうか」

鶴千代は控え目に反論した。

「そちには頼りなく見えるかもしれぬが、城というものは使い方によっていかようにも力を発揮するものじゃ。我らには地の利もあるし、音羽城と鎌掛城から兵を出して奇襲をかけることもできる」

「そのような戦い方は……」

鉄砲が主力兵器ではなかった頃のことだ。そう思ったが、父の自尊心を傷つけたくはない。そこで鶴千代は別の言い方をした。

「織田勢の戦《いくさ》ぶりをこの目で見たいと存じます。観音寺城へ行かせてください」

「戦を見るだと。まだ元服《げんぷく》もしておらぬのに」

「織田勢の戦い方は、これまでとまったく違ったものになりましょう。それを見ておけば、この城を守る役にも立ちまする」

「戦は殺し合いじゃ。子供が見て分るようなものではない」

鶴千代の器量を見込んでいる賢秀も、さすがに戦場に出ることは許さなかった。

「観音寺城には叔父上がおられます。いっしょに行動すれば、危ないことはないと思います」

「そちは戦のむごさを知らぬゆえ、甘く見ておるのじゃ。もう見回りはいらぬゆえ、奥に行って勉学にはげむがよい」

危険から一刻も早く遠ざけようとするように、賢秀は鶴千代を気ぜわしく追い立てた。


それでも鶴千代は諦《あきら》めない。翌日の朝早く城を抜け出し、鉄砲町の和田三左衛門《さんざえもん》をたずねた。

「これから観音寺城へ行く。馬を貸してくれ」

「戦をご覧になられますか」

三左衛門はすぐに鶴千代の意図を察したが、一人で行かせるわけにはいかぬと言った。

「父上が許して下されぬのだ」

「それがしがお供いたしまする。馬上筒《ばじょうづつ》はお持ちなされたか」

「ここにある」

着物の帯に銃身を突っ込んでいた。

弾《たま》と火薬を一組にした早合《はやごう》を五発、腰の胴乱《どうらん》に入れている。近頃では馬上筒を両手でしっかり支えられるので、近づく敵を防ぐことはできるはずだった。

三左衛門は奥から鎖帷子《くさりかたびら》と小具足《こぐそく》を持ち出し、鶴千代につけるように言った。

「万一のことがあってはなりませぬ。用心のためでござる」

自分も鎖帷子を着込み、籠手《こて》とすね当てをつけはじめた。

鶴千代もそれを真似《まね》て仕度をととのえた。

「では、こちらに参られよ」

広々とした馬屋に案内し、好きな馬をえらぶように言った。

鶴千代は馬たちの顔を見て歩き、きかん気の強そうな真鹿毛《まかげ》の前で足を止めた。

「さすがにお目が高い。当家随一の悍馬《かんば》でござるが、気が強すぎて誰にもなつきませぬ」

乗りこなすのは無理だと言ったが、三左衛門の懸念《けねん》は杞憂《きゆう》におわった。

鶴千代は真鹿毛の前に立ち、じっと目を見つめた。数え年十三の少年にとって真鹿毛の頭は見上げる高さにある。野性の血を残した目つきは、威圧されるほど鋭い。

だが鶴千代は臆《おく》することなく見つめつづけ、ついに真鹿毛を根負《こんま》けさせた。

(何なんだ。お前は)

三左衛門でさえ手を焼いた悍馬が、閉口《へいこう》したように目をそらした。

(鶴千代という。友だちになってくれないか)

にこやかに歩み寄って首をなでた。

真鹿毛は一瞬、頭をふってふり払おうとしたが、鶴千代の手の温かい感触に心地《ここち》良《よ》さそうに目を細めた。

それだけで心が通い合い、友人として生死を共にすると約束ができたのだった。


日野から観音寺城まではおよそ五里《り》(二十キロ)。その道を二人はわずか半刻《はんとき》(一時間)で駆け抜けた。

衣笠山《きぬがさやま》の頂きにある観音寺城は、鎌倉時代から近江の守護をつとめてきた佐々木氏が、総力をあげてきずいた巨大な山城である。

山一面に曲輪《くるわ》を配し、六角氏(佐々木氏)の政庁や主従の住居にしていた。

登城口で蒲生賢秀の使者だと名乗り、蒲生式部少輔《しきぶのしょう》に会いたいと申し入れた。すると番兵の組頭《くみがしら》だと名乗った男が、すぐに平井丸の陣屋まで案内した。

蒲生家は六角家の縁戚《えんせき》にあたるので、式部少輔茂綱《しげつな》は本丸に一番近い平井丸に陣所を与えられていた。

「鶴千代。さては城を抜けてきたな」

賢秀がこんなことを許すはずがないと、茂綱は知り抜いていた。

「三左が馬を貸してくれました。案外近いものでございます」

「よう来てくれた。これでわしの面目も立つ」

わずか百五十騎しか連れていないので、蒲生家は寝返るつもりではないかと疑われている。だがお前が来てくれたならその疑いも晴れるだろうと、茂綱は六角承禎のもとに案内した。

「式部少輔さま、実は」

三左衛門が茂綱を引き止め、ここに来た理由を説明しようとした。

「皆まで言うな。そんなことは分っておる」

承禎は嫡男《ちゃくなん》の義治《よしはる》とともに酒宴の最中だった。兵をひきいて駆けつけた各地の武将たちに、盃《さかずき》を与えて労をねぎらっていた。

「ほう。そちが鶴千代か。噂はかねがね聞いておるぞ」

承禎は四十八歳になる老獪《ろうかい》な男だった。五年前に起こった御家騒動の責任を取って剃髪《ていはつ》し、家督《かとく》を義治にゆずったが、いまだに実権をにぎりつづけていた。

「して、軍勢はいかほど連れて参った」

「主従二人でございます」

鶴千代はなみいる歴々の前でも堂々としていた。

「二人じゃと。そちの父親は何を考えておるのじゃ」

承禎は憎形《そうぎょう》の頭を赤くして激怒した。

「父は鈴鹿《すずか》越えで攻め寄せてくる敵にそなえております」

ここに来たのは六角勢の戦ぶりを見て後の参考にするためだと、鶴千代は賢いことを言った。

六角勢の戦ぶりを見ることは、織田勢の戦い方を見ることにほかならなかった。


戦は九月十二日にはじまった。

巳《み》の刻（午前十時）、織田方の先陣である森可成《よしなり》、坂井右近将監《うこんのしょうげん》が五百騎をひきいて箕作城を急襲したのである。

箕作城は観音寺城の半里（二キロ）ほど東にある。中山道《なかせんどう》の監視と観音寺城の後詰《ごづ》めを目的としてきずかれた山城である。

城内には吉川出雲守《きつかわいずものかみ》を守将として二千余人が立てこもっていた。

騎馬と鉄砲隊を主力とする織田勢は、箕作城の東から攻めかかり、山を登って本丸ちかくまで迫ったが、吉川出雲守は城の南の瓦屋禅寺《かわらやぜんじ》に伏せた兵に背後をつかせて撃退した。

城兵は一様に胸をなで下ろしたが、これは城のそなえを見るために信長が放った物見にすぎなかった。

申《さる》の刻（午後四時）、佐久間信盛《さくまのぶもり》、木下秀吉、丹羽長秀《にわながひで》ら六千余が再び押し寄せ、瓦屋禅寺を攻め落としてから箕作城の攻略にかかった。

鶴千代と三左衛門らは、平井丸から戦況を見ていた。

織田方は六千の軍勢を東西と北の三方に分け、同時に攻めかかって城兵の守備力を分散させようとしている。

統制のとれた見事な動きだが、火矢を射かけたり、鉄砲を撃ちかけて援護をしながら城内に乗り込む攻め方は、従来とあまり変わらなかった。

その証拠に、城兵たちは余裕をもって応戦している。塀に楯《たて》をならべて火矢や銃撃をふせぎ、城に乗り込もうとする敵は長槍や棒で突き落とす。

そうして観音寺城の身方が敵の背後をつくのを辛抱《しんぼう》強く待っていた。

「叔父上、後詰めをなさらぬのですか」

城の北と西に布陣している敵に、六角家の主力を出して攻めかかれば、たやすく打ち破ることができる。鶴千代にはそう見えた。

「承禎どのは、日が暮れるのを待てとおおせじゃ」

夜になれば地形に通じた六角勢が圧倒的に有利になる。茂綱もそう考えていた。

秋の陽はつるべ落とし。申の中刻《ちゆうこく》（午後五時）を過ぎた頃にはあたりは薄暗くなり、敵と身方があげる喊声《かんせい》や射撃音ばかりが空気を不気味にふるわせていた。

鶴千代は我知らず胴震いした。三左衛門も喰《く》い入るように見つめながら、腰につけた馬上筒に手をやったり離したりしている。あの場所に立っている自分を想像し、無意識のうちに体が戦いに加わっているのだった。

酉《とり》の刻（午後六時）、観音正寺《かんのんしょうじ》の境内《けいだい》に詰めていた三千の兵が、織田勢の背後をつこうと赤坂道を下っていった。

茂綱も第二陣の大将となり、一千の六角勢をひきいてその後につづいた。

これで敵を前後からはさみ討ちにできる。平井丸から戦況を見ていた鶴千代はそう思ったが、次の瞬間意外なことがおこった。

城下にひそんでいた織田勢が、楯をならべて登城口の追手門《おうてもん》のまわりを取り囲み、その後ろで鉄砲隊が射撃の構えをとった。

囲みをやぶろうとして突撃する六角勢は、楯の陰からいっせいに銃弾をあびせられた。射撃は残酷なばかりに正確で弾込めも早い。

六角勢はまたたく間に二百人ほどの死傷者を出し、追手門の内側に逃げ込んだ。四千の兵が七百人ばかりに封じられ、手も足も出せなかった。

「そうか。鉄砲はこう使うのか」

鶴千代は瞠目《どうもく》した。

「鉄砲は野戦には不向きと言われております。しかしこんな使い方があったとは」

三左衛門もあまりに見事な信長の戦術に舌を巻いていた。

後詰めが来ないと分ると、箕作城の兵たちはとたんに戦意を失った。

対する織田方は勢いづいて攻めかかる。二の丸を落とされ本丸まで追いつめられると、吉川出雲守は合図の棒火矢を打ち上げた。

城兵の命を助けるために降伏すると、観音寺城の六角承禎に知らせたのである。

暗い夜空に燃え上がる炎は、名門六角氏の終わりを告げるかのようだった。

それを見た六角承禎、義治父子は、本丸に残った軍勢に守られて薬師口道を下り、甲賀《こうか》に向かって敗走した。

「若、本丸はもぬけの殻でござるぞ」

三左衛門が異変を告げた。

「馬鹿な。承禎どのは身方をお見捨てなされるのか」

このままでは追手門まで出た茂綱たちが危ない。鶴千代はすぐさま真鹿毛に飛び乗り、赤坂道を下って承禎の脱出を伝えた。

「鶴千代、でかした」

茂綱は全軍に退却するように命じた。

「そちも本丸まで上がり、三左とともに日野にもどれ」

「叔父上は？」

「ここで殿軍《しんがり》をつとめた後、承禎どのの後を追う」

まだ天下がどう転ぶか分らない。それゆえ賢秀とは別の道を取り、蒲生家が存続できるように計らうという。

「分りました。父にそう伝えます」

鶴千代は馬首《ばしゅ》を転じ、坂道を駆け上がった。足元も見えないほどの暗さだが、夜目がきく真鹿毛は難なく本丸までたどりついた。

夜には魔がさわぐ。どこに危険がひそんでいるか分らない。本能的にそう感じた鶴千代は、西のふもとにある桑実寺《くわのみでら》にひそんで夜明けを待った。

明け方馬を出そうとすると、

「道中危のうござる。馬上筒の用意をしておかれよ」

三左衛門が火縄に火をつけ、筒先から早合を装塡《そうてん》した。

「これを鞍の前輪《まえわ》の金具につけるのでござる」

前輪の金具は、馬上筒がぴたりとおさまるように作ってある。ここに横向きにかけておけば、手がふさがることも火縄の火が消える心配もなかった。

二人は八風《はっぷう》街道を東に向かい、鈴鹿山脈ぞいの道を南にひた走った。多賀《たが》大社に参拝した者が伊勢神宮へと向かう道で、御代参《ごだいさん》街道とも呼ばれている。

道には敗走する途中に野伏に討ち取られた者たちが、点々と屍《かばね》をさらしていた。首を落とされ鎧をはぎ取られている。恩賞目当て、金目当ての仕業《しわざ》だった。

佐久良《さくら》川を渡って金剛寺の前にさしかかった時、森の陰から十人ばかりが走り出て道をふさいだ。

二人が弓を引きしぼり、鶴千代と三左衛門が近づくのを待ちかまえている。落武者狩りの野伏だった。

「一の矢をかわして馬上筒を撃つ。私は右、三左は左だ」

鶴千代は迷いなく馬を走らせた。

後ろにも伏兵がいる。ここで怖気《おじけ》づいて立ち止まれば、はさみ討ちにされると分っていた。

「心得申した。鉄砲は両手で撃ちなされよ」

弓の射程はおよそ半町（五十メートル強）。馬上筒はそれより近づかなければ、相手を仕留めるほどの殺傷力はない。そこまで間合《まあ》いを詰められるかどうかが生死の分れ目である。

鶴千代は冷静に判断し、鞍の前輪に手をそえて真鹿毛を走らせた。

（あやつらは馬を欲しがっている。お前に矢は向けないよ）

鶴千代は心の声で語りかけた。

（分ってるさ。しっかりよけろよ）

真鹿毛は敵との間合いが近づくにつれて首の上下動をはげしくし、少しでも鶴千代が狙われにくいようにしていた。

半町の間合いをこえると、二人の野伏は弓をしぼって矢を放った。鋭い征矢《そや》が正面から真っ直ぐに飛んでくる。

鶴千代は落ちついて矢筋《やすじ》を見切り、体を横にかたむけてかわした。そうして馬上筒を両手で持ち、火蓋《ひぶた》を開いて右の敵に狙いをつけた。

相手はあわてて二の矢をつがえようとしたが、鶴千代はそれより早く胸元をねらって引き鉄《がね》をしぼった。

すさまじい音がとどろき、敵があお向けに倒れた。

その直後に、三左衛門が左の男を撃ち倒した。

野伏たちは恐れおののいて道を開ける。その真ん中を二人は風のように駆け抜けていった。

日野城につくと、蒲生賢秀が血相《けつそう》をかえて飛んできた。

「お前は、何ということを……」

怒りと安堵《あんど》のあまり、後は言葉にならなかった。

「申し訳ございません。されど、織田勢の戦ぶりはしっかりと見て参りました」

箕作城はわずか半日で攻め落とされ、六角承禎らは戦わずして甲賀に逃げた。日野城に立てこもっても勝ち目はない。鶴千代ははっきりとそう告げた。

「三左、そちがついていながら何たることじゃ」

賢秀は怒りの矛先《ほこさき》を三左衛門に向けた。

「若は見事な物見をなされました。お腹立ちは無用と存じます」

三左衛門はすました顔で槊杖《カルカ》を使っている。弾を撃ったあとはすぐに筒の手入れをしないと、火薬がこびりついて取れにくくなるのだった。

「二人とも謹慎《きんしん》じゃ。許しがあるまで本丸櫓《やぐら》でつつしんでおれ」

賢秀はいきり立ってそう命じたが、鶴千代の報告を無にはしない。すぐに日野屋宗伯《そうはく》を呼び、織田の陣中にいる神戸具盛《かんべとももり》をたずねて和議の労をとってもらうように命じた。


翌日、神戸具盛と宗伯が連れ立ってやってきた。

具盛は伊勢神戸城の城主で、賢秀の妹婿《いもうとむこ》にあたる。賢秀や関盛信《もりのぶ》らとともに六角承禎に従ってきたが、半年前に織田信長に攻められ、信長の三男三七《さんしち》（信孝《のぶたか》）を養子として和をむすんだ。

今度の上洛戦には一門衆の格式を与えられ、一千余の軍勢をひきいて参陣していた。

「義兄上《あにうえ》、ようご決断下された」

具盛は賢秀の胸中《きょうちゅう》を察して神妙な表情をした。

「信長公は気短なお方でござるゆえ、あと数日おくれていたなら危《あや》ういところでござった」

「貴公がいてくれたからできたことじゃ。このとおり、礼を申す」

賢秀は鶴千代を同席させ、二人そろって頭を下げた。

「いやいや。義兄上の御調《みつぎ》が功を奏したのでござる。近江広しといえども、あれだけの弾薬をそろえている者は他におりませぬ」

賢秀は和議の証《あかし》として二千発の鉛玉と五斤《きん》（約三キロ）の火薬を信長におくった。日野屋宗伯に堺《さかい》から買いつけさせたものを、籠城《ろうじょう》にそなえて日野城にたくわえていたが、そのすべてを差し出したのである。

これがいたく信長の心を動かした。

鉛玉も火薬も上洛戦を勝ち抜くには絶対に必要だが、国内では入手しにくい貴重な品である。それを惜《お》しげもなく提供した賢秀の度量の広さと経済力に感じ入ったのだった。

「戦っても勝てる相手ではないと、倅《せがれ》が申しましてな。観音寺城まで出向いて、織田家の戦ぶりをつぶさに見てきたのでござる」

あれほど怒っていたくせに、賢秀は鶴千代の働きを自慢げに披露《ひろう》した。

「これからすぐに信長公に挨拶《あいさつ》に出向かれよ。ついては……」

具盛は言いにくそうに口ごもってから、和議を確実なものにするには証人（人《ひと》質《じち》）をさし出す必要があると言った。

「誰をお望みかな」

「ご嫡男が良かろうと存ずる」

「それは無体《むたい》じゃ。これは蒲生家になくてはならぬ倅でござる」

他にも三人の娘がいる。そのうちの一人ではどうかと、賢秀は手を合わせんばかりにして申し出た。

「義兄上、それがしは信長公のお子を養子に迎え申した。軍門にくだるとは非情なものでござる」

実質的には家をさし出したも同じだと、具盛は見開いた目に無念をにじませた。

「父上、私は行きとうございます」

鶴千代はそう申し出た。

信長に仕え、あの斬新なやり方を学べるなら、かえってありがたかった。

「しかし……、いつ討たれるか分らぬのだぞ」

「父上が和議の誓約を守られるなら、危険にさらされることはありますまい。信長公のお側《そば》で、新しい時代の風に吹かれてみとうございます」

それが蒲生家の発展にもつながるのだと、鶴千代はためらう父を説き伏せた。

出発はその日の午後で、送別の宴をはる暇《いとま》もなかった。母と三人の妹たちが、大手門まで見送りに出ただけである。

「これから寒くなります。風邪《かぜ》などひかぬようにするのですよ」

母のお玉は着替えを入れた包みをわたし、急なことで満足な仕度もできなかったと涙ぐんだ。

「兄上さま、いつお帰り？」

末の妹のとらが無邪気にたずねた。

五つになったばかりだが、おてんばで手を焼かされていた。

「まだ分らない。私がいない間も、手習いをなまけるなよ」

鶴千代はとらを軽々と抱き上げて頬ずりした。

「兄上さま、私も」

「私も」

上の二人が袖を引いて抱き上げてくれとせがんだ。

大手門の前には鎧姿の家臣たちがずらりと並んでいる。その間を、鶴千代と賢秀は馬をならべてゆっくりと進んだ。供をするのは十騎だけ。そのうちの一人は、鶴千代の供を志願した和田三左衛門だった。

日野屋の玄関先には、宗伯と次郎五郎《じろうごろう》が見送りに出ていた。側にはふり分け荷物を積んだ馬を従えていた。

「これを持って行きなはれ。あんたが欲しがってたもんや」

次郎五郎がなれなれしい口をきき、宗伯から厳しくたしなめられた。

「もしや、それは」

「開けてのお楽しみや。商いのことなら何でも言うてくれなはれ。すっ飛んで行きますよって」

小柄な次郎五郎は、伸び上がるようにして三左衛門に馬の手綱《たづな》をたくした。

信長は観音寺城の本丸御殿にいた。落城のさいの混乱で城の一部は焼かれていたが、御殿の大半は無傷のまま残されていた。

鶴千代と賢秀は、神戸具盛に案内されて御前に進んだ。

信長は南蛮鎧の上に緋《ひ》色の陣羽織をきて、床几《しょうぎ》に腰をおろしている。側には堀久太郎《きゅうたろう》（後の秀政《ひでまさ》）が太刀《たち》持ちとして従い、両側に佐久間信盛、柴田勝家《かついえ》、森可成、丹羽長秀、木下秀吉らが、鎧をまとって居流れていた。

「お申しつけに従い、蒲生左衛門大夫《さえもんのたいふ》どのを案内《あない》いたしました」

具盛の声は緊張に上ずっていた。

他の武将たちも神経を張りつめ、信長の一挙手一投足《いっきょしゅいっとうそく》を見守っていた。

「二人とも面《おもて》を上げよ」

信長は甲高《かんだか》い声で命じ、鉛玉と火薬は気に入ったと告げた。

「このたびは参陣をお許しいただき、ありがたき幸せに存じまする」

賢秀の声も、いつになく固かった。

「あれは堺から買いつけたものか」

「日野屋に申しつけ、十年前から納屋《なや》衆と取り引きをしております」

「この城の蔵には、弾も火薬もなかった。なぜじゃ」

「六角家は五年前の御家騒動以来、財政難におちいっておりました。それゆえ銭のたくわえもわずかしかなく、買いつけることができなかったのでございます」

「何ゆえ余《よ》に従った」

「……」

予想外の質問に、賢秀は額に汗をうかべて黙り込んだ。

とたんに信長の表情が険《けわ》しくなり、肉の薄いこめかみに青筋が立った。

「信長さまには勝てないと、私が父に進言いたしました」

鶴千代は見かねて助け舟を出した。

「童《わっぱ》、なぜそう思った」

「岐阜のご城下で、馬揃えを拝見したからでございます」

「ほう、見おったか。あれを」

信長は意外な顔をし、軍勢の数に怖気《おじけ》づいたかとたずねた。

「いいえ。南蛮鎧をまとっておられた信長さまのお姿を拝し、このお方には勝てぬと分ったのでございます」

「それだけで、なぜ勝てぬと分った」

「私は父から地球儀というものを見せられ、世界中にさまざまな国があることを知りました」

信長が南蛮鎧をまとっているのは、世界を視野に入れた戦いをしようとしているからだ。そんな相手に六角家や蒲生家がかなうはずがないと、鶴千代は岐阜で感じたままのことを語った。

「かしこき物言いじゃが、目の前の戦と世界のこととは関係あるまい」

「いくら鉄砲があっても、鉛と火薬を外国から買いつけることができなければ戦には勝てません。それにいち早く気づき、世界にまで出て行こうと考えておられるのは、信長さまだけだと存じます」

「この小童《こわっぱ》が。聞いたふうをぬかすな」

信長は声を荒らげ、久太郎から刀を引ったくって抜き放った。

「二度とそのようなへらず口を叩けぬよう、この場で成敗《せいばい》してくれる」

名刀押し切りを右八双《はっそう》にかまえ、左足をずいと前に踏み出した。

鶴千代は動じることなく、信長の目を見つめた。

怒ってはいない。試しているのだ。そのことを瞬時に見抜き、うろたえる賢秀を尻目に、座禅でも組んでいるように落ちつき払っていた。

「くっ、小童が」

信長はふり上げた刀の下ろしようがなくなった。

「殿、年端《としは》もゆかぬ子供ゆえ、何とぞ」

長老格の佐久間信盛が、すかさず取りなした。

「さようか」

信長はあっさりと刀を鞘《さや》におさめ、鶴千代の眼の前に突き出した。

「そちの才覚と度胸《どきょう》、たしかに見届けた。佐久間もあのように申すゆえ、今日から久太郎にかわって太刀持ちをつとめよ」

思いがけない抜擢に、居並ぶ部将たちがどよめいた。信長は有能な人材を発掘する名人として知られているが、これほどのあつかいをするのは鶴千代が初めてだった。

初陣《ういじん》の手柄

学ばねばならぬ。このお方の一挙手一投足から目をはなさず、すべてを学び取らなければならない。

鶴千代《つるちよ》は織田信長の太刀《たち》持ちに抜擢《ばつてき》されて以来、常に気を張りつめて近侍《きんじ》していた。

側《そば》に仕えるようになって、信長の存在はますます大きく感じられるようになった。織田軍団の錚々《そうそう》たる荒武者たちが、信長の前に出ると緊張に息を呑《の》んでかしこまっている。誰一人口ごたえする者はいないし、指示があればたちどころに動く。

それは信長の強権をおそれているからだけではない。信長の判断が常に正しく、指示が的確だということを、これまでの経験で知りつくしているからだ。

太刀持ちとして後ろに従っている鶴千代には、そのことがよく分る。信長だけが世の誰からも隔絶《かくぜつ》した境地に立ち、この日本という国をどう変えなければならないかを分っている。

それゆえ常に信長の身近に仕え、何ひとつおろそかにしてはならぬ。鶴千代は信仰にも似た情熱をもって信長に仕え、小姓《こしょう》の中では群を抜いた存在となりつつあった。

ある日、稲葉一鉄《いってつ》を招いて夜話《やわ》の会があった。

美濃《みの》三人衆の一人として知られる一鉄は歴戦の勇士である。彼の体験談を聞いて後の参考にしようと、信長が重臣や近習《きんじゅう》たちを呼んで夜話をさせたのだった。

話は天文《てんぶん》十三年（一五四四）九月に信長の父信秀《のぶひで》が、稲葉山城（岐阜城）を攻めた時のことである。信秀は越前《えちぜん》の朝倉孝景《たかかげ》らと同盟し、総勢二万二千で城を包囲した。

「この長良《ながら》川の北に朝倉勢一万、城の南に信秀公の軍勢一万二千が布陣《ふじん》いたしました」

その見事な陣容をそれがしは稲葉山城にこもってながめていたと、一鉄は床に広げた絵図をさしながら語った。

「斎藤道三《どうさん》どのは城を固くとざし、落ちつき払っておられた。この時季の美濃にはよくある、走り雨を待っておられたのでござる」

雨はふった。しかも東美濃の山間部に大雨がふり、一夜にして木曾川も長良川も水位が一間半（三メートル弱）も上がった。

　これでは長良川の北に布陣した朝倉勢は動けない。

　そう見て取った道三は、夜明けとともに五千の兵で織田勢におそいかかった。

　ふいをつかれた信秀は長槍隊を前に出して斎藤勢の突撃をくい止め、その後ろから矢を射かけて防戦しようとした。

「その対応は見事なものでござった。そこで先陣をうけたまわったそれがしは、五十騎ばかりをひきいて織田勢の西側にまわり込み、矢継《やつ》ぎの頃合をはかって敵の中に駆け込み申した」

　このために織田勢の先陣は大混乱におちいり、支えきれずに敗走をはじめた。

　槍と弓を組み合わせた戦法は正面からの攻撃には強いが、側面にまわられると迅《じん》速《そく》な方向転換ができないので意外なくらいもろい。一鉄はそれを知り抜いていたのだった。

　話は夜半までつづき、小姓の中には小用に立ったり居眠りをする者もいたが、鶴千代は微動だにせずに聞き入っていた。

　頭の中には一鉄が話した情景があざやかにうかぶ。自分が戦場に立っているような緊張感があって、尿意などすっかり忘れていた。

　この様子を見た一鉄は、鶴千代がただ者ではないことを一目で見抜いた。

〈稲葉貞通《さだみち》（一鉄）これを見て、蒲生《がもう》が子は尋常《じんじょう》の者にあらず。彼にして一廉《ひとかど》すぐれたる武勇の者にならずんば、なる者はあるまじきと言はれけり〉

史書はそう伝えている。

鶴千代はすでに箕作《みつくり》城攻めの様子を見、馬上筒《ばじょうづつ》で敵を撃ち倒している。この経験も、他の小姓たちから抜きんでる大きな要因となっていた。

四月になって花の時季もすぎた頃、鶴千代は信長に従って岐阜城の天守にのぼった。他に供はいない。最上階の部屋で二人だけでくつろいだ時をすごした。

戸をすべて開け放っているので、初夏の心地《ここち》よい風が吹き込んでくる。眼下には広大な濃尾《のうび》平野がひろがり、木曾川、長良川が陽《ひ》に照らされて黄金《こがね》色にかがやきながら流れている。

西をのぞめば中山道《なかせんどう》が関ヶ原へとつづき、伊吹山《いぶきやま》の山すそをぬって近江《おうみ》に向かっていた。

「一鉄が話した古戦場は、あそこだ」

信長が手にした扇で眼下の平野をさした。

南にむかってわずかに傾斜した地で、水を張った田んぼが段々になってつづいている。ここで信秀は斎藤道三の奇襲を受け、五千人ちかくの死者を出して敗走したのだった。

「余《よ》は那古野《なごや》城で留守役をつとめていた。父上はわずか五騎で逃げ帰り、負けた大負けだわと言うなり寝てしまわれた」

その時に乗馬の腕だけは磨いておけと言われたと、信長は愉快そうに思い出話をした。

二十五年前、信長が十一歳の時のことである。

「その数日後に連歌師《れんがし》の宗牧《そうぼく》さまが那古野城をたずね、お父上に会われたと、書物で読んだことがございます」

父の賢秀《かたひで》は宗牧とも親しかったので、『東国紀行』の写本を分けてもらっていた。鶴千代はその本を読んで東国の様子を学んだのだった。

「そちはいくつになった」

「十四でございます」

「ならば元服《げんぷく》せよ。余が烏帽子《えぼし》親をつとめてやろう」

式は来月だと有無《うむ》を言わさず申し渡し、信長は涼しい顔で風に吹かれていた。

鶴千代は急な話にとまどった。
十二、三で元服する例もあるのだから、早すぎるということはない。だが数年も信長に仕えながら、まだ元服していない小姓たちがたくさんいる。なぜ自分だけがこんな厚遇《こうぐう》を受けるのかという疑問と、同僚を差しおいてという遠慮があった。

案の定《じょう》、他の小姓たちは嫉妬《しっと》した。

鶴千代にはかなわないと思いながらも、どんどん追い抜かれていくのはやはり面白くない。ねじ曲がり、うっ屈した思いは、いじめという形で鶴千代に向けられた。

信長の前では神妙にしているものの、小姓部屋や宿所に下がった時に、仲間はずれにしたり嫌みや悪口を言う。必要なことを知らせなかったり、わざと失敗するように仕向けたりした。

鶴千代は信長にぶざまな姿を見せたくないのでじっと我慢していたが、ある時聞きずてならない言いがかりをつけられた。

「お前がどうして急に元服することになったか分るか」

亀藤丸《かめふじまる》というにきび面《づら》の小姓が薄笑いをうかべて言った。

小姓部屋にいた他の者たちも、にやにやしながら鶴千代を取り囲んだ。

「殿は閨《ねや》の供をお命じになるつもりなのだ。力量を買われたと思ったら大まちがいだぞ」

寵童《ちょうどう》という言葉がある。この頃には武将たちが小姓を召し、男色《だんしょく》の相手をさせることはめずらしくなかった。

だがこれは、鶴千代ばかりか信長までも侮辱《ぶじょく》した言葉である。亀藤丸はそのことにさえ気づいていないようだが、信長の名誉のためにも黙っているわけにはいかなかった。

「亀藤丸どの。もののふの矢並《やなみ》つくろう籠手《こて》の上に　霰《あられ》たばしる那須《なす》の篠原《しのはら》、という歌をご存知か」

鶴千代は年上の相手の目を真《ま》っ直《す》ぐに見つめた。

「し、知らん。それがどうした」

亀藤丸は明らかに動揺した。

「もののふとは常に潔くあらねばなりません。もし私を許せぬと思われるなら、尋常に勝負をいどまれよ。打刀《うちがたな》でも槍でもかまいませぬ。いつでもお相手いたす」

鶴千代は深く静かな目をして待ち受けている。亀藤丸も他の小姓たちも、堂々たる態度に気圧《けお》されて、ぐうの音《ね》も出なかった。

五月下旬、信長の嫡男《ちゃくなん》奇妙丸《きみょうまる》が元服し、上総介信忠《かずさのすけのぶただ》と名乗った。

鶴千代はこれに相伴《しょうばん》する形で元服し、忠三郎賦秀《ちゅうざぶろうやすひで》という名を与えられた。

信忠は、鶴千代改め忠三郎よりひとつ年下である。

信長が二人を同時に元服させ、それぞれに弾正忠《だんじょうちゅう》から取った一字を与えたのは、将来忠三郎を信忠の補佐役にしようと考えてのことだった。

そしてもうひとつ。

「この八月に伊勢を攻める。そちは蒲生衆の大将となって指揮をとれ」

信長はそう命じた。

蒲生勢千五百余を自軍に組み込むには、元服した忠三郎に家を相続させるのが、もっとも手っ取り早い方法だった。


八月二十日、信長は七万の大軍をひきいて岐阜を発った。

めざす敵は北畠具教《きたばたけとものり》。

南北朝時代に活躍した北畠親房《ちかふさ》の頃から伊勢の国司《こくし》をつとめてきた名家で、多気《たけ》御所や大河内《おおこうち》城を拠点として伊勢、志摩《しま》、大和《やまと》、紀州にまで勢力を張っていた。

総石高《そうこくだか》はおよそ三十万石、動員兵力は一万五千ばかりである。

この敵に信長が七万もの大軍をさし向けたのは、畿内で敵対している者たちにつけ入る隙を与えず、一気に決着をつけようと考えたからだった。

忠三郎も信長から拝領した南蛮胴の鎧《よろい》を着込み、愛馬の真鹿毛《まかげ》に乗って従っていた。

信長はこれほどの大軍を動かす力を持っている。その側に仕えることが晴れがましく、大戦《おおいくさ》の緊張は少しも感じなかった。

真鹿毛にも乗り手の気持ちは伝わるらしい。首を高く持ち上げて他の馬を威嚇《いかく》し、群れの大将は俺だと思い知らせていた。

側には和田三左衛門《さんざえもん》が鉄砲を背負い、馬上筒を腰にさして従っている。鉄砲三左と異名《いみょう》を取るだけあって、刀や槍は一切持とうとしなかった。

新しい家臣もできた。出陣にあたって信長が、種村伝左衛門《でんざえもん》を寄騎《よりき》として付けてくれたのである。

伝左衛門は六角承禎《ろっかくしょうてい》の家臣で、敏満寺《びんまんじ》城の城主に任じられていたが、昨年信長が近江に進軍した時に軍門にくだった。

四十すぎの偉丈夫《いじょうぶ》で戦《いくさ》にも長《た》けているので、忠三郎の指南役にはうってつけだった。

「よき馬でござるな。騏驎《きりん》の相《そう》がござる」

伝左衛門は、真鹿毛の歩きぶりをほれぼれとながめた。

「これは私の友だちだ。なあ真鹿毛」

忠三郎はたてがみをなでて語りかけた。

真鹿毛は首を立てたまま無視している。

（そんなことは、一人前の武将になってからほざけ）

そう言わんばかりのそっけない態度だった。

八月二十三日、敵の勢力圏である南伊勢に入った。

北畠勢は大河内城に主力を集め、周辺の城に遊撃隊を入れて信長勢を待ちかまえていた。

信長は先陣の滝川一益《かずます》に小森上野《こもりうえの》城を、織田掃部助《かもんのすけ》に今徳《こんどく》城を押さえさせ、奇襲の憂《うれ》いをのぞいてから木造《こつくり》城に入った。

城での評定《ひょうじょう》の結果、まず阿坂《あさか》城を攻め落とし、大河内城への支援の道を断ち切ってから力攻めにすることになった。

夕方、忠三郎の父賢秀が一千五百の手勢をひきいて到着した。日野鉄砲衆三百を先頭に、対《むか》い鶴の家紋を染めた旗をかかげて堂々と城に入ってきた。

「殿、ただ今、蒲生衆が到着いたしました」

喜びにはずんだ声で告げると、信長はすぐに行って合流せよと命じた。

「今日から蒲生の当主はそちじゃ。そのことを忘れるな」

「かたじけのうございます。では」

三左衛門と伝左衛門を従え、二の丸に下りて蒲生勢を出迎えた。

「おう鶴千代。達者《たつしゃ》にしておったか」

およそ一年ぶりの再会である。賢秀はなつかしさと嬉《うれ》しさに目をうるませていた。

「鶴千代ではございませぬ。忠三郎賦秀という名をいただきました」

「分っておる。昔の名で呼んでみたかっただけじゃ」

「今日から蒲生衆の指揮を取れと、信長公がおおせでございます。種村伝左衛門どのを指南役につけていただきました」

「そのことなら、すでに知らせをいただいておる」

「蒲生どの、再び共に戦えるとは心強いかぎりでござる。よろしくお頼み申す」

伝左衛門が賢秀に深々と頭を下げた。

二人は六角家に仕えていた頃からの知り合いで、互いの力量を知り尽くしていた。

「こちらこそ。貴殿《きでん》が指南して下されるのなら鬼に金棒じゃが、当家からも守役《もりやく》を一人出させていただきたい」

賢秀が結解《けっかい》十郎兵衛《じゅうろべえ》をその役に任じたいと申し出た。

三十がらみの譜代《ふだい》の家臣で、若い頃から数々の手柄をたてた剛《ごう》の者だった。

「若殿、わしも来たで」

日野屋次郎五郎《じろうごろう》が侍たちを押しのけて前に出た。

小袖に裁《た》っ着け袴《ばかま》という軽装で、頑丈《がんじょう》なつづらを背負っていた。

「久しいな。出国の時にはありがとう」

忠三郎は贈物の礼を言った。

忠三郎が織田家の人質《ひとじち》となると聞いた次郎五郎は、わざわざ堺《さかい》まで行って地球儀を買いつけてきたのである。

「あんなもんは朝メシ前や。これから何でも言うてくれなはれ。不自由はさせまへんよって」

次郎五郎は従軍商人《あきんど》として兵糧《ひょうろう》や弾薬の調達にあたることになっている。これも自ら志願してのことだった。


八月二十六日に木造城を出た信長は、翌二十七日に阿坂城を攻め落とし、その日の夕方に大河内城に迫った。

城は北の矢津川、東の坂内《さかない》川を外堀とし、西と南に深い谷が走っている。城地の中央にも魔虫《まむし》谷と呼ばれる深い谷があり、七尾七谷の要害と呼ばれていた。

本丸、二の丸、西の丸からなる城に、北畠具教は一万余の兵をこめて守りを固めている。

具教は名門の生まれながら上泉伊勢守《かみいずみいせのかみ》や塚原卜伝《ぼくでん》から剣を学び、「一の太刀」の秘伝をさずけられたほどの使い手である。

配下の軍勢にも剣の達人が多く、士気はきわめて高かった。

信長は城の東の桂瀬《かつらせ》山に本陣をおくと、翌日の夜明けとともに城下を焼き払い、大手の広坂《ひろさか》に滝川一益、搦手《からめて》の龍蔵庵坂《りゅうぞうあんざか》に木下藤吉郎《とうきちろう》秀吉らの軍勢をさし向けて様子をうかがった。

城は高さ四十丈（約百二十メートル）ほどの丘陵《きゅうりょう》を利した平山城である。四方から同時に攻めかかれば、一万余の兵では持ちこたえることはできまい。信長はそう判断し、二十九日の暁《あかつき》から猛然と攻撃を開始した。

ところが北畠勢は弓や鉄砲、投石で反撃する。しかも城には隠し曲輪《くるわ》や落とし堀などいくつもの仕掛けがあり、不意討ちにあって身方《みかた》の犠牲はふえるばかりだった。

信長は力攻めを断念し、城のまわりに柵をめぐらして持久戦にもちこむことにした。

城内には一万余の軍勢と、二万人ちかくの家族や領民が立てこもっているのだから、十日もすれば食糧の欠乏に苦しむようになる。

そう考えて人の出入りを厳重に封じたが、城兵は動じる様子もない。しかも織田方が知らない間道《かんどう》から抜け出し、しばしば夜襲《やしゅう》をかけて包囲軍に痛打をあびせた。

焦《じ》れた信長は、城の南側に丹羽《にわ》長秀《ながひで》、稲葉一鉄らの軍勢を伏せ、九月初めの暗夜に夜襲をかけさせた。

長秀らは難なく二の丸まで忍び入り、鬨《とき》の声をあげて本丸に攻めかかったが、北畠勢は眠ってはいなかった。

本丸から次々と松明《たいまつ》を投げ落とし、炎に照らされて闇の中にうかび上がった織田勢めがけて弓、鉄砲を雨のように撃ちかけた。

反撃しようにも、敵は塀や櫓《やぐら》を楯《たて》にしているのでどうしようもない。織田勢は山のような屍《しかばね》を残し、なす術《すべ》もなく退却していった。

この惨敗《ざんぱい》に激怒した信長は、滝川一益、木下秀吉勢に伊勢、近江の軍勢をそえ、魔虫谷から本丸、西の丸に攻め登るように命じた。

一千の鉄砲隊を先頭に立て、敵の防塁を打ちくずして突入せよというのである。

この作戦に、忠三郎も蒲生勢をひきいて加わった。

信長の馬前で初めて自軍の指揮をとる。何としてでも手柄を立てて御恩に報いようと、鳥肌立つほど血気にはやっていた。

木下勢と一手になって西の丸に攻めかかったが、やはり北畠勢は手強《てごわ》い。城の塀は堅固で打ちくずすことができなかった。

「これでは埒《らち》があかぬ。小隊を組んで突撃させよ」

忠三郎は塀に取りついて乗りこえるように命じたが、十郎兵衛と伝左衛門が異《い》をとなえた。

「敵は槍をかまえて塀際にひそんでおります。無謀な戦をしてはなりませぬ」

その言葉どおり、本丸の塀に取りつこうとした滝川勢は、弓に射られ長槍に突かれて死傷者をふやすばかりだった。

攻めあぐねた信長は、翌日の未明に四方から総攻撃をかけた。

前日の防戦に疲れた北畠勢が深々と寝入っている隙をつこうとしたが、城内には思いもかけぬそなえがあった。

数万本の竹槍を用意し、槍先に油布をつめていたのである。

これに火をつけ、女や子供までが織田勢にむかって投げつけた。上から投げ落とす竹槍は加速度がつき、鎧を突き破るほどの威力があった。

しかも燃え上がる炎が全身を包むのだからたまらない。火だるまになって斜面を転げ落ちる兵が続出した上に、城内から射かけてくる矢の餌食《えじき》になった。

織田勢がこらえかねて退却すると、城兵は門を開けて討って出た。数百人が二重《ふたえ》三重《みえ》になり、燃える竹槍をかまえて坂道を駆け下りてくる。

この攻撃に圧倒され、織田勢は総くずれになって敗走を始めた。

魔虫谷の西側の斜面に取りついていた蒲生勢も持ちこたえられなかった。

「臆《おく》するな。踏みとどまって喰《く》い止めよ」

種村伝左衛門が馬を乗りまわして下知《げち》するが、いったん浮き足立った軍勢は度《ど》しがたい。退去する身方に押し流されて、引き上げざるを得なくなった。

「三左、来い」

忠三郎は三左衛門だけを従え、軍勢の横に出た。

目の前を身方が敗走し、後から北畠勢が追撃していく。その一群をやりすごすと、北畠の大将が下りてくるのが竹槍の明りでかすかに見えた。

金の鍬形《くわがた》を打った昔風の兜《かぶと》をかぶり、栗毛の馬にまたがっている。

「あれを討つぞ。ぬかるな」

忠三郎は真鹿毛から下り立ち、手槍をかまえて樫《かし》の大木の陰に身をひそめた。

四半里（約一キロ）ほど敗走して、蒲生勢はようやく態勢を立て直した。

弓隊が遠矢を射かけて竹槍部隊の追撃を止め、賢秀のまわりを固めていた馬廻り《うままわ》衆が敵の中に駆け入って後続の兵を追い散らした。

夜が白々とあけ、敵が少人数だと分ったことも、蒲生勢に平静さを取りもどさせた。

と同時に、忠三郎と三左衛門がいないことが分り、皆が騒然となった。

「倅《せがれ》は、忠三郎はどうした」

賢秀がまっ青になって軍勢の中を駆けまわった。

「拙者《せっしゃ》は前線に出ておりましたので分りませぬ。先に退却なされたものと思っておりましたが」

伝左衛門が当惑して、結解十郎兵衛の顔をうかがった。

「それがしは貴殿が側についておられると思い、弓隊の指揮にまわりました」

そうしなければ敵を撃退することはできないといち早く判断し、十郎兵衛は後ろに下がったのである。

二人とも防戦に手一杯で、忠三郎のことを気にかける余裕を失っていたのだった。

「大戦《おおいくさ》は初めてゆえ気づかってくれと、あれほど申したではないか。何のための守役じゃ」

賢秀は最悪の場合を想像し、すぐにさがしに行けと全軍に命じた。

伝左衛門と十郎兵衛が血相《けっそう》を変えて馬を出そうとした時、忠三郎がもどってきた。

悠然《ゆうぜん》と真鹿毛にまたがり、兜首を持った三左衛門を従えている。

「忠三郎、どこで何をしておったのじゃ」

賢秀が飛びかからんばかりにしてたずねた。

「負け戦ばかりではあまりに不甲斐《ふがい》ないので、一矢《いっし》むくいようと思ったのです」

そうしてこの御仁《ごじん》を討ち取ったと、三左衛門に持たせた首をさし出した。

「これは日置日向守《ひおきひゅうがのかみ》どのではないか」

「ご存知ですか」

「知っておるとも。北畠家中に日向ありと称された剛勇の士じゃ」

本当にお前が討ち取ったのかと、賢秀は半信半疑だった。

「樫の陰にかくれて待ち伏せ、槍を突きました。勝ち戦におごり、伏兵がいるとは思っておられなかったのでしょう」

「でかした。初陣の大手柄じゃ」

賢秀はすぐに信長公に報告せよと言い、自分も作法を教えるために同行した。

桂瀬山の本陣には陣幕が張られ、軍目付《いくさめつけ》が祐筆《ゆうひつ》を従えて戦果の報告を受けていた。手柄を記録し、恩賞の資料にするためである。

「蒲生賢秀が嫡男忠三郎、日置日向守どのの御首級《みしるし》を頂戴いたしました」

片膝立ちで首を示すと、陣幕内にいた武将たちがいっせいに驚きの声を上げた。

日向守は彼らにさえ一目《いちもく》おかれる豪傑だったのである。

「忠三郎、これへ」

信長が側に来いと手招き、どうやって討ち取ったのかとたずねた。

「以前に夜話の席で、稲葉さまが槍隊は横からの攻めに弱いとおおせられました」

それゆえ横に出て竹槍隊をやり過ごしたところ、夜討ちの大将である日向守が馬で下りてきた。そこを討ち取ったのだと、忠三郎は整然と状況を説明した。

「ほう。一鉄の話を活かしたとな」

「はい。これもご教示のおかげでございます」

「ようやった。さすがは余が見込んだ若武者じゃ」

信長は大いに感心し、手ずから褒美《ほうび》の打鮑《うちあわび》を与えた。

「恩賞は岐阜で定める。呼び出しがあり次第、賢秀とともに参るがよい」

それまでは馬廻り衆として本陣の警固にあたればよいと、きわめて異例のあつかいをした。

大河内城での激戦は五十日にわたってつづけられたが、十月初めに信長の次男茶《ちゃ》筅丸《せんまる》（後の信雄《のぶかつ》）を北畠具教の婿《むこ》養子にするという条件で和議が成立した。

信長としてはこれ以上伊勢攻めに手間取るわけにはいかないので、茶筅丸を養子にすることで実利を確保しようとした。

一方の北畠家にもこれ以上抗戦する力はなく、信長と縁組みすることで家名と一族郎党を守ることにしたのだった。

信長は和議を見届けることなく岐阜に引き上げ、忠三郎と賢秀は近江の日野城にもどることが許された。

呼び出しがあったのは十月下旬のことである。

父とともに岐阜城に駆けつけると、表御殿の広間に通された。

これは客としてのあつかいである。いったい何事だろうといぶかっていると、亀藤丸を先頭にして五人の小姓が入ってきた。

「本日のご登城、まことにおめでとうございます」

亀藤丸がにきび面を上気させて改まった挨拶をした。

「いつぞやは和歌のご教示をいただき、かたじけのうございました。源実朝《さねとも》公が那須野ヶ原の狩りの情景を詠《よ》まれた歌だと知り、改めて感服つかまつりました」

あの時には無礼な物言いをしたが、どうかご容赦《ようしゃ》いただきたいと、五人そろって頭を下げた。

「そんなことは気にしていませんが、どうして急に」

忠三郎は先輩たちの豹変《ひょうへん》ぶりにとまどった。

賢秀も何か企《たくら》みがあってのことではないかと、五人の様子を注意深くうかがっていた。

「過《あやま》ちを正《ただ》すに時をえらぶべからずと申します。後ほど使いがまいりますので、いましばらくお待ち下され」

亀藤丸は他の四人をうながし、貴人に対するような礼をして立ち去った。

しばらくたって堀久太郎《きゅうたろう》が迎えに来た。信長の太刀持ちをつとめていた切れ者で、今は近習に取り立てられていた。

「どうぞ、こちらに」

うやうやしく案内したのは奥御殿の書院である。信長の私的な部屋で、身内しか入れない場所だった。

書院には信長と信忠、それに年若い娘がいた。

まだ十歳を少しすぎたばかりだろうが、化粧をして美しく着かざっている。瓜実《うりざね》形《がた》のほっそりとした顔立ちで、切れ長の目に意志の強さがにじみ出ていた。

「忠三郎、伊勢ではよう働いた。初陣の手柄はことのほかめでたい」

信長が手放しで誉《ほ》め、褒美に娘をやると言った。

「冬姫という。歳はそちより二つ下じゃ。可愛《かわい》がってやれ」

忠三郎には意味が分らない。どうしたことだろうと父を見やると、賢秀は満面に喜色《きしょく》をうかべて深々と頭を下げた。

「そちを余の婿にするということじゃ。冬姫では不足か」

「いえ、あまりに急なおおせゆえ」

忠三郎は顔を赤らめて頭を下げた。

冬姫がどんな娘か分らない。夫婦《めおと》になる実感もなかったが、信長がそこまで自分を見込んでくれたことが、天にも昇るほど嬉しかった。

「茶筅も三七《さんしち》（後の信孝《のぶたか》）も養子に出したゆえ、我が家も淋《さび》しくなった。これからは余の息子となり、天下のために力をつくしてくれ」

「忠三郎、今日から私が兄じゃ。忘れるでないぞ」

信忠も忠三郎には一目おいている。義理とはいえ、兄弟となれたことが心《しん》から嬉しそうだった。

半月後、忠三郎と冬姫は岐阜城内で祝言《しゅうげん》をあげ、重臣や大名たちから祝福を受けた。

人質となってわずか一年で信長の婿となり、冬姫を連れて日野城に帰ることが許されたのだった。

裏切り

野山は雪におおわれていた。

東には鈴鹿《すずか》山脈が走り、西には琵琶湖が横たわっている。その間に広がる近江《おうみ》平野が、雪におおわれて白く輝いている。

忠三郎《ちゅうざぶろう》は娶《めと》ったばかりの冬姫を連れ、御代参《ごだいさん》街道を日野にむかっていた。

多賀大社《たがたいしゃ》の脇をすぎると、西明寺《さいみょうじ》、金剛輪寺《こんごうりんじ》、百済寺《ひゃくさいじ》が山ふところに甍《いらか》をならべていた。

湖東《ことう》三山と呼ばれる古刹《こさつ》で、比叡山延暦寺《えんりゃくじ》よりも古い時代に創建されている。

それは近江の先進性と豊かさを雄弁に物語っていた。

真鹿毛《まかげ》に乗った忠三郎とならんで、冬姫も馬をすすめている。

花嫁なのだから輿《こし》を使うように言ったが、この方が気持ちがいいと岐阜からずっと馬である。信長の娘だけあって、騎乗ぶりも見事なものだった。

忠三郎は時折冬姫に目をやりながら、幸せと喜びをかみしめていた。

神のごとくあおぎ見ていた信長が、自分を婿《むこ》にしてくれた。義理とはいえ息子の一人になったのである。その誇りは何物にも代えがたいほどだった。

一面の雪景色は、冬姫という名にぴたりと合っている。天も地も、この晴れがましい帰郷を祝福しているようではないか。

そう思いながらあたりを見渡していると、

「何をお考えですか」

冬姫が切れ長の目をむけてきた。

黒い瞳は聡明さをたたえてすみきっていた。

「そちを娶り、こうして国に連れ帰ることができる。私は何と果報者だろうかと思っていたのだ」

忠三郎はしっかりと冬姫を見返した。

「忠三郎さまは父上を心《しん》から敬《うやま》っておられるのですね」

「当たり前だ。あのお方は他の誰ともちがっておられる」

「わたくしをご覧になる目に、その思いがにじんでおります。でも妻となった身には、あまり嬉《うれ》しいことではないのですよ」

信長の娘としてではなく一人の女子《おなご》として愛してほしいと、冬姫はなかなか気丈である。

まだびんそぎ（少女の元服式《げんぷくしき》）もしていないので夫婦といっても形ばかりだが、すでに忠三郎の妻として生きる覚悟を定めていた。

「さようか。それはすまぬことをした」

忠三郎はあっさりと兜《かぶと》をぬいだ。

真鹿毛も何だか嬉しそうで、うなずくように首を上下させていた。

一行は佐久良《さくら》川をわたり、日野の城下に入った。忠三郎の手勢は五百人、冬姫の従者は五十人。それに嫁入り道具をはこぶ荷駄《にだ》が二百人もいるので、狭い城下の道を長々とつらなって進んだ。

沿道には家臣、領民がずらりと並んで出迎えた。立派に元服した忠三郎の雄姿《ゆうし》に目を奪われている者もいたが、大方の関心は馬上の冬姫に集まった。

信長の娘は鬼のような顔をしているという噂が飛びかっていただけに、緋《ひ》色の打ち掛けを着た冬姫の美しさに誰もが目を瞠《みは》っている。しかも黒革の馬乗り袴《ばかま》をはき、自ら手綱《たづな》を取って馬を進める異相ぶりである。

冬姫の嫁入り道具の豪華さにも注目が集まった。

荷駄が五十棹《さお》もの長持《ながもち》をかつぎ、馬鎧《うまよろい》で飾り立てた二十頭にも荷をぎっしりと背負わせている。中に何が入っているかは分らないが、まるでお城がひとつ移ってきたようだと後々まで語り草になったほどだった。

永禄《えいろく》十三年（一五七〇）の年が明け、忠三郎は十五歳になった。

元日の朝には、家族そろって氏神である綿向《わたむき》神社に参詣《さんけい》するのが、蒲生《がもう》家の長年のならわしである。参道の両側につづく松林は若松と呼ばれ、瑞祥《ずいしょう》をあらわすものと信じられている。

きれいに雪をはき清めた参道を歩き、忠三郎は冬姫とともに神前に進んだ。

願うのは信長の天下統一が早く進むことと、信長の役に立つ武将に成長すること。そしてやがては水軍をひきいて世界の海に乗り出していくことだった。

「忠三郎、今年の望みは何じゃ」

父親の賢秀《かたひで》が参詣を終えて声をかけた。

「信長公のお役に立つことでございます」

「さようか。その心掛けは殊勝《しゅしょう》だが、日野のことも忘れぬようにな」

賢秀は忠三郎が信長にのめり込みすぎていることを少々危惧《きぐ》している。信長とは同い歳なので、息子を取られたような淋《さび》しさも感じているようだった。

忠三郎は日野城の本丸御殿を新居にし、冬姫との初々《ういうい》しい新婚生活を始めたが、その間にも政情は日に日に緊迫の度をましていた。

岐阜にいる信長と、都にいる足利義昭《よしあき》の対立が表面化したのである。

二年前の上洛《じょうらく》の頃から、二人には思惑のちがいがあった。

信長は義昭を将軍にして意のままにあやつり、天下統一のための傀儡《かいらい》にしようと考えていた。義昭はそうしたあつかいに不満を持ち、他の有力大名との関係を強化して独自の路線を推《お》し進めた。

このことに危機感を抱《いだ》いた信長は、義昭に五ヶ条の覚書《おぼえがき》を突きつけて動きを封じようとした。

その内容は次のとおりである。
一、義昭が諸国に下す内書《ないしょ》（私信）には信長の添状をつけること。
一、これまでの義昭の下知《げち》は破棄《はき》すること。
一、義昭に忠節をつくした者に与える所領がない時には、信長の分から与える。
一、信長は天下のことを任されているので、義昭の了解を得ずに断《だん》を下す。
一、義昭は天下の安泰《あんたい》と朝廷のことについて慎重に対処すること。
将軍の権限を真っ向から否定したものだが、信長に擁立《ようりつ》された義昭にはこれを拒否することはできない。やむなく承知したものの、二人の対立はこの頃から徐々に深まっていったのだった。

同時に、信長はもうひとつの命令を下した。

畿内と周辺二十一ヶ国の大名に、禁裏《きんり》修理と将軍家御用のため、二月中旬までに上洛するよう求めたのである。

蒲生家にも近江の軍団長となった柴田勝家《かついえ》を通じて命令が下った。手勢一千をひきいて二月十五日までに観音寺《かんのんじ》城に参集せよという。

「一千でございますか」

忠三郎は勝家の使者に問い返した。

将軍に伺候《しこう》するのに、なぜそれほどの軍勢が必要なのか分らなかった。

「近江からは五千の兵を出すようにとの御諚《ごじょう》でござる。蒲生家は五万石の身上《しんしょう》ゆえ、似合いの人数と存じまする」

「どこかにご出陣なされるおつもりでしょうか」

「存じません。それがしはただ、この書状を届けるように命じられたばかりでござる」

使者は何も答えぬまま、そそくさと退散した。

信長の命令とあれば是非《ぜひ》もない。忠三郎は重臣たちに出陣の仕度にかかるように命じたが、胸の内に引っかかるものがある。近江でさえ五千の兵を出すのなら、二十一ヶ国からは十万ちかい軍勢が集まるだろう。

（そんな大軍を集めて、義父上《ちちうえ》はいったい何をなされるつもりなのか）

疑問をかかえたまま軍勢の編制にかかっていると、二月初めになって信長から使者が来た。至急岐阜城に出仕せよという。

忠三郎は和田三左衛門《さんざえもん》や種村伝左衛門《でんざえもん》ら二十騎ばかりを連れて、その日のうちに日野を発《た》ち、翌日の正午頃に岐阜についた。

「冬姫は息災《そくさい》か」

信長は愛娘《まなむすめ》の様子をたずねてから、上洛の際には近習《きんじゅう》として仕えるように命じた。

「朝廷や幕府との折衝《せっしょう》もある。そちのように気の利いた者が必要なのじゃ」

各方面に使いをすれば、人脈も広がるし都の政治の仕組みも分る。信長はその機会を忠三郎に与えようとしていた。

「ありがたきおおせ、かたじけのうございます」

忠三郎は丁重《ていちょう》に礼を言い、ひとつだけ教えてほしいことがあると言った。

「うむ、申せ」

「当家にも一千の兵を出せとの御諚でございました。何ゆえの戦《いくさ》仕度でございましょうか」

「将軍の威《い》を天下に示すためじゃ」

信長は怪しげな含み笑いをして、後は都でのなりゆき次第だとつぶやいた。

「それより引き合わせたい者がいる。参るがよい」

信長は下の客殿に案内した。

金髪で青い目の西洋人が、黒い法衣を着て控えていた。

「イエズス会の宣教師じゃ。名をルイス・フロイスという」

これは余《よ》の息子じゃと、信長は忠三郎をフロイスの前に押し出した。

「初めてお目にかかります。信長さまにはいつも心強いご支援をいただいておりま
す」

フロイスはよどみなく日本語を話した。

ポルトガルの生まれで三十九歳になる。十六歳の時にインドのゴアに渡り、七年前に来日した。以来、畿内の責任者として布教にあたり、信長とも何度か顔を合わせていた。

「そちは地球儀を持ち、世界のことを学んでいると聞いた。知りたいことがあれば、何でもフロイスにたずねるがよい」

信長はそう勧めたが、忠三郎は西洋人と会うのは初めてである。緊張のあまり、とっさに言葉が出てこなかった。

「ヨーロッパから日本に来るのに、どれくらいかかりますか」

最初に思いついたのは平凡な質問だった。

「天候や船の性能にもよりますが、だいたい一年半から二年です」

「途中で嵐にあったり、海賊に襲われたりするのではないですか」

「時々あります。ワタシの知り合いも何人か命を落としました」

「そうした危険があるのに、あなた方はどうしてこの国までやって来るのですか」

「主《しゅ》の教えを広めるためです。そのために身命《しんめい》をなげうつのが、我々の務めですから」

フロイスの迷いのない明快な姿勢に、忠三郎は感銘《かんめい》を受けた。どんな苦難にもひるまない心の強さは、勇猛な武士に勝《まさ》るとも劣らないものだった。

「この者たちはやがて都に教会を建てる。興味があればいつでも教えを乞《こ》うがよい」

信長はフロイスの知識と人柄を高く買っていて、朝廷や寺社の反対を押し切って洛中《らくちゅう》での布教を許していた。

二月三十日、信長は尾張《おわり》、美濃《みの》の軍勢、合わせて三万をひきいて上洛した。忠三郎もこれに従い、三月一日には信長とともに参内《さんだい》した。

官位のない身では殿上《てんじょう》に伺候することはできないので、東庭《とうてい》にひかえていたばかりだが、幼い頃から源氏物語や和歌に親しんでいるので感激もひとしおだった。

三月五日に信長は将軍義昭や三好義継《よしつぐ》らとともに大原野《おおはらの》に鷹狩りに出たが、この時も忠三郎は供を命じられた。

「公方《くぼう》さま、これがそれがしの婿でござる」

鷹野に張った陣幕の中で、信長は忠三郎を義昭に引き合わせた。

「蒲生家のことは存じておる。俵藤太秀郷《たわらのとうたひでさと》の裔《すえ》で、佐々木家の重臣として代々忠節をつくしてきた家であろう」

義昭は信長より三歳下である。幼い頃から寺に入れられて学問に打ち込んできたが、世間のことがよく分っていない。武芸の鍛錬《たんれん》もしていないので、いまだに馬にも乗れなかった。

「過分《かぶん》のお言葉、かたじけのうございます」

将軍とは雲の上の人だ。忠三郎は祖父や父からそう聞かされていたが、義昭には人を服させるほどの威はそなわっていなかった。

「蒲生家は和歌の家でもあろう」

「五代前の貞秀《さだひで》は宗祇《そうぎ》法師から歌学を学び、三条西実隆卿《さんじょうにしさねたかきょう》とも親交があったと聞いております」

「そうであろう。新撰菟玖波集《しんせんつくばしゅう》にも貞秀の歌がのっていたはずじゃ」

義昭は忠三郎を誉《ほ》めるよりも、自分がそれを知っていることを自慢している。そんな所にも我《が》の強い性格が表われていた。

この日のことが縁となり、忠三郎は義昭に目をかけられるようになった。武骨《ぶこつ》で無学な信長の家臣たちより、歌道や学問にも通じている忠三郎の方に親しみを感じたのだろう。信長に用がある時には、忠三郎を呼びつけて用件を伝えるほどだった。

信長の求めに応じて、畿内近国の大名たちが兵をひきいて続々と上洛してきた。だがそれは信長と盟約しているか、将軍義昭を支持している者たちで、越前《えちぜん》の朝倉義景《よしかげ》、越後《えちご》の上杉謙信《けんしん》、安芸《あき》の毛利《もうり》元就《もとなり》らは動こうとしなかった。

信長は朝廷と幕府のために上洛するように呼びかけているが、これに従えば信長の軍門にくだることになる。

朝倉や上杉ら有力大名には、承服《しょうふく》しがたい要求だった。

「越前は雪深き国ゆえ、木ノ芽《きのめ》峠の雪がとけるまでは動けぬとおおせでございます」

朝倉の使者は巧妙に言いつくろった。

信長の命令には従わぬものの、正面からの対立をさけようとしたのである。

「ならば三月末まで待つ。それでも従わぬとあらば、兵をさし向けると伝えよ」

信長は強硬な態度をくずさなかったが、義景は三月末になっても腰を上げようとしなかった。それどころか北国《ほっこく》街道ぞいに要害をかまえ、信長軍の侵攻にそなえているという。

信長は思う壺だとほくそ笑《え》み、上洛中の諸大名に出陣命令を下した。

「朝倉義景は朝廷と幕府を軽《かろ》んじ、上洛在京の命令を無視した」

これを討伐するのは天下のためだという理由をつけての出陣だが、信長のねらいは別にあった。越前の敦賀《つるが》港や三国《みくに》港を手に入れ、海外との交易を独占しようとしたのである。

（なるほど。それゆえの戦仕度だったか）

忠三郎は信長の意図をすぐに理解した。

これから天下統一を推し進めるには、火薬の原料である硝石《しょうせき》と鉄砲玉にする鉛を、海外から安定的に輸入する必要がある。

現在その道筋は二つ。ポルトガル人が堺《さかい》港に持ち込む東シナ海経由と、王直《おうちょく》ら明《みん》国人の貿易商（後期倭寇《わこう》）が越前に持ち込む日本海経由である。

信長は二年前に上洛をはたした後に、いち早く堺港を押さえた。次に敦賀や三国を手に入れれば、畿内に入る鉛や硝石は独占できるのだった。

四月二十日、信長は三万の軍勢をひきいて朝倉討伐へむかった。

これに従うのは徳川家康、松永久秀《ひさひで》、三好義継ら畿内近国の大名らの軍勢五万。それに近江の坂本に結集していた柴田勝家、木下秀吉、明智光秀《あけちみつひで》らの軍勢二万が加わり、総勢は十万をこえた。

蒲生家も命令どおり一千の兵をそろえ、柴田勝家の旗下《きか》に入っている。忠三郎はその指揮を賢秀に任せ、わずかな近臣とともに信長の本陣にとどまっていた。

織田勢は坂本から湖西の道を北上し、その夜は和邇《わに》、二十一日は高島、二十二日は九里半《くりはん》街道の宿場町である熊川に宿営した。
二十三、二十四の両日は越前と境を接する三方郡《みかた》佐柿《さがき》にとどまり、二十五日の早朝から天筒山《てづつやま》城に攻めかかった。
北国街道と敦賀湾を扼《やく》する絶好の位置にある城には、気比《けひ》大社の社家を中心とした地元の豪族千五百ばかりが立てこもっていた。

城の北西には金ヶ崎《かねがさき》城があり、朝倉景恒《かげつね》が三千の兵をひきいて立てこもっている。両者は尾根つづきになっていて、連携《れんけい》して敦賀港と城下の町を守る構えを取っていた。

信長は櫛川《くしかわ》の花城山に本陣をおき、天筒山城の東南から攻めかかるように命じた。

この方面は険《けわ》しい崖《がけ》になっている上に、ふもとには泥田がつづいている。朝倉方はここから攻めて来るとは思ってもいないようで、城の構えも貧弱で守備兵も少なかった。

織田勢は高さ二十丈（約六十メートル）もある崖を人海戦術《じんかいせんじゅつ》で強行突破し、わずか一日で城を攻め落とした。

このために金ヶ崎城にいた朝倉勢は動きを封じられ、翌二十六日には城を明け渡して退却していった。

信長は城下の妙顕寺《みようけんじ》を宿所として、朝倉氏の本拠である一乗谷《いちじようだに》攻めの軍議をかさねたが、二十八日の早朝に近江に残した留守役から思いがけない知らせがとどいた。

「申し上げます。浅井長政どのに謀叛《むほん》の動きがございます」

朝倉義景と通じて、信長をはさみ討ちにしようとしているという。

「馬鹿な。そんなはずがあるか」

信長は一笑《いつしよう》に付した。

長政には妹のお市《いち》を嫁《とつ》がせているし、近江の北半国の領有も許している。それに七千ばかりの兵で十万もの大軍に抗《あらが》うはずがないと思ったのである。

信長は信じようとしなかった。お市の側役《そばやく》として小谷城《おだにじよう》に入れた者からも謀叛を告げる使者が来たが、それでも

「虚説たるべし」

そう言ったと『信長公記《しんちょうこうき》』は伝えている。

同じ頃、忠三郎のもとにも急を告げる書状がとどいた。

六角承禎《ろっかくしょうてい》と行動をともにしている叔父の蒲生茂綱《しげつな》からのもので、承禎が浅井長政とともに挙兵すると近江の土豪衆に呼びかけている。しかも「御教書《みぎょうしょ》を奉じ、逆賊信長を討つ」と公言しているという。

（そんな馬鹿な）

忠三郎の顔から血の気《け》が引いた。

御教書とは将軍の命令を伝える文書のことだ。これが事実なら、浅井や六角の謀叛の背後には将軍義昭がいることになる。

にわかには信じがたい知らせだが、信長に伝えて判断をあおぐことにした。

「で、あるか」

信長はしばらく書状をにらんでから、すぐに撤退するので仕度をせよと命じた。

「馬廻《うままわ》り衆のみで都に駆けもどる。重臣どもには殿軍《しんがり》を命じよ」

ただし、他の大名にはこのことを知らせてはならぬと厳命した。

信長が恐れているのは、浅井、朝倉にはさみ討ちされることではない。同陣した他の大名が、義昭の命《めい》を奉じて次々と寝返ることだ。

それを防ぐには一刻も早く都にもどり、義昭の身柄を押さえなければならなかった。

信長は翌日の未明に陣所を抜け、都に向かって駆けに駆けた。

供をするのは忠三郎や堀久太郎《きゅうたろう》ら近習《きんじゅう》、それに黒母衣《くろほろ》、赤母衣を中心とする馬廻り衆だけである。その後から徒兵《かち》千人ばかりが、おっ取り刀で追いかけた。

殿軍として残ったのは木下秀吉、明智光秀、徳川家康らだが、十万の大軍を擁《よう》しているだけに朝倉勢から追撃を受ける心配はほとんどなかった。

恐ろしいのは、他の大名たちが義昭の命を奉じていっせいに襲いかかってくることである。

秀吉らはそうならないように細心の注意を払い、信長の不在を隠したまま薄氷《はくひょう》を踏む思いで時間かせぎをしなければならなかった。

信長は先頭に立ち、敦賀から佐柿、熊川を抜け、保坂《ほうざか》から朽木谷《くつきだに》への道をたどった。

北進する時に通った湖西の道は、六角承禎の旧領なので敵方に寝返っているおそれがある。それに朽木谷を抜ける鯖《さば》街道が、都に向かうには最短距離だった。

信長は安曇《あど》川までたどりつくと、馬を休ませて水を入れた。

ここから都までは、あと十二里（五十キロ弱）ほどである。馬を飛ばせば夜半までには着ける距離だが、気がかりなのはこの谷を領する朽木元綱《もとつな》の動向だった。

朽木氏は佐々木氏の一門なので、六角承禎と通じているおそれがあった。

「忠三郎、蒲生と朽木は昵懇《じっこん》の間柄であったな」

信長は忠三郎を間近に呼びつけ、朽木は寝返るかとたずねた。

「朽木どのとは面識がありませんが、もし六角どのが御教書を奉じて挙兵されたのなら、朽木どのも従われると存じます」

十二代将軍義晴《よしはる》が三好長慶《ちょうけい》らに都を追われた時、朽木家は自分の館で五年もの間保護したことがある。それほど将軍家に対する忠誠心が強いので、義昭から挙兵を命じられたなら応じる可能性が高かった。

「さようか。ならば物見に出て確かめて参れ」

信長は鉄砲衆を百人ばかり連れて行けと言ったが、忠三郎は和田三左衛門と種村伝左衛門だけを従えていくことにした。

少人数のほうが怪しまれないし、万一の場合にも脱出しやすかった。

「若殿、ご用意を」

鉄砲三左が鞍《くら》の前輪《まえわ》に馬上筒《ばじょうづつ》をつけ、いつでも射撃できる態勢を取るように勧めた。

「いや。火薬の匂いなどさせては怪しまれるだけだ」

「丸腰で乗り込まれますか」

「朽木谷は猟師の里だ。どこに監視の目が光っているか分らぬ」

忠三郎を真ん中にして谷川ぞいの細い道を駆け、朽木館まであとわずかと迫った時、先頭を行く伝左衛門が急に馬を止めた。

前方からおびただしい蹄《ひづめ》の音が聞こえてくる。道が曲がりくねっているので姿は見えないが、ゆうに百騎をこえているだろう。

「若殿、こちらへ」

伝左衛門が馬の口に枚《ばい》をふくませ、雑木林の中に引き入れた。

忠三郎も三左衛門もそれに従って身をひそめていると、縦列になった一隊が目の前にさしかかった。

意外なことに対《むか》い鶴の蒲生家の旗をかかげている。中ほどで馬を進める黒革おどしの武者は、使者をよこして急を知らせた茂綱だった。

「叔父上、忠三郎でござる」

透き通った甲高《かんだか》い声を聞いて、茂綱は手綱をしぼって馬をまわした。

「おう。こんな所で何をしておるのじゃ」

「物見を命じられたのでござる」

忠三郎は事情を話し、叔父上こそなぜここにおられるのかとたずねた。

「浅井と六角が謀叛と聞けば、信長公はこの道をたどって都へ向かわれる。そう思って露払いをつとめに来たのだ」

「では、観音寺のお館さまとは」

「縁を切ることにした。このような謀《はかりごと》で、そちや兄上を死なすわけにはいかぬ」

それに承禎どのと信長公では器量がちがいすぎると、茂綱は屈託《くったく》なく笑い飛ばした。

「朽木館の様子はいかがでしょうか」

「常のごとく静かじゃ。朽木どのが兵を動かされる気づかいはない」

それを聞けばひと安心である。忠三郎は茂綱を信長に引き合わせようと、来たばかりの道を馬を並べて引き返した。


信長の動きは早かった。朽木谷を一気に突っ切り、山桜の散り残る花折《はなおれ》峠をこえて、四月三十日の明け方に都に着いた。

だが、まだ安心はできない。もし足利義昭が信長討伐を決意しているのなら、このまま姿を見せては敵中に裸で飛び込むことになる。

そこで鎧をぬいで平服になり、近習ばかりを従えて佐久間信盛《のぶもり》が陣所としている妙覚寺《みょうかくじ》に入った。

信盛には三千の兵をさずけ、出陣中に京の留守を守るように命じていた。

「これは上さま、何ゆえそのようなお姿で」

信長がもどって来るとは夢にも思っていない信盛は、夜着の上に小袖を羽織っただけで飛び起きてきた。

「都に変わりはないか」

「何もございませぬ。禁裏の修築もとどこおりなく進んでおります」

「二条御所はどうじゃ」

信長は水をはこばせ、喉《のど》のかわきをうるおした。

「公方さまもお健《すこ》やかでございます。明後日には近江に鷹狩りに行くとおおせでございます」

「人数は」

「は?」

「鷹狩りの供揃《ともぞろ》えじゃ。何人で行く」

これこそ六角承禎や浅井長政と合流するための口実だろうが、初老にさしかかった信盛は聞いていないと牛のようにのんびりと構えていた。

こいつでは埒《らち》があかぬと思った信長は、外に控えていた忠三郎を呼びつけ、

「そちは細川兵部《ひょうぶ》と親しくしておったな」

鋭い目をしてたずねた。

兵部とは義昭の側近の細川藤孝《ふじたか》のことである。忠三郎は二条御所に使いに行った時に、何度か顔を合わせていた。

「親しいというほどではありませんが、お目にかかって話をしたことはございます」

「細川屋敷は存じておるか」

「一条戻り橋の近くとうかがいました」

「これからそこに行き、兵部と小倅《こせがれ》を連れて来い」

信長は理由も告げず、そう命じた。

忠三郎は三左衛門だけを連れて堀川通りを北に向かった。

朝の商いの時間で、路上にむしろを敷いて野菜や川魚を売っている。頭に薪《まき》の束をのせて売り歩く大原女《おはらめ》の姿もあった。

都はいつもと変わらぬ平穏をたもっている。義昭が大それたことを企《くわだ》てているとは思えないのどかさだった。

細川屋敷で藤孝に対面を求め、嫡男《ちゃくなん》与一郎《よいちろう》とともに妙覚寺まで来てほしいと伝えた。

「どなたのおおせでござろうか」

「それは言えませんが、お察しいただけるものと存じます」

「ご近習の忠三郎どのが都にもどられたということは、織田家の大事に関わることでござるな」

「天下の大事です。お急ぎいただきたい」

「承知いたした。今しばらく」

お待ちいただきたいと言うなり、藤孝は奥に急を告げに行った。

二人を連れて寺にもどると、信長は藤孝だけを茶室に招いた。数奇屋《すきや》造りの小間《こま》なので、他の者に話を聞かれるおそれはなかった。

「これは、まことか」

信長はいきなり蒲生茂綱の書状を突きつけ、六角承禎と義昭が連絡を取り合っているかどうかたずねた。

「このような御教書を出されたことはありません」

藤孝は落ちつき払って否定した。

「明後日には近江に鷹狩りに出るという。それを口実に六角と落ち合うつもりではないのか」

「公方さまの胸の内は分りませぬが、それがしも他の近臣たちもそのような相談にはあずかっておりません」

「そちだけが知らぬということもあろう」

「ご懸念《けねん》は無用にございます」

幕府の奉公衆を動かす時には、事前にかならず参集を求める命令が行く。藤孝は奉公衆と綿密に連絡を取り合っているので、それを見逃すことは絶対にないという。

「ならば公方は、身ひとつで近江を頼るつもりだったのだな」

「そのような企てをなされているとは、とても信じられませぬ」

「今度の罪は問わぬゆえ、鷹狩りを中止させよ。どうじゃ。できような」

「御意《ぎょい》とあらば」

「天下の静謐《せいひつ》を乱してはならぬと、公方に申し聞かせよ。その間、与一郎は預かっておく」

信長は忠三郎を呼びつけ、与一郎を小姓《こしょう》に取り立てるので万事指導せよと申しつけた。

藤孝が背《そむ》かぬように人質《ひとじち》に取ったわけだが、これが二人の親交という思わぬ副産物をうんだ。

後に忠三郎と与一郎は千利休《せんのりきゅう》に茶道《さどう》を学び、利休七哲の双璧《そうへき》と称されるようになる。その付き合いはこの時から始まったのだった。

焼き討ち

元亀《げんき》四年（一五七三）の正月、忠三郎《ちゅうざぶろう》は冬姫を連れて綿向《わたむき》神社に初詣《はつもうで》に出かけた。

忠三郎は十八歳、冬姫は十六歳。昨年暮れに冬姫のびんそぎも終え、晴れて男女の仲になった二人である。

かくなる上は一日も早くお世継ぎの誕生をと誰もが期待し、忠三郎もそう願っていたが、自分だけの幸せに安住しているわけにはいかなかった。

岳父《がくふ》信長と将軍義昭《よしあき》の対立はいっそう険《けわ》しくなっている。

三年前の朝倉征伐の時に義昭はひそかに信長打倒をはかったものの、浅井、朝倉勢が姉川の戦いに敗れると、鳴りをひそめて証拠の隠滅《いんめつ》をはかった。

ところが今では、各方面に公然と信長を討てと呼びかけている。

大坂の石山本願寺と河内《かわち》の三好《みよし》一党、越前《えちぜん》の朝倉義景《よしかげ》、近江《おうみ》の浅井長政と六角《ろっかく》承禎《しょうてい》、そして甲斐《かい》の武田信玄《しんげん》がこれに応じ、大包囲網を形成して信長への圧力を強めていた。

昨年十二月、信玄は三方ヶ原《みかたがはら》の戦いで徳川家康と織田の連合軍を打ち破り、尾張《おわり》、美濃《みの》へ侵攻する構えを見せている。

これを知った義昭は、年明け早々に奉公衆に触れをまわし、信長との決戦にそなえるように命じた。

この動きに呼応《こおう》して、六角承禎は南近江で挙兵の動きを活発化させているが、忠三郎は信長が戦《いくさ》に敗《ま》けるとは毛の先ほども思っていなかった。

織田軍の鉄砲の装備率はきわ立って高いし、堺《さかい》港を押さえることで火薬と弾薬を海外から輸入する態勢もととのえている。

信玄がいかに戦上手であろうと、武田家は海外との交易路を持たず火薬も弾薬も自前で調達できないのだから、長期戦になれば勝ち目はない。

忠三郎とて六角承禎の軍勢などやすやすと打ちくだく自信があったが、気がかりなのは近頃の信長の非情さだった。

二年前の九月、信長は比叡山延暦寺《ひえいざんえんりやくじ》を焼き討ちして三千人ちかくの僧俗男女を殺した。

北近江での一向一揆《いっこういっき》との戦いでも、村々を焼き払って住民をなで斬り（皆殺し）

にする作戦を多用している。厳しい姿勢を見せつけることで包囲網を崩そうとしているのだろうが、かえって人心がはなれる結果を招いていた。

この状況をどう打開すればいいのか、忠三郎にも分らない。ただ神仏のご加護を願うだけだと社殿の前まで来て、ふと足を止めた。

この世ならざるものに頼るようでは、信長に反している者たちと同じだと思ったのである。

「いかがなされましたか」

冬姫がいぶかしげにたずねた。

「信長公は初詣をなされるか」

「いたします。織田家は剣《つるぎ》神社の神官の家系ですから」

「さようか。ならば……」

どうして比叡山を焼き討ちにすることができたのだろう。そう聞きたかったが、口にはしなかった。

状況は刻々と変わっている。

将軍義昭は武田信玄が信長を牽制《けんせい》している間に近江を奪い返そうと、六角承禎や一向一揆、延暦寺の末寺《まつじ》などに挙兵を命じた。

これに応じた者たちが石山や堅田《かたた》の砦《とりで》に立てこもり、信長が都に入るのを阻止する構えを取った。信長は村井貞勝《さだかつ》をつかわして講和を申し入れたが、義昭は頑《がん》として応じなかった。

そこで柴田勝家《かついえ》、明智光秀《あけちみつひで》、丹羽長秀《にわながひで》ら近江に配した諸将に、石山、堅田の敵を叩きつぶすように命じたのだった。

忠三郎も勝家の寄騎《よりき》として出陣した。二月二十四日に瀬田《せた》の唐橋《からはし》をこえて石山に着き、諸将との軍議にのぞんだ。

「石山には三百人ばかり、堅田には五、六百人が立てこもっております」

明智光秀が絵図を出して状況を説明した。

光秀は美濃の土岐《とき》氏の出で、信長の妻の濃《のう》姫の従兄《いとこ》にあたる。奉公衆として幕府に仕えていたが、信長と義昭の対立が表面化すると信長に従い、比叡山焼き討ちの後には近江坂本城に封《ほう》じられていた。

「その程度なら、一気に攻め落とせば良かろう」

勝家が仁王立ちになり、坂本にいながら挙兵をゆるした光秀の不手際をせめた。

「石山砦の山岡どのは、六角勢に強要されてやむなく旗を立てられたようでござる。籠城《ろうじょう》の仕度も充分にはととのっておらぬゆえ、存じよりの者をつかわして降伏するように申し入れております」

「兵を挙げたばかりの者が、一戦も交えずに城を明け渡すはずがあるまい。戦になれておられぬ御仁《ごじん》は、これだから困る」

勝家は黒々としたひげをひねってあざ笑ったが、山岡景友《かげとも》は光秀の説得に応じてその日のうちに開城した。

光秀は山岡を本陣にともない、

「明日より山岡どのを先陣とし、我らの手勢だけで堅田の砦を攻め落とす所存にござる」

それゆえ他の方々には後ろ巻きをしていただきたいと言った。

歳は四十半ばだから、すでに初老と言っていい。理知的でおとなしげな顔立ちをしているが、内には火のように激しい気性《きしょう》を秘めていた。

光秀は広言したとおり二千の手勢で堅田に向かい、わずか一日で砦を攻め落とした。湖にうかべた船から鉄砲を撃ちかけ、敵の抵抗力をうばってから陸路の兵を突入させる見事な采配《さいはい》ぶりである。

勝家も丹羽長秀も後ろから戦況をながめているだけで、一兵も動かすことなく三月二日に帰陣することになった。

陣払いの日、忠三郎は光秀の陣所をたずねた。帰陣の挨拶《あいさつ》をするためだが、光秀は思いがけないほど好意的だった。

「お急ぎでなければ、茶でもいかがかな」

そう言って坂本城に案内した。

城は堅田からほど近い所にあった。湖を埋め立てて整備した城地に、三層の瀟《しょう》洒《しゃ》な天守閣をきずいている。二の丸の横には大きな舟入《ふない》りがあり、湖を渡ってくる船を着けられるようになっていた。

光秀は忠三郎を天守閣の最上階に案内した。

禅の寺院のような簡素な作りで、一角に炉《ろ》を切ってある。茶道具のしつらえも、光秀の教養の深さと趣味の良さをうかがわせるものだった。

「見事な景色ですね」

忠三郎は湖をながめて広々とした気持ちになった。

「信長公は佐和山《さわやま》か安土《あづち》に城をきずき、船を使って迅速《じんそく》に上洛《じょうらく》できるようにしようと考えておられる。この城はそれを迎えるためのものでござる」

「ただ今、丹羽長秀どのが城地の検分にあたっておられると伺いました。どちらに城をきずくか、もうじきお決めになるでしょう」

「忠三郎どのは、どちらが適していると思われますか」

「僭越《せんえつ》ながら、安土にするべきと存じます」

「ほう。何ゆえかな」

「殿はすでに長浜に羽柴秀吉どのを配しておられます。佐和山は長浜に近すぎる上に、雪が多いので軍勢の移動にさわりがございましょう」

「なるほど。さすがに近江のご出身でござるな。よく存じておられる」

光秀はうちとけた笑みをうかべ、流れるような手さばきで茶を点《た》てた。

忠三郎は大ぶりの高麗《こうらい》茶碗を両手に受け、深みのある香りを楽しみながら茶をいただいた。

「利休《りきゅう》どのから、茶の湯の手ほどきを受けておられるそうですな」

「殿のお相伴《しょうばん》をさせていただいているだけです。まだ何も分りません」

「失礼ながら、茶碗の持ち方ひとつで筋《すじ》の良さは分るものです。精進《しょうじん》なされるがよい」

しばらく茶道の話に興《きょう》じた後で、

「ところで明智どの。将軍家との争いは、この先どうなるとお考えですか」

忠三郎は気にかかっていたことをたずねた。

「うまくはいくまいと存ずる。お二方の考えがちがいすぎるゆえ」

「何が一番ちがうのでしょうか」

「公方《くぼう》さまは幕府を立て直し、朝廷や寺社や有力大名と力を合わせて国を治めようとしておられます。しかし信長公は、ご自分のもとにすべての権力を集め、世界の強国とわたり合える国に作り変えようとしておられる。それゆえ反対する者は、容《よう》赦《しゃ》なく亡ぼされるのでござる」

「そのことについては、どう思われますか」

「臣下の身で口にできることではござるまい」

光秀はそつなくかわしたが、しばらく考えてから何事も時の流れだと言った。

「西洋人と交易するようになってから、この国は大きく変わり申した。石見《いわみ》や生野《いくの》の銀が飛ぶように売れ、南蛮《なんばん》から買いつけた品々が津々浦々に行き渡っております。この交易なくしては国が立ちゆかないのですから、政《まつりごと》だけがいつまでも古い形のままでいることは許されないでしょう」

そう言いながらも、表情は苦渋《くじゅう》に満ちている。

十三代将軍義輝《よしてる》の頃から奉公衆として仕えてきただけに、信長が正しいと分っていても、幕府への思いは断ち切りがたいようだった。


信長は義昭が和議に応じないことに業《ごう》を煮やし、三月二十九日に五万の大軍をひきいて上洛した。

忠三郎もこれに従い、信長が本陣とした知恩院《ちおんいん》に詰めることになった。

初めて上洛した時には、文化の奥深さや町並みの美しさに魅了されたものだ。ところが朝廷や幕府の者たちと接しているうちに、彼らの姑息《こそく》さばかりが目につくようになり、都の印象まで変わっていた。

湖国《ここく》と呼ばれる近江は、琵琶湖が中央に横たわり、まわりには肥沃《ひよく》な平野が広がっている。道も四方に通じているし、空も高いので伸びやかな解放感がある。

だが京の都は三方を山に囲まれ、狭い土地に人々がひしめきあっている。日当たりも悪いし、じめじめと湿気が多い。こうした環境が、この土地に住む者の心までねじ曲げているような気がした。

出仕せよと命じられたのは翌日のことである。

小具足《こぐそく》姿で寺の書院をたずねると、信長は平服のまま細川藤孝《ふじたか》と話し込んでいた。

「これから藤孝とともに二条城へ行け」

義昭と膝詰《ひざづ》めで話をして和議に応じさせよという。武田信玄の脅威《きょうい》にさらされ、包囲網に取り巻かれている信長は、戦力の消耗《しょうもう》をさけるために義昭を懐柔《かいじゅう》しようとしていた。

「そのような大役、とても私には」

「そちは公方に好かれておる。藤孝の供をするだけでよい」

信長は状況が好転しないことに苛立《いらだ》ち、こめかみに薄い青筋をうかべていた。

二条城は信長が義昭の御所とするためにきずいたものだ。

初めは二条第《だい》と呼ばれる御殿だったが、四年前に義昭の御所が三好三人衆に襲撃されたために、まわりに塀と堀をめぐらして城構えにした。

義昭はその城に三千余の軍勢を集め、信長との決戦におよぼうとしていた。

本丸の対面所でしばらく待つと、義昭が太刀《たち》持ちの小姓《こしょう》を従えて入ってきた。

「戦をなされても、勝ち目はありませぬぞ」

義昭が着座するのを待たずに、藤孝が大声で釘をさした。

これまで何度も諫言《かんげん》してきたが、そのたびに裏切られている。苦々《にがにが》しい経験が藤孝を非情にしていた。

「今は勝てまい。だが、やがて武田、朝倉、浅井、本願寺が信長の背後をつく」

義昭は自らきずいた包囲網、中でも武田信玄の上洛に大きな期待を寄せていた。

「信玄公は三河《みかわ》から動かれませぬ。いや、動けぬのでござる」

「そちは早々と余《よ》を見限り、荒木村重《むらしげ》とともに信長の迎えに出たそうじゃな」

細川は足利の一門ではないか、真っ先に寝返るとは何事だと、義昭は冷ややかな目で藤孝を見据えた。

「それがしなどのことより、信玄公の動きをさぐられると良うござる。あのお方は重い病《やまい》を得て、三河の野田《のだ》城で床《とこ》に臥《ふ》しておられます」

「それは織田方が流した虚報じゃ。余のもとには信玄から変わりはないという知らせが届いておる」

「それこそ虚報でござる。病のことは武田の陣中にいる者が知らせてきたことゆえ、まちがいございません」

「たとえそうだとしても、一向一揆の者たちがおる。近江にも伊勢長島にも。それに余は将軍じゃ。信長に討てるはずがあるまい」

もし討てば信長は逆臣になり、日本中の大名を敵にまわすことになる。幕府の権威も武家の序列もまだまだ生きているのだと、義昭は口早にまくし立てた。

「そのようなものを当てになされるゆえ、身の破滅を招くのでござる。公方さまのお力を奪う策などいくらでもありまする」

「それは何じゃ。言うてみよ」

「武家の歴史、幕府の成り立ちに思いをいたせば、おのずとお分りになられましょう」

「朝廷か」

「さよう。朝廷を動かせば、公方さまの動きを封じることができまする」

「笑止《しょうし》な。たとえ何があろうと、信長がこれまでのやり方を改めぬかぎり和議には応じぬ」

義昭は強気の姿勢をくずそうとせず、そちは信長の婿《むこ》であったなと忠三郎をにらみつけた。

「さようでございます」

「余がそちを重んじたのは、蒲生《がもう》家が佐々木家の重臣として長年近江国を支えてきたからじゃ。今からでも遅くはない。兵を返して六角を助け、父祖の忠義にならえ」

「おそれながら、それは過去の話でございます。それがしは信長公のご下知《げち》に従い、未来に生きるつもりでおります」

忠三郎は動じることなく応じ、付け入る隙を与えなかった。


拒絶の返答を聞いた信長は、朝廷に和議の勅命《ちょくめい》を出すように求めた。

もし義昭がこれを拒めば、逆賊として討ちはたす名分《めいぶん》が立つ。これが藤孝が言った、将軍の力を奪う秘策だった。

ところが朝廷は信長の要求に応じなかった。

理由のひとつは朝廷と幕府の序列を守るため。もうひとつは、二年前に信長が勅命和議にそむいて比叡山を焼き討ちしたことへの反発だった。

元亀元年（一五七〇）十二月、比叡山に立てこもった浅井、朝倉勢と、本願寺配下の一向一揆にはさみ討ちにされた信長は、正親町《おおぎまち》天皇に和議の勅命を出してもらって、かろうじて窮地《きゅうち》を脱した。

しかし信長には、初めから勅命に従うつもりなどなかった。翌年の九月には、勅命も和議の誓約も踏みにじって比叡山を焼き討ちにしたのである。

それなのに再び信長に強要されて和議の勅命を出したなら、朝廷の権威は地におちる。天皇も公家《くげ》たちもそう考え、要求を拒否したのだった。

信長は背と腹に敵を受けて苛立っている。それなら目に物を見せてくれると、四月三日に洛外《らくがい》を焼き払ったが、朝廷はおどしに屈してはならぬと固く門を閉ざして拒みつづけた。

「こしゃくな。ならば塀際まで焼き立てよ」

信長に厳命された織田勢は上京《かみぎょう》一帯に火を放ち、内裏《だいり》の塀際まで焼け野原にした。

このままでは比叡山の二の舞いになると震え上がった朝廷は、関白二条晴良《はれよし》、前《さきの》　権大納言《ごんのだいなごん》三条西実澄《さんじょうにしさねずみ》、権中納言《ごんのちゅうなごん》庭田重保《にわたしげやす》を勅使《ちょくし》として二条城につかわし、義昭に和議を命じた。

これには義昭も逆らうことができず、無念のほぞをかんで信長の要求に応じたのだった。

信長は四月七日に京を発《た》ち、八日には近江の鯰江《なまずえ》城を包囲した。

愛知《えち》川の北岸にあるこの城には、義昭に呼応した六角承禎が、旧臣や一向一揆など三千人ちかくをひきいて立てこもっていた。

「忠三郎、この城はそちの力で落としてみよ」

信長は城攻めの総大将を任せることで、忠三郎に経験を積ませようとした。

「承知いたしました。かならず」

攻め落とし申すと勇《いさ》み立って引き受けたものの、鯰江城の守りは固かった。

南には愛知川が流れ、河岸は三丈（十メートル弱）もの高さに切り立っている。北と東西の三方には深い堀と土塀をめぐらしている上に、田植えを終えたばかりの水田がまわりを取り巻いているので足場が悪い。

しかも背後にある百済寺《ひゃくさいじ》が六角方となり、寺内に兵をこめて夜襲《やしゅう》をかけたり兵糧《ひょうろう》弾薬を補給するので、城内の士気はいたって高かった。

「伊勢長島の一向一揆が、石榑《いしぐれ》峠をこえて百済寺に兵糧弾薬をはこび込んでおります」

和田三左衛門《さんざえもん》が配下の甲賀《こうか》衆とともに、敵の動きをさぐってきた。

「やはり、そうか」

百済寺も比叡山と同じである。幕府や朝廷から荘園や特権を与えられているので、いざとなると旧体制の側につくのだった。

「いかがなされますか」

「百済寺に使いせよ。三日のうちに寺内の兵を退去させ、鯰江城への支援をやめなければ焼き討ちにする。そう伝えるのだ」

ところが百済寺は、三日後の十一日になっても返答をよこさなかった。

忠三郎はやむなく重臣らに寺を焼き討ちにせよと命じたが、これを聞いて父の賢《かた》秀《ひで》が血相《けつそう》を変えてやって来た。

「忠三郎、血迷ったか」

近江人にとって、百済寺がどれほど大事な寺か知らぬわけではあるまいと、命令を撤回するように迫った。

「寺の者たちはその地位におごり、信長公の敵となっております。これを改めぬのなら、力で従わせるしかありません」

「しかし、お前とて」

賢秀は忠三郎を人目につかぬ所へ連れていき、比叡山の焼き討ちが、信長公への反発をかき立てていることを知らぬわけではあるまいと言った。

「むろん、存じております」

「ならば、なぜ同じ轍《てつ》を踏もうとする」

「信長公は新しい天下をきずくために、上京を焼き討ちにして朝廷さえ組みひしがれました」

　その決然たる姿勢を見て、忠三郎は迷いをふり切って信長に従う覚悟を決めたのである。

「なぜじゃ。なぜそこまでせねばならぬ」

「この国を世界と渡り合える国にするためです。そうしなければ、やがて南蛮諸国の食い物にされてしまうでしょう」

　忠三郎にも迷いはある。だが新しい時代を切り開くためにも、信長に従いつづける覚悟を示すためにも、断固たる姿勢を見せなければならなかった。

　忠三郎が百済寺を焼き討ちにしたと聞いた信長は、

「倅《せがれ》め、ようやく腹がすわったと見える」

　かくなる上は長居は無用と、鯰江城には蒲生、柴田を押さえに残して岐阜城に引き上げた。

　信玄が帰国の途中に信州の駒場《こまんば》で他界したのは、その翌日のことである。これで信長包囲網は要《かなめ》を失い、義昭の目論見《もくろみ》はもろくも崩れたのだった。

　武田勢が甲斐に引き上げた後、朝倉義景は越前一乗谷《いちじょうだに》で鳴りをひそめ、浅井長政は小谷《おだに》城で、六角承禎は鯰江城で信長勢に包囲されている。

このままでは座して死を待つだけだという焦燥《しょうそう》にかられた義昭は、和議から三ヶ月後に再び兵をあげた。

二条城を側近たちに守らせ、宇治《うじ》の槇島《まきしま》城に移って信長を迎え討つ構えを取った。総勢は三千七百余である。

とても勝ち目がない上に、和議の勅命にもそむいた挙兵だが、義昭には浅井や六角を見殺しにはできないという切羽《せっぱ》詰った思いがある。自ら陣頭に立てば身方《みかた》に馳《は》せ参じる者もいるはずだと、捨て身の賭けに出たのだった。

この知らせが忠三郎のもとに届いたのは、七月四日のことである。

「すぐに陣触れをせよ。明日には出陣できるようにな」

軍《いくさ》奉行にそう命じ、三左衛門には鉄砲隊三百人をそろえておくように申しつけた。

槇島城は、宇治川が巨椋《おぐら》池に流れこむ地点にうかぶ小島にきずかれている。攻略するには小舟をつらねて島に渡るのがもっとも有効なので、鉄砲の装備はかかせなかった。

翌日、信長から佐和山へ来いという命令があった。忠三郎は五十騎ばかりを引き連れて、その日のうちに佐和山城をたずねた。

信長も岐阜城から到着したばかりだったが、

「面白いものを見せてやる。ついて来い」

山にうがった切り通しの道を抜けて琵琶湖の方へ下りていった。

城のすぐ下には千本松原があり、湖が湾入して港になっている。岸から突き出した船着き場に、見上げるほどの巨大な船が真新しい船体を寄せていた。

「このようなこともあろうかと、南蛮人どもに命じて造らせたのじゃ」

岐阜から都に出陣するには、湖を渡って坂本まで行くのが一番早い。そこで信長はポルトガルの造船技師をやとい入れ、西洋の技術を用いた巨船を建造したのだった。

船の長さは何と三十間《けん》（五十メートル強）。幅は七間で、一度に二千人もの兵を乗せることができる。

しかもこの巨船を、わずか一ヶ月ばかりで建造したというから驚きだった。

「そのようなことが、まことにできるのでございますか」

忠三郎には、とても人間業《わざ》とは思えなかった。

「南蛮人どもはあらかじめ船の部材を作り、狂いが生じないように乾燥させた上で組み立てる。それゆえ仕事が早いのだ」

信長は造船技師からつぶさに話を聞き、建造法を正確に理解していた。

和船は航《かわら》と呼ばれる角材を船底材とし、これに根棚、中棚、上棚と呼ばれる外板を横に張っていく。

航は巨木から取った角材を一本通しで使ったり、二本をつぎ合わせたりするが、つぎ目の強度に限界があるので、長さ十五、六間以上の船は造れない。

ところが洋式船は、船底に竜骨《りゅうこつ》を用いることでこの問題を克服した。

竜骨とは恐竜の背骨のように組み合わせた船底材で、これに肋骨《ろっこつ》のような骨組みを立て、外板を縦に張って船体を造り上げていく。

そのために長さ四十間ちかい巨船を造ることが可能になり、船の強度は飛躍的に高くなった。

イスパニアやポルトガルが世界の海に乗り出していくことができたのは、こうした技術によってガレオン船やナウ船を建造できたからである。

信長は日本で初めてこうした技術を取り入れた船を造り、「天下丸」と名づけて琵琶湖で用いることにしたが、この船には、ガレオン船のように三本のマストがない。信長が御座所《ござしょ》とする二階建ての船館《ふなやかた》が、甲板《かんぱん》の後方に不恰好《ぶかっこう》に建ててあるばかりだった。

「どうじゃ。あの船を何と見た」

信長が忠三郎の心底をのぞき込むような目をした。

「見事とは存じますが、帆《ほ》や帆柱がなくては洋式船とはいえないのではないでしょうか」

「そのとおりじゃ。イスパニアやポルトガルは、他国に船の建造法を教えるのを禁じておる。すべてを教えれば、日本人が世界の海に乗り出してくるとおそれているのだ」

信長は、ルイス・フロイスやイエズス会を窓口としてポルトガルと交渉したが、どんな好条件を出しても帆柱と帆走《はんそう》の技術は教えてもらえなかったのである。

七月七日の七夕の朝、信長は天下丸に乗り込んで坂本へ向かった。

左右の艪棚《ろだな》に五十人ずつ、百挺《ちょう》の艪でこぐ船は素晴らしく速い。あっという間に湖の中ほどに出て、涼風《りょうふう》を受けながら南へ向かった。

「忠三郎、あれを見よ」

信長は湖にせり出した安土山を指さし、あそこに三国無双《むそう》の城をきずくと言った。

背後には六角氏が居城《きょじょう》とした観音寺《かんのんじ》城があるが、あの城では船便が悪いという。

「琵琶湖を制する者は天下を制する。見ておれ。わしはこの日本を、南蛮人どもに負けぬ国に仕上げてみせる」

信長の視線の先には常に世界がある。忠三郎はそのことを強く感じ、このお方に従ったのはまちがいではなかったと意を強くしていた。

七月十二日、信長は二条城を攻め落とした。

義昭方の兵は五百人ばかりしかいないので、初めから抗戦する気はなかったらしく、おどしの鉄砲を撃ちかけただけで城を明け渡して退散していった。

城は無傷で手に入ったが、信長は跡形もなく破却《はきゃく》させた。

将軍のために自らがきずいた城を破壊することによって、幕府による統治が完全におわり、新しい時代が始まったことを天下に示したのである。

七月十七日、信長軍五万は槇島城を包囲した。

信長は巨椋池の北の岡本に本陣をおき、明智光秀を先陣とする一隊を宇治平等院の前に、細川藤孝を先陣とする一隊を池の南の小倉《おぐら》村に配した。

光秀と藤孝の配下には、幕府の奉公衆だった者たちが多い。彼らを先陣とすることで、義昭に幕府の権威が地におちたことを見せつけようとしたのである。

忠三郎は一千五百の兵をひきい、細川勢の後方にいた。

三左衛門が手回し良く、二十艘《そう》の船を近くの漁師から借り上げている。これに三百人の鉄砲隊を分乗させ、出陣の合図とともに槇島城へ攻めかかる構えだった。

「敵は平等院側を大手口と見て、鉄砲隊の主力を配しております。西側から攻めれば、難なく攻め落とすことができましょう」

三左衛門は配下の甲賀者を城中に忍び込ませ、内情をつぶさに調べ上げていた。

「先陣は細川どのじゃ。それをわきまえておけ」

忠三郎は抜け駆けをいましめたが、隙あらば一番乗りをはたそうと、三左衛門と同じ船に乗ることにした。

翌日の卯《う》の刻（午前六時）、信長の本陣から総攻撃を告げる棒火矢があがった。鉄砲で打ち上げた火薬筒が、明け方の空で黄色い炎をあげた。

まず明智勢が動いた。桔梗《ききょう》の紋を染めぬいた旗をかかげた二千ばかりが、平等院の前から池の浅瀬をわたり、馬と徒歩《かち》で小島に乗り上がろうとする。

城兵は柵や逆茂木《さかもぎ》の内側から防戦したが、明智勢の後ろから佐久間信盛《のぶもり》、柴田勝家、丹羽長秀らが次々に兵を繰り出して上陸しようとするので、前線を捨てて城内へ退却していった。

頃合いを見て藤孝が出陣の下知をした。細川勢は飛石のようにつづく中洲をわたり、城の西側から小島に上陸しようとしたが、柵の内側から矢を射かけられて前線の突破に手間取った。

「今だ。あそこに船をつけよ」

忠三郎は小島の西端に船を乗りつけ、楯《たて》を持った足軽たちを上陸させた。

その楯の陰から鉄砲を放って敵を追い払うと、勢いに乗って二の丸の塀際まで攻め寄せ、槍や弓で防戦する敵を次々に撃ち倒した。

中でも鉄砲三左と異名《いみよう》を取る三左衛門の働きは凄《すさ》まじい。足軽たちがさし出す銃を取っかえ引っかえ、一発の無駄弾もなく敵の数を減らしていった。

忠三郎も負けてはいない。塀の間近まで寄って狭間《はざま》をねらい、中の敵を確実に倒していった。

その間に種村伝左衛門《でんざえもん》がひきいる一隊が塀に梯子《はしご》をかけて乗りこえていく。中に入った者が内側から門扉《もんぴ》を開け、またたく間に二の丸を占拠した。

残るは本丸ばかりである。同じ手立てで突き破ろうとしていると、

「忠三郎どの、待たれよ」

九曜《くよう》の旗をかかげた細川藤孝が駆けつけ、使者を出して義昭に降伏を勧めたいと言った。

「そうせずとも、じきに攻め落とすことができましょう」

「おおせはもっともと存ずるが、義昭公はいまだ将軍の身。これを討てば信長公は逆臣の汚名《おめい》をこうむることになり申す」

藤孝はあれほど厳しく義昭に和議を迫ったが、旧主への思いを断ち切っていたわけではない。忠三郎はそう察し、藤孝の計らいにまかせることにした。

「かたじけない。この御恩はいずれ」

藤孝は照れたように兜《かぶと》の目庇《まびさし》を下げ、本丸御門の前に立って城内に呼びかけた。

「細川兵部大輔《ひょうぶのたいふ》藤孝でござる。公方さまに申し上げたき儀があって推参《すいさん》つかまった」

天まで突き抜けるような声である。城内からの反撃が急にやみ、やがて重い門扉が内側から開かれた。

藤孝の斡旋《あっせん》により、義昭は幼い息子を人質《ひとじち》にして降伏を申し出た。信長もこれを受け容《い》れ、義昭を追放処分にとどめた。

翌日、信長は忠三郎の働きを賞し、愛用の陣羽織《じんばおり》を与えてお側衆に任じた。

これで忠三郎は連枝《れんし》（一門）と同格に遇され、織田家譜代《ふだい》の重臣たちと肩を並べて軍議の席につらなることができるようになったのだった。

惨劇

七月二十八日、元亀《げんき》から天正《てんしょう》への改元がおこなわれた。将軍義昭《よしあき》を追放した織田信長の奏請《そうせい》に応じたもので、「清静《せいせい》は天下を正《せい》と為《な》す」という『老子《ろうし》』の言葉から取ったものだ。天下の静謐《せいひつ》を実現し、新しい時代を迎えたいという願いを込めた改元だった。

信長は、村井貞勝《さだかつ》を京都所司代《しょしだい》に任じて洛中《らくちゅう》の政務や朝廷との折衝《せっしょう》にあたらせ、八月四日に岐阜に引き上げた。

忠三郎《ちゅうざぶろう》も任をとかれて日野城にもどった。

信長からたまわった陣羽織をつけての堂々たる凱旋《がいせん》である。槇島《まきしま》城での活躍ぶりはすでに日野にも伝わっていて、沿道には家臣や領民が総出で出迎えた。

日野城では戦勝を祝う酒宴の仕度がととのっていた。

妻の冬姫が家中《かちゅう》の女たちを差配し、山海《さんかい》の珍味を集めている。派手好きの信長の娘だけあって、銭に糸目をつけない豪勢なものだった。

「ようした。大儀であったな」

忠三郎はねぎらいの言葉をかけた。

「母上さまに教えていただきました。わたくしには、何がどこにあるかも分りませんもの」

冬姫は謙遜《けんそん》したが、蒲生《がもう》家の奥方としての力を着実に身につけていた。

「それにしてもすごい馳走《ちそう》じゃ。よくこれだけのものを集められたな」

「それは日野屋さんのお働きです」

日野屋次郎五郎《じろうごろう》が大いに張り切り、伊勢や桑名《くわな》にまで買いつけに走ったという。

礼を言おうと姿をさがすと、当人は厨《くりや》の真ん中に立ち、ねじりはち巻きをして鯛《たい》をさばいていた。

目の下三寸（十センチ弱）はあろうかという大きな鯛で、赤と銀のうろこが鮮やかな輝きを放っていた。

「そちは包丁も使うのか」

「当たり前や。都にいた頃、四条《しじょう》流の手ほどきを受けたさかいな」

見てみろとばかりに三枚に下ろし、後の料理を女たちに申しつけた。

「冬姫から聞いた。礼を言う」

「こんなん朝メシ前や。そのうち明国《みん》や南蛮《なんばん》にまで買いつけに行きまっせ」

それゆえ早く貿易船を仕立てられるほどの大名になってくれと、次郎五郎は忠三郎の尻を叩いた。

酒宴の後、父に呼ばれた。

長廊下をわたって書院に行くと、賢秀《かたひで》と叔父の茂綱《しげつな》が酒を酌《く》み交わしていた。

「冬姫どのもよい奥方になられたな」

賢秀が酒宴の差配の見事さを誉《ほ》め、これで当家も安泰《あんたい》だと言った。

「母上から教えられたと申しておりました」

「それでよい。教えを乞う奥ゆかしさこそ、家を保つ一番の秘訣《ひけつ》じゃ」

「信長公の娘御ながら鼻にかけたところもない。そちの仕付《しつけ》がいいのだと、兄上と喜んでいたところじゃ」

茂綱がそちも飲めと盃を押しつけた。

しばらく今度の戦《いくさ》の話に花を咲かせた後で、

「実はそちに話しておきたいことがある」

賢秀が急に姿勢を改め、明日からわしは音羽《おとわ》城に住むと言った。

隠居して跡目を忠三郎にゆずるという意味である。

「そのようなお歳ではありますまい。何ゆえ急に」

「そちが信長公の連枝衆《れんし》になったからじゃ。その陣羽織をつけて本陣にいれば、わしには近づくこともできぬ」

それゆえ身を引いたほうが当家のためだと、賢秀は迷いなく言い切った。

「軍勢の指揮もそちがとれ。この茂綱を侍大将にするゆえ、何の不都合もないはずじゃ」

「父上はご出陣なされぬのですか」

「信長公のご下知《げち》があれば出陣するが、手勢は二百もあれば充分じゃ。そのほうが信長公もお喜びになられよう」

「何しろ連枝衆だからな。これまでとは重みがちがう。それにな……」

茂綱が何かを言いかけたが、

「わしももう四十になる。寄る年波には勝てぬということじゃ」

賢秀が横から口をはさみ、皆まで言わせなかった。

忠三郎は妙だと思ったが、無理に聞き出そうとはしなかった。

将軍義昭は追放されたが、彼がきずき上げた信長包囲網は生きていた。

北に浅井と朝倉、南に石山本願寺、東に武田勝頼《かつより》がいて、巻き返しの機会をうかがっていた。

信長は小谷城《おだに》の浅井長政《ながまさ》を当面の標的と定め、木下藤吉郎《とうきちろう》秀吉を横山城に入れて敵の動きを封じ込め、浅井家傘下《さんか》の武将たちにさかんに調略《ちょうりゃく》を仕掛けた。

今のうちに軍門にくだるなら、処罰はしないし所領もそのまま安堵《あんど》する。そう呼びかけると、縁故をたよって投降してくる者が次々にあらわれた。

中でも大物は山本山《やまもとやま》城主の阿閉淡路守貞征《あつじあわじのかみさだゆき》である。

山本山城は琵琶湖畔にあり、小谷城と湖の水運をむすぶ拠点である。ここを失えば浅井家は琵琶湖の水運を利用できなくなるばかりか、小谷城への補給路を断たれることになる。

阿閉の投降を絶好の機会とみた信長は、全軍に北近江《きたおうみ》への出陣を命じ、翌日には浅井方の月ヶ瀬《つきがせ》城を攻め落とした。

忠三郎が一千の兵をひきいて城に駆けつけたのは、その日の夕方である。

忠三郎が連枝衆並のあつかいを受けるようになったので、信長から直接命令がとどくようになったのだった。

翌日、信長は諸将を集めて軍議を開いた。この席でも忠三郎は嫡男信忠《ちゃくなんのぶただ》につぐ位置を与えられ、他の武将の羨望《せんぼう》の的《まと》となった。

「二、三日のうちには、朝倉勢が小谷城の救援に駆けつけよう」

信長は越前《えちぜん》に忍びを入れて、朝倉家の動きを詳細に調べさせていた。

「軍勢は二万だが、鉄砲隊は五百ばかりしかおらぬ。万全の手配をして待ちかまえ、今度こそ義景《よしかげ》のそっ首を叩き落とすのじゃ」

作戦の第一段階は、小谷城に立てこもった浅井勢が朝倉勢と呼応して出撃するのを封じることだった。

信長は信忠に一万の精鋭をさずけて虎御前山《とらごぜやま》に配し、大手口の監視にあたらせた。残りのすべてを小谷城の北側の山田山に集め、自ら指揮をとって越前との連絡路を断ち切った。

朝倉勢二万が姿を現わしたのは八月十日のことである。

数百本の旗を押し立てて勢いが盛んなふうをよそおっているが、織田勢と決戦におよぶ力はもはやない。余呉《よご》、木之本《きのもと》に兵をとどめ、どうしたものかと様子をうかがっていた。

これではとても勝ち目がないと思ったのだろう。大嶽城《おおづく》（小谷山にある支城）のふもとの砦《とりで》を守っていた浅見対馬《あさみつしま》が、阿閉淡路守をたよって内応を申し入れてきた。

「よかろう。ただちに陣替えじゃ」

信長は五千ばかりをひきいて砦に移り、その夜のうちに大嶽城に攻めかかった。

大雨がふり暴風が吹き荒れるのをものともせず、自ら陣頭に立って険しい山を登っていく。忠三郎も手勢をひきいて従ったが、信長の凄《すさ》まじい気迫と形相《ぎょうそう》に圧倒されていた。

それは浅井や朝倉への怒りのせいではない。天下を統一して新しい国をきずこうという志が、信長を阿修羅《あしゅら》のごとく突き進ませている。忠三郎はそう感じ、遅れてなるものかと後を追った。

大嶽城には朝倉家から加勢に来た五百ばかりの兵が立てこもっていたが、暴風雨にさえぎられて織田勢の接近に気づかなかった。あっと思った時にはすでに城門を打ち破られ、何の抵抗もできずに降伏した。

すでに兵糧《ひょうろう》もつき、誰もが無残なばかりにやせ劣えている。松明《たいまつ》の火に照らされた幽鬼《ゆうき》のような姿を見ると、

「敵ながらあっぱれである。全員命を助け、朝倉の陣に送りとどけよ」

信長は温情を示し、粥《かゆ》をたいて皆に配るように申しつけた。


夜が明けると、小谷城が眼下にあった。

かつて浅井家は大嶽城を小谷城の本丸にしていたが、山が高く強風にさらされるので、南に伸びた尾根の上に居を移し、連郭式《れんかくしき》の城をきずき上げた。

細く切り立った尾根にひな壇状につづく本丸や中の丸、京極《きょうごく》丸などが、朝霧に

つつまれて宙に浮いているように見えた。

「信義にそむくゆえ、このようなことになる」

信長は浅井長政は許さぬと常々広言している。だが城内には妹のお市《いち》の方《かた》とその娘たちがいるので、胸中は複雑なはずだった。

大嶽城の西のふもとには丁野山《ようのやま》があり、越前平泉寺《へいせんじ》の僧兵が守備についていた。信長は降参した朝倉の兵に命じて彼らを説得させ、砦から立ちのかせた。

思わぬ温情に感じ入ったのだろう。そのうちの一人が夕方になって織田の本陣に駆け込み、朝倉義景が小谷城の救援を断念し、夜陰にまぎれて退却すると告げた。

信長はこのことを全軍に伝え、敵が動き次第追撃するので仕度をおこたるなと命じた。

「越前に逃げ込まれては面倒だ。どこまでも追いすがって義景の首を取れ」

先陣の諸将を北国《ほっこく》街道ぞいにずらりと並べ、いつでも追撃できる態勢をとって物見からの知らせを待った。

忠三郎は信長の本陣に待機していたが、夜半になって突然出陣命令が下った。

「幸い月夜じゃ。敵に暇《いとま》を与えず追い崩せ」

好機と見た信長は、敵が動くのを待たずに攻撃を仕掛けることにした。

八月十三日の深夜のことで、月明りが煌々《こうこう》とふって野山を青く照らしている。

信長は数百騎の馬廻り衆とともに先駆けし、先陣の諸将の脇をすり抜けて木之本の朝倉勢に襲いかかった。

三組に分けた鉄砲隊が、薄闇の中でかわるがわる鉄砲を撃ちかけると、退却の仕度にかかっていた朝倉勢は、反撃しようともせずに逃げ出した。

余呉の本隊と合流して態勢を立て直そうとしたが、本隊の者たちも戦仕度ができていない。敗走してくる身方《みかた》とぶつかりあって大混乱におちいり、迎え討つ陣形を取ることさえできなかった。

「今だ。かかれ、かかれ」

信長は甲高《かんだか》い声を上げ、馬上槍をふるって敵陣に駆け込んだ。

驚いたのは諸将である。先陣を命じられながら、先をこされては立つ瀬がない。血相《けっそう》を変えて後を追ったが、余呉で信長に追いついた時には敵はすでに逃げ去った後だった。

「おのれらは、何をしておったのじゃ」

あれほど油断するなと言ったではないかと、信長は頭ごなしに叱《しか》りつけた。

「されど殿、敵が動いてから攻めかかれとのご下知でございましたゆえ」

佐久間信盛《さくまのぶもり》が皆にかわって申し開きをした。

急に予定を変えたのは信長なのだから、我らの落ち度ではないというのである。

「戦には機というものがある。それも読めずに侍大将がつとまるか」

信長は烈火《れっか》のごとく怒り、これから夜を徹して敵を追撃せよと申しつけた。

諸将はまなじりを決して北国街道を北へ向かい、朝倉勢三千余を討ち取る大戦果を上げた。

忠三郎も刀根山《とねやま》の峠で敵将を討ち取る働きをしたが、残念ながら義景の首をあげることはできなかった。


朝倉義景は越前一乗谷《いちじょうだに》まで逃げおおせたものの、末路はあわれなものだった。一乗谷に立てこもっても、もはや織田勢を食い止めることはできない。一向一揆《いっこういっき》を頼って大野郡の賢松寺《けんしょうじ》まで落ちのびたが、一族の重臣に裏切られて自刃《じじん》に追い込まれた。

信長は府中《ふちゅう》の竜門寺《りゅうもんじ》で義景の首を実検し、京に送って獄門《ごくもん》にかけさせた。

信長は天皇の命令に従って天下統一にあたっている。

義景はこれにそむいた大罪人だと万人に知らしめ、信長包囲網に加わっている者たちに心理的な圧力をかけたのだった。

朝倉の次は浅井である。信長は八月二十六日に虎御前山にもどり、小谷城攻めにかかった。

姉川の合戦に敗れてから三年もの間、浅井長政は小谷城にこもってよく耐え抜いたが、頼みの朝倉義景が亡ぼされてはもはや活路はない。それでも信長にくだることをいさぎよしとせず、五百ばかりになった家臣たちと最後の一戦をとげる構えをみせていた。

城中への一番乗りをはたしたのは、木下藤吉郎秀吉だった。

長年横山城の在番をつとめた秀吉は、小谷城の地形や弱点を詳細に調べ上げていた。そこで八月二十七日の夜半にわずかな手勢をひきいて京極丸を占拠し、本丸にいた浅井長政と小丸にいた父久政《ひさまさ》の連絡を断った。

翌日には小丸を攻めて久政を自刃させたが、短兵急《たんぺいきゅう》に本丸を攻めないのが秀吉の世慣れたところである。

自ら久政の首を持って虎御前山に出向くと、

「本丸にはお市の方さまがおられますゆえ、力攻めもなるまいと存じまする」

そう言って指示をあおいだ。

信長とて、そのことは気になっている。自ら京極丸に上がり、お市の方と三人の娘を助けるように交渉させた。

長政はそれに応じてお市の方らを解放し、九月一日に重臣ら数人とともに自刃した。

最後に残ったのは、鯰江《なまずえ》城に立てこもった六角承禎《ろっかくしょうてい》である。信長は九月四日に佐和山《さわやま》城に入り、忠三郎や柴田勝家《かついえ》に城を攻め落とすように命じた。

半年前とは状況がちがう。城兵も承禎を見限って次々と逃げ落ち、今では千人ほどになっている。

攻め落とすのは容易だったが、

「お館《やかた》さまの命ばかりは助けるよう、そなたから信長公に進言してくれ」

叔父の茂綱が頼みに来た。

六角家は蒲生家の主筋にあたり、先祖代々御恩をこうむっている。信長に刃向かったのだから家が亡ぶのはやむを得ないが、蒲生家の将来のためにも主殺《しゅう》しと呼ばれることだけは避けたいという。

「兄者《あにじゃ》が身を引かれたのも、蒲生家を六角家の軛《くびき》から解き放つためじゃ。裏を返せば、それだけつながりが強いということなのだ」

茂綱にも同じ思いがあるはずだが、三年前の朝倉攻めの時には、承禎の企てをいち早く忠三郎に知らせている。その時の恩義を思えば、無下《むげ》に断ることはできなかった。

しかし承禎を助けてほしいと言えば、信長が激怒することは目に見えている。

忠三郎はどうしたものかと考えあぐね、無益な合戦をするより実利を取るべきだと訴えることにした。

「鯖江城攻めのことでございますが」

配下の忍びを入れて様子をさぐらせているが、城中の者たちはすでに戦意を失い、城を明け渡したいと望んでいると言った。

「ほう、手回しの良いことじゃな」

小谷城の首尾が良かったせいか、信長はいつになく上機嫌だった。

「それゆえ和議の使者をおつかわしになれば、一兵もそこなうことなく城を手に入れることができるものと存じます」

「あのような小城などいらぬ。叩きつぶしてしまえばよい」

「ならばそれがしに下されませ」

「もらってどうする」

「あの城は愛知《えち》川の水運を扼《やく》する要地にございます。上さまが安土《あづち》に城をきずかれる時に、上流の山地から木を伐《き》り出してお役に立ちとう存じます」

「なるほど。そのような用もあったな」

信長ははたと膝《ひざ》を打ち、日野城と引き替えならやっても良いと言った。

それだけの覚悟があるか試したのである。

「承知いたしました。何なりとお召し上げ下されませ」

そのかわり、和議の交渉は自分に任せていただきたいと申し出た。

信長は忠三郎の考えを見抜いて一瞬鋭い目をしたが、

「まあ良い。そのかわり材木の伐り出しの時には容赦《ようしゃ》せぬぞ」

忠三郎の狙いどおり、承禎の首より実利を優先したのだった。


浅井、朝倉、六角が亡び、信長包囲網の生き残りは甲斐《かい》の武田勝頼と大坂の石山本願寺だけとなった。

本願寺の指示によって決起した一向一揆は、各地の地侍を糾合《きゆうごう》していまだに強大な勢力をたもっていたが、中でも伊勢長島の一揆勢はあなどりがたかった。

伊勢長島は木曾《きそ》川、長良《ながら》川、揖斐《いび》川が伊勢湾にそそぎ込む所に位置する中洲で、古くから船を自在にあやつる者たちが住みつき、水運、海運に従事していた。

木曾川下流の津島《つしま》を拠点としてきた織田家は、伊勢湾海運を掌握《しょうあく》するために彼らと良好な関係を保ってきたが、本願寺が反信長の兵をあげるように命じたために、一転して熾烈《しれつ》な戦いを演じることになったのだった。

この強敵がうごめき始めたのは、天正二年（一五七四）の四月になってからである。越前、近江、河内《かわち》、紀州《きしゅう》から一揆衆が続々と集まり、総勢五万をこえる大軍になった。

中でも手強いのは紀州一揆で、根来《ねごろ》や雑賀《さいか》で鉄砲衆として名を馳《は》せた者たちが数多く加わっていた。

雑賀は畿内でただひとつ、信長の交易統制がおよんでいない地域である。一揆衆は自在に船をあやつり、阿波《あわ》や土佐《とさ》、薩摩《さつま》や琉球《りゅうきゅう》にまで足を延ばして硝石《しょうせき》や鉛《なまり》を買いつけてくる。

それを甲斐の武田や関東の北条に売りつけ、莫大な利益を得ていた。

「今のうちに叩かなければ、由々《ゆゆ》しきことになりまするぞ」

北伊勢を任されている滝川一益《たくらかずます》が進言したが、信長は動かなかった。

これは一向一揆だけの企みではない。長島に織田勢を引きつけ、甲斐の武田勝頼が背後をつく計略なのだ。そう読んでなりゆきを見守っていると、六月五日に浜松の徳川家康から急使がきた。

「武田勢二万が、高天神《たかてんじん》城を包囲しております」

徳川勢だけでは太刀《たち》打ちできないので、加勢を頼むという。

(愚か者が。待ちきれなくなったと見ゆる)

信長は思う壺だとほくそ笑んだ。

伊勢長島には五万もの軍勢をやしなう兵糧はない。このままでは降伏するしかない状況に追い込まれた一揆勢は、勝頼に高天神城を攻めさせることで事態の打開をはかろうとしたのだった。

「すぐに出向くゆえ、早まったことをするなと伝えよ」

家康の使者にそう告げたが、信長が岐阜を出陣したのは十四日になってからだった。

しかもゆるゆると兵を進めたために、十九日に浜名湖についた時には高天神城が落ちたとの知らせがとどいた。

迅速《じんそく》を身上《しんじょう》とする信長とは思えない鈍《のろ》さだが、これは一向一揆に背後をつかれることを警戒しての結果である。

信長は吉田城で家康と会ってこのことを説明し、高天神城を見殺しにしたおわびに黄金の入った皮袋二つを渡した。

皮袋一つを二人がかりで持ち上げるほどの量だったと、『信長公記《しんちょうこうき》』は伝えている。信長は家康の機嫌をそこねまいと、あらかじめ用意して三河に向かったのである。

「この黄金を用いて、武田勢の西上を食い止めてくれ」

家康にそう申しつけて馬を返し、七月十三日から伊勢長島攻めにかかった。美《み》濃《の》、尾張《おわり》、伊勢、近江から総勢十万を集め、一揆勢との決戦にのぞんだ。

忠三郎も柴田勝家の寄騎《よりき》として出陣した。柴田勢の持ち場は長島の北西に位置する香取《かとり》で、正面には長島五城のひとつである大鳥居《おおとりい》城があった。

いい機会である。忠三郎は信長の戦法を実地に学ぼうと、和田三左衛門《さんざえもん》や日野屋次郎五郎を連れて多度山《たどさん》に登った。

標高四百三メートルの山頂からは、眼下の様子が手に取るように見える。木曾川、長良川、揖斐川が海津《かいづ》の南で合流し、海のような大河となって伊勢湾にそそぎ込む。河口にうかぶ縦長の中洲が長島で、西側に大鳥居、屋長島《おくながしま》、中江《なかえ》という三つの島が並んでいた。

一揆勢はここに五つの城をきずいていた。まわりを二重の柵で囲み、いくつもの舟入《ふない》りをもうけて船を自在に出し入れし、五つの城が互いに連携して付け入る隙を与えない。まさに難攻不落の海城《うみじろ》だった。

これに対して織田勢は、四方から包囲する陣形を取っていた。北東の早尾《はやお》に信長が、東の市江《いちえ》に信忠が陣取り、北西の香取には佐久間信盛、柴田勝家らが、西の桑名には北畠《きたばたけ》家をついだ信長の次男信雄《のぶかつ》が布陣している。南の海上には滝川一益や九鬼嘉隆《くきよしたか》が、安宅船《あたけぶね》や小早船《こばやぶね》を何百艘《そう》となく並べていた。

「我らの持ち場はあそこだ」

忠三郎が手にした鞭《むち》で大鳥居をさし、どう攻めるかと三左衛門にたずねた。

丸い形をした島には、一揆勢一万ばかりが立てこもり、柵の内側に土嚢《どのう》を積み上げて銃撃戦にそなえている。

島のいたる所に南無阿弥陀仏《なむあみだぶつ》と大書した旗が立てられ、海からの風にひるがえっていた。

「指呼《しこ》のうちのことゆえ策などありますまい。真っ正面から、力攻めに攻めかかるばかりでござる」

三左衛門は島に上陸するために、幅が広く底の浅い田舟を集めている。船縁《ふなべり》に楯をならべて囲船《かこいぶね》にし、鉄砲を撃ちかけながら島に乗り上げるつもりだった。

「こんなんやったら、一揆勢に勝ち目はあらへんやろ。そのうち音《ね》を上げるんとちがうか」

次郎五郎は本願寺門徒なので一揆勢に同情的だった。

日野には日野牧《まき》五ヶ寺と呼ばれる本願寺の末寺があり、家臣や領民にも門徒が多い。あの柵の中には、蒲生家を捨てて一揆勢に加わった者たちもいるのだった。

「一揆勢に勝ち目はあるまいが、こたびは降伏は許されまい」

忠三郎は、信長がどれほど厳しい姿勢でこの戦にのぞんでいるか、よく知っていた。

「そんなら何や。皆殺しにでもする言うんか」

「次郎五郎、言いすぎであろう」

三左衛門が低い声でたしなめた。

誰もそんなことは望んでいない。だがそうする以外に泥沼のような戦いを終わらせる方法がないと、多くの武将たちが感じ始めていた。

七月十五日、信長は総攻撃を命じた。

織田勢は四方の陣所から安宅船、小早船、囲船をこぎ出し、鉄砲、大砲を撃ちかけながら五つの城に迫った。

一揆勢は鉄砲と火矢で応戦したが、織田勢の火力に圧倒されて防戦一方となった。

忠三郎も大鳥居城に攻めかかった。

鉄砲三左が用意した田舟は安定性がよく、砂洲《さす》に乗り上げても横倒しにならない。この船に三百人の鉄砲隊を分乗させ、川の流れに乗って大鳥居に上陸した。

一揆勢は土嚢のかげから鉄砲を撃ちかけてくる。忠三郎らも楯の狭間《はざま》から応戦し、敵の火力が尽きた頃を見計らって長槍隊を突撃させた。

柵ごしに相手とつかみ合う白兵戦が半刻《はんとき》（一時間）ばかりつづいたが、城のそなえを崩すことはできなかった。

忠三郎はいったん兵を引き、上陸地点に土嚢をきずいて身方の到着を待つことにした。

他の城でも戦況は同じだった。織田勢は島に上陸したものの、二重の柵を突破することができず、向かいの陣地をきずいて兵糧攻めにすることにした。

外との連絡を遮断《しゃだん》された一揆勢は、兵糧より先に水の欠乏に苦しむようになった。

五つの城には井戸がない。海に近いので掘っても塩水しか出ないし、川の水があるので井戸を掘る必要もなかった。

ところがまわりを厳重に包囲されたために、水を汲《く》みに行くことができなくなったのである。

これでは先は見えている。一揆勢はいったん降伏して再起を期すことにしたが、信長は許さなかった。許せばどこかの国に流れていき、再び一揆をもよおして逆らうことは目に見えている。

彼らを従わせるには信仰を捨てさせるしかないが、浄土《じょうど》に生まれかわることだけを願っている門徒たちは、本願寺の教えにそむくよりは死を選ぶのである。

（ならば根絶《ねだや》しにするだけじゃ）

信長は非情の決断を下し、包囲をいっそう厳重にするように命じた。

兵糧攻めは三ヶ月におよび、城内には飢えと渇《かわ》きで死ぬ者が続出した。

〈既《すで》に三ヶ月相抱《あいかか》へ候《そうろう》間、過半餓死《かつえじに》仕《つかまつり》候〉

『信長公記』はそう伝えている。

一揆勢の悲惨は言うまでもないが、大軍を動員したまま包囲をつづける織田勢の負担も大きかった。しかも信長のやり方に対する世間の反発は強く、次第に苦しい立場に追い込まれていった。

決着がついたのは九月二十九日のことである。

信長は一揆勢の降伏を許すと約束しながら、彼らが船で退去しようとした時に鉄砲を撃ちかけて皆殺しにしようとした。

追い詰められた一揆勢は、死物狂いの反撃に出た。屈強の七、八百人が裸になり、水にもぐって織田勢に襲いかかった。

どこから浮上してくるか分らない敵の攻撃に浮き足立った織田勢は、一門衆や重臣を数多く討たれた上に、彼らを取り逃がす醜態《しゅうたい》を演じた。

激怒した信長は、屋長島、中江に逃げ込んでいた老若男女二万人ばかりを片隅に追い詰め、四方から火を放って焼き殺させた。

塀や陣小屋に隠れていた者たちが、燃え上がる炎から逃れようと走り出てくる。するとまわりを取り巻いていた鉄砲隊や弓隊が容赦なく矢弾をあびせた。

逃げ場を失った者たちは火だるまになり、断末魔《だんまつま》の叫びをあげながら焼け死んでいった。

一揆の首謀者たちが立てこもる館にも火がまわった。巨大な茅《かや》ぶき屋根がゆっくりと炎に包まれていく。

やがて固く閉ざしていた門が開き、真っ裸になった百人ほどの娘が、乳呑み児《ちのご》や幼子《おさなご》を抱いて出てきた。

娘たちは好きにして構わない。だからこの子たちだけは助けてくれ。首謀者はそう願い、捨て身の手段を用いたのだった。

柵の外で様子を見ていた織田勢から、血に飢えた喚声《かんせい》が上がった。すぐに柵の門を開き、先を争って娘たちを奪い取ったが、子供たちを助けようとはしなかった。

逃げまどう子供たちを取り囲み、十文字や片鎌の槍で串刺しにし、宙に突き上げて柵のきわに並べた。死にきれずにもがいている子供がいると、腕自慢でもするように鉄砲で頭を撃ち抜いた。

忠三郎はその様子を大鳥居から見ていた。

耳をつんざく叫び、天を焦がして燃え上がる炎、風にまじって流れてくる人が焼ける臭い。それを全身で受け止めながら、戦慄《せんりつ》のあまり身動きすることができなかった。

「こんなん嘘や。人間のすることとやあらへん」

次郎五郎が泣きながらうずくまり、たまりかねて嘔吐《おうと》した。

三左衛門も配下の鉄砲隊も、茫然と立ち尽くして惨劇を見つめている。

（これが……、これが理想を追い求める人間のすることか）

そんなはずがあるかと、忠三郎は心の内で打ち消した。

だが、ここまでしなければ国を変えられないという信長の気持ちもよく分る。その下知に従う以外に、忠三郎には武将として生きる道がないのだった。

（しかし、本当にそれでいいのか）

天地が割れるような衝撃の中で自問自答をくり返し、自分はこれまで信念を持たないままに生きてきたのだと思い知らされていた。

自信と誇り

四条《しじょう》通りから室町《むろまち》通りを北に上がると、南蛮寺《なんばんじ》の屋根が見えた。

イエズス会が中心となってきずいた三階建ての教会で、屋根は和風の瓦《かわら》ぶきだが、全体の姿は洋風の塔を思わせる。

まわりの街並みから頭ひとつ抜き出た屋根を見ると、忠三郎《ちゅうざぶろう》は胸が締めつけられるような緊張をおぼえた。

あの寺にはあこがれてやまない西洋と、キリスト教という未知の信仰がある。それに近づく期待と、異界にさそい込まれるような不安があった。

たずねるのは三度目である。初めは織田信長の供をして宣教師たちに会いに行った。二度目はキリシタン大名として知られた高山右近《うこん》にさそわれた。

高槻《たかつき》城主である右近は、信長から摂津《せっつ》一国を任されている荒木村重《むらしげ》の寄騎《よりき》に付され、二万石の封地《ほうち》を得ている。文武両道に秀《ひい》で、千利休《せんのりきゅう》の高弟としても知られていた。

忠三郎は千利休に茶を学ぶようになって右近と知り合い、弟子になって教えを受けていたが、一月《ひとつき》ほど前に宣教師の説教があるので一緒に行こうと声をかけられた。

実を言えば、忠三郎はキリシタンにある種の警戒心を抱《いだ》いている。

彼らが日本の宗教や伝統を強く否定していると聞いたからだが、宣教師たちから西洋のことを直《じか》に学びたいという思いに抗しきれず、さそいに応じたのである。

そして今日も右近の招きだった。

キリストの母であるマリアさまにちなんだ祭りがあると熱心にさそわれ、和田三《さん》左衛門《ざえもん》をともなって安土《あづち》から出向いてきたのだった。

「どうやら右近さまは、殿を同朋《どうぼう》になされたいようでござるな」

三左衛門は、前回供をした時から右近に好意をもっている。忠三郎が入信するのを望むような口ぶりだった。

「右近どのは立派な方だが、それとこれとは話が別じゃ」

「信長公もキリシタンの布教を認めておられます。西洋のことを知りたければ、彼らを師とするに如《し》かずでござる」

「そのような邪《よこしま》な気持ちで信仰に触れてはならぬ。右近どのに申し訳が立たぬではないか」

もし右近が語るほどキリシタンの信仰が確信に満ちたものなら、自分もその真髄《しんずい》にふれてみたい。忠三郎はそう思っている。

伊勢長島での一向一揆の虐殺《ぎやくさつ》を目《ま》の当たりにして以来、大きく心がゆらいでいる。この先信長に従っていくためにも、心の支えとなる信念が必要だと感じていた。

南蛮寺のまわりには千人ちかい群衆が集まっていた。

この日、天正《てんしよう》六年（一五七八）七月二十一日は、寺が建てられてちょうど三周年の記念日にあたる。そこで畿内の布教長であるオルガンチーノは、信者に呼びかけて盛大な式典《ミサ》をおこなうことにしていた。

そんなこととは知らない忠三郎は、人波をかき分けながら坊門《ぼうもん》通りに面した寺まで進んでいった。表門では黒い法衣をまとった宣教師たちが、信者からの進物《しんもつ》を受け取っていた。

「忠三郎どの、よう来て下された」

門の奥にいた右近が、こちらに来るように手招きした。

すらりと背が高い屈強の男で、忠三郎より五つ上の二十八歳だった。

「右近どのもお人が悪い。このように大きな祭りだとは思ってもいませんでした」

「話をすれば遠慮なさるだろうと思ったのです。今日はどうしても来ていただきたかったものですから」

ミサまでにはまだ間があると、右近は寺の横の建物に案内した。

宣教師たちが暮らす寮で、一般の立ち入りは禁じられている。だが右近は、誰はばかることなく一番奥の部屋まで進んだ。

西洋式に扉をノックし、忠三郎には分らない異国の言葉で呼びかける。すると内側から扉が開き、背の高い男がぬっと姿を現わした。

なつめ形の大きな目をして、黒々としたひげをたくわえている。イタリア人のオルガンチーノで、信者たちにはウルガン・バテレンと呼ばれて親しまれていた。

「忠三郎どの、お目にかかれて光栄です」

オルガンチーノは三人を部屋に入れ、冷たい井戸水でもてなした。来日して六年になるので、日本語も不自由なく話すことができた。

「アナタのことはジュスト右近どのから聞いています。西洋のことを学ばれたいそうですね」

「そう望んでいますが、分らないことばかりで何から手をつけていいか」

忠三郎は信仰の世界に強引に引き込まれないよう、かなり慎重になっていた。

「今日はジョアン・フランシスコ師やルイス・フロイスも来てくれます。知りたいことは何でもたずねて下さい」

「忠三郎どの、それまでこちらで過ごされるがよい」

右近はあらかじめ了解を得ていたらしく、先に立って寮の図書室に案内した。

大きな本棚には革張りの本や地図帳、画集などが整然とならんでいる。

文字は読めないが、地図や画集には世界の国々の様子が描かれていて、忠三郎は次々に本を手に取り、夢中でページをめくりつづけた。

「いかがですか、西洋の書物は」

右近が忠三郎の熱中ぶりを好ましげにながめた。

「すごいものです。今まで何も知らなかった自分が恥ずかしくなります」

「貴殿には、これらの書物を理解する資質と力量があります。これからもここに通い、折に触れて学ばれるがよい」

「そんなことが許されるのでしょうか」

「オルガンチーノどのに頼んでおきますから、ご懸念《けねん》は無用です。それがしは忠三郎どのを同志と見込んでおりまする」

右近が同意をうながすように西洋式の握手を求めた。

忠三郎は新しい世界に踏み出す喜びを覚えながら、その手をしっかりと握り返した。

この日以来、南蛮寺は忠三郎の聖地になった。信仰ではなく最新の知識に魅了されたのだった。

すでにヨーロッパではコペルニクスが出て、地球が球体であり、太陽のまわりを一年周期でまわっていると立証している。

メルカトルが地球規模の正確な地図を作成しているし、船の位置を測る羅針盤《らしんばん》も発明され、航海の安全を飛躍的に高めていた。

こうした学問や技術に支えられ、ヨーロッパ人たちは地球をまわる航路を開拓し、世界中に進出している。

西暦一四九二年に、クリストファー・コロンブスが西廻りの航路でアメリカ大陸に渡って以来、イスパニアは南北両大陸に進出して植民地を拡大している。

一四九八年には、ヴァスコ・ダ・ガマが、南アフリカの喜望峰《きぼうほう》をまわってインドに達する航路を開拓した。これ以後ポルトガルはアジアに進出し、インドのゴアや東南アジアのマラッカに拠点をきずいた。

それから八十年の間に両国は世界各地に交易拠点や植民地をきずき、富や資源を独占して繁栄をきわめている。

イギリスやオランダもこの牙城《がじょう》に食い込もうと、大艦隊を組んで世界の海に乗り出していた。

ひるがえって日本を見ると、状況はきわめて危うい。国内には有力大名が割拠《かっきょ》し、自領の保全ばかりを考えている。

朝廷や公家《くげ》、寺社は、古い権威と既得《きとく》権を楯《たて》に領民の支配をつづけている。

これでは国力は分断されるばかりで、西洋諸国の植民地にされかねない。今必要なのは早急に日本を統一し、万民が一丸となって力を発揮できる体制をきずくことだ。

そのことを理解すると、信長が天下統一を急ぐ理由も分ってくる。それにつれて、伊勢長島での虐殺《ぎゃくさつ》に対するわだかまりも少しずつ薄れていくので、ますます足しげく南蛮寺に通うようになった。

ところが十月下旬になって、思いもかけない事件が起こった。

信長旗下《きか》の有力武将である荒木村重が、石山本願寺と通じて反逆を企《くわだ》てているとの報が入ったのである。

「荒木どのの兵が夜半に敵と接触し、兵糧《ひょうろう》、弾薬をわたしております」

本願寺の包囲にあたっている細川藤孝《ふじたか》の使者が、信長にそう告げた。

「馬鹿な。何の不足があっての謀叛《むほん》じゃ」

「詳しいことは分りませぬが、当家の物見が接触を目撃したのは三度におよびます」

疑惑はこれだけではなかった。丹波《たんば》の八上《やがみ》城を攻めている明智光秀《あけちみつひで》からも、村重が城内に使者を送って連絡を取り合っていると注進があった。

「ならばそちが有岡《ありおか》城をたずね、村重の存念を確かめて参れ」

信長は光秀にそう命じ、側近の松井友閑《ゆうかん》と万見仙千代《まんみせんちよ》を同行させた。

備前《びぜん》の鞆《とも》の浦に逃れた足利義昭《よしあき》は、西国の毛利《もうり》や石山本願寺ばかりか、越後《えちご》の上杉謙信まで身方《みかた》にして新たな信長包囲網をきずきつつある。

これに摂津一国を領する荒木村重が加われば、天下統一への歩みは大きく頓挫《とんざ》する。何としてでも翻意《ほんい》させなければならなかった。

村重は三人と対面し、異心はないと釈明した。それを証明するために安土城に伺《し》候《こう》し、母親を人質《ひとじち》として差し出すと約束したが、二日たっても三日たっても腰を上げようとしなかった。

高槻城の高山右近や茨木《いばらき》城の中川清秀《きよひで》も、村重に従って城に立てこもる構えを取っていた。

「藤吉郎《とうきちろう》は何をしておる。あの者は荒木とは昵懇《じっこん》の間柄であろう」

信長は播磨《はりま》に侵攻中の羽柴《はしば》秀吉を呼び、光秀、友閑をそえてもう一度有岡城に説得に向かわせた。

ところが秀吉の説得もむなしく、村重は伺候しようとしなかった。激怒した信長は畿内、近国に陣触れを発し、五万の大軍を有岡城攻めに向かわせることにした。

出陣は十一月一日。

まず京で馬揃えをして摂津に討ち入る。第一の攻撃目標は、高山右近が立てこもる高槻城だった。

忠三郎も日野城にもどり、出陣の仕度にかかった。右近と戦いたくはないが、村重方となって信長に弓引くなら、いたし方なかった。

（右近どの、これは貴殿の本意ではござるまい）

世界の情勢を誰よりも理解している右近が、信長の天下統一をさまたげる側につくはずがない。忠三郎はそう信じていたが、情勢は悪化の一途をたどるばかりだった。

出陣が数日後に迫った十月二十七日の明け方、高山右近が案内もこわずにたずねて来た。

城門はまだ開いていないのに、牢人《ろうにん》のような形《なり》をしてただ一人で忍び入ってきたのである。

「右近どの、そのお姿は……」

どうしたことだと聞こうとしたが、右近の思いつめた形相《ぎょうそう》を見て言葉を呑んだ。

「村重どのは安土に伺候なされません。一度は有岡城を出て安土に向かわれましたが、茨木城の中川清秀どのや重臣たちに説得されて、城にもどられたのでござる」

「では、敵方に？」

「まだ説得する機会はあります。そこで貴殿を見込んで頼みがあるのです」

右近は有岡城に乗り込んで村重と直談判《じかだんぱん》するつもりである。だがそのためには、安土に伺候したなら所領は安堵《あんど》するという、信長の言質《げんち》を得ておく必要がある。その取り次ぎを頼みたくて、日野城まで駆けつけたという。

「今となっては、それ以外に村重どのを止める手立てはござらぬ。この国のため、デウスのために、身命《しんめい》を賭《と》してお願い申す」

「そのお墨付《すみつき》があれば、村重どのを説得できますか」

「それは分りません。しかしそれをやらなければ、我らは本願寺に身方せざるを得なくなり、デウスの教えにそむくことになります」

「信長公はもはや村重どのを見限っておられます。そのような進言をすれば、どんな処罰を受けるか分りません」

「それも覚悟の上です。ただ……」

忠三郎を巻きぞえにするのが心苦しいと、右近は申し訳なさそうに頭を下げた。

「右近どの、ひとつだけ教えて下され」

何ゆえそのように迷いなく歩けるのだと、忠三郎は羨望《せんぼう》をおさえてたずねた。

「信じるもののために生きているからでしょう。信長公や他のお方にどう思われるかではなく、自分の心に照らして正しいかどうかが大事なのです」

「自分の心に照らして、ですか」

忠三郎は心の目を開かれたように、はっとした。

信長にどう思われるかばかりを気にしていた自分に、忽然《こつぜん》と気づいたのである。

「分りました。これから安土に参りましょう」

忠三郎は右近に賭けてみることにした。信長の天下統一を推《お》し進めるためにも、自分が新しい一歩を踏み出すためにも、それが必要だと感じていた。


安土城は、琵琶湖に突き出した安土山にきずいた巨大な城である。三年前から築城にかかり、五層七重のきらびやかな天主が完成したばかりだった。

忠三郎は桐岸曲輪《きりぎしくるわ》にある自分の屋敷に右近を案内し、装束《しょうぞく》をととのえて本丸御殿をたずねた。

気が立った時の信長は、空腹にさいなまれた虎のようである。誰の意見にも耳を貸さないし、いったん激怒したら容赦《ようしゃ》なく牙をむく。

だから側近たちも機嫌のいい時を見計らって進言していたが、忠三郎にはそれを待っている余裕はない。これが最善の道だと肚《はら》をすえて右近の意を伝えるしかなかった。

「右近め、一人で来おったか」

信長はにやりと笑い、意外なほどあっさりと対面を許した。

右近は御前に進み出、今ならまだ間に合うので有岡城に行かせてほしいと願った。

「村重は謀叛人じゃ。それを許せと申すか」

「天下のため万民のため、かつは上さまの偉業のためにも、それが最善の道と存じます」

「ふん、言いおるわ」

信長は小馬鹿にしたように吐き捨てたが、右近が望むとおりの言質を与えた。

「ただし期限は来月五日じゃ。それまでに村重が従わねば、その方ら二人とも生かしてはおかぬ」

責任を取って腹を切れという。二人はそれでも構わぬと誓って、桐岸曲輪の屋敷にもどった。

「忠三郎どの。かたじけない」

右近は涙をうかべて礼を言った。

「早くもどられよ。事は一刻を争いまする」

忠三郎は和田三左衛門を連絡役として同行させることにした。

「これを預かって下され。私の真心の証《あかし》でござる」

右近は十字架をはずして忠三郎の首にかけ、三左衛門をともなって高槻城にもどっていった。


ところが、いったん叛旗《はんき》をひるがえすと決めた村重を説得するのは容易ではなく、数日が過ぎても右近からの連絡はなかった。

これでは敵に策謀の時間を与えるようなものである。現に足利義昭は、村重が身方になったと諸大名に触れまわり、四国の長宗我部《ちようそかべ》ばかりか紀州《きしゆう》の惣国《そうこく》一揆にまで調略《ちようりやく》の手を伸ばしている。

そうした報が伝わるたびに、信長は怒りと苛立《いらだ》ちをつのらせていった。

「忠三郎、右近はどうした」

「いまだ連絡がございません」

「期限まであと三日じゃ。日暮れまでしか待たぬぞ」

「万一高槻城を攻める時には、蒲生《がもう》家の軍勢を先陣とし、それがしの首を槍先にかかげて進むようにお命じ下されませ」

「良かろう。その時には高槻城の者をことごとく討ちはたし、首をずらりと並べてそちの無念を晴らしてやる」

十一月三日になって三左衛門がもどり、状況を報告した。

「右近どのは有岡城に駆けつけ、村重どのに挙兵を思いとどまるように説かれました」

村重を摂津一国の領主に取り立てたのは信長であり、その恩義にそむくことは人の道にはずれている。それに毛利や本願寺と同盟しても信長に勝つことはできないし、謀叛を起こして敗れたなら、有岡城に立てこもった者たちは過酷な処罰を受けることになる。

そう言って翻意を迫ったが、右近が独断で安土城をたずねたと知った重臣たちは、信長と通じているのではないかと疑って応じようとしなかった。

そこで右近は高槻城から幼い嫡男《ちゃくなん》を呼び寄せ、人質として村重にさし出した。有岡城にはすでに右近の二人の姉妹が人質として入っていたが、信長に通じていない証として新たに息子を入れたのである。

その決意に打たれた村重は安土城におもむく決心をし、翌日には息子の新五郎を連れて有岡城を発《た》った。

右近は一足先に高槻城にもどって到着を待っていたが、村重はまたしても茨木城で中川清秀や重臣らに反対され、己《おの》れの意を貫くことができなかったのである。

「父上である高山飛騨守《ひだのかみ》どのも、村重どのに従うことになされました。それゆえ右近どのは高槻城内で孤立し、幽閉にひとしい状態におかれておられます」

三左衛門は右近に命じられ、監視の目を逃れて報告にもどったのだった。

「何と申しておられた、右近どのは」

「最後まで良心と信仰に従って努力をする。それを信じていただきたいと」

「さようか。あの方らしいお言葉じゃ」

状況はもはや絶望的である。だが右近は自分の心に照らして正しいかどうかを考えて行動すると言った。その心の中心にはデウスへの信仰があるのだから、途中で妥協《だきよう》したり裏切ることは絶対にない。

忠三郎はそれを信じて待つしかないと肚をすえ直し、三左衛門の報告を信長に伝えた。

十一月五日の夕暮れを、忠三郎は二条の御新造《ごしんぞう》で迎えた。

村重の謀叛は決定的と見た信長は、五万の大軍をひきいて京に入り、押小路室町《おしこうじむろまち》にきずいた新邸を宿所としたのである。

忠三郎は日野城の父賢秀《かたひで》のもとに事情を告げる文《ふみ》を送り、白装束に改めて信長の前に出た。

「何の真似《まね》じゃ」

信長は新しく手に入れた肩衝《かたつ》きの茶入れに見入っていた。

「誓約をはたせませんでした。おおせのとおりにいたします」

「事情は聞いた。その儀にはおよばぬ」

ここで腹を切るより高槻城攻めで死番《しにばん》をつとめよ。その方が無駄がないと、信長は忠三郎には見向きもしなかった。

幸いなことに次の日、大坂から吉報がとどいた。

毛利水軍六百余艘《そう》が石山本願寺に兵糧、弾薬を入れようとしたが、甲鉄船《こうてつせん》六艘を主力とした九鬼嘉隆《くきよしたか》の水軍が撃破し、敵の主力船をことごとく沈めたのである。

二年前の七月にも、毛利水軍は同じ方法で本願寺を支援しようとした。信長はこれを阻止しようと木津《きづ》川口に船団を配したが、火矢や焙烙玉《ほうろくだま》（爆裂弾《ばくれつだん》）を駆使《くし》する毛利水軍に手も足も出ずに大敗した。

そこで信長は、船体に鉄板を張った大安宅船《おおあたけぶね》を九鬼嘉隆に造らせ、七月に大坂湾に配備して次の決戦にそなえていた。その甲鉄船が狙いどおりの威力を発揮し、毛利水軍を打ち破って大坂湾の制海権を確保したのである。

これで毛利方は、摂津や本願寺に軍勢や弾薬を送れない。好機と見た信長は、十一月九日に高槻の安満《あま》まで兵を進め、摂津に攻め込む構えを取った。

この先には高槻城、茨木城、有岡城と並び、二万五千の兵が守りを固めている。戦《いくさ》が長引くことを懸念した信長は、南蛮寺に使者をつかわしてオルガンチーノを呼び寄せた。

「その方らは常々、主君への裏切りはキリシタンの教えにそむくと申しておったな」

「さようでございます」

「ならば右近に使者を送り、信仰にそむくなと申し伝えよ」

「ジュストどのに叛意《はんい》はございませぬ。城内の大勢《たいせい》に逆らえず、身動きが取れなくなっておられるのでございます」

オルガンチーノは当惑して釈明した。

彼らも事件が起こった時から右近と連絡を取り、悪魔の坊主《ボンズ》（本願寺）に身方した村重に従ってはならないと申し入れていた。

「城内にはキリシタンの将兵も多い。もし高槻城がこのまま籠城《ろうじょう》をつづけるなら、宣教師も畿内の信者もなで斬りにし、以後の布教は許さぬ」

信長はそう通告し、忠三郎に南蛮寺へ行って宣教師たちを連行してくるように命じた。

信長との約束をはたせなかった忠三郎には、これを拒《こば》むことはできない。事情を伝える手紙をオルガンチーノに書いてもらい、それを示して南蛮寺の宣教師や信者二十四人を信長の本陣まで連行した。

一方、オルガンチーノは高槻の城中、城下に使者を送り、あらゆる伝《つて》を頼って右近を説得しようとした。

ところが右近は、すでに嫡男と姉妹二人を有岡城に人質として入れている。彼らを犠牲にして信長に従うことはできないし、父親である飛驒守友照《ともてる》は村重方となって城内を掌握《しょうあく》している。オルガンチーノらの窮地《きゅうち》が分っていながら、どうすることもできなかった。

「お許し下さい。右近どのや信者の罪ではないのです」

オルガンチーノは懇願《こんがん》したが、信長は許さなかった。南蛮寺から連行してきた二十四人を、高槻城の城門の前で火あぶりにせよと忠三郎に命じた。

その夜、忠三郎はまんじりともせず状況を打開する方法を考え抜いた。

手立てはただひとつ。夜が明ける前に高槻城に攻め入り、城内の右近と一手になって城を攻め落とすことである。

幸い三左衛門は城内の様子を見知っている。右近がどこに幽閉されているかも分っていた。

「寅《とら》の刻（午前四時）に出陣する。鉄砲隊三百、槍隊二百をそろえておけ」

三左衛門に仕度を命じていると、オルガンチーノがひそかにたずねてきた。色白の肌が夜目にも分るほど青ざめていた。

「忠三郎どの、ワタシはこれから高槻城へ行って右近どのと会ってきます」

かならず説得するので、自分がもどるまで処刑を延期するように信長に進言してほしいという。

「城内に入る手立てはありますか」

「分りません。たとえ殺されても、このまま何もしないわけにはいかないのです」

「それならば、この三左を供につけましょう。織田の軍勢に追われたふりをして、城内に助けを求めて下さい」

忠三郎は三左衛門に手はずを伝え、勢子《せこ》の役目をはたす三十人ばかりをつけて送り出した。

忠三郎の計略は図にあたった。

織田の旗差《はたさし》をした軍勢に追われるオルガンチーノと三左衛門を見ると、高槻城の兵たちは城門を開けて中に入れたのである。

勢子役の兵から報告を受けた忠三郎は、安満の本陣をたずねて信長にオルガンチーノの頼みを伝えた。

「ウルガンめ、勝手な真似を」

信長は口で言うほど腹を立てなかった。

右近がどんな状況におかれているか分っていたし、彼を救うために命がけで城に飛び込んだオルガンチーノの勇気に感じ入っていた。

「あの者たちは何万里《り》ものかなたから、身命《しんめい》をかえりみずに我が国にやって来たのじゃ。その熱意を思えば無下《むげ》にもできまい」

ただし猶予《ゆうよ》は四日である。十四日の正午までに右近が投降しなければ、宣教師たちを火あぶりにせよと命じた。

一方、村重方への圧迫も着々と強めていた。

嫡男信忠《のぶただ》、次男北畠信雄《のぶかつ》、三男神戸《かんべ》信孝《のぶたか》らの軍勢を高槻城を見下ろす天神山《てんじんやま》に配し、城攻めのための砦《とりで》をきずくように命じた。

また茨木城の向かいの太田郷にも砦をきずき、前田利家《としいえ》や佐々《さっさ》成政《なりまさ》ら越前《えちぜん》から駆けつけた軍勢を入れて監視にあたらせた。

忠三郎は信長の本陣脇に軍勢をとどめ、オルガンチーノが説得に成功するように祈りながら、なりゆきを見守っていた。

高槻城は淀川と芥川《あくた》を天然の外堀とする平城《ひらじろ》で、まわりに深い堀と高い城壁をめぐらしている。築城の名手である右近が、西洋の築城技術を取り入れてきずいた堅固《けんご》な要塞だった。

翌日、日野から叔父の茂綱《しげつな》がやって来た。忠三郎の身を案じた賢秀が、百人の鉄砲隊をそえてつかわしたのだった。

「万一の時には、信長公の下知を待たずに城攻めにかかれとのおおせじゃ」

考えることは忠三郎と同じである。座して死を待つよりは、決死の突撃をして活路を開くべきだと言い切った。

「十四日の正午が期限でございます。事が成らずば、宣教師たちを火あぶりにした後に城に攻め込みます」

右近が何とかしてくれるという期待も空しく、十四日の朝になっても城門は閉ざされたままだった。

「やむを得ぬ、仕度にかかれ」

戦場人足たちが天神山の中腹に二十四の穴を掘り、まわりに枯木と藁《わら》をつみ上げた。

穴の側には白木の磔柱《はりつけばしら》が横たえてある。宣教師や信者たちをこの柱に縛りつけ、正午になったなら穴に立てて火あぶりにするのである。

横一列に並べた磔柱の様子は、城内からもはっきりと見えるはずだった。

卯《う》の中刻（午前七時）、忠三郎は自ら指揮をとって宣教師らを処刑場に引き出した。一人一人を磔柱の横に立たせ、城に使者を送って正午になったなら火あぶりにすると告げさせた。

城内の反応は早かった。

鎧《よろい》に身をかためた数百人が城壁に上がり、伸び上がるようにして処刑場をながめている。その大半がキリシタンで、天に向かって手を合わせたり胸の前で十字を切ったりしていた。

ところがしばらくすると兜《かぶと》をかぶった精鋭部隊があらわれ、鉄砲を突きつけて城壁の兵たちを追い払った。こちらは荒木村重に身方をする者たちで、処刑によって城内の信者が動揺することを防ごうとしたらしい。

城壁の上からことごとく兵たちを追い払うと、そのようなことをしても無駄だと言わんばかりに鉄砲隊が一斉射撃をした。耳をつんざく銃撃の音が、秋晴れの空にこだまして長い尾を引いて消えていった。

再び静まりかえった城内からは何の反応もない。鉄板を打ちつけた堅固な城門は、死人のように口を閉ざしたままである。

忠三郎は正午まであと半刻《はんとき》（一時間）と迫ったのを確かめ、宣教師たちを磔柱に縛りつけるように命じた。

　黒い法衣を着た者たちが手足と腰を十字架に縛られ、柱とともに押し立てられるが、抵抗しようとする者はいない。胸の前で十字を切って最後の祈りをささげると、黙ってされるがままになっていた。

　その確信に満ちた姿に、忠三郎は胸を打たれた。

　もうすぐ処刑されるというのに、どうしてこんなに平然としていられるのか。彼らの信仰は、火あぶりによる死の恐怖をやすやすと乗りこえるほど強いものなのか……。

　忠三郎には分らない。だがキリシタンたちの自信と誇りに満ちた決然たる態度は、これまで目にしてきたどんな武将より見事だった。

（あんなふうに振舞えるのなら、自分も信仰を持ちたい）

　忠三郎は妬《ねた》ましささえ覚えながらそう願った。

「何か言いたいことはありませんか」

　少しでも心の内を知りたくて、南蛮寺で知り合った宣教師にたずねた。

「ありません。すべてはデウスの御心《みこころ》のままです」

　オルガンチーノに似たひげ面《づら》の男に真っ直ぐに見つめられ、忠三郎は胸を撃ち抜かれたような衝撃をおぼえた。

（右近どの、後生《ごしよう》でござる。出て来て下され）

忠三郎は胴乱《どうらん》に入れた右近の十字架を、必死の思いで握りしめた。

もし本当にデウスという者がいて、この願いを聞きとどけてくれるなら、生涯を信仰にささげてもいいとさえ思った。

まさにその時、高槻城の城門が鈍くきしみながら開かれた。

真ん中に右近がいた。

もとどりを切って白い帷子《かたびら》を着込んでいる。ひげの伸びた憔悴《しようすい》しきった姿をして、両脇から肩を抱きかかえられていた。

横にはオルガンチーノと和田三左衛門、それに十名ばかりの家臣たちが従っていた。

「右近どの……」

忠三郎は一瞬茫然《ぼうぜん》としたが、すぐに真鹿毛《まかげ》に飛び乗って城門に駆けつけた。

「どうなされた。右近どの」

馬から下りるなり兵にかわって肩を支えた。

遠目には分らなかったが、帷子は紙である。何もかも捨てることと引き替えに城を出されたことは明らかだった。

「約束を守れなかった。許して下され」

右近は声をふりしぼってわびた。

「何を申される。ようご無事で」

忠三郎は感激に鳥肌立つ思いをしながら、右近を少しでも早く城から遠ざけようとした。

一町（百メートル強）ほどはなれた時、背後で冷たい音をたてて城門が閉ざされた。

「右近どのは殿との約束をはたそうと、懸命の努力をしておられました」

城内にいた三左衛門が、いきさつを詳しく語った。

右近は家族を守るか信仰を貫くかの板ばさみになり、苦悩のどん底に突き落とされた。

オルガンチーノの説得に応じて開城したなら、有岡城で人質になっている嫡男と姉妹二人が殺される。父飛騨守は村重に従うと明言しているのだから、父子の戦いにもなりかねない。

しかし開城を拒否すれば、忠三郎が連行した二十四人ばかりか、畿内の各地でキリシタンの処刑がおこなわれ、フランシスコ・ザビエル以来積み上げてきた布教の成果はいっきょに失われる。

しかも高槻城は飛騨守に従う村重派に制圧され、右近は監禁《かんきん》同然の状態におかれていた。たとえ信仰を貫きたいと思っても、城門ひとつ自由には開けられなかったのである。

そこで右近は食を断ち、反逆の意志がないことを示しながら、ひたすら神のご加護を祈った。そしてこの窮地を脱するには、城も家族も捨てて沙弥《しやみ》（キリスト教の僧）になる以外にないと決断したのだ。

そうすれば信長もキリシタンの弾圧を思い留まるだろうし、村重も人質を殺したりはしないだろう。父にそう告げると、ダリヨという洗礼名を持つ飛騨守も同意し、右近が城外に出ることを許したのだった。

「右近どの、よくぞご決断下された」

忠三郎は右近の手を取ってねぎらった。

磔柱に上げられた宣教師たちと右近の姿を重ね合わせ、信仰を持つ者の強さに圧倒されていた。

「私の力が足りなかったのです。それゆえ、多くの家臣たちを……」

死地に追い込んでしまったと、右近は歯を喰《く》いしばって嗚咽《おえつ》をこらえた。

「貴殿の胸の内を、信長公に伝えます。きっとお分りいただけるはずです」

右近らを陣小屋で休ませるように申しつけ、忠三郎は安満の本陣に駆けつけた。

信長はキリシタンの処刑を中止させたが、敵方となったままの城を許すはずがない。明朝総攻撃をかけて一気に攻め落とせと厳命し、五万の軍勢を城の間近に布陣させた。

その夜、城内で異変が起こった。

右近に心酔《しんすい》していた将兵たちが天守や櫓《やぐら》を占拠し、飛驒守や有岡城から派遣された精鋭部隊に従わない意志を明らかにした。

これでは織田勢と戦えないと判断した飛驒守らは、夜明け前に城を捨てて有岡城に引き退《の》いたのだった。

報告を受けた信長は即座に兵を入れて高槻城を受け取り、茨木城をのぞむ郡山《こおりやま》まで軍勢を進めた。

忠三郎は右近とオルガンチーノを本陣まで案内し、信長に引き合わせた。

冬も間近に迫り霜柱《しもばしら》が立つほどの寒さだが、右近は紙の帷子を着た沙弥の姿のままだった。

「右近、大儀であった」

信長は着ていた小袖をぬぎ、それでは寒かろうと右近の肩にかけてやった。

「そちの心底《しんてい》、確かに見届けた。褒美《ほうび》を取らすゆえ、望みがあれば何なりと申すがよい」

「これまでどおりキリシタンを保護していただきとう存じます。武士を捨てた身ゆえ、他に望みはございません」

右近は深く澄んだ目をして答えた。

「保護はする。だが武士を捨ててはならぬ」

余の事業のためにはそちのような武将こそ必要だと、信長は高槻二万石に加えて芥川二万石を加増することにした。

「ありがたきおおせではございますが、それに従えば有岡城の人質を見殺しにすることになります。平《ひら》にご容赦下されませ」

「案ずるな。安土に荒木の人質がおる。その者たちと交換すると言えば、村重も否《いな》とは申すまい」

信長はすぐに手配をせよと側近に命じ、オルガンチーノに話を向けた。

「そなたの命がけの働きが右近を動かしたのじゃ。武士にも劣らぬ潔《いさぎよ》さよの」

「右近どのと信者を助けたい一心でした。神のご加護があったからこそできたことです」

オルガンチーノも五日の間にやつれ果て、大きな目が落ちくぼんでいた。

「何か望みはあるか」

「もしお許しいただけるなら、安土の城下に神学校《セミナリヨ》を建てさせていただきとうございます。それが神への感謝の証にもなりますので」

「考えておこう。忠三郎、そちはどうじゃ」

「それがしは右近どのの取り次ぎをつとめたばかりでございます。何の働きもしておりませぬ」

右近やオルガンチーノに比べれば、自分の苦しみなど取るに足らない。忠三郎はそう感じていた。

「首を賭けて右近を庇《かば》ったではないか。久々に清々《すがすが》しいものを見せてくれた」

「ご褒美はこれから手柄を立てて頂戴《ちょうだい》いたしまする。されどせっかくのおおせゆえ、この先右近どのとともに働き、教えを受ける機会を与えていただきとう存じます」

「それで良いか。右近」

「むろん、異存はございませぬ」

「ならばこの先、同陣を命じる。二人で力を合わせて働くがよい」

これ以後忠三郎は右近と同じ場所に布陣して茨木城や有岡城攻めにあたり、キリシタンの信仰や西洋の知識を身近に学ぶようになったのだった。

夢を継ぐ者

天正《てんしょう》九年（一五八一）二月二十八日、信長は内裏《だいり》の東門外にきずいた馬場で馬《うま》揃《ぞろ》えをおこなった。

正親町《おおぎまち》天皇や公家《くげ》衆をまねき、配下の武将たちに美々《びび》しく着飾らせて行進させ、威勢を天下に示したのである。

これは天下の覇者《はしゃ》となったことを内外に示すと同時に、イエズス会の東インド巡察師であるアレッシャンドロ・ヴァリニャーノに、日本の最高権力者になったことを見せつける目的があった。

信長は、これからヴァリニャーノと国家の命運を賭《か》けた交渉にのぞむことにしている。その前に己《おの》れの権勢を示し、交渉を有利に運ぼうとしたのだった。

行進の先頭は丹羽長秀《にわながひで》と摂津《せっつ》、若狭《わかさ》の衆。

二番手は蜂屋頼隆《はちやよりたか》と河内《かわち》、和泉《いずみ》の衆。

三番手は明智光秀《あけちみつひで》と大和《やまと》の衆。

四番手は村井貞成《さだなり》と根来《ねごろ》、上山城《かみのやま》の衆。

五番手は信長の嫡男信忠《ちゃくなんのぶただ》と美濃《みの》、尾張《おわり》の衆。

六番手は次男信雄《のぶかつ》と伊勢、近江《おうみ》の衆で、蒲生忠三郎《がもうちゅうざぶろう》もこの中に加わっていた。家重代《じゅうだい》の鎧兜《よろいかぶと》を華やかに仕立て直し、緋《ひ》色のビロードで作った陣羽織《じんばおり》をまとっている。馬は三代目となる四肢《しし》たくましい真鹿毛《まかげ》だった。

内裏の門外にもうけた桟敷《さじき》には、正親町天皇が近習《きんじゅう》を従えて座しておられる。忠三郎はその前を通る時、何とも表現しようのない誇らしげな気持ちになった。

古来武士は天皇《きみ》に仕えることを第一義としてきた。その精神が自分の中に脈々と流れている。思いがけなくそのことに気づき、何やら面映《おもはゆ》いほどだった。


馬揃えの後、しばらく平穏な日々がおとずれた。

羽柴《はしば》秀吉は備前《びぜん》で毛利《もうり》勢と対峙《たいじ》し、柴田勝家《かついえ》は北陸勢をひきいて上杉景勝《かげかつ》と小競《こぜ》り合いをくり返している。だが畿内はすべて信長の威《い》に服しているので、忠三郎も心おきなく領国経営に専念することができた。

夏の盛りの七月初め、信長から至急安土《あづち》に伺候《しこう》せよという命令があった。忠三郎は身軽な出《い》で立ちで城下まで馬を走らせ、桐岸曲輪《きりぎしくるわ》にある屋敷で装束《しょうぞく》をととのえて天主《てんしゅ》に上がった。

案内されたのは最上階である。琵琶湖からの風が吹き抜けていく部屋で、信長は一人で物思いにふけっていた。

畳にはヴァリニャーノが献上した世界地図を広げていた。

「不思議とは思わぬか」

信長は忠三郎には目もくれず、自分の考えを追っていた。

「世界はこれほど広く、日本は豆粒のようだ。しかも我らには、それが本当かどうか確かめることもできぬ」

苛立《いらだ》っている。その理由が分るまで、うかつなことは言えなかった。

「このイスパニアとて、国土の広さは日本とさして変わらぬ。ポルトガルなどたったこれだけの国じゃ」

ところが世界に乗り出し広大な領土を手に入れていると、手にした扇で小刻みに地図を叩《たた》いた。

「交渉がまとまらないのでございましょうか」

忠三郎は真《ま》っ直《す》ぐにたずねた。

「これまでイスパニアとポルトガルが世界の強国であった。それは知っておろうな」

「ローマ法王の裁定《さいてい》により、世界の植民地を二分する権利を与えられたと聞いております」

一四九四年に結ばれたトルデシリャス条約によって、両国はヨーロッパ以外の新世界を二分して領有することを、ローマ法王アレクサンデル六世に認められた。

それ以来、イスパニアは南北アメリカに、ポルトガルはアジアに進出し、広大な植民地を獲得してきた。

一五二九年には新たにサラゴサ条約を結び、アジアにおける植民地の境を定めた。

この頃の日本にはこうした事情を知る者は少なかったが、忠三郎はオルガンチーノらの教えを受けて大方のことは理解していた。

「サラゴサ条約では、日本はポルトガルに属すると決められたそうじゃ。それゆえポルトガル国王の支援を受けたイエズス会が、布教と外交の取り次ぎにあたってきた。ところがこの取り決めが、昨年破られたのだ」

一五八〇年、イスパニア国王フェリーペⅡ世が、政情不安に乗じてポルトガルを併合《へいごう》し、国王を兼務するようになった。

そのために信長とポルトガルとの外交関係も白紙にもどされ、イスパニアと新たな関係を結ぶ必要に迫られた。

ヴァリニャーノはその仲介《ちゅうかい》をするために、安土に滞在して信長と交渉にあたっていたのだった。

「イスパニアが新たに出した条件は何だと思う」

「面目なきことながら、それがしには想像もつきませぬ」

「奴らはマニラとマカオを拠点として、明《みん》国を征服する計画を進めている。その時に日本から、十万の兵を出せというのだ」

イスパニアは世界最強の海軍を持ち、太陽の沈まぬ帝国をきずき上げている。だが明国内部に攻め込むための陸上部隊を持たないので、日本に協力させようとしていた。

「殿はそれをご承知なされるおつもりですか」

「たわけが。他国のために下々《しもじも》の民《たみ》や家臣たちを犠牲にできるか」

「それならお断わりになるべきと存じます」

「そう簡単にはいかぬ。イスパニアの要求を拒《こば》めば南蛮《なんばん》との交易が途絶える。硝《しょう》石《せき》や鉛《なまり》が手に入らねば、鉄砲を使うこともできなくなる」

信長は鉄砲を大量に使うことによって敵を圧倒し、天下統一を推し進《お》めてきた。それができたのは堺《さかい》をいち早く押さえ、硝石や鉛を東南アジアから潤沢《じゅんたく》に買いつけていたからである。

もし輸入を止められたなら、その戦略が瓦解《がかい》する。しかもイスパニアが信長に敵対している勢力を支援したなら、形勢が一気に逆転するおそれもあった。

「それでも断われと申すか」

信長は思いあぐね、誰かと話すことで解決の糸口を見出そうとしていた。

忠三郎はしばらく考えを巡らし、

「お断わりになるべきでございましょう」

肚《はら》をすえて答えた。

「イスパニアを敵にまわしてもか」

「我が国は遣唐使《けんとうし》の時代から、かの国と好《よしみ》を通じ、手本にして参りました。イスパニアに迫られて兵を向けるのは、道義にそむくと存じます」

「ならば硝石はどうする」

「明国と交渉し、直接買いつけてはどうでしょうか」

「あの国は海禁策を取り、商人の交易は認めておらぬ」

「イスパニアの要求を明皇帝に伝え、交易を認めなければ兵を出さざるを得なくなると訴えるのです。さすれば明国も、国を開くのではないでしょうか」

「うむ、さようか」

信長は地図に目を落としてひとしきり黙り込んだ。

明国とイスパニアを天秤《てんびん》にかけ、どちらを選ぶべきか計っていたのである。

「明国は日本など目下《めした》の国としか思っておらぬ。説《と》き伏《ふ》せるのは無理であろう」

長い沈黙の後で苦しげにつぶやいた。

「今は返事を引き延ばし、時間をかせぐしかあるまい。天下統一を終えたなら、イスパニアに付け入る隙を与えたりはせぬ」

「天下を統一したなら兵を出すと、約束なされるのでございますか」

「そうじゃ。それ以外に道はない」

「ならばヴァリニャーノどのに頼んで、ローマ法王に親書《しんしょ》を送られてはいかがでしょうか。法王と好を通じたと知れば、イスパニアとて無理難題を持ちかけることはできなくなりましょう」

「面白い。近々ヴァリニャーノと詰めの話をするゆえ、そちも同座するがよい」

数日後、忠三郎は信長の供をして城下の神学校《セミナリヨ》をたずねた。

オルガンチーノが中心になって昨年完成させたもので、一階は来客用の応接室、二階は学生の宿所、三階が教室になっていた。

信長は時々、この学校にふらりと立ち寄り、地理や天文学の授業を見学したり、学生たちが演奏する西洋の音楽を聞くのを楽しみにしていた。

この日も前触れもなくたずね、入口の受付でヴァリニャーノに面会を申し入れた。

「今日は巡察師どのに話があって来た。音楽も飲み物も無用じゃ」

信長の甲高《かんだか》い声を聞きつけたルイス・フロイスが、あわてて一階の応接室に案内した。西洋の椅子《いす》とテーブルをおき、ペルシャの絨緞《じゅうたん》を敷きつめた部屋だった。

「少しお待ち下さい。ただ今巡察師さまをお連れいたします」

しばらく待つと、黒く染めた麻の法衣《ほうい》を着たヴァリニャーノが入ってきた。

身長六尺三寸（百九十センチ強）はあろうかという大男で、色白の顔に豊かなひげをたくわえていた。

イエズス会の東インド管教区は、南アフリカの喜望峰《きぼうほう》から日本までの広範囲である。巡察師はそこでの布教活動を統轄《とうかつ》する役目なので、フロイスやオルガンチーノなどよりはるかに位が上だった。

「信長さま、よくお出で下さいました」

来日したのは二年前で、かなり日本語を話せるようになっていた。

「貴殿《きでん》とは長い話し合いを重ねて来たが、余《よ》の考えが定まった。これが最後の決定だと承知していただきたい」

信長はそう前置きし、天下統一が成るまでは明国出兵には応じられないと告げた。

フロイスは一瞬困った顔をしたが、そのままイタリア語に訳した。

「統一まであと何年かかりますか」

ヴァリニャーノがたずねた。

「二年か三年であろう」

「その後には、イスパニアの要請《ようせい》に応じていただけるのですね」

「約束する。それゆえ交易を盛んにして支援していただきたい」

硝石や鉛などの軍需物資を潤沢に手に入れることができれば、それだけ天下統一が早まる。信長は本心を巧妙に隠し、協力を取りつけようとした。

「分りました。マニラのフィリピン総督《そうとく》にそのように伝えます」

ただし総督が返答に満足するかどうかは分らない。ヴァリニャーノはそう付け加え、交渉の難航をほのめかした。

「余はフロイスと出会って以来、イエズス会を手厚く保護してきた。朝廷や寺社の者どもが洛中《らくちゅう》からイエズス会を追放しようとした時には、武力をもって彼らの企《くわだ》てを阻止した」

「それはフロイスから聞いております。この十二年間に七十万人もの信者を得ることができたのは、信長公の援助のおかげです」

「余はイエズス会とローマ法王に深い敬意を抱《いだ》いている。それゆえ今後も、できる限りの援助をするつもりだ」

その気持ちをローマ法王に伝えたいが、どうしたらいいだろうか。信長はそうたずねた。

「それなら親書をそえて贈り物をなされることです。ご使者を送ることができれば、もっとお喜びになられると思います」

「そうしたいが、余には役目をはたせるような家臣がおらぬ」

「困りましたね。どなたか有能なキリシタンがおられるといいのですが」

「僭越《せんえつ》とは存じますが、セミナリヨで学んだ学生たちを使者になされたらいかがでしょうか」

忠三郎はそう申し出た。

「なるほど。あの者たちはまだ若い。学ぶことも多かろう。のう、巡察師どの」

信長が珍しく声を弾ませた。

「それはいい考えです。私が責任を持ってローマまで連れて参りましょう」

「そうしてくれればありがたい。費用はすべて負担するゆえ、巡察師どののお目にかなった学生たちを連れていってもらいたい」

「承知いたしました。さっそく手配をいたします」

これで五ヶ月におよんだ交渉は終わった。信長はローマ法王への親書をしたため、狩野派《かのう》に描かせたきらびやかな安土城図屏風《びようぶ》をそえてヴァリニャーノに託した。

信長から人選を任されたヴァリニャーノは、翌天正十年（一五八二）一月二十八日に四人の少年を連れてローマに向かった。伊東マンショ、千々石《ちぢわ》ミゲル、原マルチノ、中浦ジュリアン。天正遣欧《けんおう》使節と呼ばれた一行である。

これは大村純忠《すみただ》や有馬晴信《ありまはるのぶ》が送った使節といわれることが多いが、ヴァリニャーノが彼らを連れていったのは、信長の意向にそってのことだった。

安土城の大手門の外には、馬出しと呼ばれる平坦地がある。

織田信長はここで軍勢を揃え、水堀にかかった橋をわたって出陣するのが常である。馬出しの背後には、真っ直ぐに伸びた大手道の先に地上六階の壮麗《そうれい》な天主がそびえていた。

天正十年五月二十九日の明け方、信長は上洛《じようらく》の途につくことにした。

従うのは近習《きんじゆう》や小姓《こしよう》衆百人ばかり。いずれも小具足《こぐそく》に麻の羽織という軽装で、信長が大手門から出てくるのを待っていた。

上洛の目的は将軍への叙任《じよにん》である。

五月四日、朝廷は信長が武田氏を亡ぼした功績をたたえ、太政大臣《だいじょうだいじん》、関白《かんぱく》、征夷大将軍のいずれの官にも望み次第に任じると伝えてきた。そこで信長は将軍になる決心をし、近習だけを従えて都に向かうことにしたのだった。

征夷大将軍と決めたのには理由がある。

足利十五代将軍義昭《よしあき》は今も鞆《とも》の浦に健在で、西国《さいごく》の雄《ゆう》である毛利輝元《てるもと》、四国の長宗我部元親《ちょうそかべもとちか》、越後《えちご》の上杉景勝らを身方《みかた》にして信長包囲網をきずいている。

その策謀を断つには、信長が征夷大将軍となって義昭の将軍位を剝奪《はくだつ》するしかなかった。

六月二日に就任式を終えたなら、西国と四国に大軍を侵攻させ、毛利と長宗我部を一気に叩きつぶすつもりである。

その準備のために嫡男信忠はすでに上洛しているし、三男神戸信孝《かんべのぶたか》は三万の軍勢をひきいて住吉《すみよし》に着陣し、四国に侵攻する構えをとっていた。

馬出しには安土城の留守をまかされた二千余人が、信長の出発を見送ろうと左右に分かれて控えている。その中に忠三郎と父賢秀《かたひで》の姿もあった。

忠三郎は今度の上洛に同行できるものと思っていた。

西国に攻め入る時には高山右近《うこん》とともに先陣をつとめ、他に抜きんでた働きをして筑前《ちくぜん》か豊前《ぶぜん》に恩賞の地を得たいと望んでいた。九州に所領を得たなら宣教師たちとの関係も深まるし、海外と交易する夢にも近づくからである。

そこで一千余の精鋭部隊を安土に呼び寄せ、いつ下知《げち》があっても対応できるようにしていたが、信長からの出陣命令はなかった。

代わりに申しつけられたのが、安土城の留守役である。それも忠三郎にではなく賢秀に命じるというのだから、何とも解《げ》せない処遇だった。

（いったい何がお気に召さないのか……）

忠三郎には理由が分らない。大いに不満でもある。それゆえ同行させてくれるように信長に直訴《じきそ》しようと、最前列に出て待ちかまえていた。

やがて信長が、白馬に乗って大手門から出てきた。

西洋風の革のズボンをはき、緋色の陣羽織をまとっている。小姓頭の森蘭丸《らんまる》が、馬の口をしっかりと取っていた。

信長は背筋を伸ばし、正面を真っ直ぐに見つめている。見据えているのは上洛後のことだけで、左右に整列した家臣たちなど眼中にないようだった。

忠三郎は信長が近づくのを待ち受け、一歩前に踏み出すつもりだった。

信長が見咎《みとが》めて馬を止めたなら、二百人足らずの供揃《ともぞろ》えで上洛するのはあまりに危険だと進言し、自分を警固役に加えてほしいと直訴する。

そう決意して信長を待ち受け、今だと足を踏み出しかけた時、横にいた賢秀が手首をつかんで引き止めた。

　信長は目ざとくそれに気づき、

「供をできぬのが、不服のようじゃな」

　忠三郎を馬上から見下ろした。

「不服ではございません。お側《そば》でお役に立ちたいのでございます」

「ならば日野城にもどり、冬姫の側にいてやれ。それが余の望みじゃ」

　信長はにこりと笑い、水堀にかかる橋をわたっていった。

　忠三郎は理由《わけ》が分らず、失望に打ちのめされたまま信長の後ろ姿を見送った。

「気づいておらぬのか、そなたは」

　賢秀がようやく手首を離した。

「何のことでしょうか」

「冬姫どのは懐妊《かいにん》しておる。今は身ごもったばかりの難しい時期ゆえ、側にいてやれとおおせられたのだ」

「まさか……」

　忠三郎は絶句したが、心当たりがないわけではない。思いがけない朗報《ろうほう》と、信長の供をできない無念とが胸の中でせめぎ合い、心は微妙に波立っていた。

忠三郎はその日のうちに日野城にもどった。和田三左衛門《さんざえもん》ら近臣を従え、愛馬の真鹿毛を駆って五里（二十キロ）の道を走り通した。

忠三郎は二十七歳、冬姫は二十五歳。結婚してすでに十三年になる。

その間一度も子宝に恵まれなかったのに、信長の将軍宣下《せんげ》に合わせたように懐妊するとは、不思議なめぐり合わせだった。

冬姫は奥御殿で横になっていた。

妊娠三ヶ月目でつわりが始まっている。食事もとれない上に嘔吐《おうと》をくり返すので、起きていられないほど体力を消耗《しょうもう》していた。

「今もどった。大事ないか」

忠三郎は冬姫の様子を見るなり、今まで気づかなかった自分のうかつさを悔いた。

「大丈夫です。このような時期に申し訳ありません」

「何を申す。めでたいことではないか」

忠三郎はやせて張りを失った冬姫の手をさすった。

「ご出陣前なので伏せておくように、侍女《じじょ》たちに申しつけておいたのですが」

侍女の多くは織田家から付き従ってきた者である。その中の誰かが、いち早く信長に知らせたにちがいなかった。

「そちの側にいてやれと、殿がおおせられた。体を案じて下されたのであろう」

「でも、父上とともに上洛なされたかったのではありませんか」

「そう思っていたが、児《やや》ができたとなれば話は別じゃ。殿が将軍になられる年にさずかったゆえ、きっと丈夫な男の子であろう」

忠三郎は気持ちを切りかえ、しばらく冬姫の側についていることにした。

この日は午後から雨になった。

梅雨のなごりの小雨で、東につらなる鈴鹿《すずか》山脈が霧雨に白く煙っている。西に広がる蒲生平野では、潤沢な水を得て早苗《さなえ》がすくすくと育っていた。

この地は古来蒲生野《がもうの》と呼ばれ、額田王《ぬかたのおおきみ》が、

あかねさす紫《むらさき》野行《のゆ》き標野《しめの》行き
野守《のもり》は見ずや君が袖《そで》振る

という恋の歌を大海人皇子《おおあまのおうじ》に贈った詩情豊かな所である。

蒲生家の当主が代々和歌に秀《ひい》でているのも、こうした土地柄のせいかもしれなかった。

異変が起こったのは三日後だった。

六月二日の夕方、叔父の茂綱《しげつな》が安土城から駆けつけた。

「忠三郎、落ちついて聞け」

茂綱は人払いをした上で切り出したが、そう言う本人の声が異様に上《うわ》ずっていた。

「今日の明け方、信長公は本能寺で果てられた。惟任日向守《これとうひゅうがのかみ》が謀叛《むほん》を起こしたのだ」

「謀叛……、何ゆえ明智どのが」

「分らぬ。信じ難い話じゃが、都から逃げもどった者の知らせゆえ、まちがいあるまい」

明智勢一万余は二日の早朝に本能寺を包囲し、有無《うむ》を言わさず攻め入った。信長は近習らとともに抗戦したが、わずか百人ばかりではどうしようもなく、寺に火を放って自害したという。

「明智勢は二条城におられた信忠公も害したそうじゃ。やがて安土にも攻め寄せよう」

「逃げもどった者とは誰です。敵方の間者《かんじゃ》が流した虚報ではないのですか」

本当かもしれぬと思い始めるにつれて忠三郎の手足から力が抜け、喪失感に打ちのめされそうになる。それを振り払おうとして、茂綱に喰《く》ってかかるような言い方になった。

「それゆえ落ちつけと申しておる。詳しいことは何も分らぬが、今は最悪の事態にそなえるのが先決じゃ。それゆえ兄者《あにじゃ》は、安土城におられる御台《みだい》さまやお子さま方をこの城に移すことになされた」

信長の正妻である濃《のう》姫や側室《そくしつ》、子供、お付きの女房衆を合わせると百人以上になる。彼らを日野城に移すために必要な乗物五十、鞍置馬《くらおきうま》百、荷物を運ぶための伝馬《てんま》二百を至急用意し、明朝までに安土城にとどけよという。

「わしは兄者とともに安土の守りにあたらねばならぬ。こうした時こそ、侍の値打ちが問われるものじゃ。確《しか》と頼んだぞ」

茂綱はそう念を押し、安土にもどっていった。

忠三郎は三左衛門だけに事情を打ち明け、乗物と馬をそろえるように申しつけた。

「他に知られてはならぬ。何かうまい理由をつけて集めさせよ」

「さる大名の婚礼に使うとでも申しておきましょう」

三左衛門は不敵なばかりに落ちついていた。

「集めるのに、どれほどかかる」

「一刻《いっとき》（二時間）もあれば充分でござる。出発の仕度をして待っていて下され」

その間に忠三郎は日野屋次郎五郎《じろうごろう》を呼び、都や大坂の様子を調べる方法はないかとたずねた。

「何かありましたんか」

一人前の商人《あきんど》になった次郎五郎は、鋭い嗅覚《きゆうかく》で異変を察した。

「今は言えぬが、人をやって調べればいずれ分る」

「何か気に入らん言い方やけど、天下の大事やったら仕方ありまへんな。水口《みなくち》の飛《ひ》脚《きやく》にあたってみまひょ」

水口は東海道の宿場町で、何軒か飛脚屋がある。そこの飛脚で京、大坂からもどったばかりの者が、様子を知っているかもしれないという。

「おらへんかったら、京に使いを頼みます。丸一日あればもどって来ますよって」

次郎五郎は商売で飛脚を使うことが多いので、こうした手配に通じていた。


六月二日の夜、忠三郎は乗物と馬をそろえて日野を出発した。

馬なら半刻ばかりで走破できる道程《みちのり》も、乗物をかついだ人の足では半日ちかくかかる。安土の南を流れる小川のほとりに着いた時には、真夜中になっていた。

あいにく曇り空で月も星もない。漆黒《しつこく》の闇の中で三つ四つ、炎が上がるのが見えた。

安土の城下にまちがいない。こんな時間に数ヶ所から火の手が上がるとは、何者かが意図的に放ったとしか思えなかった。

（もしや、すでに明智勢が）

城下に侵入して放火しているのかもしれない。忠三郎はそう危惧《きぐ》し、乗物や馬を川のほとりに待機させ、三左衛門ら十人ほどを従えて町に入った。

あたりは静まりかえり、どの家も固く戸を閉ざしている。門に横木を打ちつけて泥を厚く塗っている商家が目立つ。戦乱に巻き込まれた時に掠奪《りゃくだつ》や放火をさけるための措置《そち》だった。

忠三郎はそれを見て、やはり変は起こったのだと観念した。商人たちは安土が敵に攻められると見て、いち早く家財を持って脱出したのである。

炎上しているのは武家屋敷だった。

ここにいては危ないと見た重臣の何人かが、屋敷に火を放って自分の城に引き上げたのである。そうしてこの先誰に身方するべきか、様子見にかかっているにちがいなかった。

安土城の大手門の外にはかがり火がたかれ、蒲生家の兵が警固にあたっていた。顔見知りの組頭に来意を告げると、松明《たいまつ》を持って本丸まで案内してくれた。

蒲生賢秀や茂綱は、他の留守役たちとともに警固の指揮にあたっていた。

本丸の留守役は津田源十郎《げんじゆうろう》と賀藤兵庫頭《かとうひようごのかみ》、二の丸の留守役は賢秀と木村次郎左《じろうざ》衛門《えもん》と定められていた。

ところがこうした事態になってみると、賢秀以外に一軍の指揮をとれる者はいない。誰もがそのことを認め、異議なく賢秀の指示に従っていた。

「お申しつけの品々を、持参いたしました」

忠三郎は他の者には分らない言い方をし、その後分ったことはないかとたずねた。

「本能寺は炎上し、信長公は炎の中で果てられた。御首級《みしるし》もご遺骸《いがい》も見つからなかったそうだ」

賢秀は床几《しようぎ》に腰を下ろしたまま、放心したように遠い目をしていた。

「本能寺の地下には抜け穴があります。難を逃れてどこかに身を隠しておられるかもしれません」

「敵にも身方にもそう思わせようと、信長公は己《おの》れの御首級を渡さぬようになされたのであろう。もはや生きてはおられまい」

賢秀は脇差《わきざし》をにぎりしめて嗚咽《おえつ》をもらした。

日頃は信長と距離をおいていたが、心の内では敬愛していたのだろう。信長と同じ歳なので、思いはひときわ深いようだった。

翌日の明け方、賢秀や忠三郎は信長の正室濃姫や側室の坂氏《さかし》、冬姫の母親の北の方などを連れて城を出ることにした。広大な安土城を守るには兵が足りないし、やがて近江全体が明智方になるおそれがあったからである。

ところが、直前になって問題が起こった。

「この城を敵に奪われる前に、火をかけるべきではありませんか」

気丈な濃姫がそう言い出した。

「まだ信長公が果てられたという確証はありません。早まったことをしてはなるまいと存じます」

賢秀は頑《がん》として応じなかった。

「謀叛人の手に渡されるおつもりか」

「たとえ明智の手に渡ったとしても、天命《てんめい》に叛《そむ》いた者ゆえ長く世を保つことはできますまい」

「ならばせめて城中の宝物《ほうもつ》を運び出すべきでしょう」

信長が秘蔵した品々を、謀叛人に渡すわけにはいかない。濃姫はそう言い張った。

「おおせはごもっともなれど、宝物を日野城に運べば、蒲生は欲に目がくらんで御台さま方を引き取ったと言い出す輩《やから》もございましょう。それでは拙者《せっしゃ》の面目が立ちませぬ」

「面目などより、あの財宝を軍資金にして身方をつのり、明智を討つ方が大事なのではありませんか」

「おそれながら、利に釣られるような者はことごとく明智に身方いたしましょう。我らはあくまで義を貫き、人の心を身方にしなければなりません」

賢秀は家臣たちにも決して財物に手をつけるなと厳命し、木村次郎左衛門に後を託して日野城に向かった。


城に着くと、忠三郎は一行を二の丸の御殿に案内した。

日頃は重臣たちとの会合に使う公けの場所だが、忠三郎の母親のお玉が侍女たちを指揮し、一昼夜の間に信長の妻妾《さいしょう》たちが暮らせるように模様替えをしていた。

「忠三郎どの、冬姫は息災《そくさい》でしょうか」

身ごもっている娘に、北の方は一時《いっとき》も早く会いたがった。

「つわりが重いようですが、元気にしています。ただ今呼んで参りますので」

忠三郎は一人で冬姫の寝所をたずねた。まだ信長が凶事にみまわれたことを伝えていない。自分で事実を話し、落ちつくのを待ってから皆に会わせたかった。

冬姫は起きていた。城内が急にさわがしくなったので、侍女をつかわして何が起きたのか確かめさせていた。

「具合は、どうだ」

「だいぶ楽になりました。戦《いくさ》でも始まるのでしょうか」

数百頭の馬があげる蹄《ひづめ》の音やいななきは、軍勢の入城のように聞こえたという。

「都で戦が起こった。敵は数日後に攻め寄せて来よう」

「西国の毛利が、先手を打って攻め上ったのでしょうか」

「そうではない。明智どのが……」

忠三郎は言いよどんだ。

懐妊して間もない冬姫に、信長が討たれたと告げるのはあまりに酷《こく》だった。

「日向守どのが、どうなされたのです」

「謀叛を起こし、本能寺に攻め寄せられた。殿は……、お義父《ちち》上は、寺に火を放ってご自害なされた。それゆえ安土城におられた御台さまや北の方さまを、この城でお守り申し上げることにした」

「父上が、炎に包まれて……」

冬姫は両手で顔をおおい、夜具の上に突っ伏して泣き出した。

「於冬《おふゆ》、しっかりしろ」

忠三郎はあわてて抱き起こし、侍女に水を運ばせた。

冬姫は青ざめたまま茶碗の水に口をつけ、御台さまや母上はどうなさっているかとたずねた。

「そなたに会いたがっておられる。だが無理をすることはないのだ」

「いいえ。お目にかかります」

冬姫は水を飲み干し、侍女に着物の仕度を申しつけた。

選んだのは、嫁入りの時に信長が贈った薄紅色の絽《ろ》の小袖だった。

「この子がいなければ、あなたも本能寺にお供をなさっていたかもしれません。私たちの守り神なのですから、大事に育てなければ」

冬姫はおなかに手を当てて気を取り直し、しっかりした足取りで二の丸へ下りていった。

忠三郎は本丸御殿に重臣たちを集め、今後のことについて話し合った。

「明智謀叛については、すでにお聞きおよびであろう。数日中には近江に攻め寄せてくるという噂もある」

進行役の茂綱が状況のあらましを伝え、皆の考えをたずねた。

「おそれながら、明智は何ゆえこのように大それたことを仕出かしたのでございましょうか」

譜代《ふだい》の家臣である結解十郎兵衛《けっかいじゅうろべえ》が真っ先に口を開いた。

「まだ分らぬ。都に人をつかわして調べさせているところじゃ」

「このような大事を、一人で仕出かしたとは思えませぬ。西国の公方《くぼう》や毛利と通じてのことでございましょう」

信長は足利義昭や毛利輝元を討つために上洛したのだから、明智光秀が彼らの側に寝返ったと考えるのが、もっとも自然な解釈だった。

「さすれば明智は、公方や毛利の上洛を待つつもりでござろうか」

種村伝左衛門《たねむらでんざえもん》がたずねた。

「西国筋では羽柴筑前どのが毛利と対陣しておられる。上洛するにしても半月や一《ひと》月《つき》はかかるであろう。明智はその間に、安土城を押さえて近江を平定しようとする。大殿はそうお考えになり、御台さまや北の方さまをこの城に引き取られたのだ」

「明智が公方さまを奉じて挙兵したのなら、京極《きょうごく》や六角《ろっかく》の旧臣たちはこぞって参じましょうな」

伝左衛門も六角の旧臣だったので、足利幕府の威光が今も生きていることをよく知っていた。

他の重臣たちも同じ思いだったのだろう。戦になったなら誰が身方に参じてくれるかと、声高《こわだか》に論じ始めた。

「たとえ近江中の兵が攻め寄せて来ようと、我らはこの城に拠《よ》って御台さま方を守り抜かねばならぬ」

忠三郎は初めて口を開き、二、三日のうちには織田信雄が伊勢、伊賀《いが》の軍勢をひきいて駆けつけると言った。

「これから籠城《ろうじょう》の仕度にかかる。音羽《おとわ》城と鎌掛《かいがけ》城は打ち捨て、全兵力をこの城に集めるゆえ、兵糧《ひょうろう》、弾薬を運び入れよ。日野川と鮎《あゆ》川の際《きわ》に総構えをめぐらし、陣小屋もきずかねばならぬ」

忠三郎は蒲生家の総力をあげて籠城戦をいどむつもりである。千五百余の兵と領民が立てこもるには日野城は狭すぎるので、城下に総構えをめぐらして防備を強化することにしたのだった。


翌日、日野屋次郎五郎が都からもどった。

飛脚たちの話だけでは要領を得ないので、自ら洛中《らくちゅう》まで出向いてきたのである。

「都には明智勢がうようよしとります。もはや天下を我がものにしたような鼻息でっせ」

「殿のご遺体は見つかっていないと聞いたが」

忠三郎は、信長が生きているという一縷《いちる》の望みを捨てきれなかった。

「明智勢は本能寺を十重《とえ》二十重《はたえ》に取り巻いて攻めかかったそうや。生きて脱出できたとは思えまへん」

「謀叛の理由は何だ。明智はなぜこのような挙に出た」

「鞆の浦の公方さまを呼びもどし、室町幕府を再興するという噂です。内裏もこのことを承知してはるそうで、洛中の者たちは直《じき》に世は治まると見ております」

「内裏もご承知だと」

だとすれば、朝廷が信長をいかようの官にも任じると申し入れたのは、都に誘い出すための罠《わな》だったのではないか。そんな疑念が忠三郎の脳裡《のうり》をかすめた。

「これは噂にすぎまへんし、明智方がわざと流したもんかもしれまへん。そやけど都では、今度の謀叛を歓迎する空気が流れていることだけは確かです」

都人《みやこびと》は信長の苛烈《かれつ》なやり方に不安を抱いていたし、急激な変化を望んでもいなかった。

それゆえ光秀が義昭を都に迎えて幕府を再興するのなら、もう少し落ちついた暮らしができるのではないかと期待しているという。

「公方さまが上洛して幕府を再興しはったら、どの大名も先を争って従う思います。その前に手を打たんと、織田方はバラバラにされてしまいまっせ」

次郎五郎の言葉を裏づけるように、その日の夕方に悪い知らせが飛び込んできた。羽柴秀吉の長浜城が京極高次《たかつぐ》や阿閉貞征《あつじさだゆき》の軍勢に奪われたという。

二人は浅井家が没落して以後信長に従っていたが、光秀が義昭を奉じて挙兵したと聞くと、いち早く参じたのである。

翌五日、光秀が一万余の軍勢をひきいて安土城に入ると、近江の情勢は決定的となった。どの領主も明智になびき、忠三郎の日野城だけが敵中に孤立した。

〈当国ことごとく返り付き、日野蒲生一人いまだ出頭せずと云《い》う〉

ある公家は日記にそう記している。

しかも伊勢の織田信雄は動かなかった。もし信雄に父の仇《かたき》を討つ気概《きがい》があるなら、全軍をひきいていち早く安土城に入り、光秀が近江に侵攻するのを待って弔《とむら》い合戦をいどんだはずである。

ところが事態の急変に対応できず、日野城に救援の兵を送ることもできない体《てい》たらくだった。

六日の早朝、光秀の使者が来た。信長の妻子の命は助けるので、身方に参じよという。

忠三郎が言下《げんか》にこれを拒否すると、光秀は翌日再び使者を送ってきた。説得を命じられたのは蒲生家と親しい多賀豊後守《たがぶんごのかみ》と、忠三郎の姉婿《あねむこ》にあたる布施《ふせ》忠兵衛《ちゅうべえ》だった。

「蒲生どの、日向守どのは貴殿の才覚を高く買っておられる。身方に参じたなら近江半国を与えるとおおせじゃ」

　それゆえ今すぐ安土に伺候すべきだと、豊後守は忠三郎の手を引かんばかりにして迫った。

「それがしは信長公の婿でござる。謀叛人の明智に与《くみ》するわけには参りませぬ」

「あれは謀叛ではない。公方さまの命《めい》を受け、幕府を復さんとしてなされた義挙なのじゃ」

「口では何とでも言えましょう。されど武士にとっての義とは恩を忘れぬことです。たとえ近江一国を与えられようと我らは不義には屈せぬと、明智日向守どのにお伝えいただきたい」

「義父上、それでは蒲生家が滅びまするぞ」

　布施忠兵衛が賢秀ににじり寄り、忠三郎を説得するように訴えた。

「当家の主《あるじ》は忠三郎じゃ。わしがとやかく言う筋合いではない」

　賢秀はすべてを忠三郎に任せきっていた。

「ならば申し上げますが、日向守どのは本日都から勅使《ちよくし》を迎えられました。これは朝廷が今度の挙を了《りよう》とした証《あかし》でござる。豊後守どのが義挙とおおせられたのは、決して謂《いわ》れなきことではございませぬ」

忠兵衛の言葉どおり吉田兼見《かねみ》が安土城に光秀をたずね、都の治安を維持するようにという誠仁《さねひと》親王の勅命《ちょくめい》を伝えている。親王でありながら勅命というのは、すでに誠仁親王が実質的な天皇と見なされていたからだった。

「布施どのの言われるとおりじゃ。日向守どのに反するは、勅命にそむくも同じでござるぞ」

豊後守が居丈高《いたけだか》に決めつけた。

この手回しの良さを見れば、朝廷が将軍就任を餌《えさ》に信長をおびき出したとしか思えない。忠三郎は全身の血が逆流するような怒りを覚え、豊後守をひたと見据えた。

「多賀どの、よく聞かれるがよい。信長公が天下統一を急がれたのは、このままではこの国が世界の流れに取り残されると危惧しておられたからでござる。それも分らぬような輩に、この国を治めることはできませぬ。天下を受け継ぐ資格があるのは、信長公のお志を継ぐ者だけでござる」

「さようか。ならば弓矢の挨拶《あいさつ》をする以外に道はないようじゃな。やがて出陣いたすゆえ、城の守りを固めて待たれるがよい」

豊後守は憎々しげな捨てゼリフを吐《は》き、忠兵衛を引ったてるようにして出ていった。

光秀はその日のうちに南近江の軍勢一万をさし向け、日野城を包囲した。大手の大将は多賀豊後守、搦手《からめて》は布施忠兵衛が指揮をとった。

忠三郎は計略どおり城下の領民まで引き入れて籠城したが、総構えの土壁はまだ生乾《なまがわ》きの状態で激戦には耐えられない。頼みにしている織田信雄の軍勢は、八日になっても鈴鹿峠をこえようとしなかった。

「殿、それがしを豊後守どのの陣所につかわして下され」

種村伝左衛門が申し出た。

豊後守とは旧知の間柄なので、和睦《わぼく》の申し入れをして時間をかせぐという。

「無用じゃ。総攻めにされても、十日や二十日は持ちこたえてみせる」

たとえ策略とはいえ、不義の輩に頭を下げることはできぬ。忠三郎は頑《かたく》なにそう言い張った。

籠城二日目の夜、高槻《たかつき》城の高山右近から使者が来た。

敵の包囲網をやすやすとくぐり抜けて来た使者は、

「羽柴筑前守どのの軍勢二万が、山陽道を取って返しております。数日のうちには摂津に着き、明智勢と合戦におよぶものと存じます」

そう言って油紙に包んだ右近の書状をさし出した。

備中《びっちゅう》高松城を包囲していた秀吉は、城主の清水宗治《むねはる》を切腹させることを条件に毛利輝元と和議をむすび、すでに姫路城までもどっている。十二日頃には摂津に着き、住吉にいる神戸信孝と合流して明智を討つだろう。

右近はそう記した後で、次のようにつづけていた。

「筑前守どのは諸大名に使者を送って身方に参じるように呼びかけておられます。私も中川清秀《きよひで》どのもこれに応じ、弔い合戦の先陣をつとめることといたしました。明智どのが無二の身方と頼んでおられる細川藤孝《ふじたか》どのや筒井順慶《じゅんけい》どのも、筑前守どのに合力《ごうりき》されるようです。やがて摂津と山城《やましろ》の国境《くにざかい》あたりで一戦におよぶことになりましょうが、お身方の勝利は疑いありません。日野に籠城なされたのは、まことに見事なご覚悟と拝察しております。ご心痛、ご心労はつきないことと存じますが、デウスはかならず正しい道に我々を導いて下さるでしょう。事態が動き次第使者を送りますので、お心安くお待ちいただきたい」

友の身を案じた真情あふれる文面である。籠城中は外部の情報が遮断《しゃだん》されるだけに、右近の配慮がひときわありがたかった。

右近の知らせが正しかったことが、翌朝さっそく証明された。城を包囲していた一万の軍勢が、まるで朝靄《あさもや》とともに雲散《うんさん》したように消え失《う》せたのである。

忠三郎は後で知ったのだが、これには次のような事情があった。

六月五日に安土城に入った光秀は、七日に吉田兼見と対面して洛中の守護にあたるようにという誠仁親王の勅命を受けた。

そこで安土城の留守を娘婿の明智左馬助《さまのすけ》に任せ、八日に急きょ上洛して内裏に伺候した。

光秀は洛中を固めて義昭の上洛を待つつもりだったが、翌日の九日には、羽柴秀吉が大軍をひきいて中国大返しを敢行《かんこう》しているという報が入った。

そのため近江勢を上洛させ、迎え討つ態勢を取らざるを得なくなったのである。

これを待っていたかのように、伊勢の織田信雄が一万五千の軍勢をひきいて鈴鹿峠をこえ、土山宿《つちやまじゆく》に布陣した。

忠三郎はすぐさま本陣をたずね、このまま安土まで進撃して明智左馬助を攻めるべきだと進言した。

「まあ、そう急《せ》くな」

信雄は端《はな》から決戦をいどむつもりはないようで、鎧さえつけていなかった。

「無理押ししては、城や城下に火をかけられるおそれがある。それでは亡き父上に申し訳が立つまい」

「我らは城も焼かず財物も取らずに安土城を明け渡しました。大軍をもって包囲すれば、明智勢も城を明けて引き退《の》くものと存じます」

「ところが明智は城中の財宝を奪い取り、重臣たちに分け与えたそうじゃ。不義の輩ゆえ、城に火を放たぬともかぎるまい」

それゆえ畿内の情勢を見定めてから兵を進めるという。信雄は信長の仇を討つことよりも、次の事態にそなえて軍勢を温存しておく方が大事だと考えていた。

(所詮《しょせん》、この程度のお方か)

忠三郎は深く失望したが、信雄の意向に逆らって兵を出すわけにはいかなかった。

六月十三日、山崎の戦いが起こった。

秀吉、信孝の連合軍は山崎に布陣した明智勢を打ち破り、一気に都まで進撃した。

光秀は近江の坂本城に入って態勢を立て直そうとしたが、途中の小栗栖《おぐるす》で土民によって討ち取られた。

戦勝の報は、翌朝早く日野城にとどいた。右近が約束どおり早馬を立てて知らせたのである。

安土城下に潜入させた忍びからも、明智勢が城を出て坂本に向かったという報告があった。

「それ見ろ。軍略とはかようにに巡らすものじゃ」

信雄は労せずして城を手に入れられると得意になって軍勢を進めたが、安土城下に着いた時には天主は放火されていた。

初めはそれと分らなかったが、やがて煙が勢いをまして高々とふき上げ、城の窓や軒先から赤い炎が舌を出しはじめた。

舌先のようだった炎は次第に大きくなり、激しく燃え上がりながら天主を包んでいく。

やがて巨大な火柱となって山頂に突っ立ったかと思うと、先に焼けた一階部分から崩落《ほうらく》しはじめ、炎の雪崩《なだれ》となって本丸の側に落ちていった。

誰の仕業《しわざ》か分らない。城に残っていた明智勢か、盗みに入った盗賊か、あるいは織田信雄の先発隊か……。

それはいまだに謎のままだが、信長の象徴ともいうべき斬新《ざんしん》な天主は、完成からわずか三年にしてこの世から姿を消したのである。

この様子を、忠三郎はなす術《すべ》もなくながめていた。

天主の断末魔《だんまつま》の姿が本能寺で果てた信長と重なり、胸が引き裂かれるようである。だがこの悲しみを乗りこえ、信長の夢を受け継ぐ以外に先に進む道はない。

それが何よりの供養《くよう》なのだと心に誓いながら、燃え落ちる天主を見つめつづけていた。

兄弟の盃《さかずき》

本能寺の変の二十五日後、清洲《きよす》城で織田家の後継者と所領の分配を決める会議が開かれた。

出席したのは羽柴《はしば》秀吉と柴田勝家《かついえ》、丹羽長秀《にわながひで》、池田恒興《つねおき》の四人である。

この席で勝家は信長の三男信孝《のぶたか》を推《お》したが、秀吉は信忠《のぶただ》の嫡男三法師《ちゃくなんさんぼうし》（三歳）を擁立《ようりつ》し、自らは後見人となって織田家の主導権をにぎった。

それから三ヶ月後には、京 紫 野《むらさきの》の大徳寺《だいとくじ》で、信長の葬儀を盛大におこなった。

本来なら信長の次男である信雄《のぶかつ》か信孝が喪主《もしゅ》になるところだが、秀吉は明智光秀《あけちみつひで》を倒して主君の仇《かたき》を討った手柄を楯《たて》に、織田家や重臣たちに断わりもなく葬儀を強行した。

しかも諸大名に参列を呼びかけ、自分が信長の後継者だと認めさせようとしている。このことに信雄や信孝、柴田勝家らは反発を強め、天下を二分して争う雲行きになっていた。

忠三郎《ちゅうざぶろう》は大徳寺の葬儀に参列し、秀吉寄りの立場を取り始めていた。

大事なことは誰が信長の志を継ぎ、この日本《ひのもと》を西洋諸国とわたりあえる国にしていくかである。信雄や信孝にそうした力量はないし、柴田勝家には世界の情勢は見えていない。少々出すぎたところはあるものの、力量や見識において秀吉がもっとも適任だと考えていた。

日野城にもどってほどなく、亀山城主の関安芸守盛信《せきあきのかみもりのぶ》がたずねて来た。

盛信は蒲生賢秀《がもうかたひで》の妹を妻に迎えているので、忠三郎の義理の叔父にあたる。数年前に信長の勘気《かんき》にふれて亀山城から追放されたが、昨年忠三郎の取りなしによって帰参が許されたのである。

勇猛をもって知られた五十がらみの男だが、物腰はいたってやわらかだった。

「こたびのご上洛《じょうらく》、大儀《たいぎ》でござった。ご葬儀はいかがでござったろうか」

「大徳寺で盛大におこなわれ、三十数名の大名が参列しておられました」

秀吉は信長の菩提所《ぼだいしょ》とするために大徳寺に総見院《そうけんいん》を建立《こんりゅう》し、七日間の大法要をおこなったと、忠三郎は見てきたままを語った。

「信雄さまや信孝さまのご参列はなかったと聞きましたが、三十数名とはなかなかのものでござるな」

「筑前守《ちくぜんのかみ》どのはいち早く朝廷にかけ合い、信長公に従一位太政大臣《じゅいちいだいじょうだいじん》の位を与えられるように計らわれました」

それゆえ葬儀や法要も、公けのものとなったのである。

「さすがに筑前守どのは知恵のまわりが早《はよ》うござるな。しかし、それではますます織田家の方々との間が難しいことになりましょう」

「お市《いち》の方《かた》さまのことは、お聞きになられましたか」

「いいや。存じませぬが」

「お市の方さまは岐阜城に身を寄せておられましたが、このたび信孝さまの勧めによって、柴田どのに嫁《とつ》がれることになりました」

実は秀吉も、お市の方を嫁にもらいたいと申し入れていた。信長の妹であるお市の方を娶《めと》れば、織田家との関係を強化し、後継者として箔《はく》がつくからだ。

ところが信孝はこれを無視し、北ノ庄《きたのしょう》城の柴田勝家に嫁がせた。

これには秀吉嫌いのお市の方の意向があったというが、信孝が勝家を同盟者とすると満天下に宣言したも同じである。

そこで秀吉は両者との戦《いくさ》もやむなしと肚《はら》をすえ、信雄への接近を強めていた。

「それではやがて大戦《おおいくさ》となりましょう。忠三郎どのはどちらの側に立たれますか」

「それはまだ軽々《けいけい》には申し上げられません」

「さようでござるな。まことに難しいことでござる」

盛信はあごの張ったいかつい顔を憂《うれ》いにくもらせ、実はそのことで当家も悩んでいると打ち明けた。

「貴殿《きでん》もご存知のとおり、倅《せがれ》の勝蔵《かつぞう》は柴田どのと昵懇《じっこん》の間柄でござる。それゆえ両者の戦になったなら、柴田どのに身方《みかた》すると言うにちがいありませぬ」

しかし自分の見るところ、利は秀吉にある。だから勝蔵ではなく比叡山に入れている次男の四郎を還俗《げんぞく》させて跡継ぎにし、秀吉側に立つことを明確にしたほうがいいのではないか。そう考えているという。

「このことについて、どうお考えでござろうか。ぜひともお聞かせいただきたい」

「それは父にご相談なされるべきでございましょう」

「実は相談いたしましたが、家のことはすべて貴殿に任せているとおおせですので」

「万一戦になった時には、私は筑前守どのの側に立つ覚悟です」

忠三郎はそれだけしか言わなかった。考えていることはいろいろあるが、いかに縁者とはいえ、身の処し方は自分で決めるしかないのだった。

「さようでござるか。四郎は足が不自由ゆえ、僧にした方がよいと思って寺に入れましたが、呼びもどすしかないようでござるな」

盛信は初めから覚悟していたらしく、ついてはひとつお願いがあると言い出した。

「姉君の初音《はつね》どのを、四郎の嫁に申し受けたいのでござる」

「初音……、でござるか」

忠三郎は思わず問い返した。

初音は布施忠兵衛《ふせちゆうべえ》に嫁いでいたが、忠兵衛が明智光秀に身方したために実家に送り返された。いわば、いわくつきの娘である。

四郎の嫁なら、末の妹のとらを望むほうが自然だった。

「いやいや、四郎のような世間知らずには、初音どののように苦労をなされた方のほうが良いのでござる。ぜひとも当家の跡継ぎの嫁として申し受けたい」

そうなれば蒲生家と関家は、二代にわたる姻戚《いんせき》となる。両家の結束を強めておくことは、やがて起こる戦を勝ち抜くためにも必要だと、盛信は強く迫った。

「分りました。初音に異存がなければ」

忠三郎は即答をさけた。

夫に離別されて間がないだけに、無理強《じ》いするのはあまりに酷《こく》だった。

秀吉と勝家の虚々実々の駆け引きは、冬が近づくにつれて激しさをましていった。

冬になると北陸路は雪に閉ざされ、行動の自由をうばわれる。その間に秀吉が自派の切り崩しにかかることを恐れた勝家は、十月下旬に前田利家《としいえ》や金森長近《かなもりながちか》をつかわして関係の修復を申し入れた。

これが来年の春までの時間かせぎだということを、秀吉は百も承知している。そこで何も気づかないふりをして申し入れを受け、雪がふり積る十二月になるのを待って三万の軍勢を北近江《きたおうみ》に侵攻させた。

狙いは、長浜城主となった柴田勝豊《かつとよ》である。

勝家は甥《おい》の勝豊を養子にして家を継がせる約束をしていたが、実の子が生まれたために約束を反故《ほご》にした。勝豊がそのことに不満を持っていることを知っている秀吉は、三万の大軍で長浜城に圧力をかけ、城も所領も安堵《あんど》するのでこちらに身方するように申し入れた。

勝豊はあっけなく誘いに応じた。

籠城《ろうじょう》しても勝ち目がないし、勝家が救援に駆けつける見込みもない。それに勝家への日頃の不満もあるので、家臣、領民を助けるためという口実をかまえてあっさりと降伏した。

秀吉は返す刀で美濃《みの》に攻め寄せ、大垣《おおがき》城の氏家行広《うじいえゆきひろ》や清水《きよみず》城の稲葉一鉄《いなばいってつ》ら、有力者たちを次々に身方に引き入れた。

信孝の器量に不安を感じていた武将たちは、秀吉の圧倒的な大軍を前にすると、先を争って軍門にくだった。

孤立無援となった信孝は、丹羽長秀を通じて和議を申し入れてきた。

秀吉としても、主筋にあたる信孝を攻め亡ぼして世間の批判をあびたくはない。それに岐阜城には清洲会議で信長の後継者に任じられた三法師がいるので、三法師を引き渡すことと母親を人質《ひとじち》にさし出すことを条件に、和議に応じたのだった。

翌天正十一年(一五八三)の正月、忠三郎は関盛信と、名を一政《かずまさ》と改めた四郎を連れて上洛することにした。洛中にいる秀吉に二人を引き合わせ、一政を関家の跡継ぎと認めてもらうためである。

出発の朝、忠三郎は冬姫の寝所《しんじょ》をたずねた。

産み月が迫った冬姫は、年末から風邪《かぜ》をこじらせて横になっていた。

「十日ばかりでもどる。くれぐれも体を大事にしてくれ」

忠三郎は冬姫の枕辺《まくらべ》に座り、熱っぽい手を握りしめた。

「もう大丈夫でございます。道中お気をつけられますよう」

「丈夫な児《やや》を産んでくれ。それが亡き義父上《ちちうえ》への何よりの供養《くよう》だ」

「織田家は、筑前守の意のままになるのでしょうか」

冬姫は侍女《じじょ》たちから天下の情勢を聞き、兄たちがこの先どうなるか気をもんでいた。

「筑前守どのは三法師さまを安土城《あづち》に入れ、信雄さまを後見役に任じられた。織田家を意のままにしようなどとは思っておられまい」

「そうだといいのですが、あの男は口がうますぎて……」

冬姫は信用できぬと思っているようだが、忠三郎の胸の内を察して口をつぐんだ。

関盛信の一行は、亀山から鈴鹿《すずか》峠をこえてやってくる。忠三郎は真鹿毛《まかげ》に乗り、和田三左衛門《さんざえもん》らを従えて水口宿《みなくちじゆく》で待ち受けた。

関一政は二十歳《はたち》前の物静かな青年である。忠三郎の従兄弟《いとこ》にあたるが、顔を合わせたのは子供の頃以来だった。

「すべて忠三郎どのの計らいだと、父から聞いております。よろしくお引き回しいただきたい」

一政は右足が不自由だが、それを気づかせないほど巧《たく》みに馬をあやつっていた。

「長年延暦寺《えんりやくじ》におられたと聞きましたが、馬術はどちらで」

「子供の頃、夢中で稽古《けいこ》しました。無理をしすぎて落馬し、このような体になったのでござる」

一政は屈託《くったく》なく答え、ひとつうかがいたいことがあると言った。

「どうぞ。何なりと」

「忠三郎どのは、何ゆえ筑前守どのに従うご決意をなされたのでしょうか」

「亡き信長公のお志を実現できるのは、筑前守どのしかおられぬと思ったからです。あの方がどれほどの器量かは、会っていただけば分ると思います」

「それをうかがって安心しました。長年御仏《みほとけ》に仕えて参りましたので、俗世のことが分らずにとまどっているのです」

一政が打ちとけた口調で本音をもらした。

盛信が晴れ晴れとした顔で一政に馬を寄せ、

「忠三郎どのは天下の行く末を見据えておられる。武将にとって、それが一番大事なことじゃ」

そなたも大いに学ぶがよいと尻を叩いた。

東海道は厚い雪におおわれ、人や馬が通る所だけ土が顔を出している。遠くに見える山々もすっぽりと雪をかぶり、純白の壁になって連なっていた。

草津で宿を取り、明日は一気に山科《やましな》を抜けて入京しようと話していると、亀山城からの使者が異変を告げた。

「岩間八左衛門《いわまはちざえもん》どのが一部の家臣と語らい、城を乗っ取りました。勝蔵さまを当主に迎え、柴田方に身方すると号しておられます」

「たわけが。留守役の者どもは何をしておったのじゃ」

盛信は血相《けっそう》を変えて使者を怒鳴《どな》りつけた。

「殿がお発《た》ちになった後、城には二十人ばかりしかおりませんでした。岩間どのはその隙をついて城中城下を制圧しました。どうやら滝川一益《かずます》どのと通じておられるようでございます」

北伊勢を領する滝川一益は、無二の柴田派である。秀吉が鈴鹿峠の雪にはばまれて大軍を動かせない間に、伊勢一国を掌握《しょうあく》しようと目論《もくろ》んだにちがいなかった。

「おのれ八左衛門め。目に物見せてくれる」

盛信は悔《くや》しさに歯がみし、今すぐ亀山に取って返すと言い出した。

「待たれよ。今からでは手遅れでござる」

忠三郎は盛信を引き止め、すでに亀山城には滝川勢が加勢に駆けつけているはずだと言った。

「そんな所にもどられては、みすみす死地に飛び込むようなものでござる。それよりこのまま上洛して、筑前守どのに助力を乞《こ》われるべきと存じまする」

「されど、家臣に城を奪われた身でむざむざと」

「ご懸念《けねん》にはおよびませせぬ。筑前守どのは、柴田どのとの戦のきっかけをさがしておられるゆえ、相手が先に動いたなら思う壺だとお喜びになられましょう」

忠三郎は盛信を説得し、しばし亀山のことは捨ておくことにした。


秀吉が宿所としている寺では、大勢の者たちが対面の順番を待っていた。まだ松の内なので、大名や公家《くげ》、寺社、商家の者たちが、献上の品を持って新年の挨拶《あいさつ》に来ているのである。

秀吉が次の天下人と目《もく》されていることを、その盛況ぶりがはっきりと示していた。

「これではいつになったら対面させていただけるやら」

忠三郎と盛信は当惑顔を見合わせたが、意外なことに間もなく奥に通された。それも正式な対面所ではなく、秀吉が居室にしている書院だった。

「ちょうど昼食《ちゆうじき》の時刻でな。休みの間なら、誰と会っても文句は言われまい」

秀吉はあぐらをかいてにぎり飯《めし》を頬ばり、みそ汁とともに喉《のど》に流し込んだ。小柄だが肩幅の広い、がっしりとした体つきだった。

「どうも都の白みそは口に合わぬ。公家や坊主どものおべっかのような味がする」

「さっそくこのようなお計らいをいただき、かたじけのう存じます」

忠三郎は用意の進物《しんもつ》をさし出し、盛信と一政を紹介した。

「先触れの使者をもらったので、首を長《なご》うして待っておった。ほう、一政どのは足が不自由であられるか」

一政は正座ができないので、盛信の後ろに隠れるように座っている。秀吉はそれを気づかい、雪中の長旅をねぎらった。

「わしの知恵袋の黒田官兵衛《かんべえ》も足が不自由になったが、以来ますます知恵が冴《さ》える。一つ二つ欠けた所がある方が、人間は才を発揮するものじゃ」

「ありがたきお言葉、かたじけのうござる」

盛信が感極まって礼をのべ、面目なきことながら留守中に謀叛《むほん》の輩《やから》に城を奪われたと告げた。

「そのことなら聞いておる。柴田方につくとは愚かな者どもじゃ」

秀吉は事もなげに言って、白みそ汁を飲み干した。

この希代《きたい》の傑物《けつぶつ》がもっとも得意としているのが情報収集で、各地に密偵を放って内情をさぐらせている。また遊芸人や門付《かどづ》けのような旅の者たちを取り込み、役に立つ知らせをもたらすたびに褒美《ほうび》を与えていた。

「おそれ入りまする。盛信どのはすぐにも亀山に取って返すとおおせでしたが、それがしが筑前守どのの助力をあおぐべきだと申し上げたのでございます」

忠三郎は、盛信の顔が立つようにとり成した。

「二月半ばには鈴鹿峠の雪もとける。謀叛の者どもの命運もそれまでじゃ。安心なされよ」

秀吉は盛信と一政を下がらせて忠三郎だけを残し、

「よくぞ二人を連れてきて下された。盛信どのは一途《いちず》なお方ゆえ、説き伏せるのにさぞかし骨が折れたであろう」

そう言って手ずから菓子を勧めた。

信長が生きていた頃と変わらぬ、丁重《ていちょう》なもてなしぶりだった。

「お心づかい痛み入ります。お二人もさぞ安心なされたことでしょう」

「忠三郎どのは、滝川の動きをどう見ておられようか」

「単独でこのようなことを企てるとは思えませぬ。春になって雪がとける頃には、柴田どのが北陸の兵を動かす手はずでございましょう」

「二人して、この秀吉をはさみ討ちにすると申されるか」

「そうとしか考えられませぬが」

秀吉ほどの男が、なぜこんな分りきったことをたずねるのか解《げ》せなかった。

「ならば岐阜の信孝さまも、再び兵を挙げるつもりでござろうか」

「それは分りませぬが、柴田どのと滝川どのが起《た》たれるなら、勝算はあると考えられるかもしれませぬ」

「なるほど。もしそうなったなら、尾張《おわり》の信雄さまはどうなされようか」

「あのお方は天下を争うほどの覇気《はき》を持ってはおられませぬ。様子見にかかられると存じます」

「三河《みかわ》の徳川どのはどうであろう。やはり様子見を決めこみ、漁夫《ぎょふ》の利をさらおうとなされるであろうか」

「徳川どのとは、それほど親しくしていただいておりませぬ。そこまでは分りかねます」

問われるままに答えているうちに、忠三郎は自分が試されていることに気づいた。

秀吉は何もかも承知しながら矢継ぎ早に問いかけ、どう答えるかによって胸の内をさぐっていたのである。

「ならば柴田との戦は、尾張や三河が動かぬうちに決着をつけねばなりませぬな。よい知恵をさずけていただき、かたじけない」

さすがに信長公に見込まれた方だと持ち上げてから、

「そうした戦をするためには、貴殿のお力添えがぜひとも必要でござる。いかがであろう。兄弟の盃《さかずき》を交わしていただくことはできませぬか」

いきなり突拍子《とっぴょうし》もないことを言い出した。

忠三郎は信長の婿《むこ》とはいえ、日野六万石の大名にすぎない。天下を狙って動き出している秀吉とは格がちがいすぎた。

「ご存知のとおり、それがしには譜代《ふだい》の家臣も有力な親戚もおりませぬ。それゆえ忠三郎どののように人望あるお方に兄弟になっていただけば、どれほど心強かろうと思うのでござる」

「妹を、ということでしょうか」

忠三郎は冷静になって考えを巡らし、秀吉の真意に気づいた。

「さよう。わしにはおねいという妻がおりますが、天下を受け継ぐほどの大将になったからには、一人くらい側室《そくしつ》を持っても罰《ばち》はあたるまい。のう忠三郎どの、互いに悪い話ではないと思うが」

「ありがたいお話ですが、無理強いしないのが当家の家風でござる。当人の気持ちを確かめますゆえ、今しばらくお待ちいただきたい」

「頼みまするぞ。伊勢へ出陣する時、義兄の貴殿が先陣をつとめてくれれば、これほど心強いことはござらぬ。信長公の婿殿と兄弟になれば、わしにも箔がつくというものじゃ」

秀吉は忠三郎の手をしっかりと握りしめ、二十貫もの銀を当座の軍資金として渡した。

洛中には一泊しただけで、忠三郎らは日野城に取って返した。

秀吉の伊勢侵攻が始まれば、先陣をきって亀山城を攻めることになる。その仕度を急がなければならないので、都で正月気分にひたっている暇はなかった。

雪の東海道を東へ向かいながら、忠三郎は秀吉の申し入れにどう対応するべきか迷っていた。

秀吉旗下《きか》の武将として生きていく覚悟はすでに定めているが、気になるのは秀吉の女癖の悪さだった。

以前、秀吉の放埒《ほうらつ》ぶりに耐えかねたおねいが、女遊びもたいがいにするようにいさめてくれと信長に泣きついたことがある。

すると信長は、「あのはげねずみにはそなた以上の奥方はいないのだから、あまり焼きもちを焼かずに大きく構えていればよい」とさとした。

その一方で秀吉を呼びつけ、おねいの侍女にだけは手をつけるなと、きつく申し渡したのである。

妹のとらは、まだ十七歳である。

そんな男の側室になって、はたして幸せになれるのか。蒲生家の政略のために人身御供《ひとみごくう》にしたと、生涯兄をうらむのではないか。忠三郎はそのことが気がかりで、日野への帰城をもの憂《う》く感じていた。

日野城にもどると、関盛信と一政の一行二十人を西の丸の御殿に入れた。亀山城にはもどれないので、出陣の日までここで待機させることにした。

その足で父賢秀をたずね、秀吉の申し出について相談した。

「ほう。とらをご所望《しよもう》か」

賢秀は反対しなかった。忠三郎と同じように、次の天下人は秀吉だと見込んでいた。

「父上から話をしていただけますか」

「いや、これはそなたの役目じゃ」

ただし唐突には言い出しにくかろうと、知恵をさずけてくれた。

近日中に関一政と初音の仮祝言《かりしゆうげん》をし、その後で話せばよい。そうすれば関父子も心強く思うだろうし、とらも女の役目を自覚するというのである。

「女子《おなご》は何事にも馴染《なじ》むものでな。初音の姿を見たなら、自分だけ好き勝手はできぬと思うはずじゃ」

五日後、西の丸で一政と初音の仮祝言を盛大におこなった。

目的は両家の結束を強化することばかりではない。近江や伊勢の大名や土豪たちを招き、伊勢侵攻と亀山城奪回にむけて勢力固めをする狙いもあった。

本番さながらの婚礼の後、忠三郎は別室にとらを呼んで、秀吉の申し入れを伝えた。

「わたくしに妾《そばめ》になれとおおせですか」

とらははっきりと物を言う娘である。気が強く男まさりのじゃじゃ馬だが、こうして晴着をまとっていると、どんな女御《にょうご》にも劣らぬほど美しかった。

「そうじゃ。筑前守どのが強くご所望でな。それが当家のためにもなるゆえ、わしも応じたいと考えている」

忠三郎も正直に気持ちを伝え、正面から妹と向き合った。

「どのようなお方ですか、筑前守さまは」

「父とあまり変わらぬ歳だが、まだ壮年のようにはつらつとしておられる。知恵のまわりが早く先を見通す眼力も持っておられることは、信長公のぞうり取りから今の地位をきずかれたことでも分るであろう」

「男ぶりは、いかがでしょうか」

「顔立ちや見映《みば》えという意味なら、さして良いとは言えぬ。だが武将としては天下一で、どのような英雄、豪傑といえども、たちどころに手なずける不思議な力を持っておられる」

先日都をたずねた時、秀吉は一政の足が不自由なことを気づかい、ねぎらいの言葉をかけた。そういう配慮ができるお方だと語った。

「兄上は筑前守さまを見込んでおられるのですね」

「そうでなければ、このような申し入れを受けるはずがあるまい。ただ気がかりなのは、あのお方にも人間らしい欠点があるということだ」

「女癖の悪さでしょうか」

とらが臆《おく》する気色《けしき》もなくたずねた。

「そのようなことを、誰から」

「義姉上《あねうえ》から聞いたことがあります」

秀吉がお市の方を妻に迎えたがっているという噂が伝わった時、冬姫はそう言って反対したという。

「さようか。確かにそのようじゃが、人に後ろ指をさされるような暗い遊びをなされるお方ではない」

「分りました。兄上がそうおおせなら、わたくしに異存はございませぬ」

「承知してくれるか」

「やがて天下人になられるお方なら、これまで知らなかった世界を見せて下さるかもしれませんもの」

忠三郎に似て、とらは度胸《どきょう》がすわっている。思いがけない運命を楽しんでいるようで、すみきった目を生き生きと輝かせた。

それから半月ほどして、慶事があった。冬姫が明け方に男の子を産んだのである。

「でかした。母子ともに元気であろうな」

忠三郎は飛び起き、綿入れを着込んで産屋《うぶや》をたずねた。

出産を終えたばかりの冬姫は、雪のように白い顔をして横になっていた。

「苦労であった。寒くはないか」

「ええ。何ともございません」

「わしにもようやく跡継ぎができた。亡き殿の孫でもある」

幼名《ようみよう》は自分と同じ鶴千代《つるちよ》にすると、忠三郎は早々に決めていた。

「そうですね。父上が生きておられたなら、さぞ喜ばれたでしょうに」

あんなことがあったばかりに、この児《やや》も筑前守の風下に立つことになるのかと、冬姫は遠い将来のことまで案じていた。

「我らが蒲生家を守《も》り立てていけばよい。何も心配することはないのじゃ」

忠三郎は笑って打ち消したが、冬姫は暗い顔で物思いに沈んだままだった。

秀吉が伊勢討伐の兵を起こしたのは二月十日のことである。

七万五千もの大軍を北、中、南の三手に分け、鈴鹿山脈を一気にこえて伊勢に攻め込んだ。

北方を受け持った羽柴秀長《ひでなが》（秀吉の弟）は二万五千をひきい、長浜から関ヶ原を抜けて多良《たら》へ進軍した。

三好秀次《みよしひでつぐ》（秀吉の甥）は二万をひきい、佐和山から君ヶ畑《きみがはた》に向かい、鞍掛《くらかけ》峠をこえて滝川一益の本拠地である伊勢長島城をうかがう構えを見せた。

秀吉がひきいる本隊三万は、鈴鹿峠をこえて東海道を東に進み、滝川勢が伊勢防衛の要《かなめ》としている亀山城を攻め落とすことにした。

蒲生忠三郎は二千余の軍勢をひきいて土山宿《つちやま》で秀吉勢を出迎えた。

「義兄者《あにじゃ》、よう来て下された」

秀吉は芝居《しばい》っ気《け》たっぷりに語りかけ、約束どおり亀山城攻めの先陣を申しつけた。

忠三郎は鈴鹿峠の雪を払いながら亀山まで進み、関盛信、一政父子を本陣に呼んだ。

「この城のことは貴殿らが一番よく知っておられる。五百の兵をお貸しするゆえ、一番手となっていただきたい」

「ありがたきご配慮、かたじけのうござる」

盛信はわずか百人たらずの手勢しか持たない。主立った家臣はほとんど岩間に従って籠城しているので、忠三郎の計らいに感激した。

「ただし、無理攻めはいたされるな。これだけの大軍で包囲すれば、敵はかならず和議に応じるはずでござる」

秀吉が七万五千もの軍勢を動かした狙いもそこにある。滝川や柴田との決戦までは、圧倒的な力を見せつけて戦わずに敵の小城を降伏させ、戦力を温存するつもりだった。

秀吉は二月十二日に亀山に着き、大手口の小山に本陣をすえた。同じ頃、秀長勢と秀次勢四万五千が合流し、峯《みね》城を包囲した。

滝川一益は亀山城に重臣の佐治《さじ》新介を入れ、後方の峯城には甥の滝川儀太夫《ぎだゆう》を配し、連携して秀吉勢にそなえさせていた。

ところが両城あわせても四千に満たない頼りなさである。二十倍ちかい軍勢が相手では、ひたすら籠城して柴田勢が近江に進撃するのを待つしかなかった。

三月になり峠の根雪もとけた頃、盛信が城中に潜入したいと申し出た。

「二の丸は岩間らの手勢だけで守っているようでござる。それがしが中に飛び込み、和議の人質になると言えば、あの者たちも説得に応じるはずでござる」

このまま城が攻め落とされたなら、関家は譜代の家臣を数多く失うことになる。

それゆえ降伏したなら元のごとく召し抱《かか》えることを条件に、話をしてきたいという。

「承知いたしした。後のことは引き受けますゆえ、心置きなく行って来られるがよい」

忠三郎は独断で許可し、責任は自分が取ると胸を叩いた。

計略は見事にあたった。もはや勝ち目はないと思っていた関家の旧臣たちは、盛信が身を捨てて助けに来てくれたことに感激し、降伏することに一決した。

これを知った佐治新介も盛信の説得に応じ、城を明け渡して伊勢長島城に退去した。

「さすがは忠三郎どのじゃ。よう働いた」

秀吉は独断で事をはかった責任を問わなかったばかりか、褒美《ほうび》に亀山城を与えると言った。

「かたじけのうござる。されどこの地は代々関家が治めてまいりましたゆえ、どうか一政どのにたまわりとう存じます」

忠三郎も表立って盛信の働きを賞することはできない。蒲生家と関家の長年の縁を語り、秀吉の気持ちを動かすしかなかった。

「そうか。一政はそなたの義兄であったな」

それならわしの兄でもあると、秀吉はあっさりと忠三郎の願いを受け容《い》れた。

ただし、今後は関家を蒲生家の寄騎《よりき》にするという条件をつけ、両家が力を合わせて鈴鹿峠を守るように申しつけたのだった。

秀吉はそのまま峯城まで兵を進め、秀長、秀次勢と合流して城攻めにかかったが、三月十日になって長浜城から急使が飛び込んできた。北陸の柴田勝家が、三万五千の兵をひきいて北近江に出てきたのである。

北陸路の雪はまだとけていなかったが、滝川一益からの救援要請を受けた勝家は、栃ノ木《とちのき》峠の雪を千人の足軽に踏みかためさせて余呉《よご》まで進出したのだった。

「柴田め、ついに出て来おったか」

秀吉はただちに全軍を近江に向かわせ、忠三郎に峯城攻めの指揮をとるように命じた。

「ここには八千ばかりの兵しか残していけぬ。無理な城攻めをするな。ただし滝川勢が柴田と呼応《こおう》するために北に向かおうとしたなら、全滅を覚悟でこれを討て」

難しい役目を与えられた忠三郎は、和田三左衛門の配下をふやし、周辺の探索にあたらせることにした。

敵と身方の動きをつぶさに調べ、一日おきに報告せよと命じている。それが功を奏し、各地の状況が手に取るように分った。

長浜に取って返した秀吉は、木之本《きのもと》や賤ヶ岳《しずがたけ》の要所に砦《とりで》をきずき、南下してくる柴田勢との決戦にそなえた。

これを見た岐阜城の信孝は、はさみ討ちの好機と見て反秀吉の兵をあげた。

激怒した秀吉は、先の和議の時に人質として受け取っていた信孝の母を磔《はりつけ》にして断固たる決意を示し、二万の軍勢をひきいて岐阜城攻めに向かった。

同時に清洲城の信雄に使者を送り、滝川一益が信孝と呼応して兵を動かさないように備えをかためさせた。

一方、賤ヶ岳に布陣した両軍は互いに砦をきずいてにらみ合っている。秀吉が岐阜に出兵している間も、勝家が攻勢に出る気づかいはないようだった。

この状況を見て、忠三郎は峯城を攻めるべきだと思った。

「今なら出陣命令が下る気づかいもない。無為《むい》に日を過ごすより、総攻めにして後顧《こうこ》の憂いを断とうではないか」

そう主張したが、重臣や旗下の武将たちは応じようとしなかった。

峯城は鈴鹿山脈の尾根先にきずいた小城だが、三方は切り立った崖になっていて、一方は険しく細い尾根につづいている。ふもとの深田は田植えを終えたばかりで攻め込む足場もない。

しかも籠城の指揮をとるのは勇猛をもって鳴る滝川儀太夫なので、二千余の城兵は心をひとつにして二ヶ月ちかい籠城戦を耐え抜いていた。

「筑前守どのは、無理に城を攻めて兵を損ずるなとおおせられた。そのことをお忘れか」

多くの武将は模様ながめにかかっている。大決戦が目前に迫っているので、誰もが兵を温存して華々しい手柄を立てたいと望んでいた。

「無理に攻めるのではない。城中の弾薬も兵糧も残り少なになっているゆえ、総攻めの後に降伏を勧めたなら、かならず応じるはずでござる」

二千の兵のために八千の兵が釘づけにされ、近江や岐阜の決戦に加われないようでは末代までの恥である。ここは我らの力を見せつけて滝川勢にひと泡ふかせようではないか。忠三郎が活を入れると諸将はしぶしぶ同意し、足早に持ち場に散っていった。

忠三郎は和田三左衛門を呼び、城内調査の進み具合をたずねた。

「かくの如《ごと》くでござる」

三左衛門は用意の絵図を広げた。

甲賀者《こうかもの》たちが城内に潜入し、曲輪《くるわ》の様子と守備兵の配置を調べ上げたものだ。

やせ尾根の上に曲輪を階段状に配し、峠につづく北側には幅五間（十メートル弱）ほどの堀切をもうけている。堀切の外にも出丸をきずいて敵の侵入にそなえているが、兵は百人ほどしか入れていなかった。

「南の大手口と西の搦手《からめて》から総攻めにすれば、出丸はますます手薄になろう。その隙に乗じて攻め落とすのじゃ」

忠三郎は三左衛門の手勢に二百の兵をそえ、出丸に向かわせることにした。

「お任せ下され。幸い今夜は星月夜ゆえ、獣道《けものみち》を登ることができましょう」

鉄砲三左の異名《いみよう》を取る三左衛門は、甲賀者たちを鉄砲隊としてきたえ上げている。その成果を見せたくてうずうずしているのだった。

翌日の明け方、八千余の軍勢を二手に分け、大手と搦手から攻めかかった。

城兵はいつものように鉄砲を撃ちかけて応戦するが、蒲生勢は竹束を押し立てて銃弾をふせぎながらひたひたと迫っていく。窮地におちいった滝川勢がこの方面に兵力を集中した頃合いを見計らい、三左衛門の伏兵《ふくへい》が北の出丸を占領した。

ここからは城内を手に取るように見渡せる。その利点を活かし、配下の鉄砲隊が百発百中の狙撃《そげき》をくり返す。

城兵たちは恐怖にかられ、持ち場を投げ出して物陰に逃げ込んだ。

これで勝敗は決定的となったが、忠三郎は無理押しをしない。城内に使者をつかわし、儀太夫以下全員の助命を条件に城を明け渡させた。

これが四月十七日のことである。

忠三郎は峯城に一千余の兵を入れて守備にあたらせると、関城、加太《かぶと》城に兵を進めた。

南伊勢を平定し、後顧の憂いなく柴田勢との決戦に駆けつけるつもりだったが、事態は予想をこえた早さで動いた。

四月二十日の明け方、柴田方の佐久間盛政《もりまさ》が八千の軍勢をひきいて賤ヶ岳のふもとを迂回《うかい》し、中川清秀《きよひで》が守る大岩山の砦を急襲した。

ふいをつかれた中川勢は大敗。近くの岩崎山に布陣していた高山右近《うこん》も、敵勢に圧倒されて退却した。

これを聞いた秀吉はすぐさま美濃から兵を返し、二十日の夜には賤ヶ岳の近くに到着した。

盛政は秀吉勢がこれほど早くもどってくるとは想像さえしておらず、占領した大岩山でのんびりと夜営していた。そこにおびただしい数のかがり火が接近してきたために、急いで陣を引き払おうとした。

ところが、昼間の激戦で疲れはてている将兵たちの動きは鈍い。これを見た秀吉は佐久間勢を追撃するように命じ、翌二十一日の昼頃には柴田勝家の本隊までひと息に追いくずした。

勝家は手勢をまとめて北ノ庄城まで敗走したものの、勢いに乗って追撃してくる秀吉勢に抗しきれず、四月二十四日にお市の方とともに自刃《じじん》した。

一方、岐阜城に立てこもっていた信孝は、兄信雄の勧めに従って知多半島の内海《うつみ》に蟄居《ちっきょ》したものの、秀吉の命によって五月二日に切腹させられた。

また伊勢長島城の滝川一益も降伏し、北伊勢の所領をことごとく没収された。

こうして反対勢力を一掃《いっそう》した秀吉は、天下人の座にまた一歩近づいたのである。


忠三郎は日野城にもどり、とらの輿入れの仕度にかかった。

秀吉が信長の後継者となることは、もはや誰の目にも明らかである。輿入れにあたっては相応の礼をつくさなければ、秀吉の不興《ふきょう》を買い、とらに肩身の狭い思いをさせることになりかねない。

こうした場合にどうするべきか、有職故実《ゆうそくこじつ》にくわしい公家に教えを乞おうと考えていた矢先に、城下の物見櫓《ものみやぐら》で非常をつげる鐘が打ち鳴らされた。

短い間をおいた三連打で、得体《えたい》の知れない軍勢が迫っていることを告げていた。

「申し上げます。二千余の兵が街道を南下し、ご城下に迫っております」

物見の兵が馬を飛ばして急を告げた。

「どこの兵だ。旗印は」

「まだ遠方ゆえ確認できませぬ。ただ今物見を出して確かめさせております」

この時期に誰かが攻め寄せて来るとは思えないが、二千余とは尋常《じんじょう》ではない。忠三郎は重臣たちに城の備えを固めるように申しつけ、自ら確かめに行くことにした。

真鹿毛を飛ばして城下のはずれまで出てみると、二千余の軍勢が長蛇《ちょうだ》の列をなして整然と進んでくる。先頭に押し立てた千成《せんな》りびょうたんの馬印が、初夏の陽《ひ》をあびてきらびやかに輝いていた。

（あれは筑前守どの……）

秀吉の軍勢だと気づくと、忠三郎は真鹿毛に鞭《むち》をいれて脚《あし》を速めた。

「忠三郎どの、出迎え大儀」

鎧姿の秀吉が馬上から声をかけた。

「今日は結納《ゆいのう》の品を持参いたした。城内に運びたいが、かまわぬか」

軍勢のうち五百人ばかりは小荷駄《こにだ》で、長持《ながもち》やはさみ箱を持っている。それがすべて結納の品なのだから、冬姫の輿入れの時以上に豪勢だった。

忠三郎はすぐに城に取って返し、とらに祝言《しゅうげん》の晴着を着ておくように申しつけた。

「筑前守どのが自ら結納に来て下された。覚悟はよいな」

そう念を押し、城兵たちを沿道に整列させて礼をつくした。

秀吉は二の丸御殿に結納の品々を山と積み上げ、とらどのと縁組みさせていただきかたじけないと口上《こうじょう》をのべた。

「我らこそご縁につらなることができ、身にあまる誉《ほまれ》でござる。別室に粗飯《そはん》の仕度をいたしましたゆえ」

忠三郎は秀吉を本丸御殿に案内した。

金屏風《きんびょうぶ》の前に、とらが花嫁姿で待ち受けている。その横に父賢秀がひかえていた。

「何と美しい花嫁御料《ごりょう》じゃ。お義父上もご息災《そくさい》で何よりでござる」

秀吉は賢秀にまで気を使い、とらの横に並んで座った。

仮祝言ながら夫婦固めの盃を取りかわし、とらは秀吉の二番目の妻となった。

忠三郎とは兄弟の、賢秀とは親子の盃をかわし、この先何事にも一致結束して対処することを誓いあった。

秀吉は座持ちの上手な男である。酒宴の席に蒲生家の重臣たちを呼んで手ずから酌《しゃく》をしたばかりか、舞いまで披露《ひろう》して接待につとめた。

「貴公らは我が父と兄の守り神じゃ。頼みまするぞ」

そんなことを言って重臣たちを感激させ、そのまま日野城に泊っていった。

この噂はたちまち国中に広がり、蒲生家が無二の秀吉方となったことが明らかになった。

秀吉はそこまで計算に入れ、忠三郎に全幅《ぜんぷく》の信頼を寄せていることを身をもって示したのだった。

ローマ使節

天正《てんしょう》十二年（一五八四）になると、天下は再び風雲急をつげる情勢となった。

原因は信長の次男信雄《のぶかつ》である。

一年前には秀吉と組んで弟の信孝《のぶたか》や柴田勝家《かついえ》らを亡ぼしたものの、秀吉が織田家から天下を奪い取る姿勢を露骨《ろこつ》に見せはじめると、徳川家康と組んでこれを阻止しようとした。

そのために両陣営が水面下で多数派工作をくり広げ、いつ天下を二分した戦いが起こるか分らない不穏《ふおん》な雲行きになっていた。

戦《いくさ》が始まれば伊勢が主戦場になる。忠三郎《ちゅうざぶろう》は真っ先に出陣を命じられ、最前線を受け持たされる。それゆえ事のなりゆきに神経をとがらせ、和田三左衛門《さんざえもん》に命じて信雄や家康の動きをさぐらせていた。

三左衛門の配下の甲賀者《こうかもの》たちは、忍びの技に長《た》けた情報収集の専門家である。

信雄が家康と綿密に連絡を取りあっていることも、秀吉がそれを知りながら電撃作戦を敢行《かんこう》する機会をうかがっていることも、ほぼ正確につかんできた。

異変は三月三日、雛《ひな》の節句に起こった。

信雄は岡田重孝《しげたか》、津川義冬、浅井長時の重臣三人を、秀吉に内通しているという理由で誅殺《ちゅうさつ》した。しかもただちに兵を出し、岡田の尾張星崎《おわりほしざき》城、津川の伊勢松ヶ島《まつがしま》城、浅井の尾張苅安賀《かりやすか》城を攻め落とした。

これに呼応した家康は、三月七日に精鋭八千をひきいて浜松を出陣。尾張に向かった。

秀吉も翌日には諸将に出陣を命じ、小牧《こまき》・長久手《ながくて》の戦いへとつながる合戦の幕が切って落とされたのである。

この日、忠三郎のもとに亀山城の関万鉄斎《まんてつさい》（盛信《もりのぶ》）から急使がとどいた。

「申し上げます。神戸与五郎《かんべよごろう》が五百の兵をひきいて城下に攻め寄せております」

与五郎は神戸城の城主で信雄に属している。秀吉勢が鈴鹿《すずか》峠をこえて侵攻してくる前に、亀山城を攻め落とそうとしたのだった。

「あいにく城兵は境の警備に出払っており、城には万鉄斎さま、一政《かずまさ》さま以下十五人しかおりませぬ」

そこで万鉄斎は急使を送って救援を求めたのだった。

忠三郎はただちに種村伝左衛門《たねむらでんざえもん》を呼び、すぐに出せる兵はどれほどだとたずねた。

「四半刻《しはんとき》（三十分）で二百、半刻あれば五百は出せまする」

「では、私が二百をひきいて先に発《た》つ。その方らは集められるだけの兵をひきいて後を追え」

自ら救援に向かうことにしたが、正規の軍勢では亀山に着くのに丸一日かかる。そこで和田三左衛門に命じ、甲賀者たちを仙ヶ岳《せんがたけ》越えで亀山に急行させ、敵の後方を攪乱《かくらん》させることにした。

「亀山までどれくらいかかる」

「およそ二刻《ふたとき》。日が暮れるまでには着けるものと存じます」

三左衛門は自分も山中を駆けるつもりで、万全の仕度《したく》をととのえていた。

「何としてでも関どのを救わねばならぬ。すぐに発て」

二の丸の馬場に下りると、騎馬五十、徒兵《かち》百五十が早駆けの隊列を組んで待ち受けていた。鯰尾《なまずお》の兜《かぶと》をかぶった忠三郎は、真鹿毛《まかげ》にまたがって城門を出た。

「殿、ワタシもお供させて下さい」

門の外で青い目をした長身の男が待ち受けていた。

イタリア人のロルテスで、七年前から蒲生《がもう》家に仕えている。名も山科羅久呂左衛《やましなろくろざえ》門勝成《もんかつしげ》と改めていた。

ロルテスを蒲生家に推挙したのは関万鉄斎だった。

万鉄斎が堺《さかい》に硝石《しょうせき》と鉛《なまり》の買いつけに行った時、役人に追われているロルテスを助けた。南蛮船《なんばんせん》の航海士だが、喧嘩《けんか》の末に同僚を殺したので船にはもどれないという。

当時、蒲生家に身を寄せていた万鉄斎は、そのままロルテスを日野に連れて帰り、忠三郎に引き合わせた。

ロルテスは天文学や数学、地理に通じているばかりか、兵器の生産にたずさわったこともある技術者である。忠三郎はそれを知ると三百石《こく》で召し抱《かか》え、日野鉄砲の改良と大砲《おおづつ》の開発にあたらせていた。

「関どのには堺で命を助けていただきました。今度はワタシが助ける番です」

ロルテスは新しく開発した長鉄砲を取り出し、性能を見ていただくにもいい機会だと胸を張った。

忠三郎らが亀山に着いたのは翌日の正午過ぎだった。

東海道を扼《やく》する丘陵にきずかれた城は無事だったが、街道ぞいの城下町は焼き払われ、くずれ落ちた家からはまだ煙が上がっていた。

これは神戸勢の仕業《しわざ》ではない。わずか十五人で城を死守することにした関万鉄斎、一政父子は、敵が亀山城下に攻め入るのを待って方々に火を放った。

城下の通路は狭く、要所には鉤《かぎ》型の曲がりを配して軍勢の侵入をさまたげている。

こうした仕掛けを知らない敵が、炎と煙に巻かれて大混乱におちいった所を狙いすまし、万鉄斎らは町を縦横《じゅうおう》に駆けまわって攻めかかった。

右かと思えば左に抜け、前と見れば後ろにまわり、弓を射かけ鉄砲を撃ちかけ、ここぞとなれば槍を構えて突撃する。変幻自在の戦法に翻弄《ほんろう》された神戸勢は、敵は多いと勘ちがいして逃げ去ったのだった。

忠三郎らの到着を知った関父子は、手勢を連れて城門まで出迎えた。捨て身の激戦にもかかわらず、一人の戦死者も出していなかった。

「これほど早く来ていただくとは思っておりませんでした。かたじけのうござる」

万鉄斎や一政の鎧《よろい》は、敵の返り血に染ったままである。足の不自由な一政は馬で駆け回ったので、煙で兜が黒くすすけていた。

「これだけの人数で、五百もの敵をよくぞ撃退なされた。ご一同の戦ぶりは、後々まで語りつがれることでござろう」

「この岩間が粉骨《ふんこつ》の働きをしてくれました。よき家臣どものおかげでござるよ」

万鉄斎が後ろに控えていた岩間八左衛門《はちざえもん》を前に押し出した。

黒々とひげをたくわえた大柄の男で、一年前に万鉄斎らの留守を狙って城を乗っ取った首謀者である。ところが万鉄斎は八左衛門の罪を赦《ゆる》し、これまでどおり家老《かろう》として仕えさせた。

これに恩義を感じた八左衛門は、まさに命懸けで奮戦したのである。

「貴殿《きでん》に恩義を感じている者は、当家にもおりまする」

忠三郎はロルテスを呼び、万鉄斎を救うために志願して出陣したことを語った。

「おお、羅久呂左衛門。よう来てくれた」

万鉄斎はロルテスの鎧の胴を叩いて、感謝の気持ちを表わした。

城内の御殿に向かっている時、

「敵が退散したのは、夕暮れになって何者かが後方を攪乱してくれたからでござる」

一政が忠三郎に体を寄せてささやいた。

「神戸勢があのまま城を取り囲み、夜明けを待って攻め込んできたなら、とても守りきれなかったことでしょう。かたじけのうござる」

一政は、忠三郎が甲賀者をつかわしてくれたおかげだと察している。だが手柄にわく家中《かちゅう》の者たちの気をくじくまいと、ひそかに礼を言ったのだった。

夕方には種村伝左衛門が五百の兵をひきいて駆けつけ、翌日には秀吉勢の先陣一万余が城に入った。

忠三郎はさっそく軍議を開いて今後の方針を打ち合わせた。

「まず敵が占拠した峯《みね》城を奪い返し、後顧《こうこ》の憂《うれ》いをなくして松ヶ島城に攻めかかるべきと存ずる」

忠三郎は信長に従って幾多《いくた》の戦場を駆けめぐるうちに、一万余の大軍を統率する力を身につけている。秀吉配下の堀秀政《ほりひでまさ》や浅野長政《ながまさ》、一柳直末《ひとつやなぎなおすえ》ら名だたる武将たちが、異議なく指示に従った。

峯城は労せずして落ちた。城を占拠していた佐久間正勝《まさかつ》らは、秀吉の先陣部隊一万が到着したと知ると、戦わずして逃げ去ったのである。

三月十四日には、秀吉の弟秀長《ひでなが》が三万の軍勢をひきいて伊勢に入った。四万をこえる大軍となった秀吉勢は、信雄の軍勢五千が立てこもる松ヶ島城を包囲した。

松ヶ島城は伊勢湾に面した海城である。

北は三渡《みわたり》川、南は坂内《さかない》川にはさまれたデルタ地帯で、河口の港は古くから伊勢湾海運の要地として栄えてきた。伊勢神宮への参拝客が立ち寄る宿場町でもある。

町は城の西側に広がっていた。

伊勢への参宮道を中心に西町、本町、紙屋町などが軒をつらねている。町のまわりには堀や水路、土塀をめぐらして守りを固めていた。

城攻めの最初の目標は、この外構えを打ち破って城下町を占領し、城を孤立させることである。

先陣は秀長配下の筒井順慶《じゅんけい》と、津城の城主である織田信包《のぶかね》（信長の弟）が受け持ち、外構えの西と南から攻めかかった。

ところが城の守りは固く、付け入る隙がない。しかも家康が加勢につかわした服《はっ》部半蔵《とり》が、二百の鉄砲隊をひきいて神出鬼没《しんしゅつきぼつ》の働きをするので、力攻めにすれば兵を損ずるばかりだった。

忠三郎は総勢二千となった蒲生勢をひきい、筒井勢の後方に布陣していた。身方《みかた》の苦戦に心ははやるが、命令があるまで兵を動かすことはできなかった。

「殿、ワタシに加勢に行かせて下さい」

ロルテスが申し出た。持参の長鉄砲が役に立つはずだというのである。

「一人で行っても、たいした役には立つまい」

「この鉄砲は、弾を撃つためのものではありません。これを飛ばします」

ロルテスが木箱から棒火矢《ぼうひや》を取り出した。鉄の矢の先に火薬筒を取りつけたもので、これを敵の城門に撃ち込んで焼き払うという。

「面白い。わしが行って筒井どのに話してみよう」

忠三郎は順慶の許しを得て先陣に出た。

ロルテスは長鉄砲を台の上にすえ、棒火矢を装塡《そうてん》して引き鉄《がね》をしぼった。耳をつんざく射撃音がして、棒火矢が堀の向こうにある城門の扉に突き立った。

やがて火縄の火が火薬筒に燃え移り、真っ赤な炎をふき上げる。城兵は水はじきを出して消し止めようとしたが、ロルテスは二発三発と棒火矢を撃ち込み、ついに門を炎上させた。

ところが敵もこうした事態にそなえ、堀には出し入れが自由な橋をかけている。その橋を引いて守りを固めたために、城内への突入ははたせなかった。


忠三郎らは城の包囲を厳重にして兵糧《ひようろう》攻めにかかったが、三月二十一日になって尾張への転進を命じられた。

「秀吉さまは二十七日に犬山城に到着なされます。その前に犬山へ着き、池田どの、森どのの軍勢と合流していただきたい」

秀長の使者がそう告げた。

これは尾張北部の戦況の急変によるものだった。

織田信孝にかわって美濃《みの》の領主となった池田勝入《しようにゆう》（恒興《つねおき》）は、信雄と秀吉の対立が激化するといち早く秀吉に従い、三月十三日に犬山城を攻め落とした。

勝入の娘婿《むすめむこ》である森長可《ながよし》も行動をともにし、余勢をかって小牧山城の南の羽黒《はぐろ》城まで攻め寄せたが、急を聞いて駆けつけた徳川家康の軍勢に大敗して犬山まで退却した。

このために両軍が犬山城と小牧山城を拠点として対峙《たいじ》する形勢になったのである。

忠三郎はすぐに仕度を命じ、堀秀政や浅野長政らとともに長良《ながら》川ぞいを犬山城に向かった。

いよいよ秀吉と家康の天下を賭けた大戦《おおいくさ》が始まる。そのただ中に飛び込むのだと思うと、我知らず武者震《ぶる》いしていた。

二十七日、秀吉は七万の大軍をひきいて犬山城に到着した。

その日のうちに軍議を開き、羽黒城の南の楽田《がくでん》城や岩崎砦《とりで》、田中砦などに兵を入れ、小牧山城に入った家康の出方をうかがうことにした。

忠三郎が任されたのは、小牧山城にもっとも近い田中砦である。平野の中にきずいた二町（二百メートル強）四方ほどの平城《ひらじろ》を、堀秀政や細川忠興《ただおき》らとともに守ることになった。

「忠三郎どの、おなつかしゅうござる」

相陣《あいじん》になったと知り、細川忠興が挨拶《あいさつ》に来た。

信長の小姓《こしょう》をしていた頃、何度か細川藤孝《ふじたか》の屋敷に使いに行ったことがある。その頃から忠興とは顔を合わせ、利発な少年だと感心していたが、今や堂々たる青年武将に成長していた。

「与一郎《よいちろう》どの、立派な大将ぶりでござるな」

「本能寺の変の後、父が隠居いたしました。今は私が細川家の軍勢をひきいております」

「茶の湯の稽古《けいこ》は進んでおられようか」

忠興も千利休《せんのりきゅう》に茶を学んでいるので、忠三郎の弟弟子にあたる。七つも歳下なので、つい心安い話し方になった。

「機会を作ってなるべく伺《うかが》うようにしているのですが、まだ帛紗《ふくさ》さばきも身についておりません」

「与一郎どのは筋がよい。私など、すぐ追い抜かれてしまいそうだ」

「とんでもありませぬ。忠三郎どのの茶は品格がちがうと、宗匠《そうしょう》も常々おおせでございます」

忠興は大いに恐縮し、この戦が終わったなら茶会に招きたいと申し出た。

「承知いたした。互いに手柄を立て、よい茶会にしたいものでござる」

田中砦の整備を終えた頃、高山右近《うこん》が前触れもなくたずねてきた。

本能寺の変の直後に起こった山崎の戦いで、右近は秀吉勢の先陣として大いに働いた。その功が認められ、高槻《たかつき》四万石を安堵《あんど》されていた。

「右近どの、こちらにはいつ」

「急に出陣を命じられ、昨日の夕方に着きました。忠三郎どのがこの砦におられると聞いたゆえ」

一緒に茶が飲みたくなったのだと、右近は持参した旅簞笥《たびだんす》を披露《ひろう》した。

旅先で茶を点《た》てるために利休が考案したもので、茶道具一式が入っている。世に知られるようになるのは小田原の陣からだが、利休の門弟たちはすでに使っていた。

「点前《てまえ》は私がつとめるゆえ、湯をわかしていただけようか」

「承知いたしました」

忠三郎は陣屋の中に茶席をもうけ、茶釜のかわりに鍋をかけ、水差しのかわりに手桶をおいた。

右近も利休の高弟である。戦場での簡略な点前でも、美しく端正な所作《しょさ》は変わらなかった。

「かたじけない。何よりの馳走《ちそう》でござる」

忠三郎はゆっくりと濃茶《こいちゃ》をすすり、深い香りに戦陣の緊張をしばし忘れた。

「実はもうひとつ、手みやげがござる」

右近は旅簞笥から世界地図を取り出し、忠三郎の前に広げた。

美しく着色した真新しい地図だった。

「これはオルガンチーノ師からいただいた、最新のものでござる。何か気づかれぬか」

そう言われるより先に、忠三郎は地図の変化に気づいていた。

「ポルトガルが併合《へいごう》されたとは、やはり本当だったのですね」

「ご存知でしたか」

「ヴァリニャーノ師が安土《あづち》に来ておられた時、そんな話を聞いたことがあります」

そのために信長はイスパニアと新たな外交関係をきずく必要に迫られ、仲介役《ちゅうかいやく》のヴァリニャーノと交渉をつづけていたのだった。

「イスパニアは太陽の沈まぬ帝国となり、日本さえも植民地にしようという野望を持ち始めています。これを防ぐには、相手に付け入る隙を与えない巧妙な駆け引きが必要になるでしょう。それにもうひとつ、前と変わった所がありますが」

気づきませんかと、右近が答えを迫った。

「ジャカルタでしょうか」

忠三郎は地図の一点を指した。

ジャワ島にある中心都市で、現在のインドネシアの首都である。かつてイスパニアの植民地だったが、今は緑色にぬられていた。

「そうです。この地を支配しているのは、新教国《プロテスタント》のオランダです」

オランダは長い間イスパニアの支配下にあったが、三年前にイギリスの支援を得て独立した。そしてかねてから進出していたジャワ島やボルネオ島を、自国の植民地だと主張していた。

「そのことが我らの戦にも、大きな影響を与えかねないのです」

「どういうことでしょうか」

「マカオからの知らせによれば、徳川どのはジャカルタに船団を送り、オランダから硝石や鉛を買いつけようとしておられるそうです」

マカオやマニラからの輸入路は、秀吉が好《よしみ》を通じているイスパニアが押さえている。そこで家康はオランダに接近して、軍需物資を手に入れようとしていた。

「このことを秀吉公に報告しなければなりませんが、一人だけでは他のご近習《きんじゅう》のそねみを買うおそれがあります。貴殿は南蛮寺《なんばんじ》で世界のことを学んでおられるゆえ、同行してご下問に答えていただきたい」

「承知いたした。おやすいご用でござる」

そういえばヴァリニャーノは、信長の親書や安土城図屛風《びょうぶ》をローマ法王にとどけてくれただろうか。右近とともに秀吉の本陣に向かいながら、忠三郎はふとそう思った。

戦局は膠着状態《こうちゃくじょうたい》におちいっていた。

秀吉は犬山城、小口《おぐち》城、楽田城を中心にし、岩崎、田中、大草《おおくさ》などに砦をきずいて尾張の内陸に侵攻する構えをとっている。

対する家康は小牧山城を拠点とし、宇田津《うたづ》砦、田楽《たらが》砦などを東へつらねて秀吉軍の侵攻をはばんでいた。

これを陣城という。軍事拠点を碁石《ごいし》のように並べて、互いににらみ合う形である。

この戦局を打開しようと、秀吉は敵の意表をつく作戦に出た。

家康は精鋭部隊を引き連れて出陣しているので、本国の三河《みかわ》は守りが手薄になっている。その隙をついて奇襲部隊を送り込めば、家康は退路を断たれる危険をさけるために、兵を引かざるを得なくなる。

そこを秀吉の本隊が追撃するという陽動作戦である。

幸い小牧から長久手を抜ければ、岡崎城まではおよそ十二里《り》（五十キロ弱）。一日で移動できる距離である。

そこで秀吉は甥《おい》の三好秀次《みよしひでつぐ》に八千の兵をさずけて大将とし、池田勝入、森長可を先陣とした一万五千余の軍勢を編制して三河に向かわせることにした。

出発は四月六日の夜と決めたが、こうした電撃作戦は敵に気づかれたら終わりである。そこで田中砦の忠三郎らに命じ、六日の夕方に小牧山城を攻めさせることにした。

「夜半まで攻めつづけよ。鉄砲を撃ちかけ、敵をあわてさせるのじゃ」

命令を受けた忠三郎は、二重堀《ふたえぼり》砦を守る日根野備中守《ひねのびっちゅうのかみ》と連絡を取り合って作戦を打ち合わせた。

堀秀政が奇襲部隊に組み込まれたので、田中砦には忠三郎と細川忠興の軍勢四千しかいない。この人数で小牧山城に攻めかかれば、他の陣城にこもった徳川勢が背後をつくだろう。

「その時には、二重堀から兵を出して追い払っていただきたい」

忠三郎はそう申し入れ、備中守の快諾《かいだく》を得た。

六日の夕方、鉄砲隊を先頭にした蒲生、細川勢は、小牧山城の東側から城下町に攻め寄せた。

目的は敵の注意を引きつけることである。城下の外構えまで詰め寄って激しく鉄砲を撃ちかけたが、無理に突入しようとはしなかった。

徳川方も大敵を前にして、軍勢を消耗《しょうもう》することをさけている。外構えの門を固く閉ざして応戦するだけで、討って出ようとしなかった。

この間に奇襲部隊が三河に向かったことに、家康はまったく気づいていない。忠三郎らの働きは見事に功を奏《そう》したわけだが、三河入りは無残《むざん》な失敗に終わった。

原因は本隊と先陣部隊の、意思の疎通《そつう》がうまくいかなかったことだ。

手柄を立てようと勇《いさ》み立つ池田勝入や森長可は、軍勢を急ぎに急がせ、四月八日には長久手の南の岩崎まで進出した。ところが本隊の三好秀次勢は、まだ長久手の手前の白山林《はくさんばやし》にしか達していなかった。

その頃、家康は奇襲部隊の動きに気づき、小牧山城を出てまっしぐらに追撃を開始した。

そうして九日の未明、白山林に夜営している秀次勢を襲って壊滅させ、長久手の富士ケ根《ふじがね》に布陣して池田、森勢が引き返してくるのを待った。

二人は八千ちかい兵をひきいている。数においては家康勢と遜色《そんしょく》なかったが、先手を取られたことと有利な陣地を押さえられた劣勢は挽回《ばんかい》しようがなく、池田勝入、元助《もとすけ》父子と森長可が相次いで討死する大敗をきっした。

急報を受けた秀吉は、楽田城を拠点にして態勢の立て直しをはかったが、この方面からの侵攻は無理と判断して全軍を撤退させた。

こうした場合には敵の追撃をさけるために、殿軍《しんがり》と呼ばれる部隊を残す。場合によっては敵中に孤立する危険な役目を、田中砦と二重堀砦にいた忠三郎と忠興、そして日根野備中守が受け持った。

秀吉勢が撤退すると知った徳川勢は、痛打を与えようと追いすがったが、先に小口城まで下がっていた忠三郎らは、五条川を楯にして敵の追撃を許さなかった。

生涯初めての大敗をきっした秀吉は、加賀井《かがのい》城と竹ヶ鼻《たけがはな》城を攻めて汚名挽回《おめいばんかい》をはかった。

加賀井城は五月五日に落城したが、木曾川ぞいの低湿地に位置する竹ヶ鼻城は、二重三重に堀をめぐらして守りを固めている。

そこで秀吉は、備中高松城攻めで成功させた水攻めの策を用いることにした。

上の幅は約六間（十メートル強）、下は約二十間の巨大な堤を三里（十二キロ）にわたってきずき、木曾川の水を引き入れて城を水中に孤立させた。

〈十万の軍兵《ぐんぴょう》をもって城の四方に堤を築く。五、六日にて出来、その後木曾川の流れを分けてこれを入れるなり〉

『勢州軍記《せいしゅうぐんき》』はそう伝えている。

これほど巨大な堤がわずか五、六日できずけるようになったのは、幾何学《きかがく》を応用した三角測量法が西洋から伝わり、堤の設計と測量が早く正確におこなえるようになっていたからだ。

秀吉は後に全国で検地をおこない、耕作地を正確に測量して税収の確保をはかるが、これが可能になったのも三角測量法のおかげだったのである。


竹ヶ鼻城の水攻めは半月におよんだが、城兵は家康や信雄の救援を信じて降伏勧告に応じなかった。

巨大な堤の側に布陣して敵の来襲にそなえていた忠三郎は、五月末になって秀吉から呼び出された。

急いで本陣をたずねると、秀吉が上機嫌で迎えた。

「城はもうすぐ落ちる。家康も信雄も救援の兵を送ることはできぬ」

なぜだか分るかと、床几《しょうぎ》に腰を下ろしてたずねた。

「十万の兵には、太刀打ちできぬと思われているのでございましょう」

「それもある。だがそれ以上に、この堤の水を恐れておるのじゃ」

家康や信雄が攻めてきたなら、秀吉は堤を決壊《けっかい》させて大量の水を木曾川に流す。そうすれば伊勢長島や清洲《きよす》あたりの田畑は水びたしになり、今年の収穫は台無しになる。

信雄はそれを恐れて兵を動かすことができず、信雄の支援がなければ家康も動けないというのである。

「恐れ入りました。そこまでは考えが及びませんでした」

忠三郎は秀吉の戦略眼の確かさに改めて感服した。

「わしは尾張中村の生まれゆえ、このあたりの地形はよく知っておるのだ」

秀吉は愉快そうに笑い、急に呼びつけたのは、義兄上《あにうえ》に伊勢の旗頭《はたがしら》になってもらいたいからだと言った。

「松ヶ島城もようやく落ちた。十二万石の所領《しょりょう》を与えるゆえ、あの城に移ってもらいたい」

秀吉は事もなげに言って所領目録をわたしたが、忠三郎はとっさに返事ができなかった。

日野六万石から一挙に倍の禄高《ろくだか》になるのだから、喜ぶべき転封《てんぽう》である。だが、先祖代々住みなれた日野をはなれたくはないのだった。

「どうした。喜んではくれぬか」

秀吉は急に険《けわ》しい目をした。

「かたじけのうござる。あまりのご厚遇《こうぐう》に、我を忘れておりました」

忠三郎はすばやく気持ちを切り替え、日野にもどり次第仕度にかかると言った。

竹ヶ鼻城は六月三日に降伏した。

秀吉は後の処置を秀長に任せ、大坂城に引き上げていった。

忠三郎も二千の兵をひきいて日野にもどった。小牧でも加賀井城攻めでも手柄を立て、六万石もの加増《かぞう》を得ての凱旋《がいせん》である。

だが松ヶ島への転封と知ったなら、病弱になった父賢秀《かたひで》や母のお玉がさぞ哀しむだろうと思い、家臣や領民の出迎えにもにこやかに応じることができなかった。

城門には冬姫が、二歳になった鶴千代《つるちよ》（後の秀行《ひでゆき》）を抱いて迎えに出ていた。お玉も侍女《じじょ》たちとともに後ろに並んでいたが、どうしたわけか父賢秀の姿がなかった。

「父上はご容体《ようだい》がすぐれぬのでしょうか」

病《やまい》で寝ついているのではないかと思った。

「そうではありません。こちらに」

お玉は先に立って奥御殿に案内した。

夏の花をかざった仏間には、「天英恵倫大徳」という戒名《かいみょう》が記された真新しい位牌《いはい》があった。

「殿は四月十七日にご他界なされました。忠三郎には知らせるなとご遺言なされましたので、こうして帰ってくるのを待っておりました」

尾張での戦が過酷《かこく》なものになると、賢秀はよく分っていた。それゆえ、余計な心労をかけまいとしたのである。

「父上……」

忠三郎は賢秀の配慮に感謝し、位牌に向かって手を合わせた。

転封を命じられたことを伝えて、これからのことを相談したいと思っていただけに、心の支えを失った痛手《いたで》は大きい。こうなってみて初めて、自分がどれほど父を頼りにしていたかが分った。

まるで暗夜に明りを失ったようである。だが今は父にかわって蒲生家を守らなければならないのだから、涙を見せるわけにはいかなかった。

「母上、実はこのたび」

忠三郎は後ろに向き直り、松ヶ島への転封が決まったと告げた。

「今の二倍の所領をいただきましたが、なれない土地ゆえ、ご苦労をかけることも多いことと思います。よろしくお願い申し上げる」

「引っ越しはいつですか」

お玉は毅然《きぜん》と背筋を伸ばしたままだった。

「十日のうちには出陣して、城を受け取るつもりです。まだ戦のさなかゆえ、母上方には領内が鎮《しず》まってからお出でいただきます」

「分りました。父上もさぞお喜びでございましょう」

お玉は位牌に手を合わせてから席を立ち、忠三郎と冬姫を二人きりにした。

「留守の間、何かと気苦労が多かったであろうな」

「いいえ。母上さまが、ご葬儀のことはすべて取り仕切って下さいました。わたくしはご指示に従ったばかりでございます」

冬姫はその時の様子をひとしきり話すと、姿勢を改めて転封の祝いをのべた。

「これもご精進《しょうじん》のたまものでございましょう。まことにおめでとうございます」

「伊勢はどうじゃ。好きになれそうか」

「津城には叔父上の信包さまがおられます。それにあなたの住まわれる所が、いつでもわたくしの家ですから」

冬姫は加増がよほど嬉《うれ》しいのか、さっそく信包に手紙を書くと張りきっていた。


六月十三日、忠三郎は二千の軍勢をひきいて松ヶ島城に入った。

本領は十二万石だが、亀山城の関一政や田丸《たまる》城の田丸具直《ともなお》らが寄騎《よりき》として付けられているので、彼らの所領を合わせれば十五万石になる。

南伊勢のほぼ全域を領する堂々たる大名の誕生だった。

ところが織田信雄や徳川家康との戦いは、まだ終わっていない。中でも伊勢は信雄の旧領なので敵対する者も多く、一瞬たりとも気を抜けない緊迫した状態がつづいていた。

忠三郎は松ヶ島城に入ると、さっそく城と城下の改修にかかった。三月《みつき》前の激戦で城下の大半は焼き払われ、城の塀や櫓《やぐら》も大きな損傷を受けている。まずこれを修理し、いつ敵に攻められても持ちこたえられるようにしておかなければならなかった。

次に九鬼《くき》水軍をひきいる九鬼嘉隆《よしたか》から兵船百艘《そう》を借り受け、伊勢湾ぞいの港から籠城百日に耐えられる兵糧米を買いつけた。

今はちょうど秋の収穫前で、日野城の兵糧も残り少なくなっている。しかも松ヶ島城の兵糧は敵に持ち去られ、新しい所領から年貢《ねんぐ》を徴収《ちょうしゅう》する体制もととのっていない。この時期を乗り切れるかどうかに事の成否がかかっていた。

数日後、高山右近から入封《にゅうほう》祝いがとどいた。銀百貫文《かんもん》と鉄砲二十挺《ちょう》である。今の忠三郎には、どちらも喉《のど》から手が出るほど欲しいものだった。

「かたじけない。今は何の礼もできぬが」

忠三郎は利休からゆずられた古瀬戸《こせと》の茶入れをたくそうとしたが、使者は受け取らなかった。

「返礼は無用とのことでございます。ただしお志あらば、この儀に応じていただきたいとおおせでございました」

使者が右近からの書状をさし出した。

イエズス会の印章が入った教会用の便箋《びんせん》に、角張った几帳面《きちょうめん》な字で次のように記されていた。

「先日お話し申し上げたとおり、イスパニアの脅威《きょうい》は現実のものとなりつつあります。この上は一日も早くローマ法王に使者を送り、イスパニア国王フェリーペⅡ世に日本との友好を保つように命じていただく必要があります。

この旨《むね》を秀吉公に伝えたところ、私に任せるという返答をいただきました。そこでオルガンチーノ師とも相談し、イエズス会の船を使って使節団をローマに送ることにしました。

ついてはご家臣のロルテスどのを、通訳兼案内人として同行させていただけないでしょうか。この機会に貴兄《きけい》からも使者を送られたなら、西洋の進んだ文物《ぶんぶつ》に直《じか》に触れることができるのではと存じます。

この用箋《ようせん》はオルガンチーノ師のものです。話が決まり心急《こころせ》くままにお便りしましたので、作法をわきまえぬ非礼をお許し下さい」

忠三郎はもう一度じっくりと読み直し、どうしたものか考え込んだ。

世界と交易するのは幼い頃からの夢である。秀吉も了解しているのだからいい機会だと思うものの、領国の経営も安定しないうちに大きな出費をすることはためらわれた。

「おそれながら、ご返答をお聞かせいただきたい」

「しばし、待たれよ」

忠三郎は使者を別室に下がらせ、ロルテスを呼んで意見を聞いた。

「ローマはワタシの故郷です。もう一度サン・ピエトロ寺院を見ることができるなら、これほど嬉しいことはありません」

故郷の景色を思い出したのか、ロルテスは青い目にうっすらと涙をうかべた。

「往復に何年かかる」

「四年あれば大丈夫でしょう。もちろん順調にいってのことですが」

「使節を送れば、学ぶべきことはあるか」

「山ほどあります。それは殿がよくご存知でございましょう」

「それは分っておる。だが今は、勉学のためだけに貴重な金を使うわけにはいかぬのだ」

「ローマには最新式の鉄砲があります。砲身を正確に削る機械も開発されたと聞きました。それを持ち帰れば、我々は日本一、いやアジア一の優秀な鉄砲を作れるようになるはずです」

「さようか。ならば急いで出国の仕度にかかってくれ」

忠三郎は右近の申し出を受け、ロルテスの他に十一人の使節団を送ることにした。

渡航中は経費の管理がもっとも重要である。そこで勘定方《かんじょうかた》の岩上伝右衛門《でんえもん》を団長とし、他は兵学、天文、地理、数学にすぐれた者の中から選ぶことにした。

この噂を聞いて日野屋次郎五郎《じろうごろう》が駆け込んできた。

「殿、水臭いやないか」

成人してからは殿と呼ぶようにしているが、なれなれしさは幼い頃のままだった。

「西洋人が世界中にはびこっとるのは、学問や武力のせいやおまへんで。商売が上手やからや。せっかくローマまで使いを送るんなら、商売の勉強をしてこな意味があらへんやろ」

自分が西洋の商売の仕方や経営のやり方を学んでくるので、ぜひとも使節団に加えてくれという。

「そしたらな、この伊勢を日本一の商人の国にしてみせます。任せときなはれ」

「さようか。ならば行ってもらうことにしよう」

忠三郎は数日のうちに使節団を編制し、ローマ法王へのみやげに黄金百枚を持たせて出発させた。

この事績《じせき》は今日では忘れ去られているが、明治十七年（一八八四）に外務省が発行した『外交志稿』には、

〈天正十二年六月蒲生氏郷其臣《うじさとそのしん》山科勝成岩上某《なにがし》（傳右衛門ト稱《しょう》ス）等十二名ヲ遣《つかわし》テ羅馬《ローマ》ニ聘《へい》ス〉

そう記されている。

忠三郎は松ヶ島への入封と同時に、夢に向かって大きな一歩を踏み出したのだった。

獅子王誕生

秀吉と家康の戦いは、決着がつかないまま幕引きとなった。

小牧《こまき》・長久手《ながくて》で大敗した秀吉は、織田信雄《のぶかつ》と和解することで家康を孤立させた。織田家のために戦うという大義名分を失った家康は矛《ほこ》をおさめざるを得なくなり、勝敗もつかず和議も結ばないまま、にらみ合いをつづけることになった。

その間に秀吉は、家康に身方《みかた》して大坂への侵攻を企《くわだ》てていた四国の長宗我部元親《ちょうそかべもとちか》を攻めた。

天正《てんしょう》十三年（一五八五）七月にこれをくだすと、翌月には武家の身で初めて関白《かんぱく》につく離れ技を演じ、朝廷の権威を背景にして、家康を政治的に封じ込めようとした。

蒲生《がもう》忠三郎賦秀《ちゅうざぶろうやすひで》が氏郷《うじさと》と名を改めたのは、それから一ヶ月後のことである。秀吉が関白になったので、秀の字を用いることをはばかったのだった。

新たな名は蒲生家の祖である俵藤太秀郷《たわらのとうたひでさと》にちなんだもので、家運の隆盛《りゅうせい》を招こうという気概《きがい》を込めている。秀吉の関白叙任《じょにん》にともなって従五位下《じゅごいのげ》に任じられ、飛騨守《ひだのかみ》の官名も与えられた。

三十歳になった忠三郎の新たな出発だった。

それからほどなく、秀吉は家康と同盟している佐々成政《さっさなりまさ》を討つために、越中《えっちゅう》富山に出陣した。氏郷も三千の兵をひきいてこれに従ったが、戦《いくさ》はあっけなく終わった。

かつて織田家随一の猛将とうたわれた成政も、関白となり十万の大軍をひきいた秀吉には抗すべくもなく、頭を丸めてわびを入れた。

これによって畿内近国に敵対する者はいなくなり、秀吉の天下統一の事業は大きく前進した。氏郷も秀吉の義兄として重んじられ、政権の中枢《ちゅうすう》で力を発揮できる地位を占《し》めている。

端《はた》からは順風満帆《じゅんぷうまんぱん》と見える立身だが、氏郷は心に大きな空虚をかかえていた。目前の戦がなくなり、平穏《へいおん》な日常がおとずれたとたん、気が抜けたように何もかもが空しくなったのである。

自分はいったい何のために戦ってきたのか。敵を殺し身方を死なせ、人とも思えぬ非情な采配《さいはい》をふるってきたのは、何のためだったのか。

そんな疑問にとらわれ、自分を見失っている。すると過去になした残虐《ざんぎゃく》な行為がひときわ無残《むざん》に思われて、己《おの》れの罪深さに慄然《りつぜん》とした。

中でも伊勢長島で一揆《いっき》勢が皆殺しにされた時の光景が、脳裡《のうり》に焼きついていた。槍で串刺しにされ、宙に突き上げられた子供たちが、お前は何をしてきたのだと日に日に問いかけてくる。

氏郷はその問いに答えられないまま悶々《もんもん》とした日をすごし、茶道《さどう》の師である千《せんの》利休《りきゅう》に相談してみることにした。

信長の一番の理解者だった利休なら、何か答えを与えてくれるかもしれない。そう思うと矢も楯《たて》もたまらず、大坂屋敷からただ一人で堺《さかい》に向かった。

堺は大坂湾に面した港湾都市である。古くから住吉大社《すみよしたいしゃ》の外港としてさかえたが、室町時代になると遣明船《けんみんせん》の発着所とされ、国際貿易港となった。

戦国時代にはポルトガル船がさかんに出入りするようになり、南蛮《なんばん》貿易の拠点として繁栄をきわめていた。

堀にかかった北橋をわたり、紀州《きしゅう》街道を真《ま》っ直《す》ぐ下ると、大小路《おおしょうじ》に行きあたる。堺を南北に分ける大通りで、これより北が摂津《せっつ》国、南が和泉《いずみ》国である。

大小路からさらに五町（五百メートル強）ほど下った所に、利休の屋敷があった。住吉大社の御旅所《おたびしょ》である宿院の門前で、堺でもっともにぎやかな所である。

秀吉の茶頭《さどう》である利休は、今や外交、内政、財政のすべての領域にかかわり、政権を左右するほどの力を持っている。だが屋敷は、魚屋《ととや》の主人だった頃と変わらぬ質素なものだ。

氏郷ははやる気持ちをおさえて訪《おとな》いを入れたが、利休は留守だった。

「いい竹があると聞いて、奈良に出かけております。明日の昼頃にはもどる予定ですが」

顔見知りの番頭が気の毒そうに頭を下げた。

「急に思い立ってきたのだ。また明日たずねると、宗匠《そうしょう》に伝えてくれ」

氏郷は港に出てみることにした。

大小路を西に歩くと、両側には豪商の大店《おおだな》が軒《のき》をつらねている。中でも盛んなのは、南蛮から輸入する生糸《きいと》、薬種《やくしゅ》、硝石《しょうせき》、鉛《なまり》などをあつかう店だった。

おりしも港にはポルトガルの船が入っている。全長はおよそ三十間《けん》（約五十メートル強）。三本マストの巨大なナウ船が、マカオ、長崎をへて堺にたどりついたのである。

商人たちの話によれば船の名前はサンタ・クルス号、船長はフランシスコ・パイスだという。ポルトガルはイスパニアに併合《へいごう》されているが、交易の自由は認められているようだった。

氏郷はサンタ・クルス号をながめながら、ロルテスや日野屋次郎五郎《じろうごろう》はどうしているだろうと思った。

ローマをめざして船出して、一年以上になる。予定ではすでにヨーロッパにたどりついているはずだが、それを確かめる手立てはなかった。

（世界への旅か）

氏郷は港をながめながら深いため息をついた。

幼い頃から抱《いだ》きつづけた夢だが、迷いに取りつかれているせいか、その情熱さえ色あせたように思えてきた。


翌日、氏郷は再び利休の屋敷に向かった。

空は秋晴れで、東に生駒《いこま》の山々が美しい稜線《りようせん》をみせているが、氏郷の心は沈み、足取りは昨日にまして重かった。

いかに宗匠とはいえ、こんなことまで打ち明けていいのかという迷いがある。信頼し尊敬しているだけに、無様《ぶざま》なところを見せたくなかった。

（蒲生飛騨守ともあろう者が……）

氏郷は心の内で自分を叱《しか》りつけ、このまま大坂屋敷にもどろうかと思った。

武士として生きるからには、戦いで敵を討ちはたすのは当たり前である。非情なせめぎ合いの中では、伊勢長島でのようなことも起こる。

そうした事態に動じることなく対処するために、氏郷は武術に打ち込み、もののふとしての生き方を磨《みが》き上げてきた。

今さらこんな弱さをさらけ出し、どうしたらいいかとたずねても、利休は困惑するばかりだろう。

そんな自問自答をくり返し、何度も足を止めて引き返しかけたが、まるで見えない力に引かれるように歩きつづけ、いつの間にか利休の屋敷の門前に立っていた。

「お待ち申しておりました。もどっておりますので」

昨日の番頭がひときわ気づかい、奥の居間に案内した。

利休は広げた布の上に座り、茶杓《ちゃしゃく》を削っていた。年老いて目が悪くなっているので、竹と小刀に顔をすりつけるようにして黙々と手を動かしていた。

「花入れにする竹をさがしに行ったが、気に入ったものに出会えなかった。そのかわり土に埋もれた古竹があってな。茶杓にできぬかと思ったのじゃ」

茶杓はふつう青竹で作る。茶会のたびに新調し、会が終われば捨てるものだが、利休は飴《あめ》色に変色した竹を用い、枯淡《こたん》の風合いを出そうとしていた。

「どうじゃ。削ってみるか」

そう言って細く切り割った竹と小刀を差し出した。

氏郷はそれを受け取り、利休とならんで削りはじめた。竹の節《ふし》を真ん中にし、櫂先《かいさき》の幅を大きめに取る。削り終えたら火にあぶって曲がりをつけるので、その時の姿を思い描きながら全体の形をととのえる。

根気と熟練が必要な仕事だが、氏郷は子供の頃から手先が器用である。しかも長年土に埋まっていた竹は繊維が熟していて、小刀で自在に削ることができた。

氏郷はいつしか作業に没頭し、心のもやもやを忘れ去っていた。そうしてすみきった心で自分に向き合ってみると、迷いの原因が次第に見えてきた。

きっかけは、佐々成政が秀吉に降伏する姿を見たことだった。織田家中でも随一の勇者といわれた成政が、頭を丸めて恥も外聞もなく土下座した。

氏郷が知っている成政は、こんな武将ではなかった。どんな不利な状況でも陣頭に立って戦い、敗れた時には自害して責任を取る。そんな壮気《そうき》と潔《いさぎよ》さに満ちた男だった。

ところが頭を丸めておめおめと降伏し、越中の新川《にいかわ》一郡を安堵《あんど》されたことを真顔《まがお》で喜んでいる。その姿を見ていると、自分が拠《よ》り所としてきた、もののふとしての生き方までがゆらぐような気がした。

しかし氏郷がこれほどの衝撃を受けたのは、実は成政のせいばかりではなかった。成政の姿に、今の自分の生き様をまざまざと見たのである。

信長が本能寺でたおれた後、氏郷は秀吉に従う道を選んだ。妹のとらを側室《そくしつ》に出してまで好《よしみ》を通じたのは、信長の志を継ぐ男は秀吉しかいないと思ったからだ。

だが日がたつにつれて、見込みちがいだったことがはっきりしてきた。

秀吉は信長の死を奇貨《きか》として天下を取ろうとしているだけで、そのためなら、どんな汚ないことも平然とやってのける。

清洲《きよす》会議で三法師《さんぽうし》を擁立《ようりつ》したのも、織田信孝《のぶたか》を挙兵させて死に追いやったのも、織田家をつぶそうと周到に計算した上でのことだった。

そんな秀吉にいつまでも従っていていいのかという疑問が迷いの根底にあり、自分の生き方への不信につながっている。それを直視することをさけているために、言いようのない自己嫌悪におちいっていたのだった。

氏郷はそのことに気づき、心がふっと軽くなるのを感じた。

「よう削れた。それでは今度は茶を点《た》ててくれぬか」

利休が下唇を横にひらき、にっと笑った。

何も語らずとも、氏郷の心の迷いを見抜いている。そして何も語らせないまま、茶杓を削らせることで心の靄《もや》を払ってくれたのだった。

その日のうちに、氏郷は大坂屋敷にもどった。

越中に引き連れていった軍勢の大半はすでに領国にもどっている。氏郷も一刻も早く松ヶ島《まつがしま》に帰城して国許《くにもと》の整備にあたりたかったが、越中の戦での論功行賞《ろんこうこうしょう》があるので大坂をはなれるわけにはいかなかった。

家臣たちの働きを秀吉の軍目付《いくさめつけ》に報告し、蒲生家全体の手柄を評価してもらうのである。事務的な仕事にあたるのは家臣たちだが、何か問題があった時には氏郷が出向いて説明しなければならないので、大坂で待機している必要があった。

氏郷は完成したばかりの大坂城の天守閣をながめながら、所在無い日をすごしていた。

秀吉が己れの力を天下に示すために築いた城は、信長の安土《あづち》城におとらぬ壮大なものである。だが秀吉のやり方に疑問を持ちはじめた氏郷には、金箔《きんぱく》をふんだんに使った城が野心と虚勢の象徴としか見えなかった。

利益も安全も相対的なものでしかない。秀吉はそれを保障することで天下に君臨しようとしているが、絶対的な価値観に照らせば、関白の位も巨大な城も泡沫《うたかた》のようにはかないものだ。

利休のおかげで、氏郷はそうした物の見方に立ち帰っている。それゆえ頭の芯《しん》をさいなむ迷いや苛立《いらだ》ちからは解放されたが、絶対的な心の拠り所を見つけるという課題は未解決のままだった。

これまで氏郷にとって、信長が絶対的な存在だった。時には信長のやり方に疑問を感じることはあっても、信長と共に理想を追い求めようという気持ちがゆらいだことは一度もなかった。

ところが信長を失い、秀吉では不足だと分った今では、自分の力で絶対的なものをつかみ取るしかない。そう考えた時に一番に思い出すのは、高槻《たかつき》城で信仰に殉《じゅん》じようとした高山右近《うこん》の姿だった。

右近は宣教師や信者を助けるために、所領や地位ばかりか我が身までも捨てようとした。それを目《ま》のあたりにした氏郷は、あんなふうに振舞えるなら自分も信仰を持ちたいと痛切に思ったものだ。

（右近どのをたずねてみよう）

氏郷は何日も迷った末にそう決意した。

右近の屋敷までは五町ほどしかはなれていない。越中での働きが認められて明石《あかし》六万石に転封《てんぽう》することになったので、引っ越しの準備であわただしくしているだろうが、栄転の祝いだといってたずねるにはちょうどいい。

先にもらった祝いの返しに鉄砲三十挺《ちょう》と銀二百貫文《かんもん》を用意し、和田三左衛門《さんざえもん》に警固の指揮をとらせて右近の屋敷に向かった。

「ずいぶんと奮発《ふんぱつ》なされたものでござるな」

三左衛門が荷車に積んだ品々をちらりと見やった。

「こちらは十二万石だ。これくらいの返礼は当然であろう」

「救いの道の師匠でもありますからな」

長年付き従ってきただけに、三左衛門は氏郷の胸中《きょうちゅう》を見抜いていた。

右近は接客中だったが、すぐに用事を切り上げて対面に応じた。

「ご芳志《ほうし》かたじけない。ありがたく頂戴いたしまする」

右近は相変わらず迷いのない、はつらつとした顔をしていた。

「ご覧のとおりの有様で、何のもてなしもできませぬが」

一服さし上げようと茶室に案内した。

氏郷は三左衛門を待たせて右近に従った。いかに信頼している家臣でも、胸の秘密をさらけ出すような話を聞かせたくなかった。

「なるほど。やはりお導《みちび》きがありましたか」

話を聞いた右近は、楽《らく》の赤茶碗に薄茶を点ててさし出した。

「導きとは、何でしょうか」

氏郷は心気をすまして茶を喫《きっ》し、飲み口を指でぬぐった。

「神はすべての者を見ておられます。それゆえ救いを求める者を導かれるのです」

「以前右近どのは、人は生まれながらに罪を背負っているとおおせられた。その罪は神を信仰することによって消えるものでしょうか」

「罪が消えるのではありません。神への信仰に身をゆだねた時、人は誰でも救われるのです。救われるゆえに、よりいっそう己れの罪深さを直視することができるのです」

「なぜ、信仰に身をゆだねただけで救われるのでしょうか」

「神の子イエス・キリストは、あらゆる罪業《ざいごう》をあがなうために十字架にかかって果てられました。その贖罪《しょくざい》のおかげで、神はすべての人をお許しになったのです」

「それでは信仰を持たない人間でも、許されているのでしょうか」

「イエスはそうだと教えておられます。しかし人は愚かな生き物ですから、常にそのことを意識していなければ、罪深いことや救われていることを忘れてしまいます」

だから我々のために十字架にかけられたイエスに感謝し、イエスの教えを胸に灯《とも》しつづけなければならない。そうして信じた教えを世の中に広めることが、信仰に生きることだという。

「イエスという方が神の子なら、どうして処刑されたのでしょうか。もし万能の神がおられるのなら、処刑される前に助けることができたはずです」

「イエスにもその理由が分りませんでした。それゆえ十字架にかけられた時、エリ、エリ、レマ、サバクタニ、我が神、我が神、なんぞ我を見捨て給《たま》いしと叫ばれました。しかし処刑の数日後、イエスは神のお力によって甦《よみがえ》ったのです。罪深き人間として死に、罪なき神の子として復活なされました。そうして自分の後につづくように、我々に教え諭《さと》しておられるのです」

語るにつれて右近の顔が神々《こうごう》しさをまし、目があやしいほどにすんでいった。氏郷はその姿に圧倒されながら、人の罪をあがなうために十字架にかかったイエスの生き方に、激しく心を動かされていた。

九月初め、氏郷は松ヶ島城にもどった。

入封《にゅうほう》して一年三ヶ月がすぎ、城と城下の整備もほぼ終わっている。戦火に荒れはてていた町も、ようやく十二万石の城下町らしい威容をととのえつつあった。

秋もたけなわで、農民たちが総出で稲刈りにはげんでいる。たわわに実った柿の木にメジロがとまり、のどかに鳴き交わしている。青くすんだ伊勢の海には、そろそろ三角波が立ちはじめていた。

氏郷は右近の言葉に従おうと意を決している。だが、いざ実行するとなると、さまざまな障害が立ちはだかっていた。

ひとつは神仏の問題である。蒲生家は代々綿向《わたむき》神社を氏神《うじがみ》としている。和歌に秀《ひい》でた家柄で、神道《しんとう》や朝廷に対する尊崇《そんすう》の念はひときわ強い。また浄土宗《じょうどしゅう》の檀家《だんか》であり、禅宗《ぜんしゅう》や浄土真宗《じょうどしんしゅう》の寺院とも良好な関係をたもっている。

ところがキリスト教に入信すれば、こうした関係をすべて断ち切ることになる。キリシタン大名の領国では、神道、仏教の行事を禁じ、神社、仏閣さえ破却《はきゃく》している所があるが、キリスト教の信仰に忠実であろうとすれば、氏郷も同じことをしなければならないのである。

それが大きな混乱と反発を招くことを、氏郷は手に取るように分っていた。人が代々心の拠り所としてきた信仰を捨てさせるのは、国中の田畑の土を入れかえるより難しい。重臣の中にも異《い》をとなえる者が続出し、家を真っ二つに割って争う事態になりかねなかった。

それに家族の問題もある。神仏の教えを捨てると言ったなら、慎《つつし》み深い仏教徒である母はどれほど嘆き哀しむことか。

（於冬《おふゆ》とて、賛成はするまい）

本能寺の変が起こってから、冬姫は神仏への帰依《きえ》を深めている。毎朝信長の位牌《いはい》に手を合わせているし、祥月命日《しょうつきめいにち》には供養《くよう》を欠かさない。

キリスト教に入信すれば、その心まで否定することになりかねないのである。

それやこれやを考え合わせるとなかなか踏ん切りがつかないが、心はゆらいでいなかった。

幼い頃から神仏の教えに触れてきたが、生きる指針とすることはできなかった。それを与えてくれたのはイエスへの信仰だけだという確信は、胸の中にしっかりと根を下ろしていた。

きっかけは九月下旬、領内の視察に出た時にやってきた。

和田三左衛門ら二十数騎を従えて領内をまわっていると、雲出川《くもず》の南の須ヶ崎にさしかかった。鈴鹿峠《すずか》をこえて松ヶ島に向かう道で、昨年六月に入封した時も二千の軍勢をひきいて通っている。

その時、ちょうどこの場所で、氏郷は馬廻《うままわ》り衆の福満次郎兵衛《ふくみつじろうびょうえ》を成敗《せいばい》した。

行軍中は立ち止まってはならないと厳命したにもかかわらず、次郎兵衛が列をはなれて馬の沓《くつ》を直そうとしたからだ。

沓がぬげたままでは馬が足を痛めると考えてのことで、命を取るほどの過失ではない。だが氏郷は軍規《ぐんき》を厳正に保つために、軍目付に命じて首を討たせたのだった。

須ヶ崎にさしかかると、その時のことをまざまざと思い出した。

一軍の将としては正しい処置を取ったつもりである。だが人として、まちがいはなかったのか。未来に希望を持つ若者の首をはねる権利が、はたしてお前にあったのか……。

氏郷はそうした考えにとらわれ、雷に打たれたように慄然とした。

自分にそんな権利はない。人の命を奪うことを許された者など、この地上には誰一人いない。頭ではなく、心でそう理解した。

それゆえいっそう己れの罪深さに胸をえぐられた。

「三左、これより大坂に向かう」

氏郷は手綱《たづな》を引いて馬首を転じた。

「右近さまの所でござるか」

三左衛門はいつものように主《あるじ》の気持ちを察していた。

「そうじゃ。狭き門より入ることにした」

そう決めたとたん、肚《はら》の底から歓喜がわき上がってきた。

これまで経験したことのない喜びに急《せ》き立てられ、氏郷は西に向かって馬を飛ばした。

大坂に着いたのは翌日の午後である。

幸い高山右近は屋敷にいて、抱きつかんばかりにして氏郷を迎えた。顔を見ただけで、何のために来たか分ったのだった。

「飛騨守どの、初めて会った時から、この日が来ると信じておりました。貴殿《きでん》は神に選ばれたお方なのです」

右近は側の者に湯屋の仕度を命じた。

伊勢から駆けつづけた氏郷は、体も着物もほこりだらけだった。

「キリシタンになるには、洗礼を受けなければならぬと聞きました。どうすればいいか教えていただきたい」

「手続きは簡単です。これから教会に行き、三つのことを誓っていただきます」

ひとつは自分が罪深い人間であると認めること。ひとつは神によって救われると信じること。そしてもうひとつは聖霊とともに生きることである。

それを誓って聖水に体をひたし、信仰者としての生活に入るのだという。

「ただし、ひとつだけ了解していただきたいことがあります。洗礼は神父がさずけられますが、その場には信仰の先達《せんだつ》が立ち会い、受洗者《じゆせんしや》が立派な信仰生活を送れるように指導にあたります。これを霊父と呼び、実の父と同じように従わなければなりません」

日本でも武士が元服《げんぷく》する時には烏帽子親《えぼしおや》を立て、実の親と同様の関係を結ぶ。それと同じで、霊父は受洗者に洗礼名をさずけ、神の世界において親子関係を結ぶのである。

それゆえ霊父を名づけ親（ゴッドファーザー）、受洗者は名づけ子（ゴッドサン）と呼ぶ。しかも名づけ子は、神に従うごとく名づけ親に従わなければならなかった。

「霊父の役はこの私が務めさせていただきますが、よろしいでしょうか」

「むろんです。入信する決心をしたのは右近どののお導きのおかげですから、何によらずご指導をお願いいたします」

「ならばまず、湯屋を使って下さい。神の社《やしろ》に外のほこりを持ち込まないほうがいいでしょうから」

「おそれながら、それがしも入信のお供をさせていただきたい」

三左衛門がぼそりと申し出た。

「三左、そちは信仰について学んでおるまい」

「確かにそうかもしれませぬが、殿のお考えは分っております。どこに行かれる時も、お供をさせていただきとうござる」

それに二人して右近の名づけ子になるのなら、これからは義兄弟ということになる。こんな嬉《うれ》しいことがあろうかと、三左衛門は強情に言い張った。

洗礼は天満《てんま》の教会でおこなわれた。

神父として立ち会ったのはオルガンチーノである。南蛮寺の図書館に通っていた頃からの顔なじみだった。

「飛騨守どの、三左衛門どの、あなた方を我が教会に迎えることができ、これに過ぐる喜びはありません」

オルガンチーノはおごそかな面持《おももち》ちで十字架をかかげ、三つの誓いを守れるかとたずねた。

二人がこれを誓うと、いよいよ洗礼の儀である。

今日《こんにち》では額に聖水をつける形式が多いようだが、もともと洗礼とはイエスがヨルダン川に身をひたした故事にならったもので、体ごと水に入るのが正式である。

冷たい水に頭までひたって外に出ると、体が急に熱くなり、新しい生活に踏み出したことをひときわ強く実感した。

「氏郷どの、洗礼名レオンをさずけます」

右近が名づけ親となって命名した。

レオンとは獅子《しし》、あるいは獅子王という意味である。「ローマのパパ」と慕われた法王レオI世に由来する名前だった。

「三左衛門どの、洗礼名シモンをさずけます」

これはイエスに忠実だった従者の名前だという。どこまでも氏郷と共にあるようにとの願いを込めた命名だった。

翌日、氏郷は大坂城二の丸の利休の屋敷をたずねた。

入信して新たな一歩を踏み出すことができたと報告し、祝福してもらいたかった。

利休の屋敷は堺の自宅と比べ、豪壮なものだった。大きな長屋門《ながやもん》ばかりか、関白となった秀吉を迎えるための御成門《おなりもん》もそなえている。

あたりをはらうような構えが、秀吉政権における利休の地位の高さを物語っていた。

利休は書院で茶碗に見入っていた。朝鮮から到来した井戸茶碗の良し悪しを見定めていたのだが、判断がつかないのか、厚い唇をへの字に引き結《あ》んでいた。

「そちはどう思う」

いきなり斬りつけるようにたずねた。

氏郷は手に取って拝見した。素焼《すや》きの茶碗で、明るい枇杷《びわ》色の地肌に白い釉《ゆう》が散っている。土の中の成分が高熱で溶けたものだが、それが巧《たく》まざる妙味となっていた。

「結構な品だと存じます」

「わしの面《つら》のようではないか」

口が大きすぎて締りがないと、利休がめずらしく冗談を言った。

「それゆえおおらかでゆったりとした風情《ふぜい》があると存じますが」

氏郷は茶碗を窓際においた。

外の光に照らされて枇杷色が明るさをまし、白い釉が躍《おど》っているように見えた。

「なるほど。関白殿下《でんか》もそちほどの目を持っておられると良いが」

この茶碗は秀吉に差し出すものなので、ひときわ気を使っているという。

しばらく茶碗談義をした後で、氏郷は右近の導きで入信したことを語った。

「レオンという洗礼名をいただきました。これからは右近どのの名づけ子でございます」

「さようか。心にゆるがぬものを持つのは結構なことじゃ」

そう言ったものの、利休はあまり喜んではいなかった。

「お気にかかることが、何かございましょうか」

「右近も古田織部《おりべ》も信仰を得て勁《つよ》くなった。イエスの教えにはそれだけの力があるのであろう」

だが他国の信仰ゆえ、この国の伝統と相容《あいい》れなくなる時がくるかもしれないと懸《け》念《ねん》しているという。

「しかし関白殿下も、コエリョどのに布教の自由をお許しになりました。その時、自分も入信したいとおおせられたそうでございます」

半年前、秀吉はイエズス会の副管区長であるコエリョに会い、布教の自由と身の安全を保障する教会保護状を出したばかりだった。

「あのお方は利によって動いておられる。利益になり利用できるうちはよい顔をなさるが、無用になれば容赦《ようしや》なく掌《てのひら》を返される」

利休は窓際の井戸茶碗をじっと見つめ、キリスト教がはらんでいる根本的な問題がふたつあると言った。

ひとつは神仏の教えを否定していることだ。

神道を否定することは天皇家と朝廷を否定することにつながるから、関白となった秀吉がいつまでもキリスト教を容認しておくはずがない。

もうひとつはキリシタンたちの強固な結束だった。

右近が言ったように名づけ子は名づけ親に服従しなければならないが、このようにして信者をふやしていけば、数人の名づけ親の指示によって数万、数十万の信者が動く組織ができあがる。

しかもその名づけ親たちは宣教師に従っているのだから、異教徒である秀吉を倒せと命じられたなら、決起せざるを得なくなる。

「その時はどうする。神に従うか、それとも関白どのか」

その問いに氏郷は答えられなかった。そうした懸念があるとは薄々感じていたが、突きつめて考えていなかった。

「神への信仰に生きる方々が、関白殿下を倒せとお命じになるでしょうか」

「それは分らぬ。だが宣教師たちが神道を敵視しているのは事実じゃ。あのお方が関白職欲しさに朝廷にすり寄られたために、世界と渡り合える国を作ることがずいぶん難しくなった。信長公のお志は、汚れた足で踏みにじられたのじゃ」

利休は秀吉のやり方を真っ向から批判した。

氏郷はその激しさに驚きながらも、利休も同じ危惧《きぐ》と不満を持っていたのかと、胸のつかえが下りる思いをしていた。

「やがてその足が、そなたや右近の上に踏みおろされるやもしれぬ。わしはそれを案じておる。この茶碗とて、信長公なら……」

利休はふいに突き上げてきた激情に言葉を詰まらせ、立ち上がりざま井戸茶碗を庭石に叩きつけた。

つややかな輝きを放っていた茶碗がこなごなにくだけ、細かな破片となって四方に飛び散っていく。それは利休や氏郷の不吉な未来を暗示しているかのようだった。

追放

天正《てんしょう》十四年（一五八六）十月二十六日、徳川家康が上洛《じょうらく》した。

小牧《こまき》・長久手《ながくて》の戦い以後、家康は秀吉に臣従することを拒《こば》みつづけていた。ところが秀吉が後陽成《ごようぜい》天皇の践祚《せんそ》を機に上洛を求め、実母の大政所《おおまんどころ》を人質《ひとじち》として岡崎に送ったために、求めに応じたのである。

家康はその日のうちに大坂をたずね、羽柴秀長《はしばひでなが》の屋敷に入った。秀吉はさっそく家康と対面し、上洛の労をねぎらうとともに、今後のことを打ち合わせた。

翌二十七日、家康は大坂城に登城し、諸大名の面前で秀吉に臣下の礼をとった。

「徳川三河守《みかわのかみ》、上洛大儀《たいぎ》である」

秀吉は関白《かんぱく》の威《い》をもって家康にのぞみ、両者の主従関係が確定した。

この場に氏郷《うじさと》も列席していた。

官位は従五位下《じゅごいのげ》に相当する侍従《じじゅう》。所領は十二万石だが、秀吉の義兄にあたるので上席を与えられ、かしこまって平伏する家康を間近で見ていた。

長久手の戦いに敗れながら、たくみな外交によって家康を臣従させた秀吉の手腕《しゅわん》はさすがである。今後は九州の島津《しまづ》、関東の北条《ほうじょう》をくだし、天下統一にむかって邁進《まいしん》していくだろう。

氏郷はそうした見通しを持ち、その中で自分がどう生きるべきか、はっきりと自覚していた。

他に抜きんでる手柄を立て、もっと大きな所領と高い地位を得て、秀吉を動かす発言力を持つことである。

そうする以外に秀吉を信長の理想に立ち返らせることはできないし、この国を西洋の国々と肩を並べる強国にする道はない。氏郷はそう考え、生涯のすべてをかけて挑みつづける決意をしたのだった。

キリスト教の信仰を得たことが、氏郷を大きく変えていた。

これまでは何のために生き、何のために死ぬのかと、自信を持って答えることができなかった。ところが今は神への信仰に身をゆだね、教えに従って生きると思い定めている。

それと同時に、死の恐怖からも解放されていた。

すべてを神の計らいにゆだね、進むべき道を歩きつづけるだけだ。そして命が尽きる日が来たなら、神の御許《みもと》に従容《しょうよう》としておもむけばよい。

信仰を深めるにつれて、そのことが理屈ではなく実感として分ってくる。そうなって初めて、氏郷は信仰のためにためらいなく命を捨てようとした宣教師や高山右近《うこん》の胸中《きょうちゅう》を理解できたのだった。

十一月一日、家康は京へ向かい、聚楽第《じゅらくだい》の屋敷に入った。五日には秀吉の計らいで正三位《しょうさんみ》に叙任《じょにん》された。

叙任の使者は、松ヶ島《まつがしま》侍従と呼ばれる氏郷がつとめた。

衣冠束帯《いかんそくたい》に身を包んで聚楽第の屋敷をたずね、叙位のおおせがあったので定められた刻限までに参内《さんだい》するように伝えた。

家康はうやうやしくおおせを受け、別室で酒肴《しゅこう》のもてなしをして氏郷の労をねぎらった。

「小牧の殿軍《しんがり》では見事なお働きをなされた。家中《かちゅう》の者に、目に焼きつけて後の手本とせよと申しつけておりまする」

家康は四十五歳になり、あごがくびれるほど太りはじめている。だが立《た》ち居振舞《いふるま》いに重みが出て、悠揚《ゆうよう》迫らぬ貫禄《かんろく》がそなわっていた。

「こたびのご上洛、まことに祝着《しゅうちゃく》に存じます。天下の安泰《あんたい》を計るためのご英断と拝察つかまつりました」

「ご践祚への供奉《ぐぶ》を拒めば、朝敵《ちょうてき》と見なされる。関白どのは相変わらず知恵者でござるよ」

「それも天下を統一し、西洋諸国におとらぬ国をきずき上げるためと存じまする」

「そうであれば良いが、朝廷の権威に頼った権力は長つづきせぬ。そのことは平家の例を見れば明らかゆえ、いかがなものかと案じておりまする」

家康は『吾妻鏡《あづまかがみ》』を座右《ざゆう》の書にしているほど、歴史に精通している。関白になり、朝廷の権威を利用して天下に君臨《くんりん》している秀吉の弱点を、いち早く見抜いていた。

践祚の儀も無事に終わり、後陽成天皇の御世《みよ》が始まって間もなく、高山右近から書状がとどいた。

バチカンのローマ法王に送っていた使節団が、先日肥前《ひぜん》の平戸《ひらど》に入港したポルトガル船で帰国した。一行は無事にローマ法王との謁見《えっけん》をはたし、帰路イエズス会の司祭《パードレ》九人、修道士《イルマン》一人をともなっている。ポルトガル海軍の司令官であるドミンゴス・モンテイロはこのまま平戸にとどまると言っているので、使節団は小西行長《ゆきなが》の軍船に便乗して堺《さかい》に向かう。

到着は今月二十日か、二十一日になるという。

「シモン、これを見よ」

氏郷は和田三左衛門《さんざえもん》を呼んで書状をわたした。

他の家臣の前では洗礼名を用いないようにしているが、二人きりの時はその限りではなかった。

「良うございました。二年と五ヶ月かかったわけでございますな」

三左衛門が指を折って月日の長さを数えた。

「ロルテスや次郎五郎《じろうごろう》は、かの国で何を見て、何を持ち帰ったであろうな。二人に会うのが待ち遠しくてならぬ」

氏郷は少年の頃から親しんだ地球儀で、ロルテスらの旅の跡をたどった。

堺から東シナ海を南西に向かい、マカオ、インドをへて南アフリカの喜望峰をまわってポルトガルのリスボンにいたる。そこから陸路か海路でローマまで行き、同じ道を逆にたどってもどってきたのだ。

日本という島国の尺度《しやくど》からは想像もつかない、長い旅だった。

十一月十九日、氏郷は三左衛門らを従えて堺に行き、港の近くのなじみの船宿に入った。

航海は天候に大きく左右されるので、予定どおり船がつくかどうか分らない。船が入ったという知らせを受けて大坂から駆けつけても良かったが、ロルテスらが港にもどって来るところを出迎え、航海の成功を祝福したかった。

翌日、明石《あかし》六万石の大名に立身した高山右近が、十数名の家臣を従えて船宿にたずねてきた。

「右近どの、お知らせをいただき、かたじけない」

氏郷は玄関先まで出て一行を迎えた。

「平戸から早船《はやぶね》で知らせがありましたので、一刻も早くお知らせしなければと思ったのです。使節団に加わっていただくようにすすめたのは、私ですから」

右近も使節団の成功に、ほっと胸をなでおろしていた。

「右近どののおかげで、夢のひとつが叶《かな》いました。この天気なら船が遅れることはないでしょう」

氏郷は港の向こうに広がる海と空をながめた。

冷え込みは厳しいが、空はからりと晴れて波もおだやかである。遠くに横たわる淡路島の陰からロルテスらを乗せた船が現われる様子が、目にうかぶようだった。

翌二十一日、待望の船がついた。銀の十字架を描いた旗をかかげた小西水軍の船が三隻《せき》、合図の太鼓《たいこ》を打ち鳴らしながら港に入った。

最初に降り立ったのは、高山右近が派遣した者たちだった。

これは秀吉の許可を得た正式の外交使節団で、ローマ法王にキリスト教の布教を認めることを告げ、西洋諸国の侵略から守ってくれるように求める役目をになっていた。

次にロルテスと岩上伝右衛門《いわがみでんえもん》ら、氏郷が派遣した十二人が降りてきた。

長身のロルテスはポルトガル風の軍服を着ている。伝右衛門らは出発した時と同じ袴《はかま》姿だった。

最後に日野屋次郎五郎が現われた。こちらは髪も服も西洋風にして、浅黒い顔をした異国の少年を従えていた。

「レオンさま、ただ今もどりました」

ロルテスは平戸の宣教師たちから、氏郷が洗礼を受けたことを聞いていた。

「無事で何よりじゃ。法王さまに会うことはできたか」

「お目にかかり、レオンさまの書状と進物《しんもつ》を献上いたしました。法王さまは大変お喜びになり、返礼として書物一巻を託されました」

ロルテスは木箱に入れて厳重に油紙を巻いた書物をさし出した。

「それから最新式の鉄砲三十挺《ちょう》と、砲身の内側を削り上げる機械を購入してまいりました。これらは木箱におさめたまま、松ヶ島へ送るべきかと存じます」

あまりに性能のいい鉄砲なので、入手したことを他家に知られてはならないというのである。砲身の内側を削る機械も、射撃の命中精度を上げるために欠かせないものだった。

「殿、わしもローマで商いの勉強をしてきましたで」

次郎五郎が長く伸ばした髪を得意気にかき上げた。

「ほう。どんな勉強じゃ」

「商いの帳簿のつけ方でんがな。イタリアには簿記《ぼき》という便利なもんがありましてな。銭の出し入れや経営の状態まで、一目で分りますんや」

これを城下の商人たちに教えたなら、伊勢商人は他国の商人を圧倒する経営能力を持つはずだ。次郎五郎は丸い目を輝かせて胸を張った。

外務省が編纂《へんさん》した『外交志稿』に、この使節団について記されていることはすでに述べたが、帰国の状況については、蒲生《がもう》家の子孫が保持していた『御《ご》祐筆《ゆうひつ》日記抄略《しょうりゃく》』にくわしく記されている。

〈山科羅久呂左衛門《ろくろざえもん》（ロルテス）、岩上伝右衛門ノ人々、同月廿《にじゅう》一日異国ヨリ罷《まか》リ帰リ、羅馬《ローマ》ノ大僧正《だいそうじょう》ヨリノ贈リモノ、即《すなわ》チ書一巻並《ならび》ニ購《あがな》ヒ取リ来《きた》リシ小銃三十ヲ進《シンゼ》ラセケレバ、氏郷卿《きょう》御喜悦《ごきえつ》斜メナラズ、羅久呂左衛門へ恩賞トシテ五百石御《ご》加増《かぞう》アリ〉

ここには次郎五郎が伝えたイタリア式簿記については記されていないが、傍証《ぼうしょう》とおぼしきものは残されている。

松坂《まつさか》の有力商人であった富山家は、日本最古の商業帳簿といわれる「足利帳《たしりちょう》」

を用いていた。寛永《かんえい》十八年（一六四一）からは「算用帳」と名をかえたこの帳簿は、今日の複式簿記の原型だと言われている。

これこそ、次郎五郎が伝えたイタリア式簿記の影響を受けて成立したものだった。

徳川家康を臣従させることに成功した秀吉は、十二月一日に九州征伐の動員令を発した。

畿内五ヶ国、北陸道五ヶ国、南海道六ヶ国、山陽山陰十六ヶ国から、総勢二十五万の兵を集め、九州の島津討伐に向かうことにした。

これだけの軍勢を動かすには、大量の兵糧《ひょうろう》、弾薬が必要になる。

そこで秀吉は石田三成《みつなり》、大谷吉継《よしつぐ》、長束正家《なつかまさいえ》を奉行とし、三十万人分の食糧と馬二万頭の飼料、それに大量の武器弾薬を調達させ、事前に大坂、堺、兵庫から下関《しものせき》に送らせることにした。

これまで兵糧や弾薬は自前で用意するのが戦国武将の習わしだったが、秀吉は国家の軍隊の創設をめざしてすべて支給することにした。これは天下統一の後に決行しようとしている大陸への出兵の際に、必要な物質を補給するための予行演習でもあった。

ちなみに秀吉は、この年三月に大坂城をたずねたイエズス会のガスパル・コエリヨに、明国《みん》を征服するために二千隻の船を建造中であると明言している。そしてコエリョに、充分に艤装《ぎそう》した二隻の大型船（軍艦）をイスパニアから買い取れるように斡旋《あっせん》してもらいたいと求めた。

その見返りとして、「シナを征服した暁《あかつき》には、その地のいたる所にキリシタンの教会を建てさせ、シナ人はことごとくキリシタンになるように命ずるであろう」と語っている。

これはその場で通訳をつとめたルイス・フロイスが『日本史』の中で記していることで、秀吉の明国出兵に、イエズス会やイスパニアが関与していることがはっきりとうかがえる。

信長はヴァリニャーノに明国出兵を迫られた時、下々《しもじも》の民《たみ》に負担をかけることはできぬと拒絶した。ところが秀吉は、貿易や軍需物資の調達の面で近年ますますイスパニアへの依存を強めているので、彼らの要求を拒めなかったのである。

明けて天正十五年（一五八七）正月、秀吉は九州征伐の軍団編制を発表した。一月二十五日には宇喜多秀家《うきたひでいえ》が一万余の軍勢をひきいて出陣し、五日おきに第二陣、第三陣が海陸両路で九州に向かった。

氏郷は羽柴秀長を大将とする第三陣に加わり、二月五日に大坂を発《た》った。秀吉が九州征伐に成功すれば、関東や奥州の大名たちは戦わずして下知《げち》に従う可能性が高い。それゆえこの戦《いくさ》が大きな手柄を立てる最後の機会になる。

氏郷はそう考え、ロルテスがローマから買いつけてきた三十挺の銃を先陣諸隊に分け与え、藁苞《わらづと》に包んで目立たぬように装備せよと命じていた。

これは敵方に知られることを避けるためばかりではない。今までとは比べものにならない威力を持つと知られれば、身方《みかた》の妬《ねた》みや嫉《そね》みを買う。中にはどさくさまぎれに奪い取ろうとする輩《やから》も出てくるだろうから、機密を保持することが絶対に必要だった。

三月二十五日、秀吉は総勢十六万余の本隊をひきいて下関に着き、九州攻めの軍議を開いた。

敵の主力は筑前《ちくぜん》の秋月種実《あきづきたねざね》と薩摩《さつま》の島津である。

そこで弟の秀長に十万の兵をさずけて九州東岸の道を日向《ひゅうが》に向かわせ、自身は秋月を討伐してから薩摩に攻め入ることにした。

氏郷は秀長の第三陣に加わっていたので、日向に向かう軍勢に組み込まれるところである。

だがそれでは秀吉の目の前で手柄を立てることができないので、秀吉勢の先陣をつとめる高山右近に頼んで本隊に入れてもらうことにした。

「関白さまに働きを認めていただき、右近どののように重用《ちょうよう》されるようになりたいと存じます」

これは己《おの》れの出世のためではなく、秀吉を動かすほどの発言力を持ちたいと願ってのことだ。右近はすぐにその真意を察し、秀吉に進言してみると請《う》け負った。

「ただし勝手の申し出をするからには、もっとも危険な場所に配されると覚悟しておかなければなりませんよ」

「望むところです。主《しゅ》の御心《みこころ》にかなうよう、最善をつくすつもりです」

三月二十八日、北九州の小倉《こくら》に入った秀吉は、豊前《ぶぜん》の行橋《ゆくはし》で秀長勢と分れ、長峡《ながお》川ぞいに筑前に向かった。

氏郷は右近の口添えによって本隊に移され、前田利長《としなが》がひきいる北陸勢と行動をともにすることになった。

翌二十九日、秀吉は馬ヶ岳《うまがたけ》城に入って軍議を開いた。

秋月種実は古処山《こしょさん》城を本城とし、田川郡、嘉徳《かとく》郡、朝倉郡、浮羽《うきは》郡に二十四の支城をきずいて備えを固めている。目前に立ちはだかるのは、豊前と筑前の国境を扼《やく》する岩石《がんじゃく》城だった。

名前のとおり岩山の山頂にきずかれた堅城《けんじょう》で、秋月勢三千が立てこもって迎え撃つ構えをとっている。指揮をとるのは、勇猛をもって聞こえた隈江越中守《くまええっちゅうのかみ》だった。

この城を攻め落とすか、それとも押さえの兵だけおいて先へ進むか。軍議が二つに割れて紛糾《ふんきゅう》した時、氏郷が口を開いた。

「九州征伐における最初の戦ゆえ、素通《すどお》りしたとあってはご威信《いしん》に関わりましょう。それがしに先陣をお申しつけいただきとう存じます」

「攻めるなら一日で城を落とし、我らの力を九州の田舎侍に見せつけねばならぬ。できるか」

秀吉が有無《うむ》を言わせぬ口調で迫った。

「お任せ下され。万一手間取ったなら、この首をさし上げておわびいたします」

「良かろう。ならば前田利長とともに先陣をつとめるがよい」

北陸勢は五千、氏郷の手勢は千五百である。籠城《ろうじょう》した敵を攻めるには三倍の軍勢が必要だと言われているが、氏郷は少しも案じていなかった。


岩石城は標高四百四十六メートルの岩石山にきずかれた山城で、数多くの巨岩が天然の要害をなしている。

山頂からは豊前の平野ばかりか周防灘《すおうなだ》まで見渡すことができる。南にのびる尾根の道は、日岳《ひのたけ》や英彦山《ひこさん》につながっていた。

攻め口は二つ。北東から尾根伝いに上がっていく大手と、西側の添田から上がる搦手《からめて》である。

大手の方が道がなだらかだが、城の手前には八畳岩、大砲岩、梵字岩《ぼんじいわ》、国見岩が立ちはだかり、大軍の進入をはばんでいる。

搦手は急坂を登らなければならないが、ふもとから山頂に向かって三本の尾根がつづいているので、兵を分けて攻め入れば手間取ることはなさそうだった。

氏郷は攻めにくい大手口を受け持ち、軍議を開いて攻略法を指示した。

「大手門の前には四つの岩がある。道の両側は切り立った崖《がけ》じゃ。敵はここに鉄砲隊を配し、一人ずつ仕留めようと待ち構えておる」

城の見取り図を示し、ここを正面から突破しようとすれば犠牲がふえるばかりだと言った。

「そこで三左衛門の手勢が背後にまわり込み、三の丸に攻めかかる。敵は退路を断《た》たれることを怖《おそ》れて城中に引き下がるであろう」

これで三の丸は容易に制圧できると見ていたが、問題はその先だった。

手柄を立てようと血気《けっき》にはやった将兵が城中に突入しようとすれば、多くの犠牲を出すことになる。九州征伐は緒《ちょ》についたばかりなのだから、無理攻めは何としても避けなければならなかった。

「三の丸まで進んだなら、いったん兵をまとめて指示を待て。大手、搦手を攻め破られたなら、敵は城を明け渡して本城の古処山に退去しようとするはずじゃ」

この命令を徹底させるために先陣を四隊に分け、
左の一番上坂左文《こうさかさもん》、左の二番本多三弥《さんや》、
右の一番谷崎忠右衛門《ちゆうえもん》、右の二番横山喜内《きない》
これぞと見込んだ武者たちを軍奉行《いくさ》に任じて統制にあたらせた。

「この戦は勝敗や所領を争うものではない。関白殿下《でんか》の威光を知らしめ、命《めい》に服させるためのものじゃ。身方にも敵にも無用の犠牲を出してはならぬ」

合戦は四月一日の卯《う》の刻（午前六時）から始まった。

夜明け前に持ち場についた蒲生、前田勢は、三発の銃声を合図にいっせいに攻めかかった。

案の定《じよう》、大手口では秋月勢が四つの岩を楯《たて》に取り、尾根の道を進んでくる蒲生勢を狙い撃とうとする。先陣の者たちは竹束でこれを防ぎ、最新式の鉄砲で応戦した。

敵の射程はおよそ一町（百メートル強）。こちらはその倍もあるのだから、敵の弾がとどかない所から痛撃《つうげき》を加えることができる。

秋月勢はその威力に圧倒され、国見岩の後ろまで退却して防戦せざるを得なくなった。

「無理押しするな。もうすぐ三左らが三の丸にまわりこむ」

氏郷は前線の間近まで出て指示を出した。

巳《み》の刻（午前十時）を過ぎた頃、三左衛門がひきいる甲賀《こうか》の鉄砲隊が三の丸に攻め込んだ。尾根の東側の水の手口から攻め上がり、国見岩を楯にしていた敵の背後から銃撃を加えた。

鉄砲三左に鍛《きた》え抜かれた甲賀衆の射撃は、残酷なほど正確である。

しかも銃の威力は圧倒的なのだから、秋月勢はたちまち恐慌《きようこう》をきたし、犬走りと呼ばれる細い道をたどって本丸まで退却した。

これを見た先陣四隊は一気に三の丸まで進んだが、氏郷の命令を守ろうとはしなかった。

左の二番の本多三弥が、敗走する敵に付け入ろうと二の丸の城門に駆け入り、槍や刀をふるって白兵戦におよんだ。

他の者たちもこれに負けじと二の丸まで攻め入り、城内に火を放った。

搦手口から迫っていた前田勢も一気に二の丸に突入し、両軍一丸となって本丸にこもっていた敵を討ち取った。

〈討取ル所ノ首四百余級、秀吉公ニ献ズ〉

史書にはそう記《しる》されている。

難攻不落といわれた岩石城を、わずか一日で攻め落とす大手柄である。

赤村の杵原山《ゆすはらやま》で戦況をながめていた秀吉は、戦勝の報告に来た氏郷に自分の陣羽《じんば》織《おり》を与えたばかりか、一番乗りした家臣たちに手ずから銭を与えて働きを賞した。

緒戦での圧勝はそれほど意義のあることだが、氏郷は軍奉行たちの命令違反をとがめた。

「わしは三の丸を攻め落としたなら、その場で指示を待てと命じた。功名心《こうみようしん》にかられて勝手をするとは何事じゃ」

烈火《れつか》のごとく叱《しか》りつけ、勘当《かんどう》や閉門《へいもん》を申しつけた。

自分の考えを家中に徹底させ、一糸《いつし》乱れぬ動きをさせなければ、充分な働きはできない。すぐれた鉄砲を持てば持つほど、そのことが骨身にしみて分ったのだった。

岩石城での圧勝は、秀吉軍の強さを九州全土の武将たちに知らしめた。

中でも氏郷勢がもちいた鉄砲の威力は強烈で、山城に立てこもっても防げないと思い知らせるのに充分だった。

「秀吉勢は化け物のような鉄砲を備えておると申すか」

報告を受けた秋月種実は震え上がり、四月四日には頭を丸めて降伏を申し出た。

自ら秀吉の本陣をたずね、家宝の楢柴肩衝《ならしばかたつき》の茶入れを献上して許しを乞うた。

この噂はたちまち四方に広がり、態度を決めかねていた筑後《ちくご》や肥後《ひご》、肥前《ひぜん》の大名たちが相次いで秀吉の軍門にくだった。

もはや島津は孤立無援である。

秀吉は破竹《はちく》の勢いで薩摩の川内《せんだい》まで進撃し、鹿児島に攻め込む構えを取った。

豊前から日向に向かった秀長勢も、四月十八日に根白坂《ねじろざか》の戦いで島津勢に圧勝し、彼我《ひが》の力の差を見せつけた。

もはやこれまでと観念した島津義久《よしひさ》は、秋月種実にならって頭を丸め、川内の太平寺《たいへいじ》にいた秀吉に投降を申し出た。

秀吉は勝者の余裕を見せてこれを許し、筑前箱崎《はこざき》にもどって九州国分《くにわけ》をおこなった。

その主なものは次のとおりである。
一、筑前一国と筑後二郡は小早川隆景《こばやかわたかかげ》。
一、豊後一国は大友義統《よしむね》（宗麟《そうりん》の嫡男《ちゃくなん》）。
一、薩摩、大隅《おおすみ》両国は島津義久、義弘《よしひろ》。
一、肥後一国は佐々成政《さっさなりまさ》。
一、肥前一国は龍造寺政家《りゅうぞうじまさいえ》（隆信《たかのぶ》の嫡男）。
一、豊前の三分の二は黒田孝高《よしたか》、三分の一は毛利勝信《もうりかつのぶ》。
また、石田三成、小西行長らを奉行として戦火で荒れはてた博多の町の復興に着手したが、これは大陸への出兵の際に兵站《へいたん》基地とするための布石《ふせき》だった。

氏郷らは筥崎宮《はこざきぐう》を本陣とした秀吉の警固にあたったが、もはや敵対する者はいない。久々にのんびりとした日を過ごし、知り合いの武将らと茶会や歌会を楽しんでいた。

不穏《ふおん》な空気がただよい始めたのは、六月十五日になってからである。

秀吉の本陣にイエズス会の宣教師らが呼びつけられ、緊張した顔をして立ち去っていく。それが二、三度くり返され、小西行長や高山右近までが秀吉に詰問《きつもん》を受けたという噂が伝わってきた。

（あるいはキリシタンにかかわることかもしれぬ）

氏郷は不吉な胸さわぎを覚え、右近の陣所に三左衛門を走らせて様子をうかがわせた。

ところが陣所はぴたりと閉ざされ、人の出入りを禁じているという。どうしたことかと案じていると、六月十七日の夜半に右近が人目をさけてたずねてきた。

「時間がありません。この場で話をさせていただきたい」

右近は宿所の入口に立ったまま人払いを求めた。

氏郷は三左衛門に命じて家臣たちを外に出し、入口の戸を固く閉ざした。

「関白さまから詰問があったと聞いて案じておりました。何か不都合でも生じたのでしょうか」

「キリシタン禁令を出すとおおせです。私にも信仰を捨てなければ所領を没収すると迫っておられます」

「なぜ急に……。ローマ法王から好《よしみ》を通じるという書状を受け取られたばかりではありませんか」

「詳しいことは分りません。イエズス会がどれほど有害か、九州に来てよく分ったとおおせですが、本当の狙いは別にあるようです」

「朝廷からの圧力でしょうか」

「それも分りません。ただひとつ言えるのは、私には地上の栄華を守るために天上の教えを捨てることはできないということです」

「それでは明石六万石を」

「それればかりか、命を断たれるかもしれません。しかし他のキリシタンのためにも、イエスと同じ道を歩くことができる者がいると示さなければならないのです」

右近にはまったく迷いがない。氏郷はその強さに打たれながら、自分も同じ道を歩こうと決意していた。

右近はその思いを察したらしく、

「されどレオンどの、あなたには関白さまの側《そば》にとどまっていただきたい」

先回りして忠告した。

「どうしてです。私も洗礼を受け、信仰に生きると誓ったのですよ」

「この国のキリシタンを守るためです。私は信仰に殉《じゅん》じることで信者の心を支えます。あなたは信仰を伏せて現世の力を持ちつづけて下さい。それが七十万人におよぶ信者を守るために必要なのです」

右近が処刑されたなら、後を託せる有力者は黒田孝高（シメオン）と小西行長（アゴスチノ）だけである。この二人と力を合わせ、信者を導いてほしいという。

「しかし、関白さまがそれをお許しになるでしょうか」

「南蛮《なんばん》との交易が止まれば、政権を維持できなくなります。交易の仲介《ちゅうかい》をしているのはイエズス会やイスパニアなのですから、一時の激情にかられて禁令を出されたとしても、やがてゆるやかになっていくはずです」

右近はそう見通し、再起のために力をたくわえておいてほしいと頼みに来たのだった。

翌十八日、秀吉は十一ヶ条からなる朱印状《しゅいんじょう》を発し、キリシタン宗門についての掟《おきて》を定めた。

その狙いは、二百町《ちょう》以上の所領を持つ者がキリシタンになる場合には公儀《こうぎ》（豊臣政権）の許可を受けるように求めたことと、領民に改宗を強要してはならないと定めたことに現われている。

　これまで秀吉はキリシタンの布教に対して寛容《かんよう》だったが、規制を強化する姿勢をはっきりと打ち出したのである。

　しかも十九日になると態度をいっそう硬化させ、五ヶ条からなるバテレン追放令を発した。

　その第一条には「日本は神国たるところ、キリシタン国より邪法を授け候儀《そうろうぎ》、はなはだもって然《しか》るべからず候こと」と記し、キリスト教の布教を明確に禁じている。第二条ではバテレンたちが信者に神社仏閣を破却《はきゃく》させていることを糾弾《きゅうだん》し、第三条ではバテレンは二十日以内に国外に退去せよと命じている。

　しかも秀吉は諸大名を本陣に集め、

「バテレンたちがこの国の征服を企《くわだ》てていることが明らかになったゆえ、容赦《ようしゃ》せぬことにした」

　そう明言し、禁教令に従わぬ高山右近を追放すると発表したのである。

「キリシタンとなった大名や信徒は、バテレンどもに徹底的に服従するように教えられておる。余《よ》に対して反逆するように命じられたなら、ことごとく従うであろう。それゆえ余は、バテレンどもを追放しなければならぬと決意したのだ」

　散会を許されると、氏郷は真《ま》っ直《す》ぐ陣屋にもどった。

高山右近をたずねて今後のことを話し合いたかったが、右近の陣屋は秀吉の配下が厳重に封じているので、近づくことさえできなかった。

氏郷は動揺を気取られまいと、表情を消して歩いた。いつかこんな事が起こるのではないかと危惧《きぐ》していたが、バテレンすべてを追放するとは、予想をはるかに超えた厳しい措置《そち》だった。

「殿、いかがでございましたか」

三左衛門が案じ顔で出迎えた。

「バテレンさまたちに追放令が出された。二十日以内に日本を出るようにとのおおせじゃ」

「ジュストどのは」

「領地召し上げの上で追放じゃ。どなたに預けられるか、まだ分らぬ」

氏郷は宿所にこもり、これからどうするべきか考え抜いた。首にかけたロザリオを握りしめると、怒りと無念に涙をおさえることができなかった。

夕方になって秀吉から呼び出しがあった。

何を言われるかと気を張り詰めて本陣をたずねると、にわか作りの数奇屋《すきや》に案内された。

千利休《せんのりきゅう》が手がけたと一目で分る二畳台目《にじょうだいめ》の茶室で、内も外も侘《わ》びた風情《ふぜい》にととのえてある。それだけで気持ちが落ちつき、気負いなく秀吉の前に出ることができた。

「岩石城での働き、見事であった。まだ褒美《ほうび》も取らせておらぬゆえ、茶など馳走《ちそう》しようと思うてな」

秀吉は自ら点前《てまえ》をつとめた。茶入れは、秋月種実が降伏の際に献上した楢柴肩衝だった。

「それから羽柴の姓を与えたい。もろうてくれような」

点前をつづけながらさりげなくたずねた。

バテレンではなく自分に忠誠を誓えという意味である。しかも改姓すれば、そのことが誰の目にも明らかになる。それがどれほど大きな影響を他の大名に与えるかを、計算しつくした上での申し出だった。

「身にあまるお計らい、かたじけなく存じます」

氏郷は深々と平伏し、その前に伺《うかが》いたいことがあると言った。

「バテレンどものことか」

「殿下はこの先、キリシタンの信仰を禁じようとお考えでしょうか」

「案ずるな。公儀の許可を得よと命じておるだけだ」

「ならばバテレン追放令も、やわらげることがあるということですね」

「政《まつりごと》とはそういうものだ。余とて世界の情勢が分らぬほど愚かではない」

秀吉は薄茶《うすちゃ》を濃い目に点《た》てて差し出し、今度の追放令はイエズス会やイスパニアとの駆け引きだと明かした。

「イエズス会のバテレンらは、余が明国に兵を出すなら、イスパニアから二隻の軍艦を買いつけられるようにすると約束した。そこで余は平戸に滞在中の総司令官《カピタン・モール》を呼びつけ、約束を実行するように迫った。そちもあやつのことは存じておろう」

「ポルトガル海軍の司令官だと聞いております」

ローマ法王への使節団を、平戸まで送りとどけてくれた男である。名前はドミンゴス・モンテイロだが、カピタン・モールと呼ばれていた。

「そうよ。そのカピタンに早々に軍艦を引き渡せと迫ったが、そのような話は聞いておらぬと断わりおった」

秀吉は激怒し、イエズス会の副管区長であるコエリョに事の真相を確かめた。

するとコエリョは、「軍艦の譲渡《じょうと》についてはマニラのイスパニア総督府の許可を得てあったのに、なぜカピタンが急に拒否すると言い出したのか分らない」と言うばかりだった。

交渉が進まないことに業《ごう》を煮やした秀吉は、バテレン追放令を発して二十日以内に約束を実行せよと迫ったのである。

「あやつらの軍艦の力は数万の兵に匹敵《ひってき》する。交易路を確保するためにも、明国と戦うためにも、絶対に必要なのだ」

「それではイエズス会が約束をはたしたなら、追放令も解かれるのでしょうか」

「これから大陸に兵を出すのじゃ。硝石《しょうせき》や鉛《なまり》が山ほど必要になる。南蛮人どもと交易をつづけねばどうにもなるまい。その時に役に立つのは、そちや右近のように西洋の事情に通じた者たちなのだ」

　やがてイエズス会やイスパニアとの交渉役に任じるゆえ、心しておくがよい。秀吉はそう言って二服目の仕度にかかった。

「承知いたしました。そのような御意《ぎょい》であれば、どのようなご用もつとめさせていただきます」

　氏郷は点前に急《せ》かされるように茶を口にした。

　秀吉は信仰の何たるかを分っていないし、信長のように日本を世界に通用する国にするという理想も持っていない。持ち前のしたたかさを発揮してまわりを利用し、自分の権力を維持しようとしているだけだ。

　そう思うと上質の抹茶がひどく苦《にが》く感じられる。だが今はこの茶を平然と飲み干し、改姓に応じて忠誠を誓わなければ、秀吉の信頼をかち得ることはできないのだった。

十楽《じゅうらく》の地

九州征伐から三ヶ月後の天正《てんしょう》十五年（一五八七）九月十三日、豊臣秀吉は大坂城から京の聚楽第《じゅらくだい》に移った。

楽を聚《あつ》めると命名されたこの館は、関白《かんぱく》の居館にするために秀吉が大内裏《だいだいり》があった内野《うちの》にきずいたものだ。

大内裏が焼失して数百年の間、朝廷はいつの日か復興できるようにこの地を空地のままにしてきたが、秀吉はその方針を無視して聚楽第の建築にふみきったのである。

この日、秀吉は生母の大政所《おおまんどころ》や正室《せいしつ》の北政所《きたのまんどころ》とともに輿《こし》をつらねて移徙《わたまし》をおこない、沿道には数万人が見物に集まった。

氏郷《うじさと》もこれに従い、冬姫や嫡男《ちゃくなん》鶴《つる》千代《ちよ》とともに南二の丸の屋敷に入った。

聚楽第の中に屋敷を与えられたのは、氏郷の他に秀吉の弟秀長《ひでなが》、養子秀次《ひでつぐ》、同じく秀勝《ひでかつ》、そして秀吉の盟友である前田利家《としいえ》だけである。秀吉は義兄にあたる氏郷を一門衆と同格にあつかい、政権の中枢《ちゅうすう》にすえるつもりであることを、こうした計らいによって示したのだった。

翌年四月十四日、秀吉は聚楽第に後陽成《ごようぜい》天皇の行幸《ぎょうこう》をあおいだ。帝《みかど》は女房衆や公家《くげ》衆を従え、秀吉が配した六千の兵に警固されて聚楽第にお入りになった。

この翌日、秀吉は帝の御前《ごぜん》に諸大名を集め、秀吉の申しつけに従うと明記した誓《せい》書《しょ》を出させた。朝廷の権威を利用して天下に号令しようと目論《もくろ》む秀吉の戦略が、名実ともに完成した瞬間だった。

氏郷も松ヶ島侍従《まつがしまじじゅう》として帝の行列に供奉《ぐぶ》し、歌会にも出席を許された。都に聞こえた和歌の家に育った氏郷は、こうした場所では他に抜きんでた存在感を発揮する。

この時詠《よ》んだのは、

あふぐ代《よ》の人の心の種とてや
千年《ちとせ》を契《ちぎ》る松の言葉《ことのは》

という帝に忠誠を誓う一首である。

松は時がうつろっても変わらぬものを象徴していると同時に、松ヶ島侍従である自分のことを表わしていた。

歌を賞された帝は、氏郷を正五位下左近衛少将《しょうごいのげさこんえのしょうしょう》に任じられた。後に松坂《まつさか》少将と呼ばれたのは、この官位にちなんだものである。

帝は五日間ご滞在になり、黄金の茶室での茶会や秀吉自らがシテをつとめる能会を楽しみ、四月十八日に内裏におもどりになった。

氏郷は秀吉が開いた慰労《いろう》の茶会に出た後、南二の丸の屋敷にもどった。

「殿、国許《くにもと》より書状が参っております」

和田三左衛門《さんざえもん》が報告した。

書状は重臣たちからのもので、新城の普請《ふしん》がとどこおっているので、手が空き次第帰国してほしいと記されていた。

「この先の予定は？」

「明日は毛利《もうり》どのの能会、明後日は細川どのの茶会に招かれております」

「二つとも断わってくれ。明朝伊勢に向かうゆえ、供揃えを頼む」

こうした手配は、三左衛門に任せておけば心配はない。問題は聚楽第に移って以来、外出もままならずにふさぎ込んでいる冬姫を、どうなだめるかだった。

九州征伐からもどってからも、氏郷は所用に追われて外出することが多い。帝の行幸さえ終わればゆっくりできると話していたので、明日帰国すると告げるのはさすがに気が重かった。

氏郷は帝からたまわった扇を持って、奥御殿をたずねた。

冬姫は四歳になった鶴千代に文字を教えていた。後ろから鶴千代の手を取り、一緒に筆を運んでいた。

「これはご下賜《かし》の品だ。そなたが持っておくがよい」

氏郷はさりげなく扇を渡し、手習いの進み具合はどうだとたずねた。

「なかなか覚えきれませんが、文字を書くのは好きなようです」

これは一人で書いたのだと、冬姫が三枚の紙をならべた。ひらがな文字だが、何と書いてあるのか分らなかった。

「さくらとうめとつばきです。父上」

鶴千代がそう言って、氏郷をうかがうように見上げた。

本当は甘えたい年頃なのに、いつも留守にしている父親に打ち解けることができずにいた。

「そうか。よく書けたな」

氏郷は鶴千代を抱き上げ、国許から知らせがあったので明日発《た》つことにしたと告げた。

「そう。お忙しいのですね」

冬姫は急に沈んだ顔になり、これではいつ都見物に連れていってもらえるか分らないと嘆いた。

「城外には出られないが、物見櫓《ものみやぐら》に上がってみるが良い。洛中《らくちゆう》の様子が一目で見渡せる」

「これでは籠《かご》の鳥も同じです。どこへも行けず常に見張られている。あの足軽《あしがる》上がりに、このようなあつかいを受けるとは思ってもおりませんでした」

「めったなことを申すな。お義父上《ちちうえ》がご存命の頃とは事情がちがうのだ」

それゆえ氏郷は、本心も信仰も伏せて秀吉のもとで立身出世をとげようとしている。それは亡き信長の理想を実現するためだが、他にもれることを防ぐために、冬姫にさえ打ち明けてはいなかった。

「わたくしも伊勢に帰り、なつかしい海をながめとうございます。鶴千代と二人、連れていって下されませ」

氏郷もそうしたいが、秀吉が諸大名の妻子は洛中にとどめよと命じている。

それが分っているのに勝手なことを申すなと言いたかったが、冬姫の気持ちを思えば、叱《しか》りつけるのも不憫《ふびん》である。

何とも答えようがなく、立ち往生したように言葉を呑《の》み込んだ。

「ちょっと言ってみただけです。そんなことは思っていませんから、国許で存分に腕をふるってきて下さい」

冬姫は諦《あきら》めたように笑うと、鶴千代の手を取って手習いをつづけた。


翌朝早く氏郷主従は聚楽第を発ち、東海道を東に向かった。

野山は新緑の時季で、ほととぎすがのどかに鳴き交わしている。空もからりと晴れわたり、吹く風は野の香りに満ちていた。

日野で育った氏郷には、なつかしい香りである。まるで生き返る心地《ここち》がして、胸いっぱいに大きく息を吸い込んだ。

「都でのお暮らしが、よほど気詰りなようでございますな」

横で馬を進める三左衛門がからかうように言った。

「真実《まこと》の自分には、なれぬ場所じゃ。心地よいはずがあるまい」

そう感じているだけに、領国に向かう解放感は格別だった。

その夜は土山宿《つちやましゅく》に泊まり、翌日の正午過ぎに松ヶ島城に入った。

城は三年前の地震の被害を受けて荒れはてていた。数ヶ所の石垣がくずれ落ち、多聞櫓《たもんやぐら》が傾いたまま放置されている。門も長屋も倒壊《とうかい》し、天守閣だけがかろうじて元の姿を保っていた。

松ヶ島は三渡川《みわたり》と坂内川《さかない》の堆積土《たいせきど》が作った中洲なので地盤が弱い。地震によって地下の液状化がおこったために、甚大《じんだい》な被害を受けた。

もっとも深刻な被害は、港が土砂に埋まって使えなくなったことだ。これによって伊勢湾海運の拠点とするためにきずかれた松ヶ島城は、命脈を断たれたも同じだった。

そこで氏郷は城を内陸部の四五百《よいほ》の森に移すことにした。

ここなら地盤の固い高台だし、戦略的に見てもすぐれている。古くからの港である金剛《こんごう》川河口の港を外港にすることもできた。

城は氏郷が自ら縄張りをして、二年前から普請にかかっていた。名前も綿向《わたむき》神社の若松や松ヶ島にちなんで、松坂と決めていた。

城には重臣たちはいなかった。

全員、普請現場に出て指揮にあたっているという。

「今日もどると、知らせておいたではないか」

呼びもどしておいて迎えにも出ぬとは何事だと三左衛門が腹を立てたが、これは氏郷が作り上げた蒲生《がもう》家の闊達《かったつ》な家風ゆえである。城の普請を急ぐことが最優先なのだから、主従の礼を後回しにするのはやむを得ないことだった。

新城は松ヶ島から半里（二キロ）ほど南にあった。まわりの平地を三の丸にして外堀を配している。

四五百の森の高台を切り開いて本丸、二の丸をきずき、総構えで囲い込む工事を進めている。

この普請と同時に城の東側に城下町を配し、総構えで囲い込む工事を進めている。家臣領民、総出で作業にあたっても手が足りないほどだった。

氏郷らが普請場に着いても、誰も手を休める者はいない。普請奉行が合図の太鼓《たいこ》を鳴らすまでは、一糸《いっし》乱れぬ連携を取りながら黙々と働いていた。

一番の難工事は城の東側の高石垣である。

秀吉が仮想の敵と見なしている徳川家康が兵を挙げたなら、伊勢湾から上陸して大坂に向かおうとするにちがいない。それを防ぐために、本丸と二の丸の東側に二重の高石垣を配して、守りを固めることにしていた。

石垣はようやく半分ほど積み上がったばかりである。高台の狭い敷地にいくつもの曲輪《くるわ》を配する縄張りなので、作業の場所が取りにくく、予定より進行が遅れていた。

氏郷は普請奉行の町野左近将監繁仍《さこんのしょうげんしげより》を呼んで、進み具合をたずねた。

「ご覧のとおり領民すべてに夫役《ぶやく》を命じておりますが、先月は雨にもたたられましたゆえ、思うように進んでおりませぬ」

左近将監は戦場《いくさば》での采配《さいはい》に長《た》けた剛《ごう》の者だが、普請場で領民を指揮するのは難しいと弱音を吐いた。

「中には夫役に耐えかねて逃散《ちょうさん》する村もございます。それに普請が思いのほか長引いたせいで、金子《きんす》が底をつきかけております」

このままでは秋に年貢《ねんぐ》が入るまで、もちそうにないという。左近将監らが氏郷に至急もどってほしいと頼んだのは、この問題があったからだった。

「次郎五郎《じろうごろう》は何と申しておる」

築城費用の管理は、ローマで簿記《ぼき》を習得してきた日野屋次郎五郎に任せていた。

「あと二月《ふたつき》で貯えが尽きると申しております」

「分った。そちらは私が何とかするゆえ、普請を急いでくれ」

氏郷は現場をひと回りして家臣や領民を励まし、金策の相談をするために日野屋をたずねた。

次郎五郎はざんばらにした髪を長く伸ばしたままだった。

月代《さかやき》を剃《そ》り髷《まげ》を結う者が多い中では異形《いぎょう》の風体《ふうてい》だが、西洋帰りを誇示《こじ》するように髪形を改めようとしなかった。

伊勢に移ってからの次郎五郎の商売は順調だった。氏郷に命じられて米や塩の商いをするかたわら、日野に残った父親と協力して鉄砲の生産を手がけていた。ロルテスらとローマで買いつけてきた最新式の鉄砲がある。これを手本にして従来の日野鉄砲に改良を加え、国内ではもっとも性能のいい鉄砲を生産できるようになっていた。

「次は船や。伊勢で外洋を航海できる大型船を造って、南蛮《なんばん》貿易に乗り出していくんや」

次郎五郎は船の設計をロルテスに頼み、造船にまで手を付けようとしていたが、松坂城の築城が始まったために費用の捻出《ねんしゅつ》ができなくなっていた。

築城の経費負担は、日野屋の経営を圧迫するようになっている。商売を度外視してやりくりをつづけているためだが、次郎五郎は弱気なところをまったく見せなかった。

「殿が十楽《じゅうらく》の地をきずこうとして始められたことや。わしらができるだけのことをするんは当たり前です」

事もなげに言って氏郷を心配させまいとした。

十楽の地とは楽市楽座《らくいちらくざ》、ひいてはあらゆる民《たみ》の自由を保障する町だった。

「このままでは秋までもたぬと左近将監が申しておったが」

「そうでんな。何とかせな、もちまへん」

「何か手立てはあるか」

「一番儲《もう》かるのは南蛮から生糸《きいと》、硝石《しょうせき》、鉛《なまり》などを買いつけて国内で売りさばくことです」

次郎五郎はそれを狙って造船所を建設しようとしたのだが、儲けが出るようになるまでには、かなりの時間が必要だった。

「当家の貯えも底をついておる。急場をしのぐ手立てが必要なのだ」

「分っております。そやさかい南蛮貿易の権利を担保《たんぼ》にして、有力な商人《あきんど》から銭を借りたらどうかとお勧めしておりますんや」

「そのような条件で、応じてくれる者がいるだろうか」

「殿は伊勢半国の大名になられたんや。先の見える商人やったら、この話に賭《か》けてみようと思うのとちがいますやろか」

しかしそのためには、松坂城下に店の敷地を与えて、あらゆる便宜《べんぎ》をはかってやる必要があるという。

「分った。できるだけのことをするゆえ、応じてくれそうな商人に当たりをつけてくれ」

氏郷は幼い頃から日野商人の地元で育っている。商業政策がうまくいかなければ領国が保てないことは充分に分っていた。

半月ほどして、次郎五郎が交渉相手を見つけてきた。伊勢神宮に近い大湊《おおみなと》を拠点とする角屋《かどや》で、伊勢でも指折りの豪商だった。

「角屋といえば、徳川どのから諸役御免の朱印《しゅいん》を得ていると聞いたが」

「そうです。当主の七郎次郎《しちろうじろう》さまが、本能寺の変の時に家康公を助ける大手柄を立てはったそうやさかい」

いきさつは、こうである。

角屋七郎次郎は以前から徳川家や北条《ほうじょう》家への出入りを許され、関東と伊勢を船で結んで手広く商いをしていた。

本能寺の変が起こると、堺《さかい》にいた家康は難をさけるために伊賀を通って伊勢に逃れた。これを知った七郎次郎は、いち早く船をまわして家康を岡崎まで送り届けた。

家康はこの恩に報いるために、角屋に領内の港を利用する際の諸役を免除する朱印を与えたのだった。

「分った。そのように肚《はら》のすわった御仁《ごじん》なら頼み甲斐《がい》があろう」

三日後、氏郷は日野屋の船で大湊をたずねた。

大湊は伊勢神宮の外港で、諸国からの参詣客でにぎわっている。全国に散らばる神社の荘園から年貢が送られてくるので、古くから交易地として栄えていた。

角屋は大湊一の豪商で、参道に面した店には三《み》つ葉《ば》葵《あおい》の紋を高々とかかげている。これも家康から特別に使用を許されたものだった。

来意を告げると、すぐに七郎次郎が迎えに出た。

若い頃は自分で船をあやっていたというだけあって、肩幅の広いがっしりとした体つきをしている。日焼けしてあごが張った精悍《せいかん》な顔は、商人というより水軍の大将を思わせた。

「こちらが飛騨守《ひだのかみ》さまです。他に話がもれるといけませんよって」

こうして忍んで来たと、次郎五郎が二人を引き合わせた。

「ご足労《そくろう》をいただき、かたじけのうございます」

七郎次郎は腰を低くして氏郷らを茶室に案内し、さっそく商談にかかった。

「日野屋さんからお話はうかがいました。ご城下に移れば、南蛮貿易を任せていただけるそうでございますな」

「港の側にも敷地を与える。必要なだけ使ってもらいたい」

「して、いかほどご用立《ようだ》てすればいいのでございましょうか」

「二万貫《がん》（約二十億円）ほど用意してもらいたい」

「それは、とてつもない額でございますな」

蒲生家の所領は十二万石（年収約百二十億円）とはいえ、年貢収入はその半分。

氏郷が使えるのは四分の一の三万石ばかりである。

二万貫もの借金を抱《かか》えては返済がむずかしかろうと、七郎次郎は難色を示した。

「それゆえ南蛮貿易で利益を上げてもらいたい。いかようにも便宜をはかるし、当家がつづくかぎり、角屋には諸役をかけぬ。蒲生家を丸ごと買い取ると思えば、安いものではないか」

「その中には、飛騨守さまも入っておられましょうか」

「その方、無礼であろう」

三左衛門が色をなして詰め寄ったが、氏郷は笑って制した。

「私の夢が入っている。信長公がめざされた十楽の地を、この伊勢にきずこうではないか」

そう言って自ら描いた城下の絵図を示した。

七郎次郎はしばらく喰《く》い入るように見つめていたが、

「十楽の地は商人の夢でもございます。今日はよいご縁をいただきました」

晴れ晴れとした顔をして、銭はいつでも用立てると言った。

八月初め、松坂城の石垣普請がほぼ終わった。

四五百の森の高台に、本丸、二の丸の堅固な石垣群が出現したのである。

本丸には天守閣と五つの主要な櫓をきずき、まわりに多聞櫓をめぐらして、銃撃戦にそなえる予定である。

二の丸には広間や書院などをそなえた御殿をきずいて政庁とし、その外側の三の丸を家臣たちの屋敷地にする。

まだ曲輪と石垣の普請を終えたばかりだが、氏郷の目には、その上にそびえる城の威容《いよう》がはっきりと見えていた。

城下町の整備も着々と進んでいた。

町をきずく上で何より重要なのは交通の便である。そこで氏郷は、松ヶ島を通っていた伊勢への参宮《さんぐう》街道を西に付け替え、城下を貫通させた。

街道を中心として本町、中町、日野町、湊町など九つの町を配し、町の北を流れる坂内川に大橋をかけることにした。

この当時多くの大名は、戦になった場合にそなえて、川に橋をかけようとしなかった。

そうした方針は江戸幕府の交通政策にも引きつがれていくが、氏郷は城下町の繁栄のために、いち早く朱色の欄干《らんかん》を持つ華麗《かれい》な大橋をかけた。

また金剛川河口の港の拡張と整備を進め、五百石積みの大型船が着岸できるようにして、松坂港と名づけた。

これは伊勢湾海運の新たな拠点とすることをめざしたもので、港に面した一等地には、角屋七郎次郎が積荷を保管するための倉庫群をきずいた。

城下には松ヶ島や日野から商人たちを移住させることにしたが、氏郷はそれに先立って城内に移り住んだ。本丸に隅櫓《すみやぐら》を建てて仮住まいとし、城の作事《さくじ》と城下の工事の陣頭指揮をとった。

時は秋である。本丸東側の高石垣の上に建てた隅櫓からは、伊勢湾のかなたから昇る月が幻想的なばかりに美しく見える。

もともと四五百の森は宵《よい》の森と呼ばれ、月の名所として知られていた。堯孝《ぎようこう》法師も、

このころの月見るよいの森ならば
なお旅人の立《たち》やよらまし

と詠んでいる。

和歌に通じている氏郷はこの故事にちなみ、住まいにした隅櫓を月見櫓と名づけた。毎年この櫓で月見の歌会が開けるようにと念じての命名だった。

（ここに十楽の地をきずかねばならぬ）

氏郷は神が天地を創造した時のような気概《きがい》をもって、この事業にのぞんでいた。

町の整備の次には、運営するための法令が必要である。城下に住む者たちが不自由なく活発な暮らしができるように、法によって導かなければならない。

氏郷はそのために知恵を絞《しぼ》り、十二条からなる町中掟《ちょうちゅうおきて》を作り上げた。

その第一条は、松坂が十楽の地であることを高らかに宣言したものだ。
一、当町の儀、十楽たるの上は、諸座諸役免除たるべし。但《ただ》し、油の儀は格別の事。
驚くべきことに、油座以外はすべて楽座とし、税金を一切取らないという。法人税、所得税、住民税などにがんじがらめにされた現代人には、夢のような話である。

第四条では、徳政令《とくせいれい》の適用除外を保障した。
一、天下一同の徳政たりというとも、当町においては異議あるべからざる事。
徳政とは貸借《たいしゃく》関係を破棄《はき》することで、天皇や将軍の代替りに発令されることが多かった。上に立つ者が替われば、貸し借りを帳消しにして白紙の状態から始めるという、きわめて中世的な法令である。

やがてこれが、朝廷や幕府の財政赤字を解消するために濫発《らんぱつ》されるようになり、経済活動に大きな支障をきたすようになっていた。

そこで氏郷は、たとえ秀吉政権が徳政令を発しても松坂では適用しないと定めた。これこそ松坂の治政を通じて天下に範《はん》を示そうという氏郷の気概を、明快に示したものだった。

治安の維持についても特別の配慮をしているが、それは上からの強制ではなく、町民の自治を尊重したものだった。

その精神を分りやすく示しているのが、第八条と第十二条の次の条文である。

一、町中へ理不尽のさいそく停止《ちょうじ》せしめ訖《おわ》んぬ。但し、奉行へ相理《あいさと》り糾明《きゅうめい》の上をもって催促《さいそく》を入れるべき事。

一、町中に於《お》いて誰によらず刀を抜き猥《みだ》りの輩《やから》これあらば、理非《りひ》に及ばず町人として取籠《とりこ》め注進すべし。

前者は借金の強制取り立てを禁じたものであり、後者は武士などが抜刀して乱暴に及んだ時には町人が取り押さえることができると定めている。

これは信長が安土《あづち》城下に発令した掟の精神を受け継ぎ、さらに近代的な方向に一歩踏み出したものだった。

数日後、大坂屋敷にいる細川忠興《ただおき》から使者が来た。

蒲生家から追放された本多三弥《さんや》や上坂左文《こうさかさもん》ら十八人が取りなしを願って来たの

で、帰参《きさん》を許してやってほしいというのである。

三弥らは昨年四月の岩石《がんじやく》城攻めの時に氏郷の命令にそむいて勘当《かんどう》されたが、他家に仕官もせずに復帰できる日を待っていた。

そうして一年が過ぎたのを機に、氏郷の親友である忠興に口をきいてくれるように願い出たのだった。

「手討ちにされる覚悟があるならもどって来い。そう伝えて下され」

氏郷はあえて非情な口上《こうじよう》を使者にたくしたが、三日後に十八人は首をそろえてもどってきた。

いずれも、今の今まで戦場にいたような精悍な面構《つらがま》えである。一年の間おこたりなく武芸に励んでいたことは一目で分った。

「皆、本丸に出《いで》よ」

氏郷は十八人を築城現場に連れて行き、家中《かちゆう》の力自慢たちと相撲《すもう》をとらせた。勘当されていた者たちは、この勝負に負けたなら帰参を許されないだろうと死に物狂いで立ち向かう。十八人中十二人が一回戦を突破し、四人が三回戦を制して勝ち残った。

その中で優勝をさらったのは、西村左馬允《さまのじよう》という帰参組の足軽である。体はさほど大きくないが、腕力《かいなぢから》が強く相撲が巧《たく》みだった。

「左馬允、今度は私が相手だ」

氏郷は上半身裸になって土俵に立った。

鳩胸のふくよかな体は、弾力のあるしなやかな筋肉におおわれている。色白の肌には、戦場で受けた数ヶ所の傷跡が生々《なまなま》しく残っていた。

「滅相《めっそう》もございませぬ。それがしのような者が」

殿の相手をしては罰《ばち》があたると、左馬允は尻込みして辞退した。

勝てば機嫌を損じかねないし、わざと負ければ追従者《ついしょうもの》とそしりを受ける。まして今日は皆の帰参がかかった大事な日なので、なおさら気を使っていた。

「構わぬ。相撲に身分の上下はあるまい」

氏郷は左馬允を土俵に引きずり出して組み合った。

相手の腕力を殺そうと素早く前まわしを取って頭をつけたが、上手《うわて》を取られてだし投げを打たれ、やすやすと土俵に叩きつけられた。

「不覚《ふかく》じゃ。もう一番参るぞ」

今度は胸を合わせて四つに組んだが、腕を閂《かんぬき》に決められて身動きが取れなくなり、あっさりとひねり倒された。

これでは本当に手討ちにされかねないと、帰参を願っている者たちは息を呑んで見守っている。

氏郷は近習《きんじゅう》から手ぬぐいを受け取って汗をふくと、

「全員、元の禄《ろく》で帰参を許す。今日のごとく励むがよい」

そう言って酒を振舞った。

譜代の家臣たちも、我がことのように喜んで帰参した者たちと盃《さかずき》をくみ交わしている。氏郷がにわかに相撲大会を開いたのは、こうした絆《きずな》を強めるためだった。

八月中頃、秀吉から至急上洛《じょうらく》せよという命令が下った。何事だろうといぶかりながら聚楽第に駆けつけると、秀吉は側室《そくしつ》にした淀殿《よどどの》と月見の宴を張っていた。

氏郷には気に留める余裕もなかったが、今日は八月十五日。中秋《ちゅうしゅう》の名月である。内裏では観月の宴や舟遊びをもよおす。

この行事にならって、秀吉は淀殿や侍女《じじょ》たちと酒を飲んでいた。

「松坂少将、ここに来よ」

秀吉は上機嫌で氏郷を呼び、金の盃を与えた。

「月見酒じゃ。互いに体を労《いた》わらぬとな」

「かたじけのうございます」

侍女が注《つ》いだ酒を、氏郷はうやうやしく飲みほした。

「どうじゃ。城の普請は進んでおるか」

「おかげさまで曲輪の整備を終え、作事にかかっております」

「ちと疲れた。茶など飲ましてくれ」

秀吉は、しばらく席をはずすと淀殿にことわってから立ち上がった。

「どうぞ。ごゆるりと」

淀殿が軽く会釈《えしゃく》をして氏郷を見やった。

面長《おもなが》のふくよかな顔やきりりとした目許《めもと》が、どことなく冬姫に似ていた。

小間《こま》の茶室に入ると、秀吉はほっとしたように足を伸ばした。

「女子《おなご》も良いが、長くいると気詰りでならぬ」

苦笑しながら足の裏をもみほぐした。

茶道具がそろえてあり、釜には湯がたぎっている。氏郷は秀吉が好きな赤の楽碗《らくわん》に手早く薄茶を点《た》てた。

「急に来てもらったのは、頼みがあったからじゃ」

秀吉が茶を飲みほし、マニラやマカオの交易に支障をきたしていると言った。

「イエズス会がローマ法王に、バテレン追放の不当を訴えおった。そのために法王庁が、イスパニア国王に日本との交易を中止するように求めたのだ」

指示を受けたマニラのフィリピン総督《そうとく》は、イスパニアやポルトガルの商人に日本との交易を禁じた。そのために生糸や薬種《やくしゅ》、硝石や鉛などが手に入らなくなったのである。

「わしはマニラに使者をつかわし、バテレンを追放したのはあやつらが嘘をついたからで、イスパニアに敵意を持っているわけではないと申し入れた。ところがフィリピン総督は、イエズス会と和解しなければ交易はできないと言い張るのだ」

「それで、いかがなされましたか」

「マカオのイエズス会と和解しようとしたが、あやつらはバテレン追放令を撤回しなければ交渉には応じないと言うばかりだ」

「撤回していただくわけには、参りませんか」

氏郷は茶碗をぬくめ、二服目を点てはじめた。

「余《よ》は構わぬが、朝廷や寺社が頑《かたく》なに反対しておる。関白の身では、それを無視することはできぬ」

そこで氏郷に交渉してほしい。機を見てバテレン追放令を撤回するので、マカオに使者を送ってバテレンたちを説き伏せてもらいたいという。

「そちはローマ法王に使者を送ったこともあるゆえ、バテレンたちも信用しておる。それに家中にはロルテスというポルトガル人がおるではないか」

「それではイエズス会の布教長あてに、追放令を撤回する日時を明記した書状をしたためていただけましょうか」

「それは表に出たりはするまいな」

秀吉は急に用心深い目をした。

「ご安心下され。それがしと布教長の他に、拝見する者はおりませぬ」

「それなら良かろう。明日の夕方までに用意しておくゆえ、取りに来るがよい」

ただし渡海の費用を出すことはできぬ。それでも良いなと念を押した。

「近頃はお茶々（淀殿）が金蔵《かねぐら》を管理しておる。何にいくら使ったか、いちいち書き留めておるゆえ、ひどく面倒なのだ」

「承知いたしました。イエズス会と和解していただけるなら、費用など惜しくはありませぬ」

これで宣教師たちを呼びもどせると、氏郷は勇《いさ》み立って引き受けた。


ところが松坂にもどって重臣たちにはかると、皆一様に顔を曇《くも》らせた。

氏郷の気持ちは分るが、築城にも領内の整備にも金がかかるので、渡海の費用を用立てることができないという。

「竹村らがマカオで立ち往生《おうじょう》したままだ。それを迎えに行くと思えばいいではないか」

二年前にロルテスらがローマから帰国した後、氏郷は竹村藤次郎《とうじろう》を団長とする二回目の使節団を派遣した。

彼らはイエズス会の船でマカオに渡り、ヨーロッパに向かう商船に便乗する予定だったが、秀吉がバテレン追放令を発したために協力を得られなくなった。

マカオにとどまったまま身動きが取れず、今もかの地にとどまっている。

「さようでござるな。竹村らはこの二年の間に、イエズス会やポルトガル人との交流を深めておりましょう。こたびの交渉にも役立つはずでござる」

和田三左衛門が真っ先に同意した。

「しかし南蛮まで渡る船の都合がつきませぬ。バテレン追放令のせいで、ポルトガルの船長たちとの関係も悪化しております」

堺に入港する船もかなり減っていると、ロルテスが哀《かな》しげに首をふった。

「そんならいっそ、自前の船で行ったらいいんとちがいますか」

次郎五郎が横から口をはさんだ。

「どこにそんな船がある。外洋を航海できる水夫《かこ》もおるまい」

「日野屋にはありまへんけど、角屋さんが八幡丸《はちまんまる》という四百石船を持ってはります。水夫は堺や平戸《ひらど》で雇い入れれば、何とかなりましょう」

角屋はやがて南蛮貿易に乗り出そうとしているのだから、航海の経験を積むためにもいい機会ではないか。次郎五郎はそう言って同意を求めた。

「ロルテス、できると思うか」

「あの船なら大丈夫でしょう。私が水夫たちの指揮を取れれば、東シナ海を渡れると思います」

ロルテスはもともと航海士である。羅針盤《らしんばん》の使い方も海図の読み方も心得ていた。

翌日、氏郷は角屋七郎次郎を呼び、八幡丸を貸してほしいと頼み込んだ。

「この航海を成し遂げたなら、南蛮貿易に乗り出す上で貴重な経験となろう。角屋にとってもよい機会だと思うが」

氏郷は事情を話してそう言ったが、七郎次郎はすんなりとは応じなかった。

「確かに、いつかは船を出さなければと思っておりました。しかし、急にそんなことをおおせられても」

八幡丸は角屋の主力船なので、二ヶ月先まで航海の予定が入っている。いずれも商売相手があることなので、一方的に取り消すことはできないという。

「ならば私が添状《そえじょう》を書いて頼み込む。商売上の損害は蒲生家が肩代わりしてもよい」

「銭より信用の問題でございます。それにマカオやマニラまでの航海となると、途中で何が起こるか分りません」

「ロルテスが指揮をとるゆえ案ずることはない。警固の兵も充分に乗り込ませる」

遠洋航海でもっとも恐ろしいのは、嵐に巻き込まれて船が沈没すること。その次が海賊に襲われて皆殺しにされることだった。

「八幡丸は角屋の宝です。この船を失ったなら商売が立ちゆかなくなるゆえ、万一のことを考えざるを得ないのです」

商人にとってこれは戦だと、七郎次郎は慎重な姿勢をくずさなかった。

「そんならどうやろ。八幡丸を寄り合い船にして、ほかの店から出資をつのるわけにはいきまへんか」

次郎五郎が商人らしい現実的な提案をした。

寄り合い船とは、一度の航海で売買する積荷の権利を何人かで分けることだ。費用と危険を分担するかわりに、売買で得た利益も負担額に応じて受け取ることができる。

古くは室町時代の勘合《かんごう》貿易に用いられ、今日《こんにち》の商品先物取り引きの嚆矢《こうし》となった商法だった。

「日本の銀や細工物を向こうで売って、生糸や硝石、鉛を買い込んでくれれば、何万貫という儲けになりますがな。それに角屋さんの取り引き相手を広げる役にも立つのやおまへんか」

「さすがに日野屋さんですな。しかし、短期間に出資者を集められるかどうか」

「それなら私が集めよう。知り合いの大名たちに声をかければ、五人や十人はすぐに集まるはずだ」

「分りました。そういうことなら、角屋も二千貫ばかり出資させていただきます」

七郎次郎のこの決断が、角屋が南蛮貿易に乗り出す第一歩となった。

後に角屋はベトナムのホイアンに日本人町を作り、南蛮貿易を手広くおこなって巨万の富をきずいた。

七郎次郎は次男の七郎兵衛《しちろべえ》をホイアンに派遣して現地の指揮にあたらせるが、寛永《かんえい》十年（一六三三）に徳川幕府が発した鎖国令によって、帰国の途を閉ざされることになるのである。


寄り合い船への出資者はすぐに集まった。

何しろ氏郷に寄せる諸大名の信頼は絶大で、細川忠興、高山右近《うこん》、小西行長《ゆきなが》ら十数名が、借用書も取らずに千両ずつを出資した。

氏郷も千両を出資し、九月十日に八幡丸を出港させることにしたが、直前になって大問題が起こった。

ロルテスが高熱を発し、立つことさえできなくなったのである。

氏郷は医者を呼んで何とかならぬかと迫ったが、瘧《おこり》(マラリア)の疑いが強いので、無理して乗船すれば、他の者にまで感染するおそれがあるという。

やむなくマカオに渡航した経験のある舵取《かじと》りを堺から雇い入れたが、ロルテスのかわりは務まらない。マカオのイエズス会やマニラのフィリピン総督と対等に交渉できる者が、別に必要だった。

「ならば、それがしが参りましょう」

和田三左衛門が名乗りを上げた。

自分が洗礼を受けたことはイエズス会に報告されているので、優遇してくれるはずだというのである。

「しかし、言葉はどうする」

「オルガンチーノ師から少しは学んでおります。それに竹村藤次郎がおりますゆえ、案ずることはありますまい」

「ならば私の弟と名乗るがよい。名は貞秀《さだひで》が良かろう」

氏郷と三左衛門は、同時に洗礼を受けた信仰上の兄弟である。そこで和田丹後守《たんごのかみ》貞秀と名乗らせ、航海中や現地での交渉においては、弟に準じた権限を与えることにした。

九月十日、八幡丸は予定どおり松坂港を出て、マカオへ向かった。

蒲生家の子孫の家に残された『御祐筆日記《ごゆうひつにっき》抄略《しょうりゃく》』には、次のように記されている。

〈先年異国へ遣《つか》ハサレシ竹村藤次郎知勝《ともかつ》、未《いま》ダ帰国セザレバ、若《も》シ途中ニテ故障モヤアリナント、丹後守貞秀殿ニ岩上伝右衛門《いわがみでんえもん》外《ほか》十四人ヲ差添《さしそ》へ、金判千枚ト器具八品ヲ羅馬《ローマ》ノ大僧正ヘノ贈リモノトシ、九月十日ニ松坂ヲ立セラル〉

この使節はローマに送ったのではなく、マカオやマニラで交渉するためにつかわしたものだ。

ローマ法王への献上品を数多く持たせたのは、イエズス会との交渉を有利に運ぶためだった。

心変わり

後陽成《ごようぜい》天皇を聚楽第《じゅらくだい》に迎え、諸大名に忠誠を誓う起請文《きしょうもん》を出させて政権基盤をかためた豊臣秀吉は、目を東国に向けて動き出していた。

狙いは関東八ヶ国に威《い》をふるう北条氏政《うじまさ》、氏直《うじなお》父子と、停戦命令にそむいて会津《あいづ》を攻め取った伊達政宗《だてまさむね》を服従させることである。

秀吉はまず北条氏に上洛《じょうらく》するように命じたが、畿内、西国《さいごく》の事情にうとい氏直は、ひとまず叔父《おじ》の美濃守氏規《みののかみうじのり》を上洛させ、

「信州《しんしゅう》上田の真田昌幸《さなだまさゆき》が上野《こうずけ》の沼田城を不法に占拠しているので、関白どののお力で当家に返還させていただきたい」

そう申し入れて相手の出方をうかがった。

秀吉は事情を調べた上で昌幸に沼田城を返還するよう命じたが、上野北部の名《な》胡桃《ぐるみ》城だけは昌幸に領有権があると裁定した。

氏直はこの措置《そち》を了解して上洛に応じることにしたが、直前になって氏政が、成り上がり者の秀吉の風下に立つわけにはいかぬと言い出した。

そのために家中の意見が真っ二つに割れ、態度を決められないまま一月《ひとつき》、二月《ふたつき》と上洛を延ばしているうちに、天正《てんしょう》十七年（一五八九）十一月にとんでもない事件が起こった。

沼田城に入った北条家の軍勢が、真田昌幸に挑発されて合戦におよび、名胡桃城を攻め落としたのである。

これは上野を奪い返そうとする昌幸の計略とも、秀吉と示し合わせた策略だとも言われているが、形としては北条氏が和解の誓約を破って名胡桃城を奪い取ったことになる。

この報告を受けた秀吉は激怒し（あるいは激怒したふりをして）、十一月二十四日に諸大名に出陣の仕度を命じた。

先陣は氏直の舅《しゅうと》にあたる徳川家康。二番手は尾張《おわり》、美濃と伊勢北部を領する織田信雄《のぶかつ》で、氏郷《うじさと》は信雄の旗下《きか》に属するように命じられた。

翌年の一月二十一日、秀吉は信雄の娘を養女にして家康の嫡男秀忠《ちゃくなんひでただ》に嫁《とつ》がせ、聚楽第で盛大な婚礼の儀をおこなった。

北条氏と関係の深い家康を、自分の陣営に引き込むための縁組みであることは言うまでもない。しかも諸大名を祝儀に招いて両者の結束の強さを見せつけることで、去就《きよしゅう》に迷っていた東国や奥州《おうしゅう》の大名たちを身方《みかた》に取り込むことに成功した。

酒宴の後で、氏郷は秀吉に招かれた。部屋には酒肴《しゅこう》の用意がしてあり、秀吉の側《そく》室《しつ》になった妹のとらが給仕《きゅうじ》をした。

今は三条殿と呼ばれ、正室のおねいと側室の淀殿《よどどの》につぐ地位をきずいている。緋《ひ》色の金襴《きんらん》の打ち掛けをまとった姿は、見ちがえるほど美しかった。

「そちを尾州内府《びしゅうないふ》どのにつけたのには訳がある」

秀吉が上機嫌で盃《さかずき》をまわした。

尾州内府とは、秀吉の推挙《すいきょ》で内大臣《ないだいじん》にまで昇進した織田信雄のことである。

「知ってのとおり、あのお方には武略の才がない。だが信長公のお子ゆえ、天下が定まった後には、しかるべき地位についていただかねばならぬ」

その時、世の批判をあびないように、今度の合戦で手柄《てがら》を立てさせなければならない。そこで氏郷が軍監《ぐんかん》となって、落度のないように計らえというのである。

「そちにはイエズス会やイスパニアとの交渉で、ずいぶん骨を折ってもらった。おかげで交易も旧に復し、硝石《しょうせき》や鉛《なまり》も潤沢《じゅんたく》に買いつけることができるようになった。心おきなく小田原征伐に取りかかれるのは、松坂《まつさか》少将のおかげだ」

それなのに再びこのようなことを頼むのは心苦しいと、秀吉が深々と頭を下げた。

「もったいのうござる。お手を上げて下され」

「ならばこの役目、引き受けてくれるか」

「尾州内府さまは、それがしの義兄《あに》にあたられます。お為《ため》に力をつくすのは当たり前でござる」

「さすがは我が義兄上じゃ。くれぐれも頼んだぞ」

「ついてはひとつだけ、お願い申し上げたいことがございます」

「遠慮は無用じゃ。何なりと申すがよい」

「織田家の軍勢と合流する時に、三蓋笠《さんがいがさ》の馬印《うまじるし》を使わせていただきとう存じます」

「三蓋笠じゃと」

秀吉が奥歯でも痛んだように顔をしかめ、さぐるような冷たい目をした。

三蓋笠は佐々成政《さつさなりまさ》が用いた馬印だが、成政は肥後《ひご》の国人一揆《こくじんいっき》を防げなかった責任を問われて切腹させられている。いわば罪人の馬印である。それを使うとは、成政の罪を許して名誉を回復せよと言うも同じだった。

「その方、何ゆえの望みじゃ」

「小牧《こまき》・長久手《ながくて》の戦いの時、それがしは尾州内府さまと槍を交えました。その時のわだかまりが、今も両家の家臣の間に残っております。それゆえ三蓋笠を用いることで、心をひとつにしたいのでございます」

佐々成政の勇猛さは、織田家に縁のある者なら誰でも知っている。その馬印を用いれば皆が昔の好《よしみ》を思い出し、勇気百倍するはずだと、氏郷は落ちつき払って答えた。

「なるほど。道理じゃ」

秀吉は高らかに笑って願いを聞きとどけ、

「そなたの兄上は肝《きも》が太いの。佐々の馬印を受け継ぐにふさわしい武辺者《ぶへんもの》じゃ」

とらに酒をつげと言って盃をさし出した。

御殿を辞する時、とらが玄関まで見送りに出た。

「兄上さま、あのような申し出をなされて良かったのでございますか」

「馬印のことか」

「殿下《でんか》はあのようにおおせですが、内心ご不快だったようでございます」

「それは分っておる。だが尾州内府さまの信用を得るには、それくらいの覚悟を示しておく必要があるのだ」

殿下もそのことは分っておられると、氏郷は笑って受け流した。

「それなら良うございますが、鶴松《つるまつ》さまがお生まれになってから、殿下はお変わりになりました。ご用心が肝要《かんよう》でございます」

とらは女らしい心配りで氏郷の身を案じた。

昨年の五月二十七日、淀殿が鶴松を産んだ。秀吉は世継ぎの誕生に狂喜し、鶴松の安泰《あんたい》をはかるために、豊臣家への権力の集中に意をそそぐようになった。

それゆえ氏郷のような織田家ゆかりの大名を煙たがっているという。

「それに、兄上さまはイエズス会との密約を知っておられます。これではいつ裏切られるか分らないと殿下は不安をつのらせておられるのでございます」

「案ずるな。わしのおかげで小田原征伐ができると、殿下もおおせられたではないか」

氏郷は妹の懸念《けねん》を笑って打ち消した。たとえどんな困難があろうと、乗りこえるしかないのだった。


一月末に、氏郷は松坂城にもどった。

すぐに重臣を集めて出陣の仕度にかからせるとともに、日野屋次郎五郎《じろうごろう》と角屋七郎次郎《かどやしちろうじろう》を呼んで、兵糧《ひょうろう》や弾薬の輸送態勢をととのえさせた。

必要な物資は豊臣家から支給されることになっているが、それだけでは充分でないことは、九州征伐の時の経験から分っていた。

弾薬の補給が間に合わなかったからといって、戦場《いくさば》での言い訳にはできない。

しかも小田原城は名にしおう堅城《けんじよう》なので、出陣が長期におよんだ場合のことも考えておかなければならなかった。

「お任せ下され。長年往来しておりますので、関東への海路にはなれております」

七郎次郎が胸を張って引き受けた。

「八幡丸《はちまんまる》がもどらへんのは痛手《いたで》ですな。あの船があれば、一度に用が足せますのに」

次郎五郎が詮方《せんかた》ない愚痴《ぐち》をこぼした。

イエズス会との関係は修復できたのに、どうした訳か、八幡丸は一昨年の九月にマカオに向けて出港したままもどらない。和田三左衛門《さんざえもん》や岩上伝右衛門《いわがみでんえもん》からの消息は途絶えたままだった。

出陣の態勢がととのうのを待つ間に、氏郷は絵師を呼んで自分の肖像画を描かせた。白綾《しらあや》の小袖《こそで》を着て、左手に扇子《せんす》を持った死装束《しにしようぞく》だった。

今度の役目はそれほど難しい。織田勢が窮地《きゆうち》におちいったなら体を張って殿軍《しんがり》をつとめなければならないし、信雄が手柄を立てられなければ責任を負わされる。

生きてはもどれないという覚悟でのぞまなければ、やりおおせるものではなかった。

出陣は二月七日と定めた。

その前夜、氏郷は出来上がったばかりの肖像画と三蓋笠の馬印を大広間にかかげ、重臣たちを集めて門出《かどで》の酒宴を張った。

「このたびの出陣では、尾州内府さまの軍監に任じられた。この馬印は佐々成政どのの武勇にならい、両軍一丸となって働くために、関白殿下のお許しを得てかかげることにした」

そう告げると、大広間がどよめいた。

佐々成政に寄せる氏郷の敬意は誰もが知っているが、成政は秀吉に切腹させられた罪人なのである。その馬印をどうしてと、不審に思う者も多かった。

「この白装束の絵は、今生《こんじよう》の思い出に描かせたものじゃ。皆もその覚悟でついて来てもらいたい」

氏郷は大ぶりの盃を飲みほして、重臣たちにまわした。

町野左近将監繁仍《さこんのしようげんしげより》や岡越後守《おかえちごのかみ》らの家老衆《かろう》や、蒲生左文郷可《さもんさとよし》や北川平左衛門《へいざえもん》ら前線の侍大将が、緊張した面持《おも》ちで盃を受けていく。

左文は二年前に勘当《かんどう》を許されたばかりだが、その後の功績が認められて上坂《こうさか》から蒲生に改姓することが許されたのだった。

翌日の寅《とら》の刻（午前四時）、氏郷は四千の軍勢をひきいて松坂を発《た》った。

伊勢湾ぞいに北上し、二月八日の夕方には清洲《きよす》に着いて織田信雄と対面した。

「役目大儀《たいぎ》である。そなたとは義兄弟ゆえ、頼みに思うておるぞ」

信雄の言葉には実《じつ》がない。小牧・長久手の戦いで敵対して以来、氏郷に反感を持ちつづけていた。

「こたびの戦《いくさ》が終われば、天下は統一され国家の形が定まりましょう。その時に内府さまが枢要《すうよう》の地位を占められるかどうかは、これからのお働きにかかっております」

氏郷は歯に衣《きぬ》着せずに直言した。

「ほう、関白どのの義兄《あに》ともなると、世の中のことを見通せるようじゃな」

信雄が皮肉で応じた。

「関白さまがそのようにおおせられたのでござる。それがしの知恵など、及ぶところではございませぬ」

氏郷は信雄が急に小者に見えた。

信長という後ろ楯《だて》を失えば、これが掛け値のない姿である。それを本人が自覚していないので、余計に始末が悪かった。

織田信雄と氏郷の連合軍一万七千は、福島正則《まさのり》、細川忠興《ただおき》、中川秀政《ひでまさ》らの到着を待って東海道を東へ向かい、二月二十一日に駿府《すんぷ》に着いた。

およそ一ヶ月後の三月十九日、秀吉が三万余の軍勢をひきいて駿府城に入り、二十七日には沼津《ぬまづ》の三枚橋《さんまいばし》城まで進軍した。

先に到着していた氏郷や信雄は城下まで出迎え、翌日には秀吉を案内して箱根、伊豆方面の視察に出た。

ここから小田原に侵攻する経路は三つある。

ひとつは東海道を真《ま》っ直《す》ぐに進み、箱根峠をこえる道。

ひとつはそれよりも南の韮山《にらやま》を通り、伊豆半島の尾根をこえて熱海《あたみ》に出る道。

そしてもうひとつは御殿場《ごてんば》まで北上し、乙女《おとめ》峠や仙石原《せんごくはら》を通って早川《はや》ぞいに下る道である。

最短距離は箱根峠をこえる道だが、北条方の山中城があり、松田康長《やすなが》を大将とする四千の兵が守備を固めている。

こえやすいのは韮山から熱海に出る道だが、韮山城には勇猛をもって聞こえた北条美濃守氏規が三千の兵とともに立てこもっている。

御殿場を迂回《うかい》する道には敵の要害《ようがい》はないが、距離が長い上に乙女峠はまだ雪におおわれていた。

秀吉はそうした報告を受けた上で、山中城には羽柴秀次《はしばひでつぐ》、徳川家康、堀秀政を大将とする七万を、韮山城へは織田信雄を大将とする三万五千を向かわせた。

「徳川どのに遅れるようでは、上方《かみがた》武士の名折れぞ。励《はげ》めや者ども」

秀吉の叱咤《しった》に追われるように、豊臣勢はその日のうちに山中城と韮山城を包囲した。

氏郷は信雄とともに韮山城の西側の大手口に布陣し、北側の搦手口《からめて》には盟友の細川忠興を大将とする八千の軍勢を配した。

氏郷は和田三左衛門の代わりに甲賀組《こうかぐみ》の頭《かしら》にした町野輪之丞《りんのじょう》を呼び、韮山城の様子をつぶさに調べるように命じた。

「美濃守どのは北条家きっての知将と聞く。いろいろの仕掛けをして城の守りを固めておられるにちがいあるまい」

総攻撃にかかる前に、その仕掛けをひとつでも多くつかんでおきたかった。

数日後、輪之丞が思いがけない知らせをもたらした。

「どうやら北条美濃守どのは、城を留守にしておられるようでござる」

「留守とは、どういうことじゃ」

「小田原城の兵を韮山にふり分けるように、北条氏直どのに談判《だんぱん》に行かれたようでござる」

「何ゆえ、そう思う」

「配下《はいか》の者が城中に忍び入り、厨《くりや》の話を聞き込んできたのでございます」

氏規は北条氏政の弟、氏直の叔父にあたるので、他の武将とは食膳に供《きょう》する物がちがう。それゆえ、賄方《まかないかた》の話によって城内にいるかどうか分るという。

「でかした。輪之丞」

氏郷はただちに本陣に駆けつけ、信雄にこのことを報告して夜襲《やしゅう》をかけるべきだと進言した。

「大将が不在であれば、将兵の統率《とうそつ》はとれません。夜明け前に城を攻めれば、たやすく攻め落とせると存じます」

ところが信雄は応じなかった。

「この期《ご》に及んで、大将が城を明けるとは信じられぬ。敵が仕掛けた罠《わな》であろう」

陣中だというのに、鎧《よろい》をぬいで小袖姿でくつろいでいた。

「それがしの手の者は、そのような罠にはまるうつけではございませぬ。認めていただけぬのなら、それがしと細川忠興どのの手勢だけで夜討ちをかけることをお許しいただきたい」

「我らは三万五千、相手はたかだか三千ではないか。そのようなことをせずとも、夜明けを待って総攻めにすればよい」

もう夜も遅いと、信雄は苛立《いらだ》たしげに氏郷を追い払った。

この判断のあやまりが、氏郷らに苦戦を強《し》いることになった。深夜になって城にもどった美濃守氏規が、万全の備えを固めて氏郷らの前に立ちはだかったからである。

信雄は夜明けとともに総攻撃を命じたが、敵は山上の天ヶ岳《あまがだけ》、和田島《わだじま》、土手和田《どてわだ》の砦《とりで》に立てこもって応戦した。

ふもとの堀や塀にいくつも仕掛けをしている上に、鉄砲隊が変幻自在《へんげんじざい》の動きをして行く手をはばむので、どこにも付け入る隙がなかった。

戦いが長引くにつれて、身方の犠牲はふえるばかりである。このままでは信雄の面目が丸つぶれになると危《あや》ぶんだ氏郷は、蒲生左文に三百の鉄砲隊をさずけて戦局の打開をはかろうとした。

しかし最新鋭の鉄砲隊も、山の中腹に高々ときずき上げた土塁《どるい》にはばまれて威力を発揮できなかった。焦《あせ》った左文は土塁の間近に寄って山上の砦を狙い撃とうとしたが、かえって敵の鉄砲に太股《ふともも》を撃ち抜かれた。

左文は鎧通しで弾をえぐり出し、その場に踏みとどまって指揮をとりつづけたものの、ついに砦に攻め込むことはできなかった。

この日、箱根峠へ向かった羽柴秀次らの軍勢は、山中城をわずか半日で攻め落として小田原への道を切り開いている。手柄争いにおいて、氏郷や信雄は大きく遅れを取ったのだった。

韮山城は落ちなかった。

遠目に見れば取るに足りない小城だが、三つの砦は切り立った岩場の上にある。しかもそれぞれに独立して向き合っているので、ひとつの砦を攻めようとすれば、他の二つから銃撃を受ける。三ヶ所同時に攻めても、足場が狭くて大軍を投入できないので突破口を見出せなかった。

すでに羽柴秀次や徳川家康らの軍勢は小田原城を包囲し、秀吉も箱根湯本《ゆもと》の早雲寺《そううんじ》に入って全軍の指揮をとっている。

もはや韮山城は捨ておけと命じられた氏郷と信雄は、蜂須賀家政《はちすかいえまさ》ら四国衆三千ばかりを押さえに残し、四月八日に小田原城へ転進した。

割り当てられた陣所は小田原城の北。山王川《さんのう》の西の荻窪山《おぎくぼ》のふもとで、東南には徳川家康の軍勢三万が堂々たる陣地を構えていた。

小田原城は酒匂川《さかわ》と早川を東西の外堀とし、中央の丘陵《きゅうりょう》に本丸、二の丸、三の丸を配している。周囲一里（四キロ）もある広大なものだが、さらにその周りを長さ三里もの総曲輪《そうくるわ》が取り巻いている。

高い土塁と堀で城下町をそっくり抱《かか》え込んだ城塞《じょうさい》都市で、総曲輪には九つの城門をもうけて外部との連絡にあてていた。

大軍に攻められた時には、この城門をぴたりと閉ざして籠城《ろうじょう》するのが北条家のお家芸《いえげい》で、永禄《えいろく》四年（一五六一）に上杉謙信《けんしん》が十万の兵で攻めた時も、永禄十二年に武田信玄《しんげん》が乾坤一擲《けんこんいってき》の勝負をいどんだ時も、この戦法によってやすやすと撃退している。

北条氏政、氏直父子は今度もこの戦法を取り、秀吉勢が長陣に耐えられなくなるのを待って有利な条件で講和にもちこもうと考えていた。

ところが秀吉はこの作戦を見抜き、小田原城を十五万の軍勢で包囲し、長陣にそなえて陣城や陣小屋を堅固《けんご》にきずくように命じた。

そのために総曲輪の外に新しい城郭群が出現したような有様で、朝に夕に食料や日用雑貨を売る行商人が往来するようになった。

だが氏郷は、それほどのんびりと構えてはいられない。織田信雄に韮山城での失態を挽回《ばんかい》する手柄を立てさせようと、町野輪之丞に命じて小田原城内の様子をさぐらせていた。

「城内の将兵を内応させよ。それが無理なら、組の者どもをひきいて内側から城門を開ける手立てを講じるのだ」

氏郷らが受け持っているのは、九つの城門のうちの久野《くの》口と井細田《いさいだ》口である。

ここを何とか突破して城内への一番乗りをはたそうと、輪之丞らを昼夜を問わず走らせていた。

四月中旬、細川忠興がふらりとたずねてきた。

「陣中見回りをおおせつかったゆえ、顔が見たくなりましてな」

忠興もすでに二十七歳。丹後《たんご》十二万石の大名になっている。

氏郷とは信長の近習《きんじゅう》をつとめていた頃からの付き合いで、共に千利休《せんのりきゅう》に茶の湯を学んだ相弟子だった。

「何か良からぬことがあったようだな」

氏郷は忠興の顔を見ただけで、そうと分った。

「喉《のど》が渇き申した。茶を一服、所望《しょもう》したい」

これは内密の話があるという意味である。氏郷は陣小屋に案内し、旅箪笥《たびだんす》を開いて茶を振舞った。

「うまい。生き返ったようでござる」

緋おどしの鎧をまとった忠興が、利休直伝《じきでん》の端正な所作《しょさ》で茶を飲み干した。

「所作が固い。何か気がかりなことがあるはずじゃ」

「宗匠《そうしょう》が病《や》みついておられるのです」

忠興は利休の名を口にしただけで感極まり、人目もはばからず涙を流した。

原因は利休の高弟だった山上宗二《やまのうえそうじ》が、秀吉に不敬を働いたという理由で惨殺《ざんさつ》されたことにある。

宗二は天才的な茶人で、利休のもとで二十年以上も修行し、『山上宗二記』という伝書を残したほどだが、生来短気な上に傲慢《ごうまん》で、人の非をあげつらって喜ぶようなところがあった。

同時代の茶人が、「いかにしてもつらくせ悪く、口悪《あし》きもの」と評している。

一時は利休の推挙で秀吉の茶頭《さどう》となったが、性格の悪さが禍《わざわ》いして畿内から追放された。宗二は東国に下り、北条氏の庇護《ひご》を受けて茶の湯の指南《しなん》にあたっていた。

そこに小田原征伐が起こった。秀吉に従って箱根湯本まで来た利休は、宗二にひそかに使者をつかわし、秀吉に取りなすので陣所まで来るように勧めた。

宗二はそれに従って秀吉と対面したものの、場所柄もわきまえぬ暴言を吐《は》いた。激怒した秀吉は、皆の前で宗二の鼻と耳をそぎ落とさせ、外に引き出して首を打たせたのだった。

「宗匠もそれをご覧になり、心痛のあまり床《とこ》に臥してしまわれたのでござる」

忠興は鎧の袖で涙をふき、気持ちを切り替えたいと、もう一服所望した。

「宗二どのは、何とおおせられたのであろうか」

氏郷は宗二と何度か会ったことがある。確かに無神経で口が悪いが、茶の湯についてまちがったことを言う男ではなかった。

「その場におられた方々は皆口をつぐんでおられるゆえ、確かなことは分りませぬ。もれ聞こえるところでは、関白さまが今のお前に余の茶を点《た》てる力はあるまいとおおせられたそうでござる。すると宗二どのは、茶の湯に身分の上下や立場のちがいはない、ただ一碗の茶を味わうだけのことで、天下を掌中《しょうちゅう》になされた方であろうと田夫野人《でんぶやじん》であろうと、心を込めて茶を点てるばかりだと答えられたそうでございます」

「それは……、宗匠の教えのままではないか」

「さよう。それゆえ殿下は、その場で宗匠の存念をおたずねになったそうでございます」

「何と答えられた。宗匠は」

「何もお答えにならなかったそうです。それゆえ、なおさら心を痛めておられるのでしょう」

　秀吉は関白になり、天下人の威厳を飾る茶を求めている。だから利休も、宗二が正しいとは言えなかったのである。

「それにもうひとつ。気がかりな話を耳にしました」

「聞かせてくれ」

「殿下は近頃、飛騨守どのにも不満をお持ちだそうでござる」

「ほう。何ゆえであろうか」

「バテレンやキリシタンのことについて、口出しがすぎるとおおせられたとか」

忠興の耳にまで届いたのは、秀吉が氏郷に伝わるようにわざと公言しているからにちがいない。だが氏郷には身に覚えのないことだった。

数日後、高山右近《うこん》からの知らせで事の真相が明らかになった。

秀吉はイエズス会に対して、今後は石田三成《みつなり》と小西行長《ゆきなが》が交渉を担当すると通知した。しかも二人に手柄を立てさせようと、来年までにはバテレン追放令を撤回すると明言したのである。

「これは私と貴兄《きけい》をイエズス会から遠ざけ、子飼《こが》いの二人に取ってかわらせる計略と思われます」

右近はそう記していた。

（なるほど。そういうことか）

氏郷は足許がゆらぐような衝撃を覚えながら、とらの見立てが正しかったのだと思った。

秀吉は豊臣家に権力を集中するために、氏郷を露骨《ろこつ》に遠ざけようとしはじめている。この上信雄の軍監として失策をおかしたなら、どんな処罰を受けるか分らなかった。

　五月三日の夜半、氏郷は宿直《とのい》の近習にゆり起こされた。

　昼間の疲れのせいでぐっすりと寝入っていた氏郷は、目を覚ましたものの、しばらく現実にもどることができなかった。

「町野どのが火急の用でお目にかかりたいとおおせでございます」

　そう言われて、ひらめくものがあった。小田原城を内偵《ないてい》している輪之丞がこんな時間に訪れてくるのは、余程のことがあったからにちがいなかった。

「殿、北条勢が久野口から夜討ちに出ますぞ」

　輪之丞は忍び装束《しょうぞく》の下に鎖帷子《くさりかたびら》を着込んでいた。

「大将は誰じゃ。人数は」

「太田氏房《うじふさ》どのが、千五百あまりをひきいておられます」

「いつ出る。今か明け方か」

「すでに城門に勢揃いしておりましたゆえ、あと四半刻《しはんとき》（三十分）ばかりで参りましょう」

　輪之丞は城壁に忍び上がって監視をつづけていたが、月も星もない闇夜《あんや》なので発見が遅れたのだった。

　今夜の夜番は寄騎《よりき》の関右兵衛《うひょうえ》一政《かずまさ》、本陣の備えは蒲生左文の弟上坂源之丞《げんのじょう》である。

氏郷はただちに宿直の者たちを走らせて策をさずけた。

「向こうが討って出るなら願ってもない。敵をさそい込んで痛撃を加え、敗走に乗じて城に付け入るのじゃ」

これこそ韮山での失態を挽回する好機だと、氏郷は織田信雄の陣屋にも使いを出して至急兵を出すように求めた。

輪之丞が読んだとおり、太田氏房の軍勢は四半刻後に攻め込んできた。

三百人ほどをひきいて夜番にあたっていた関一政は、ふいをつかれたふりをして陣城に逃げ込もうとした。

太田勢は嵩《かさ》にかかって追撃する。松明《たいまつ》の明りを頼りに、田んぼの中の一本道を血気《けっき》にはやって駆けてくる。

その時、闇の中に伏せていた上坂源之丞の鉄砲隊が、道の左右から一斉《いっせい》射撃をあびせた。

長く伸びた敵の隊列を真横から狙い撃つのだから、効果は絶大である。

太田勢の先陣は鎌《かま》でなぎ払われたように倒れ伏し、後につづいていた者たちはあわてて退却しようとした。

それを見た関一政は、馬を返して追撃した。

足の不自由をおぎなうために、戦場では常に馬を用いている。人馬一体となった乗馬術を駆使《くし》し、手勢の先頭に立って敵の中に駆け入った。

「関どのを討たすな。つづけ」

氏郷も愛馬の真鹿毛《まかげ》にまたがり、手勢をひきいて追撃した。

太田勢は左右に広がって敗走したが、これは鉄砲の射程から逃れるためと、田の中の一本道で戦う不利をさけるためだった。

城の近くの平地《ひらち》までもどると素早く鶴翼《かくよく》の陣形を取り、追撃してくる蒲生勢を中に取り込めて討ち取ろうとした。

一政はかまわず敵の中に突っ込んでいく。氏郷は手勢を二手に分けて鶴翼に開いた敵の両端にあたらせた。

相手は千五百、こちらは一千ばかりだから、これは無謀な策である。だがこちらは大人数だと思わせなければ、敵を城内に追い込めなかった。

「もうすぐ後詰《ごづ》めの兵が来る。尾州内府どのの軍勢も駆けつけるぞ」

氏郷は身方を励ましながら戦いつづけ、ついに敵を退却させたが、城内に付け入ることはできなかった。信雄が後詰めの兵を出すのが遅れたために、太田氏房に備えを固めて兵を引く間を与えたのだった。

それでもこれが小田原の陣における豊臣勢の初めての勝利で、討ち取った敵も二百をこえる。

報告を受けた秀吉は大いに喜び、氏郷ばかりか手柄のあった家臣たちまで手厚く賞したのだった。

秀吉は希代《きたい》の戦上手である。

小田原城攻めは長期戦になると初めから見通し、本営となる城を石垣山にきずくように命じていた。

湯本の早雲寺に入った直後から普請《ふしん》にかからせ、五月中頃には曲輪の石垣が積み上がった。

やがて六月初めになると天守閣や隅櫓《すみやぐら》、多聞櫓《たもんやぐら》も完成し、堂々たる城が姿を現わした。

山上の城は小田原城からもくっきりと見える。わずか二ヶ月の間にこれほどの事を成し遂げた秀吉の力を目《ま》の当たりにして、北条方はすっかり意気消沈《しょうちん》した。

その手並みがあまりに鮮やかだったことから、一夜にして城をきずいたという伝説が生まれ、石垣山一夜城と呼ばれるようになったが、むろんこれは史実ではない。墨俣《すのまた》の一夜城と同じように、秀吉の戦略の冴《さ》えを伝説化したものだった。

この城の最初の客となったのが、奥州の伊達政宗である。

政宗は前年、秀吉の停戦命令にそむいて会津の蘆名《あしな》氏を攻め滅ぼしている。その事情を説明するために小田原に参上せよと命じられていたが、二ヶ月以上も動こうとしなかった。

もし秀吉が小田原攻めに手こずるようなら、北条氏に身方して上方勢を追い払い、奥州での覇権を確実なものにしようと目論《もくろ》んでいたのである。

ところが秀吉勢は磐石《ばんじゃく》の構えで城の包囲にかかっている。もはや北条方に勝ち目はないと見た政宗は、近臣百人ばかりを連れて小田原に参上し、秀吉にわびを入れることにした。

六月九日に小田原についた政宗は、罪人同然に監禁され、会津侵攻のいきさつについて詰問《きつもん》を受けた。

政宗はよどみなく申し開きをした上で、

「今生の思い出に、千利休どのに茶の湯の手ほどきを受けとうござる」

奉行たちにそう申し入れた。

利休は山上宗二のことで、秀吉の不興《ふきょう》を買ったばかりである。それを知りながらこんなことを申し入れるとは大胆不敵だが、秀吉はかえって見どころのある奴だと思ったのだろう。

翌十日には、政宗を石垣山城に招いて茶会をもよおすことにした。

席には氏郷も招かれ、秀吉の供をして山上までの道を歩いた。

「その方らは、後ろからついて参れ」

秀吉は供の者を下がらせ、政宗を従えて先に歩いた。

しかも政宗を太刀持《たちも》ちにし、逆心あらばいつでも打ちかかって来いと言わんばかりに悠然《ゆうぜん》と歩いていく。

城につくと二の丸の見張り櫓に政宗を案内し、眼下に広がる小田原城の様子をながめさせた。

周囲三里もある巨大な城が、十五万の軍勢に隙間なく包囲されている。

陸上ばかりか海上にも九鬼嘉隆《くきよしたか》、脇坂安治《わきさかやすはる》らの軍船がならび、蟻《あり》のはい出る隙もないほどだった。

「そちは奥州での小競《こぜ》り合いには馴《な》れておろうが、大合戦の指揮をとったことはあるまい。この様子を目に焼きつけて、後の手本にするがよい」

秀吉は格のちがいを見せつけ、もう少し参陣が遅れていたなら、ここが飛ぶところであったと、政宗の首を扇で叩いた。

茶会では秀吉が点前《てまえ》をつとめた。正客《しょうきゃく》は政宗で、氏郷と家康が相伴《しょうばん》をした。

氏郷は初めて政宗と対面した。

まだ二十四歳。氏郷より十一歳下だが、数年で奥州の半ばを支配下におさめただけあって、壮気《そうき》に満ちたはつらつとした面構《つらがま》えをしていた。

幼い頃に病《やまい》のために失った右目に、黒い眼帯《がんたい》を当てている。それがかえってこの若者の凄《すご》みとなっていた。

「徳川大納言《だいなごん》どのと松坂少将じゃ。今後世話になることも多いゆえ、しかとお見知りおきを願っておけ」

秀吉が政宗に申しつけ、芝居がかった大げさな所作で点前にかかった。

「伊達藤次郎《とうじろう》政宗にござる。未熟者にございまするが、よろしくお引き回し下されませ」

政宗はあえて官名を名乗らず、秀吉のおおせ次第であることを示そうとした。

次客《じきゃく》である家康は軽く会釈《えしゃく》しただけである。我が子と同世代の政宗と、対等に口をきくつもりはないようだった。

「蒲生飛驒守氏郷にござる。小田原へのご参陣、まことに祝着《しゅうちゃく》に存じまする」

政宗を孤立させては気の毒だと、氏郷は配慮の手をさし伸べた。

「かたじけのうござる。飛驒守どののご勇名は、奥州の片田舎まで聞こえており申す」

「ほう。どのような噂でござろうか」

「本能寺の変の後に、信長公の妻子をかくまい抜かれたこと。小牧・長久手の役《えき》の時には、亀山城をいち早く敵の手から奪い返されたこと。しかもその手柄を義兄弟の関一政どのにゆずられたことなど、数え上げたら、きりがありませぬ」

政宗は顔を合わせた時にそなえて、主立った大名の経歴を調べ上げていた。

その周到さはたいしたものだが、氏郷は感心しなかった。あまりにそつがなさすぎるし、相手を持ち上げて取り入ろうという底意が丸見えで、気心を許せる間柄にはなれそうもなかった。

七月五日、北条氏が降伏した。

北条氏政、氏照《うじてる》兄弟の切腹とひきかえに、全将兵の命を助けるという条件である。城主だった氏直は家康の娘婿《むすめむこ》ということもあり、一命を助けて高野山《こうやさん》に入山させることになった。

その翌日、徳川家康が氏郷の陣所をふらりとたずねてきた。

「なるほどよい陣城でござる。北条勢の夜襲を受けても、びくともしなかったはずじゃ」

家康は後学のために見学させてもらいたいと言い、戦勝祝いの酒樽をさし出した。

氏郷は丁重《ていちょう》に礼をのべ、奥の間でもてなそうとした。

「先を急いでおるゆえ、それには及びませぬ。ひとつだけお耳に入れておきたいことがあって立ち寄ったばかりでござる」

　実は関東六ヶ国を拝領することになったと、家康は表情ひとつ変えずに告げた。

「噂に聞いてはおりましたが、真実《まこと》だったのでございますか」

「数日前に関白殿下からおおせつかり申した。ご上意とあらば是非もござらぬ」

「ご胸中《きょうちゅう》、お察し申し上げます」

　いかに加増《かぞう》されようと、先祖代々受け継いできた本貫地《ほんがんち》をはなれるのは辛《つら》い。それを淡々《たんたん》と受け容《い》れている家康の器量の大きさに、氏郷は胸を打たれた。

「その折に奥州仕置《しおき》についても話が及び申した。伊達政宗から会津を没収し、氏郷どのを入れようとお考えでござる」

「それは決まったことでございましょうか」

　氏郷は平静をよそおってたずねた。

「奥州が治まらなければ、関東の安定は保てませぬ。それゆえ殿下は、あらかじめ拙者《せっしゃ》の意見を聞かれたのでござろう。飛騨守どのなら願ってもないとお答えしようと存ずるが、それでよろしいか」

「ご上意とあらば従うばかりでございます。会津に移ることになったなら、よろしくご指導いただきたい」

　氏郷は覚悟を決めて答えた。

ようやく住みなれた松坂をはなれたくなかったが、家康でさえ国替えに応じたのだから否《いや》も応《おう》もなかった。

「それを聞いて安心いたしした。ご迷惑なことであろうが、そうなったなら奥州の要《かなめ》となっていただきたい」

力を合わせて東国の平安をきずいていこうと、家康は氏郷の手をしっかりと握りしめた。甲の厚い温かい手だった。

話は三日後に現実になった。

石垣山城に呼び出され、秀吉からはっきりと申し渡されたのである。

「まだ公けにはできぬが、伊達の小倅《こせがれ》から会津を取り上げてそちに任せることにした。四十万石ばかりじゃが、引き受けてくれような」

「過分《かぶん》のお計らい、かたじけのうございます」

氏郷の腹はすでに定まっていた。

「徳川どのから話を聞いたようじゃな」

「それがしを推挙したいが、よろしいかとおたずねになりました」

「近頃は余がそちを遠ざけていると噂する者がいる。それを聞いて、いち早く取り込みにかかったのであろうが、そちはかけがえのない身内じゃ。決して遠ざけたりはせぬ」

秀吉は驚くほどあけすけだった。

「会津に配するのは、関東ににらみをきかせてもらうためじゃ。徳川どのに心を許してはならぬ」

やがては畿内に呼びもどし、側近として腕をふるってもらう。それまでしばらく奥州で功を積んでくれと、秀吉は頭を下げて頼み込んだ。

「分りました。お気づかいをいただき、かたじけのうござる」

「ついでにひとつ頼まれてくれるか」

「力の及ぶことであれば、何なりと」

「尾州内府どののことじゃ。実はこのたび徳川どのに北条氏の旧領に移ってもらうことになった。そこで尾州内府どのに駿府へ移っていただきたい」

だが信雄は主筋にあたるので、自分が転封《てんぽう》を命じては角《かど》が立つ。そこで信雄が自発的に申し出るように、説得してもらいたいという。

「徳川どのの所領は、三河《みかわ》、遠江《とおとうみ》、駿河《するが》、甲斐《かい》の四ヶ国と信濃《しなの》の一部じゃ。百二十万石は下るまい」

「承知いたしました。さっそく今日にもおたずねいたします」

これは秀吉に従うかどうか、試すための踏絵である。信雄が難色を示すことは分っていたが、引き受ける以外に術《すべ》はなかった。

「駿府へ国替えじゃと」

案の定《じょう》、信雄は激怒した。

「しかも自分から、それを申し出よと申すか」

「ご心中はお察し申し上げますが、そうしなければ御家が保てぬものと存じます」

「尾張は織田家の本貫地じゃ。何ゆえ家来筋の秀吉から追い出されなければならぬ」

「秀吉公は関白職にあられます。それがしを使者に立て、尾州内府さまの体面をつぶすまいとなされたご配慮を、無駄になされてはなりませぬ」

もしこれを拒んだなら追放されるだろうと言ったが、信雄は頑《がん》として応じなかった。

「わしから申し出よとは、自分の体面を守りたいからであろう。誰も彼も思いのままになると思ったら大まちがいじゃ」

「徳川どのもそれがしも、他国に移ることになりました。時節が変われば新たな道も開けましょう。一時の怒りに駆られて、ご短慮《たんりょ》をなされますな」

「もうよい。わしはこれ以上、あの猿に頭を下げたくないのだ」

七月十三日、秀吉は小田原城に入り、諸大名への論功行賞をおこなった。

この場で正式に家康の駿府から関東への移封《いほう》が発表されたが、信雄はこの場でも駿府への国替えを拒み抜いた。

そうすれば秀吉が折れると期待していたのかもしれないが、秀吉は即座に信雄の所領を没収し、下野《しもつけ》の那須《なす》へ追放した。

これで信長がきずき上げた大大名としての織田家は、終わりを迎えることになる。

あるいは信雄は、秀吉に従いつづける屈辱に耐えるよりは、自分の手で織田家の幕を下ろす道を選んだのかもしれない。

皆殺し

会津《あいづ》黒川城の大広間には諸大名が居並び、緊張した面持《おもも》ちで豊臣秀吉の出座を待っていた。

一方には小田原征伐に従ってきた秀吉旗下《きか》の大名たち。もう一方には秀吉から国《くに》分《わけ》の処分を受ける奥州の大名たちが、無言のまま顔をつき合わせていた。

氏郷《うじさと》は羽柴秀次《はしばひでつぐ》、浅野長政《ながまさ》に次ぐ席を与えられている。すでに会津転封《てんぽう》の内意は伝えられていたが、正式な発表はこれからこの場でおこなわれることになっていた。

松坂《まつさか》十二万石から一躍会津四十二万石に封じられるのだから、まれにみる出世だと人は言うだろう。だがそれは石高《こくだか》ばかりにとらわれた見方で、商業や流通から上がる収益を考えれば、むしろ実入りは減っていた。

東国と畿内をむすぶ流通の中心地である松坂と、畿内から遠くへだたった会津では、経済の規模がまったくちがう。

しかも領内には上方《かみがた》大名の入封《にゅうほう》に反感を持つ者も多いのだから、領国経営を軌《き》道《どう》にのせるのは至難《しなん》の業《わざ》だった。

内心おだやかではない男が、もう一人いる。氏郷の正面に席を占めた伊達政宗《だてまさむね》である。

小田原に参陣してどうにか罪を許されたものの、昨年蘆名《あしな》氏を滅ぼして手に入れた会津を、没収されることは避けられない情勢だった。

やがて唐冠《とうかむり》に水干《すいかん》という関白《かんぱく》姿の秀吉が、石田三成《みつなり》らを従えて上段の間に入ってきた。関東と奥州の平定を終え、日本の統一をほぼなしとげた自信のせいか、周囲を圧する威厳をただよわせていた。

「皆の者、大儀《たいぎ》である」

発したのはその一言だけで、後のことは三成に任せた。

秀吉が手足のごとく重用《ちょうよう》している切れ者で、氏郷より四つ歳下だった。

「奥州の仕《し》置《お》きについての御諚《ごじょう》は、以下のとおりでございます」

三成は大仰《おおぎょう》に奉書《ほうしょ》を開き、秀吉の裁定を読み上げた。

「一つ、会津、岩瀬、安積《あさか》、安達《あだち》の四郡を伊達左京大夫《さきょうのだいぶ》から収公し、蒲生《がもう》飛驒守《ひだのかみ》の知行地《ちぎょうち》とすること」

この申し渡しによって、南奥州四十二万石が氏郷の所領と正式に定められた。

近江《おうみ》の日野にいた頃と同じ、海のない領国だった。

政宗はこの四郡を取り上げられたばかりではない。武力で服属させていた白川義《しらかわよし》親《ちか》、田村宗顕《むねあき》、石川昭光《あきみつ》らが所領を没収されたために、版図《はんと》の半分ちかくを失うことになった。

「一つ、葛西晴信《かさいはるのぶ》、大崎義隆《よしたか》の所領を召し上げ、木村吉清《よしきよ》の知行地とすること」

この裁定に座がどよめいた。

二人の所領は合わせて三十万石をこえている。それを五千石の所領しか持たない吉清に与えるとは、予想だにしない大抜擢《だいばってき》だった。

申し渡しが終わると、氏郷と吉清は秀吉の御座所に呼ばれた。

「その方ら、不意の国替えゆえ何かと物入りであろう」

秀吉は機嫌よく二人を迎え、当座の費用にせよと金銀を入れた革袋を渡した。ずしりと重い。今年の年貢《ねんぐ》収入がなくても、家中《かちゅう》が一年暮らしていけるほどの額だった。

「慣れぬ土地ゆえ苦労も多かろうが、二人で力を合わせて奥州平定の実《じつ》を上げよ。吉清は飛騨守よりひと回りも歳上じゃが、大名としての経験がない。今後は飛騨守を父と思い、何事も教えを乞うようにせよ」

「ははっ、かしこまってございます」

吉清が太った体をすくめて平伏《へいふく》した。

もとは明智光秀《あけちみつひで》の家臣で、本能寺の変の時には丹波《たんば》亀山城の留守役に任じられていた。ところが光秀が山崎の合戦で敗れると、いち早く城を明け渡して秀吉に通じた小器用《こぎよう》な男である。

治政や検地には手腕《しゅわん》を発揮するものの、武将としての実績はほとんどなかった。

「飛驒守、そちは吉清を我が子と思い、足らざるをおぎなってやれ。伊達の若僧はひと筋縄《すじなわ》ではいかぬ奴ゆえ、北と南から監視の目を光らせておくのじゃ」

「承知いたしました。ついてはひとつ、お願いがございます」

「うむ、申せ」

「それがしも木村どのも、これほどの大国を治めるに足る家臣を持っておりません。それゆえ諸国の牢人《ろうにん》を召し抱《かか》えることをお許しいただきとう存じます」

氏郷は不興《ふきょう》を恐れず申し出た。

所領を没収された大名の旧臣たちを無断で召し抱えれば、後で難癖《なんくせ》をつけられるおそれがあるからである。

「むろんじゃ。この地のことは、その方らの才覚に任す」

秀吉は快く応じたが、言葉とは裏腹に氏郷に向けた目は険《けわ》しかった。

奥州仕置きを終えた秀吉は、八月十二日に黒川を発《た》って帰国の途についた。

氏郷はそれを見送り、奥州奉行の浅野長政から所領と黒川城の引き渡しを受けた。長政は秀吉よりひと足早く黒川に乗り込み、伊達政宗と交渉して所領没収の手続きを進めていた。

黒川城は猪苗代《いなわしろ》湖の西側に位置している。

車川と羽黒川にはさまれた丘の上にある平山城《ひらやまじろ》で、会津の名門蘆名氏が代々居城《きょじょう》としてきた。ところが昨年伊達政宗が蘆名氏を滅ぼし、米沢《よねざわ》から移って本拠地としたのだった。

城は土塁《どるい》と堀をめぐらしただけの中世的城館である。総石垣にして天守閣をそなえた近世の城とは比較にならないほど貧弱で、城下町の整備もなされていない。

氏郷に課せられた使命は、豊臣政権の北の要《かなめ》として奥州を監視し、異議なく服従させることである。それゆえ黒川城を任務にふさわしい威容を誇る城にきずき直さなければならなかったが、入封したばかりでとてもそこまでは手がまわらなかった。

まず最初にやるべきことは、領内の治安の維持と人心の掌握《しょうあく》だった。

新しい所領は、現在の福島県の半分にもおよぶ広大な土地である。山と平野が複雑に入り組み、それぞれの地域ごとに国人《こくじん》領主たちが割拠《かっきょ》して、独立自尊の気風を保っている。

畿内とは人の気質もちがうし、言葉もうまく通じない。上方武士がいきなり乗り込んできたことへの反発や反感もある。

しかも秀吉が検地と刀狩《かたながり》をきびしく命じていることが、統治をいっそう難しいものにしていた。

検地とは年貢の徴収《ちょうしゅう》を確実にするための土地台帳を作成することである。従来はそれぞれの村や領主からの自己申告によって年貢高を決めていたが、これではきわめて不正確で隠し田なども多かった。

そこで検地をおこなって正確な土地台帳を作ろうとしたわけだが、それと同時に大増税を強行することにした。従来は三百六十歩《ぶ》を一反《たん》としていたが、検地に際しては三百歩を一反としたので、二割の増税ということになる。

刀狩は武士以外の者から武器を取り上げ、それぞれの生業《なりわい》に専念させるための政策である。武器ばかりか土豪《どごう》や地侍《じざむらい》たちが拠点としていた城まで破却《はきゃく》し、領主に対する抵抗の芽をつみ取ろうとするものだった。

これは天下を統一し、来たるべき大陸への出兵に民《たみ》を総動員するための布石でもある。

検地や刀狩に反対する者がいたら、「城主に候《そうらわ》ば、其《そ》のもの城へ追い入れ、各《おのおの》相談、一人も残し置かず、なでぎりに申し付くべく候《そうろう》」と諸大名に命じたほど、厳格な姿勢でのぞんでいた。

氏郷は黒川城の大広間に重臣たちを集め、今後の対応を協議した。

「所領は広いし、地形は複雑に入り組んでおる。それぞれに持ち場を分担して事にあたるしかあるまい」

そう告げてから、重臣たちの配置案を示した。

町野左近将監《まちのさこんのしょうげん》は猪苗代城、関右兵衛一政《せきうひょうえかずまさ》は白河城《しらかわ》、蒲生源左衛門郷成《げんざえもんさとなり》は二本松城、蒲生左文郷可《さもんさとよし》は伊南城《いな》など、それぞれの責任において治めさせることにした。反対する者はいない。皆が心をひとつにして事にあたる以外に、この難局を乗り切る方法がないことを誰もが分っていた。

「もし領民の反感を買い、一揆《いっき》が起きるような事態になれば、肥後国《ひご》を治めきれずに処罰された佐々成政《さっさなりまさ》どのの轍《てつ》を踏むことになる。その時はこの場にいる者は皆、腹を切って関白殿下《でんか》におわび申し上げねばならぬ」

領民の反感を招かないためには、家中の規律を厳正にし、不正や乱暴狼藉《ろうぜき》、居丈高《いたけだか》な振舞いがないようにしなければならない。

上位の者から中間小者《ちゅうげんこもの》にいたるまで、氏郷の名代《みょうだい》という意識をもって領民と接するように申しつけた。

「領民からの訴えはつぶさに聞き、家臣に落度があったならすみやかに処罰せよ。

新たに家臣を召し抱える時は、それぞれの村の主立った者と申し談じ、蘆名家の旧臣を優先するようにせよ。この秋の年貢は四分《ぶ》とする。年内に納められない村は、来年の春まで延引《えんいん》しても構わぬが、このことを事前に告げてはならぬ」

氏郷はこと細かに指示をして、従わぬ者は膝詰《ひざづ》めで説得せよと念を押した。

年貢は普通五公五民、収穫の五割を徴収する。だが今年は四割にして、領民との融和《ゆうわ》をはかろうとしたのだった。

翌日、重臣たちは兵をひきいてそれぞれの持ち場に向かった。

氏郷は黒川城での仕事が一段落すると、近習《きんじゅう》たちを引き連れて領内の見回りに出た。

秋の猪苗代湖は真っ青にすんで、琵琶湖に似たおだやかさをたたえている。紅葉の始まりは早く、磐梯山《ばんだいさん》の山頂あたりはすでに真紅《しんく》に彩《いろど》られ、山裾《やますそ》に向かって赤や黄色が入りまじった鮮やかな色模様をなしていた。

（この地を拝領したと聞いたなら、於冬は何と言うだろう）

氏郷はふとそう思った。

畿内の者は、白河の関より北は蝦夷《えみし》の国だと思っている。安達ケ原《あだちがはら》には鬼が棲《す》むと、本気で信じている者も少なくない。

その地の領主となったと知ったなら、冬姫はさぞがっかりするだろう。父が生きていたならこんな憂《う》き目を見ずにすんだと、氏郷の不甲斐《ふがい》なさをなじるかもしれない。

だが今は耐え忍び、手柄《てがら》を立てて畿内に呼びもどされるのを待つしかない。たとえ何年かかろうと、志さえ捨てなければ機会はかならずめぐってくるはずだった。

十月になって間もなく、大崎、葛西の旧領を拝領した木村吉清から書状が来た。

領内の米泉《こめいずみ》という村に伝馬役《てんまやく》を申しつけたところ、大崎家の旧臣である笠原一族がこれに逆らい、隠し持っていた刀三腰《みこし》を取り出して抵抗した。

そこで吉清は即座に軍勢をつかわし、一族の者たち三十人ばかりを捕えて磔《はりつけ》にしたのだった。

「右のいたずら者三十人あまり捕え、中新田《なかにった》にて機物《はたもの》にかけ申し候。何日においても、かようのいたずら者これ在《あ》るにおいては、何時《なんどき》も申し付くべく候間、御心《おこころ》安く思《おぼ》し召さるべく候」

吉清は得意気《とくいげ》にそう記していた。

日付は十月五日で、このことは奥州奉行の浅野長政にも報告したという。

氏郷はいやな予感がした。

争いのきっかけは伝馬役のことだが、根本の原因は検地や刀狩に対する不満である。笠原一族の者たちが隠し持っていた刀を使って抵抗していることが、このことをよく表わしている。

秀吉は逆らう者がいたら、一人も残さずなで斬りにせよと命じているのだから、吉清はそれに忠実に従ったわけである。

今後もこのような者がいたら同様に厳しく処分すると得意気に書いているのは、自分のやり方がまちがっているとは露《つゆ》ほども思っていないからだろう。

しかし相手は誇り高い武士だった者たちである。

いきなり所領を奪われ、刀まで取り上げられて言うとおりにせよと迫られたら、命がけの反抗に出たくなるのは無理もあるまい。

それゆえ上に立つ者は細心の注意を払い、争いの芽を未然につみ取るようにしなければならないが、大きな所領を治めたことがない吉清は、秀吉の威光《いこう》を笠にきて領民を強引に従わせようとしている。

刀三腰だけで抵抗した者を三十人も捕えて磔にするようでは、先が危ういと言わざるを得なかった。

（愚か者が。にわかに出世して思い上がったか）

氏郷は吉清の軽挙《けいきょ》をいましめる書状をしたため、老臣の結解十郎兵衛《けつかいじゅうろべえ》をつかわして指導にあたらせることにした。

だがこれだけでは安心できず、町野輪之丞《りんのじょう》を呼んで木村領の内情をさぐるように命じた。

「木村伊勢守《いせのかみ》に兵糧《ひょうろう》を送る。その荷駄《にだ》に甲賀組《こうかぐみ》の者をまぎれ込ませ、村々や宿場《しゅくば》の様子をさぐってこい」

輪之丞は小田原城攻めの時、敵の夜討ちを事前に察知した切れ者である。領民の暮らしぶりを見ただけで、吉清の治政の不備に気づくはずだった。

氏郷の予感は最悪の形で的中した。

吉清のやり方に憤激《ふんげき》した葛西家の旧臣たちが、十月十二日に胆沢《いさわ》郡柏山《かしやま》で蜂起《ほうき》し、木村家の家臣たちの屯所《とんしょ》をおそって皆殺しにした。

翌日には気仙《けせん》郡や奥州平泉がある磐井《いわい》郡でも一揆が起こり、木村家の家臣たちが次々に討ち取られた。

志田《しだ》郡の古川城にいた吉清の嫡男秀望《ちゃくなんひでもち》は、北部で一揆が続発していると聞き、父と対応を協議するために手勢をひきいて寺池城に急行した。

この隙をついて玉造《たまつくり》郡の大崎家の旧臣が蜂起し、岩出山《いわでやま》城を攻略して古川城に攻め寄せた。

秀望はあわてて古川城にもどろうとしたが、一揆勢に行く手をはばまれ、栗原《くりはら》郡の佐沼《さぬま》城に難をさけざるを得なくなった。

　これを見計らったように大崎家の旧領全域に一揆が起こり、佐沼城に押し寄せて隙間もなく包囲した。

　吉清は急を聞いて佐沼城に駆けつけ、搦手《からめて》の囲みを破って城内に入ったが、身《み》方《かた》はわずか五百余、敵は三千にも及ぶ。

　しかも吉清らに従っていた葛西家や大崎家の旧臣たちが、夜になるのを待って逃げ出したために、吉清らは籠城《ろうじょう》して伊達政宗や蒲生氏郷の救援を待つしかない状況におちいった。

　世に言う葛西・大崎一揆である。


　氏郷に第一報をもたらしたのは、吉清のもとにつかわした結解十郎兵衛である。

　十郎兵衛は伊達領である黒川郡まで行ったものの、一揆が蜂起したために木村領に入れないまま引き返してきたのだった。

「国境《くにざかい》の関所を一揆勢が固めている有様で、先へ進めたものではござらぬ。お申しつけをはたせず面目なき次第にござる」

「一揆の原因は何だ」

「木村どのの失政でござる。検地や刀狩、年貢の取り立てを急ぐあまり、葛西、大崎の旧臣の妻子を人質《ひとじち》に取って実行を迫ったそうでござる。しかも木村家の家臣の多くは上方から急に呼び集めた牢人で、領民に対する無体《むたい》な振舞いが目にあまったと申しまする。中には人質とした妻女を手ごめにしたり、手討ちにする者もいたそうでござる」

五千石の身代《しんだい》から急に三十万石の大名に取り立てられた木村家には、所領を治めるに足る家臣団がいない。

そこで手当たり次第に牢人を召し抱えて急場をしのごうとしたために、統治の知識も経験もない者たちが、力ずくで領民を押さえ込む事態を招いた。

一揆勢が各地に派遣された木村家の家臣を容赦《ようしゃ》なく皆殺しにしたのは、入封以来の横暴への恨《うら》みがあったからだという。

「しかし、いささか妙なことがござりまする」

「申せ。遠慮は無用じゃ」

「隣国にこのような騒動が起こっているというのに、伊達家では何の備えもしておりません。我らは下草《しもくさ》城の城下にとどまっておりましたが、戦《いくさ》の仕度《したく》をする様子もございませんでした」

しかも伊達家の役人から、木村領に入るのは無理なので早々に引き返すように求められたという。

「それにこたびの一揆は、一の矢を放って葛西領北部に木村家の軍勢を引きつけ、二の矢を番《つが》えて大崎領南部の岩出山城や名生《みようう》城、古川城を攻め落としております。事前に周到な打ち合わせをしなければ、これほど手際《てぎわ》良くは参りません」

十郎兵衛は賢秀《かたひで》の頃から蒲生家に仕え、数々の戦功をあげてきた老巧の士である。一揆の推移を聞いただけで、計画的なものだと察していた。

「誰かが裏で糸を引いていると申すか」

「さよう。それも思いもよらぬ強敵のようでござる」

十郎兵衛は伊達政宗だとほのめかしている。だが氏郷は気づかぬふりをして受け流した。

そうした疑いを持っていることが噂になっただけで、家臣や領民が大きく動揺すると分っていたからである。

第二報は町野輪之丞がもたらした。

輪之丞らの荷駄も下草城下まで進んだが、伊達家の役人に引き返せと言われてもどってきた。

だが輪之丞は荷駄からはなれ、木村領に潜入して様子をさぐってきたのである。

「古川城には三千余の木村勢が立てこもっておりましたが、一揆勢に包囲されて城を明け渡しました。城兵の命を助けるかわりに、人質に取られていた葛西、大崎家の女や子供を解き放つことが、和議の条件だったそうでございます。城を出た木村家の家臣たちは上方に逃げ帰ろうとしましたが、黒川郡の小野目沢《おのめざわ》で一揆勢に包囲され、皆殺しにされたと聞きました」

「黒川郡は伊達領ではないか」

「おそらく伊達の軍勢が、一揆勢をよそおって木村勢をおそったのでございましょう」

「口封じか」

「そうとしか思えませぬ。伊達家の家臣とおぼしき者が、国境の関所をこえて鉄砲や弾薬を一揆勢に渡しております。一揆勢の中には、伊達家の家紋を入れた胴丸《どうまる》を着けている者もおりました。これが関白殿下のお耳に入れば、伊達家は取りつぶされることになりましょう」

だから木村勢を一人も生きて返さぬつもりなのである。一揆勢が初めから木村家の者を皆殺しにしたのは、政宗の指示にちがいなかった。

（あの田舎《いなか》出の若者が……）

そこまでするかと、氏郷は背筋に寒気を覚えた。

政宗の狙いは一揆を煽動《せんどう》して木村吉清を討ちはたし、葛西、大崎領を手に入れることである。

しかも吉清が討死すれば氏郷も連帯責任を問われ、会津領を没収される可能性が高くなる。そうなれば政宗に旧領回復の道が開けてくる。

双方合わせて七十二万石。政宗は秀吉に奪われた領国の回復をかけて、冷酷非情な謀略を仕掛けたのだった。

（とにかく一揆の状況を、関白殿下に知らせておかなければならぬ）

氏郷は文机《ふづくえ》に向かい、矢立てを取り出した。

奥州奉行は浅野長政なのだから、本来なら彼を通じて報告するべきである。だが長政は会津没収の交渉をしている間に伊達政宗と親密になり、なかば籠絡《ろうらく》されている。

一揆を背後であやつっているのは政宗だと言っても、一笑《いっしょう》に付《ふ》されるおそれがあった。

（だが、証拠がない）

問題はそこだった。

証拠がないまま政宗に謀叛《むほん》の疑いがあると記せば、讒言《ざんげん》の罪に問われかねない。

政宗は木村勢を皆殺しにして証拠を残すまいとしているのだから、氏郷に気づかれた場合の備えもすでにしているはずだった。

熟慮の末に、一揆の状況と結解十郎兵衛の報告だけを記すことにした。秀吉は十郎兵衛の武勇と人柄を買っているので、彼の報告なら信用できると思うはずだった。

それにしても、政宗はこの先どんな手を打とうとしているのか。氏郷は奥州の国絵図を取り出し、三つの駒《こま》を図面上においた。

ひとつは会津黒川にいる氏郷、ひとつは米沢にいる政宗、そしてもうひとつは佐沼城にいる木村吉清、秀望父子である。

会津から佐沼まではおよそ五十里（二百キロ）。どんなに急いでも八日はかかる道程《みちのり》である。その間には大森、白石《しろいし》、国分《こくぶん》といった伊達家の所領があるし、入封して三ヶ月にもならない氏郷には道の様子もよく分らない。

政宗はそれを承知の上で、一揆勢に佐沼城を攻めさせて木村父子を討ち取ろうとしている。氏郷が救援に行こうとすれば口実をならべて阻止し、木村父子が死んだ後で一揆を平定する。

そうして氏郷は終始傍観《ぼうかん》していたと、秀吉に訴え出るにちがいなかった。

（あるいは出陣中に）

会津で一揆を起こさせるおそれもあった。

葛西、大崎と同じように、会津でも白川義親、石川昭光、田村宗顕らが所領を没収されている。彼らは三月《みつき》前まで政宗に従っていたのだから、蒲生家を追い出して旧領を回復すると誘われれば、一族の命運をかけて挙兵するはずだった。

つまり出陣中にも、所領の守りを厳重にしなければならないということである。

だが氏郷が松坂から連れてきた軍勢は四千。四十二万石を与えられてから新たに召し抱えた者を合わせても一万に満たない。これで両面作戦を取るのは至難の業だった。

氏郷はしばらく絵図をにらんでいたが、

（徳川どのを頼るしかない）

出陣中は家康に軍勢を借り、会津の守りについてもらうしかないと決意した。

家康は会津への国替えが決まる直前、力を合わせて東国の平安をきずこうと言ってくれた。あの言葉に偽《いつわ》りがないのなら、援軍を送ってくれるはずである。

氏郷はその判断にすべてを賭《か》けることにし、書状を送って上野国《こうずけ》館林城《たてばやし》にいる榊原康政《さかきばらやすまさ》の出陣を乞うた。

館林から白河まではおよそ二十五里（百キロ）。急げば四日で着くはずだった。

十月二十三日、氏郷のもとに奥州奉行の浅野長政から出陣命令がとどいた。

長政は奥州の仕置きを終えて帰国の途についていたが、白河にいた時に一揆の報に接し、氏郷と政宗に鎮圧《ちんあつ》のために出陣するように命じたのである。

「これから冬に向かい大儀と存ずるが、ご尽力《じんりょく》いただきたい」

使者は浅野正勝《まさかつ》だった。

長政の重臣で、会津を没収する際に政宗と交渉にあたった官僚肌の男だった。

「伊達どのにも、この旨《むね》を伝えてあります。奥州は不慣れの地でござろうほどに、伊達どのを先に立てて出陣なされればよろしゅうござる」

交渉の際にたっぷりと鼻薬《はなぐすり》をかがされている正勝は、政宗が一揆を裏であやっているとは露ほども疑っていなかった。

「承知いたした。貴殿《きでん》は伊達どのとは昵懇《じっこん》の間柄とうかがい申した。よろしくお伝えいただきたい」

氏郷はにこやかに応じた。

何も気づかないふりをして、政宗の油断を誘おうとしたのである。


三日後、正勝が米沢からもどって来た。

「伊達どのは今朝、一万五千の兵をひきいて出陣なされました。先に国境まで出向いて様子を知らせるゆえ、それを待ってご出陣いただきたいとのことでござる」

伊達領の黒川郡は、木村領と境を接している。そこまで行って一揆の状況をつぶさに確かめるという。

「一万五千と申されたか」

氏郷は聞き直した。それほどの大軍だった。

「伊達どのは、奥州探題《たんだい》家の面目にかけて一揆を鎮圧するとおおせでござる。ご安心めされよ」

「うけたまわった。それでは当家からも、ご出陣の引出物など届けたい。しばらくお待ち下され」

氏郷は正勝を別室で待たせ、結解十郎兵衛と町野輪之丞を呼んだ。

「十郎兵衛は浅野正勝とともに伊達どののもとにおもむき、次のように伝えよ」

政宗どのからの知らせを待って出陣するようにおおせをいただいたが、それでは関白殿下の御意《ぎょい》にそむくことになる。

そこでしかるべき者に一千余の兵をさずけて先発させるゆえ、御陣の片隅に加えていただき、奥州の兵法《ひょうほう》をつぶさに学ばせていただきたい。

「それがひとつ。もうひとつは、徳川どのに加勢を頼んだところ、榊原康政どのに一万の兵をそえて近日中に出陣させるとの知らせをいただいた。それゆえ当方も全軍をひきいて一揆鎮圧に向かう。何時《なんどき》なりとおおせをいただきたい」

家康からの返事はまだ来ていない。だが一万五千の伊達勢に対抗できる陣容だと伝えることで、政宗の暴走を牽制《けんせい》しようとしたのだった。

「輪之丞は十郎兵衛の従者としておもむき、伊達勢の様子をさぐってくれ」

甲賀者を十人ばかり連れて行き、異変があれば逐一《ちくいち》知らせよと申し含め、正勝と一緒に伊達の本陣へ向かわせた。

翌日、二本松城の蒲生源左衛門郷成を呼び、先発隊をひきいて出陣するように申しつけた。

「兵は一千しか付けてやれぬ。そのうち三百を鉄砲隊にするゆえ、何とか乗り切ってくれ」

郷成は元の名を坂源次郎《さかげんじろう》という。

島津征伐の時に秀吉も賞賛するほどのめざましい働きをし、蒲生の姓を与えられた。合戦の経験も多く冷静な判断力もそなえているので、こうした場合にもっとも頼りになるのだった。

「お任せ下され。ロルテスどのが持ち帰られた鉄砲の威力は、小田原で充分に分り申した。奥州の軍勢に遅れを取ったりはいたしませぬ」

郷成の配下には、蒲生（谷崎《たにざき》）忠右衛門《ちゅうえもん》、蒲生（赤座《あかざ》）四郎兵衛《しろべえ》ら歴戦の勇士がそろっている。兵数は少ないが、四、五倍の敵には対応できる陣容だった。

「伊達政宗は曲者《くせもの》じゃ。一揆と裏で通じておるゆえ、どのような動きをするか分らぬ。軍勢の背後にぴたりと付いて、油断なく見張ってくれ」

政宗は謀略の事実を秀吉に報告されることを恐れている。そこで郷成を側《そば》にはりつけ、動きを封じ込めようとしたのだった。

十月二十九日、先発隊が二本松城から出陣していった。

その直後から雪がふりはじめ、わずか半日で奥州の野山をぶ厚くおおった。

積雪は四尺（一メートル二十センチ強）をこえ、北からの風に吹き上げられて視界を閉ざす。地吹雪《じふぶき》と呼ばれる現象で、温暖な松坂から来た氏郷らには想像を絶する光景だった。

氏郷は本隊の出陣にそなえ、地元の武士たちに指導させて雪中行軍の準備をさせた。手足が凍《こご》えぬように手袋や足袋《たび》をそろえ、中に唐辛子《とうがらし》を入れる。

唐辛子はヨーロッパ人が伝えた南アメリカ原産の香辛料《こうしんりょう》だが、この頃には体温維持の効果があることが知られていた。

雪道を歩くには樏《かんじき》を使うか、先頭の者たちが雪を踏み固めて地ならしをしなければならない。しかも雪中での夜営の装備も必要なのだから、困難ははかり知れなかった。

十一月三日、町野輪之丞の使者が来た。

伊達勢一万五千は利府《りふ》城にむかっているが、行軍は緩慢《かんまん》で佐沼城を救援する意志は見られないという。

「源左衛門の先発隊はどうした」

「雪にはばまれて、伊達勢に追いつくことができないようでございます」

「佐沼の様子は」

「国境を一揆勢が固めていて、潜入することができませぬ。すでに落城し、木村父子が切腹したという噂も流れております」

だがこれは、伊達勢が意図的に流していると思われる。輪之丞の使者はそう伝えた。


氏郷はただちに出陣する意志を固め、重臣たちを集めて事をはかった。

「それはいかがなものでござろうか」

家老の町野左近将監が、やんわりと異《い》をとなえた。

雪はふりやまず、積雪は七尺に達している。雪になれていない蒲生衆には、こんな状況で行軍するのは無理だというのである。

「それに領国の守りもござるゆえ、出陣したとしても三千か四千の兵しか出せませぬ。それでは一万五千の伊達勢には太刀《たち》打《う》ちできますまい」

謀略に気づかれたと知ったなら、政宗は一揆の仕業《しわざ》に見せかけて、蒲生勢を皆殺しにしようとするにちがいない。それに対処する方策もないまま出陣しては、殺されに行くようなものだというのである。

「町野の申すことはもっともじゃ。だが関白殿下は、木村を我が子と思って助けよとおおせられた。伊達の動きを恐れて見殺しにしては、我らの漢《おとこ》が立たぬ。臆病《おくびょう》をとがめられて会津を没収されても、何ひとつ申し開きができまい」

それゆえ六千の兵をひきいて出陣すると、氏郷は意志を曲げなかった。

「六千でござるか」

左近将監が絶句したのも無理はなかった。

現在の兵力は一万に満たないので、六千をひきいて出れば会津黒川城には二千ばかりの留守部隊しか残せない。それでは白川、石川、田村らが政宗に通じて一揆を起こした時に、とても防ぎきれなかった。

「残った者はそれぞれの城にこもり、固く城門を閉ざして一揆にそなえよ。この雪を身方にすれば、寡兵《かへい》とはいえ守りきれぬことはあるまい」

それにあと数日のうちには、徳川家康が救援の兵を送ってくれると付け加えた。

「それは、まことでござるか」

「上州《じょうしゅう》館林の榊原康政どのが、すでにこちらに向かわれておる」

「なるほど。さようでござったか」

それなら領国の守りは安心だと、左近将監や重臣たちが一様にほっとした顔をした。

「それゆえ我らは、佐沼城を救うことだけに専念すればよいのじゃ」

まだ家康から応諾《おうだく》の知らせがあったわけではない。だが氏郷はかならず兵を出してくれると信じていた。

十一月五日、予定どおり六千の兵をひきいて会津を発った。

雪になれた地元の足軽《あしがる》千人を先頭に立て、雪を踏み固めさせながらの行軍だった。

幸い雪も風もやみ、空は晴れている。新雪が太陽に照らされ、眩《まばゆ》いばかりに耀《かがや》いていた。

白銀の大地に磐梯山がそびえ、満々と水をたたえた猪苗代湖が青くすみわたっている。何と雄大で美しい光景かと息を呑むほどだが、行軍となると感嘆してばかりもいられなかった。

「雪目《ゆきめ》という病《やまい》がある。陣笠を目深《まぶか》にかぶり、目を半眼《はんがん》にして進め」

一番隊をひきいる町野左近将監が下知《げち》した。

雪に反射した太陽の光は、多量の紫外線をふくんでいる。これをまともに見つづけると、角膜《かくまく》が炎症をおこして一時的に視力を失うのである。

二番隊は梅原弥左衛門《やざえもん》、三番隊は細野九郎右衛門《くろうえもん》、四番隊は蒲生主計助《かずえのすけ》、五番隊は佐久間久右衛門《きゅうえもん》がひきいている。

六番は弓、鉄砲隊、七番は手廻小姓組《てまわりこしょうぐみ》、八番は馬廻り衆を従えた氏郷、そして後ろ備えを氏郷の姉婿《あねむこ》の関一政がつとめていた。

一行は長蛇《ちょうだ》の列をなして猪苗代湖の北側を通り、中通りと呼ばれる奥州街道に出て北へ向かった。

雪道は思った以上の難敵で、一日に五里を進むのがやっとである。

しかも夜営の仕度に手間取るし、暖《だん》を取るための薪《たきぎ》を集めるのも容易ではない。その分将兵の体力が消耗《しょうもう》し、軍勢の士気を保つのが難しかった。

三日目の午後から吹雪になった。

ちょうど奥州街道に出た頃で、水分の多いボタ雪が安達太良山《あだたらやま》から吹き下ろす猛烈な風に乗って吹き寄せてくる。

雪は鎧《よろい》にふり積もり、容赦なく体温と体力を奪っていく。

「全軍止まれ。左手の雑木林に入って雪がおさまるのを待つのじゃ」

氏郷は休息を命じたが、吹雪はいっこうにおさまらなかった。

このまま夜になれば厳寒にさらされてしまうと焦りはつのるが、将兵の疲れは限界に達していて、宿営地の本宮《もとみや》まで歩き通せるかどうか分らなかった。

氏郷は蓑《みの》をつけ、愛馬の真鹿毛《まかげ》にぴたりと寄りそっていた。

馬は体温が高いので、こうしていると少しでも寒さをしのぐことができる。それでも体の芯《しん》まで凍るほどだから、蓑も馬も持たない者たちの辛《つら》さは想像を絶していた。

その苦難を思い不憫《ふびん》さがつのるにつれて、氏郷はこうなることを未然に防げなかった自分の不手際を悔《く》やんだ。

もともとの原因は、秀吉の本心を見抜けなかったことにある。秀吉が自分を邪魔者と見なし会津へ追い払ったと分っていれば、木村父子への心配りもちがっていただろう。

ところが、やがて畿内へ呼びもどすという秀吉の言葉を信じ、現実を直視することをさけてきた。だから目の前で起こっていることの意味に気づかなかったのだ。

(関白殿下は私を遠ざけられたばかりではない。奥州仕置きの捨て石になされるつもりなのだ)

氏郷はようやくそのことに気づいていた。

わずか五千石の身上《しんしょう》だった木村吉清に、葛西、大崎の旧領三十万石を任せたのは、治政の不手際によって一揆が起こるように仕向けるためだ。

いったん戦乱を起こし、圧倒的な武力で鎮圧すれば、豊臣政権の奥州支配はより磐石《ばんじゃく》になるからである。

(肥後でのやり方と同じだ)

吹雪の中にうずくまって寒さに耐えながら、氏郷は己れのうかつさを笑った。

秀吉は政敵だった佐々成政に肥後一国を与えたものの、一揆が起こってもすぐには援軍を送らなかった。そして成政だけでは手に負えなくなるのを見計らって鎮圧の兵を出し、一揆を防げなかった責任を負わせて切腹させた。

こうして目ざわりな成政をつぶしたばかりか、子飼いの加藤清正《きよまさ》と小西行長《ゆきなが》に半国ずつを与え、肥後支配を強固なものにしたのである。

自分もあの時の成政と同じ立場におかれている。伊達政宗がこれほど露骨《ろこつ》に一揆を煽動しているのは、秀吉と申し合わせているからにちがいない……。

氏郷は恐ろしい疑念にかられ、首にかけた十字架を握りしめた。

（天にまします我らの父よ。御国《みくに》が来ますように。御心《みこころ》がおこなわれますように。あなたと同じように、私もすべての罪を許せますように）

心の中で何度もくり返しているうちに平常心を取りもどし、秀吉や政宗の姿が脳裡《のうり》から消え去った。

そうして苦難の中に生きながらもキリストの教えに従い、信長がめざした領国をきずくことこそ、自分の取るべき道だという覚悟が定まってきた。

「全軍、出立《しゆったつ》じゃ。これしきの吹雪に臆《おく》するでない」

氏郷は蓑を捨て真鹿毛にまたがり、先頭をきって歩き始めた。

雪は馬の足を埋めるほど深い。だが己れを信じ将兵を励まし、前だけを向いて歩きつづけることにしたのだった。

対決

氏郷《うじさと》がひきいる六千の軍勢は、十一月八日に二本松《にほんまつ》城に到着した。過酷な雪中行軍がつづいたが、一人の落伍者《らくごしゃ》も出していなかった。

二本松城は現在の二本松市の北に位置している。白旗《しらはた》が峰《みね》の山上からふもとの居館《きょかん》まで、ひな壇状に曲輪《くるわ》を配した梯郭式《ていかくしき》の平山城《ひらやまじろ》である。

伊達政宗《だてまさむね》に滅ぼされた畠山義継《はたけやまよしつぐ》が居城とした城で、氏郷が会津《あいづ》に入封《にゅうほう》してからは蒲生源左衛門郷成《がもうげんざえもんさとなり》に預けていた。

郷成はすでに、先発隊をひきいて伊達勢に合流している。弟の坂源兵衛《さかげんべえ》（蒲生郷舎《さといえ》）が留守役をつとめていた。

「お待ち申しておりました。どうぞ、こちらに」

源兵衛が二の丸の御殿に案内した。

まだ前髪立ちの少年だが、氏郷や重臣たちが泊る御殿ばかりか、城内の櫓《やぐら》や屋敷をすべて空け、将兵が屋根の下で眠れるようにしていた。

「粥《かゆ》も充分に炊《た》き、薪《たきぎ》も用意しております。体をぬくめて行軍の疲れをいやして下されませ」

「よう手配りをしてくれた。城を空けてくれたのはありがたいが、城詰めの将兵はどこで夜を過ごすのだ」

氏郷は雪にぬれて冷えきった鎧《よろい》をぬいだ。

体が急に軽くなり、生き返った心地《ここち》がした。

「城外に野営し、敵の来襲にそなえるように命じております」

「女や子供もか」

「奥州の冬の厳しさに慣れるよい機会ゆえ、雪室《ゆきむろ》を作って一夜を過ごさせることにいたしました」

「さようか。よき配慮じゃ」

「この雪の中をご出陣なされるご苦労を思えば、これしきのことは何でもございません。どうぞ、おくつろぎ下さいますよう」

源兵衛は世話役の小姓《こしょう》を残し、野営の指揮をとるために城外に出ていった。

御殿には御焚火《おたきび》の間がある。大きな囲炉裏《いろり》があり、火が赤々と燃えていた。

そこに重臣を集めて今後の打ち合わせをしていると、浅野正勝《まさかつ》がやって来た。

「早々のご到着、祝着至極《しゅうちゃくしごく》にございます。されどこの先は雪も深く、道にも不慣れのことと存ずる。しばらくご出馬を見合わせ、伊達どのからの知らせを待っていただきたい」

正勝はうやうやしく政宗の書状を差し出した。

二日前に記したもので、内容は次のとおりだった。

「氏郷どのは当方からの連絡を待って出馬すると、正勝から報告を受けていた。ところが急に会津を発《た》たれたと聞いて、大変驚いている。自分は昨日宮城（利府《りふ》）に着いた。佐沼《さぬま》城の木村父子は今のところ無事だが、雪のために進軍できないので、落城は避けられないのではないかと案じている。詳しいことは正勝が申し上げるので、よろしくご配慮いただきたい」

政宗の狙いは、佐沼城の落城を待つことである。それまで時間をかせいで木村吉清を討死させ、葛西《かさい》、大崎の旧領三十万石を手に入れようと目論《もくろ》んでいるので、氏郷に邪魔をされたくない。

だがそれをあからさまに書くわけにはいかないので、浅野正勝を上手に使って氏郷を牽制《けんせい》しているのだった。

「確かにうけたまわった」

氏郷はゆっくりと書状に目を通し、家老《かろう》の町野左近将監《さこんのしょうげん》に渡した。

正勝はしばらく氏郷の顔色をうかがってから、

「先般蒲生どのは、会津にて連絡を待つとおおせられた。それがしは伊達どのにそのようにご報告申し上げましたが、にわかのご出陣と聞き、ご真意を確かめに参ったのでござる」

氏郷のせいで面目を失ったと言わんばかりに、釈明《しゃくめい》を求めた。

「会津でお目にかかった時は、伊達どのの連絡を待つべきだと考えておった。しかし関白殿下《かんぱくでんか》から木村吉清《よしきよ》を我が子と思えと命じられておるゆえ、座して待つわけにはいかぬと思い直したのじゃ」

「この雪では、兵糧《ひょうろう》を調達するのが難しゅうござる。何万もの軍勢が攻め入っては、民百姓を困窮させることにもなりかねません」

政宗はそれを案じて出陣を控えるように言っているのだから、今度はおおせに従ってもらいたい。正勝はそう迫った。

「佐沼城のことは請《う》け合うと伊達どのが誓約して下さるなら、ここで連絡を待つことにする。そのように取り次いでもらいたい」

「承知いたしました。急いでご了解を得て参りますゆえ、くれぐれも約束を守っていただきたい」

正勝は強い口調で念を押し、政宗のもとにもどっていった。

その夜は久々に暖かい夜具に寝たが、氏郷は眠れなかった。

明日出陣することはすでに決めている。正勝にあんな返事をしたのは、政宗を油断させて追いつく時間をかせぐためである。

だがあざむかれたと知ったなら、政宗がどんな手を打ってくるか分らない。不慣れな雪の中を突き進むことにも大きな不安があった。

「政宗という男は夜叉《やしゃ》でござるぞ。畠山どのの一件がよい例でござる」

町野左近将監がそう言って披露《ひろう》した話が、氏郷の耳底《じてい》に残っていた。

五年前、二本松城主だった畠山義継は、政宗に臣下の礼をとるために米沢城《よねざわ》をたずねた。ところが伊達家の対応に不審を覚え、政宗の父輝宗《てるむね》を人質《ひとじち》に取って脱出しようとした。

これを追撃した政宗は、輝宗もろとも義継を射殺した。そうして手足をずたずたに斬り裂き、再びぬい合わせて磔《はりつけ》にかけた。

この無残《むざん》なやり方に憤《いきどお》った畠山家の家臣たちは、二本松城に立てこもって主君の仇《あだ》を報じようとしたが、政宗は電光石火の攻撃を仕掛けて皆殺しにしたという。

歳は氏郷より十一も若いが、尾張《おわり》を統一した頃の信長を思わせる凄《すさ》まじいやり方である。厳寒の雪原でこんな男と対峙《たいじ》するのは気が重いが、出陣を延ばせば政宗の思う壺《つぼ》だった。

（見殺しになど、断じてさせぬ）

向こうが夜叉ならこちらは獅子王《レオン》だと気持ちをふるい立たせ、翌日の早朝には二本松城を出発した。

吹雪《ふぶき》は相変わらずである。目を開けていられないほどの激しさで前方から吹きつけてくる。

蒲生勢は互いの体をぴたりと寄せて体温の低下と体力の消耗《しょうもう》をさけ、前かがみになってひたすら歩きつづけた。

夕方に大森城に着いた。

現在の福島市南部に位置する平山城である。かつては政宗の片腕と称された片倉小十郎景綱《こじゅうろうかげつな》の居城だったが、秀吉の奥州仕置《しお》きによって氏郷に与えられた。

蒲生領の最北端の要衝《ようしょう》で、この先は伊達政宗の領国である。氏郷はこの城で全軍に一日の休息を与え、次の行軍にそなえさせた。

その間も氏郷は休んでいない。甲賀組《こうかぐみ》をひきいる町野輪之丞《りんのじょう》を呼び、伊達領の様子をつぶさに聞いた。

「この先白石《しろいし》、岩沼、国分《こくぶん》と伊達家の城が並んでいますが、蒲生勢を迎える仕度《したく》をしている様子は見受けられません。おそらく城内に入れないつもりでございましょう」

政宗は非協力をつらぬくことで、蒲生勢の進軍を遅らせようとしている。兵糧や薪を集めている様子もないので、補給は受けられないと覚悟しておかなければならなかった。

政宗は秀吉から、氏郷に協力せよと命じられているのだから、これは明らかに命令違反である。だがそれを追及されたなら、氏郷が約束を破って進軍してきたので、仕度が間に合わなかったと言い抜けるだろう。

正勝を通じて再三出陣の延期を求めたのは、そうした計略があるからだった。

(その手は喰《く》わぬ)

氏郷はただちに政宗に使者を送り、出馬を待てとのご意向を浅野正勝からうけたまわったが、共に一揆《いっき》の鎮圧《ちんあつ》を命じられているので、どんな時にも一緒に行動したいと思って出陣したと伝えさせた。

また、奥州の道は不慣れなので、案内の者をつかわして行軍の便宜《べんぎ》をはかってほしいと申し入れた。

正勝にも書状を送り、木村吉清は固く城を守っていると聞いたので、氏郷が到着するまで一揆勢への攻撃を待つように政宗に伝えてもらいたいと申し入れた。

政宗は一揆勢に木村父子を討ち取らせた後、木村領に兵を進めて鎮圧に乗り出そうとしている。そうして一揆勢を追い散らしたと見せかけ、ほとぼりが冷めた頃に呼びもどすつもりなのである。

それを封じるためには、単独行動をしないように釘をさしておく必要がある。

たとえ政宗がこれを無視しても、氏郷がそう申し入れたことは、奥州奉行の浅野長政を通じて秀吉に伝わるのだから、後に訴訟となった時に証拠にすることができるはずだった。


翌日、徳川家康から使者が来た。

陣中で使い番をつとめる騎馬武者を、急ぎに急がせたのだった。

「申し上げます。去る十一月八日、結城秀康《ゆうきひでやす》さま、榊原康政《さかきばらやすまさ》どのの軍勢一万三千が、館林《たてばやし》城を出勢し、会津に向かって進軍中でございます」

要点だけを簡潔に告げ、家康の書状を差し出した。

寒中のご出陣、さぞご苦労をなされていることと思う。康政には会津の守りを、倅《せがれ》には貴殿《きでん》の助勢を命じたので、ご自分の手勢だと思ってお使いいただきたい。

家康は直筆《じきひつ》でそう記していた。

「秀康どのまで、助勢に来て下されるか」

氏郷は感激のあまり涙をうかべた。

秀康は家康の次男で、九州征伐や小田原攻めでも抜群の戦功をあげた。秀吉の養子になった後に下総《しもうさ》の結城家に養子に入り、北関東の重鎮《じゅうちん》となって奥州へにらみをきかせている。

家康が秀康まで出陣させたのは、一揆を背後であやつっているのは政宗だと見抜いているからにちがいなかった。

「秀康さまは五千の兵をひきいておられます。あと五日ほどで会津に到着なされるものと存じます」

「大儀であった。このように嬉《うれ》しい援軍をいただくのは初めてだと、家康どのに伝えてくれ」

氏郷は腰の脇差《わきざし》を与えて使者の労をねぎらった。

これで迷いも恐れもなく進軍できる。氏郷は先発隊をひきいる蒲生郷成に使者を送って朗報を告げ、十三日に宮城郡の国分に着くので合流するように命じた。

国分まではおよそ二十里《り》（八十キロ）の道程《みちのり》である。

これまでの雪中行軍の苦難を思えば四日はかかると覚悟していたが、輪之丞の報告では中通りと呼ばれるこの道は雪が少ない。道幅も広く平坦《へいたん》だというので、三日で踏破《とうは》すると決めたのだった。

十一日未明に大森城を出た蒲生勢は、わき目もふらずに一心に駆けた。

途中には白石城、岩沼城という伊達方の要害があり、思ったとおり何の協力もしてくれなかった。そんなことには目もくれずにひたすら走り、十三日の未《ひつじ》の中刻（午後三時）頃に国分に着いた。

国分城は松森城とも鶴ヶ城ともいう。現在の仙台市泉区松森にある高台を本丸とした平山城である。

城主は伊達政宗の叔父にあたる国分盛重《もりしげ》だが、ここもまた城門を閉ざして蒲生勢の立ち入りを拒《こば》んでいる。

先発隊をひきいる蒲生郷成は、城の東にある寺を本陣として氏郷を待ち受けていた。

「殿、ずいぶん黒くなられ、男ぶりが上がりましたな」

郷成が雪焼けをからかった。

そう言う自分は浜の漁師のように赤銅色《しゃくどういろ》になり、ひげも伸び放題だった。

「伊達勢の様子はどうだ」

「四里ほど北の下草城《しもくさ》に兵をとどめたまま、もう八日も動こうといたしませぬ」

黒川郡の下草城から木村領までは、わずか半日の行程である。木村父子が立てこもっている佐沼城とも、十二里ほどしかはなれていない。だが政宗は雪が深いことを理由に兵を出そうとしないのだった。

「浅野正勝どのは」

「あのお方は侍ではござらぬ。政宗どのに、いいように手玉に取られておられます」

「ならば煙をたいて、狐穴《きつねあな》からいぶり出すまでだ」

氏郷は政宗に使者を送り、今後の方針について打ち合わせたいので対面したいと申し入れた。

ところが政宗は氏郷のこれまでの行動に違約が多いと、対面を断わってきた。会えば出陣を迫られることが分っていたからである。

そこで氏郷は五ヶ条の覚書《おぼえがき》を出し、今後の方針を明記して政宗に協力することを誓った。

第一条、一揆勢との交渉は政宗に任せ、氏郷は秀吉との連絡にあたる。

第二条、政宗の働きを尊重し、その旨《むね》を秀吉に伝える。

第三条、一揆勢に秀吉の惣無事令《そうぶじれい》が出ていることを伝え、一刻も早く武器を捨てて従うように申し入れる。

第四条、葛西晴信《はるのぶ》が一揆鎮圧に協力するなら、所領を安堵《あんど》してもらえるように秀吉に取り次ぐ。

第五条、家康の命《めい》を受けた関東衆が一揆鎮圧の加勢に来るのは、やむを得ないことだと了承する。

いずれの条文も、政宗の謀略を封じて最悪の事態をさけようと考え抜いたものだった。

翌日、政宗からの返書がとどいた。

覚書は了解した。ついては対面した上で異心のないことを誓う起請文《きしょうもん》を交わし、今後の方針を打ち合わせたいという。

「小田原の茶会では飛驒守《ひだのかみ》どのにご相伴《しょうばん》をたまわり、たいへん心強く存じました。せっかくの機会ゆえ、当方でも茶の湯のもてなしをしたいと主《あるじ》が申しております」

政宗の使者はそう告げ、返答をうけたまわりたいと迫った。

「承知した。楽しみにしていると政宗どのに伝えよ」

氏郷は招きを受けた。こんな時に茶会を催すのは妙だと思ったが、先に対面を申し入れたのはこちらなのだから、断わるわけにはいかなかった。

重臣たちにこのことを告げると、

「殿、それはなりませぬぞ」

町野左近将監が血相《けっそう》を変えて反対した。

茶会などに出たなら、毒を盛られるおそれがあるというのである。

「そうした企《くわだ》てがあれば、所作《しょさ》の乱れとなって表われる。案ずるには及ばぬ」

氏郷は千利休《せんのりきゅう》から長年茶を学んでいる。点前《てまえ》の乱れから心中を見抜く目はそなえていた。

「恐れながら、殿は人でござる。夜叉にはかないませぬ」

「わしが政宗どのに遅れを取ると申すか」

「そうではござらぬ。智勇仁《ちゆうじん》、いずれにおいても殿の方が勝《まさ》っておられまするが、お気持ちがやさしすぎて夜叉にはなれないのでござる。実の母から殺されかけたり、弟を我が手で殺した男とは心の持ちようがちがいまする」

小田原に参陣する直前、政宗は実の母親に毒を盛られ、危《あや》うく一命を取りとめている。政宗が秀吉に従わぬことを危惧《きぐ》した母親が、政宗を殺して弟の小次郎を擁立《ようりつ》しようとしたのである。

これを知った政宗は、弟を我が手で討ちはたし、母親を実家の最上《もがみ》家に追放したのだった。

「もし下草城に行かれるなら、起請文の交換と評定《ひようじよう》だけになされよ。茶会などは一揆を鎮圧してからゆるりとやれば良いのでござる」

左近将監は懸命に説いたが、氏郷は聞き入れなかった。

翌十一月十七日は晴天だった。紫がかった青空が広がり、小春日和の暖かさである。山野は深い雪におおわれ、白銀に輝いていた。

氏郷は辰《たつ》の刻（午前八時）に全軍をひきいて国分を発った。雪の深い山の道をさけ、塩竈《しおがま》、松島と海ぞいの道をたどった。

右手に広がる松島湾は、古くから和歌に詠《よ》まれた景勝地《けいしょうち》である。

見せばやな雄島《をじま》のあまの袖だにも
濡れにぞ濡れし色は変はらず

氏郷はふと百人一首におさめられた歌を口ずさんだ。

幼い頃から和歌に親しんだ氏郷には、馬を止めてゆっくりとながめたい景色である。それができないのを残念に思いながら、鐙《あぶみ》をけって先を急いだ。

下草城は現在の大和《たいわ》町鶴巣《つるす》下草にある。

鶴巣山を本丸とする山城《やまじろ》で、ふもとの平野部に二の丸をきずいて城主の居館としている。城の北から西へ蛇行《だこう》して流れる竹林《たけばやし》川を天然の外堀として守りを固めていた。

城の西には奥羽山脈の主峰である船形山《ふながたやま》がそびえている。古来より水神《すいじん》が棲《す》むと言い伝えられてきた霊山が、雪におおわれてどっしりとそびえていた。

下草城には伊達勢一万五千が在陣していた。城内にはおさまりきらないので、城下の町家《まちや》を陣小屋にしている。

その備えは見事だった。全軍を三つに分け、先陣、中備え、後備えの陣形を取ったまま、命令があれば即座に出陣できる構えである。

規律も厳正を保っているようで、将兵たちの動きにも装備にも乱れがなかった。

十日以上も宿営していれば糞尿《ふんにょう》の臭いがただようものだが、そうした気配はまったくない。決められた場所で用を足し、きちんと始末をしているからだった。

(さすがに奥州を平らげただけのことはある)

氏郷は政宗の手強《てごわ》さを初めて感じた。この軍勢が一丸となって凄《すさ》まじい戦《いくさ》をする様子が目に見えるようだった。

城下の東のはずれには、白地《しろじ》に三蓋笠《さんがいがさ》の旗をかかげた蒲生勢一千ばかりが布陣していた。ここで待つように命じられた蒲生郷成が、先発隊をひきいて迎えに出ていた。

「殿、よい天気でござるな」

緋《ひ》色の鎧をまとった郷成が馬を寄せて笑いかけた。

「政宗どのは」

「二の丸御殿でお待ちでござる。ご案内いたしまする」

「我らの陣所はどこだ」

「下草城には場所がないゆえ、大衡《おおひら》に布陣するようにとおおせでございます」

大衡は下草の一里ほど北で、一揆勢が制圧している加美《かみ》郡と境を接している。政宗がその気になれば、南北からはさみ討ちにできる場所だった。

対面の間、氏郷は軍勢を下草にとどめ、町野左近将監に指揮を任せた。

「万一のことがあれば、鉄砲隊を先に立てて横から伊達勢を撃ちくずせ。相手に陣形をととのえる余裕を与えるな」

「ならば、それがしの頼みも聞いて下され」

どうしても茶会を断われない時には、事前にこれを飲んで下され。左近将監はそう言って薬の包みを渡した。

解毒《げどく》の特効薬と定評がある西大寺《さいだいじ》だった。

氏郷は近習《きんじゅう》十人ばかりを従え、郷成の案内で二の丸御殿をたずねた。門前には伊達成実《しげざね》が迎えに出ていた。

まだ二十三歳の若武者だが、政宗の窮地《きゅうち》を何度も救う抜群の戦功をあげていた。

「ご足労をいただき、かたじけのうござる」

成実は氏郷に丁重《ていちょう》に頭を下げたが、警固の方々は門の外でお待ちいただきたいと言った。

「我が殿は不粋《ぶすい》を嫌われまする。城内には小具足《こぐそく》姿の者しかおりませぬ」

「さようか。ならば我らもそのようにさせていただこう」

氏郷は鎧の胴と草摺《くさず》りをはずし、籠手《こて》とすね当《あ》てだけの小具足姿になった。

郷成もそれにならい、五人の屈強《くっきょう》な者を選び出した。

「我らはお側でご用をおおせつかる役目ゆえ、同道させていただく」

有無《うむ》を言わさず氏郷に寄り添った。

御殿の広間で政宗が待っていた。上座に浅野正勝を座らせ、自分は下座についている。氏郷の席は政宗の正面に用意していた。

正勝は奥州奉行浅野長政の名代《みょうだい》なので上座につくべきである。そう主張して、氏郷が上位に立つことを封じようとしていた。

「これは飛驒守どの、おなつかしゅうござる」

政宗は親しげに手招きして、早く座るようにうながした。

「お招きをいただき、かたじけない。されど、この席割りにはいささか乱れがあるようでござる」

氏郷は立ったまま正勝を見据《みす》え、貴殿は浅野弾正《だんじょう》（長政）どののご使者なのだから、ここに座るべきではないと言った。

「それがしは弾正どののご名代と承知しております。それゆえ何事もご下知に従ってきたのでござる」

政宗が横から口を出した。

「それは貴殿から会津の所領を召し上げるまでのことでござる。関白殿下の仕置きの後は、それがしが奥州の取り次ぎを任されておる。それゆえ正勝どのがご同席なさるなら、我らより下座につくのが筋でござる」

「そのように軽んじておられるゆえ、何度も約束をたがえられたのでござるか」

政宗は冗談めかして笑ったが、隻眼《せきがん》には残忍な冷たい光が宿っている。小田原で会った時とは別人のような激しさだった。

「違約の理由は、先日申し送ったとおりでござる。ご異存あらば、関白殿下の御前で改めて釈明させていただく所存でござる」

「正勝どの、貴殿は浅野弾正どののご名代とおおせられたな」

政宗がするりと矛先《ほこさき》をかわした。

「さよう。殿の名代としてご領地の差配《さはい》をいたしました」

「ならば飛騨守どのに、その理《ことわり》を説いていただきたい」

「そ、それは」

正勝がうろたえて目を泳がせた。

政宗には名代として対応してきたが、氏郷に対しては使者なのである。それは自分でも分っているが、政宗に上座につくように迫られて断われなかったのだった。

「正勝どの、判断がつきかねるなら席をはずしていただきたい」

氏郷は助け舟を出して正勝を退出させ、ようやく政宗の正面に座った。

郷成ら供の五人は氷のように冷えた板張りに座っていたが、政宗は中に入れとは言わなかった。

「氏郷どのはキリシタンだそうでござるな」

政宗は再びにやりと笑った。

人を小馬鹿にした、これ見よがしの笑いだった。

「そのようなことは一揆の鎮圧とは関係ないことでござる」

「関白殿下はキリシタンを禁じておられる。それを承知で信仰するのは、天道にそむく大罪ではござるまいか」

「殿下が出された禁令は、信仰そのものを禁じたものではござらぬ。条文をよく読んで物を言われるがよい」

「さようかな。小田原でお目にかかった時、関白殿下はキリシタンの輩《やから》が多くて困るとおおせであったが」

これが本当かどうか、氏郷には確かめようがない。政宗はそれを承知でゆさぶりをかけているのだった。

「今日は一揆鎮圧の手立てを話し合うために参上いたした。無駄《むだ》に時を費《ついや》す暇《いとま》はござらぬ」

「さよう。冬将軍が間近に迫っておるゆえ」

政宗は下座に控えた成実に、起請文を入れた文箱《ふばこ》を持参させた。

氏郷も郷成に同様の文箱を運ばせ、供の五人に成実の横に控えるように命じた。

「差し出がましいとは存ずるが、こうした場合には双方の供が陪席《ばいせき》するのが仕来《しきた》りでござる」

氏郷は政宗に了解させてから、起請文に血判《けつぱん》を押した。

政宗もそれにならい、互いの書状を交換して異心のないことを誓った。

「これで胸のつかえが下り申した。一揆討伐の軍略については、茶席でゆっくり談じたいと存ずる。どうぞ、お移り下され」

政宗が先に立って奥の茶室に向かった。

氏郷がそれに従って席を立つと、郷成が側に寄って目配せをした。左近将監が渡した西大寺を、念のために飲んでおけというのである。

政宗の応対ぶりに、郷成も不穏《ふおん》な空気を感じていたのだった。

救出

狭いにじり口をくぐって茶室に入った。

千利休《せんのりきゅう》が好む三畳台目《さんじようだいめ》の小間《こま》である。

風炉先屛風《ふろさきびようぶ》を低くして圧迫感がないようにして、簡素な山里棚を用いている。

水差しは備前《びぜん》の手桶、釜は表面にあられを散らした平釜《ひらがま》だった。

氏郷《うじさと》は床《とこ》の間の書と花を拝見し、道具立てに目をやってから正客《しようきやく》の座についた。

名物といえるほどのものはない。どこにでもある道具ばかりだが、利休がめざすわび茶の真髄《しんずい》をしっかりとつかんでいる。

伊達政宗《だてまさむね》が小田原で利休に手ほどきを受けたのは六ヶ月前、しかもわずか数日なのだから、その吸収力は驚くべきものだった。

つづいて蒲生源左衛門郷成《がもうげんざえもんさとなり》が次客の座につき、伊達成実《しげざね》が末席で相伴《しようばん》した。

狭い小間は、小具足《こぐそく》姿の武者三人が座ると息苦しいほどだった。

数奇屋風《すきやふう》の茶室には、明り取りの小さな窓があるばかりである。障子《しょうじ》張りの窓が雪明りに白く照らされているが、その光は弱々しく、中はぼんやりと薄暗かった。

やがて政宗が、大ぶりの黒の楽茶碗《らくちゃわん》をささげて点前畳《てまえだたみ》についた。銘々《めいめい》に点《た》てる薄茶《うすちゃ》ではなく、まわし飲みをする濃茶《こいちゃ》だった。

「本日はそれがしも相伴させていただきとう存じますが、よろしいでしょうか」

政宗が正客の氏郷にたずねた。

同じ茶を飲むのだから毒を盛られる懸念《けねん》は無用。そう言いたげだった。

「どうぞ、そのように」

氏郷の了解を得て、政宗が濃茶を点てはじめた。茶入れを仕覆《しふく》から出し、袱紗《ふくさ》でゆっくりと清める。端正で美しい点前だった。

「冬に手桶の水差しを用いられるとは、めずらしい趣好《しゅこう》でござるな」

氏郷が理由をたずねた。

口の広い手桶は中の水が見える。夏は涼しげで好まれるが、冬は寒々とするので用いないのが普通だった。

「出陣の前ゆえ、大将首を取れるように首桶に見立てたのでござる」

政宗はすまして答えた。

横紙破りの不吉な物言いである。まるでお前の首桶だと言われているようで氏郷は内心むっとしたが、面《おもて》には毛の先ほども表わさなかった。

政宗は入念に濃茶をねり上げ、氏郷の前に差し出した。色鮮やかな茶が黒楽《くろらく》の底からふくよかな香りを立ち昇らせている。

茶碗には焼いた時のむらが星のように入っている。政宗はそれを景色と見たて、正面として用いていた。

氏郷は茶碗をまわし、正面をはずして茶をすすった。濃茶はまわし飲みするので、唇があまり触れないようにすすって飲むのが作法だった。

飲み口を懐紙《かいし》でふき取り、次客の郷成にまわす。郷成から成実へ、そして最後の政宗までまわし、一碗の茶を四人ですすって結束を誓った。

茶事を終え、席を広間に移して軍議に入った。

一揆《いっき》勢の拠点を記した絵図を成実が広げ、政宗が状況を説明した。

「一揆の輩《やから》は、この岩出山《いわでやま》城と高清水《たかしみず》城に立てこもっておりまする」

勢力が強いのは高清水城で、ここを落とさなければ佐沼《さぬま》城で孤立している木村吉《よし》清《きよ》父子を救出することはできない。

しかし高清水城を攻めると、岩出山城の兵に背後をつかれるおそれがあるという。

「それぞれがどちらかの城を受け持ち、合図を定めて一時《いちどき》に攻めかかるようにすればよろしゅうござる」

　氏郷はそう提案し、救援を引き延ばそうとする政宗の策を封じようとした。

「承知いたした。それでは我らは古川に布陣《ふじん》して高清水城に向かいますゆえ、飛騨守《ひだのかみ》どのは中新田《なかにいだ》から岩出山城に向かっていただきたい」

「出陣の日は？」

「明日それぞれの持ち場につき、明後日の明け方に出陣いたす。それでいかがかな」

「異存はござらぬ。一揆勢を追い散らし、ひと息に佐沼城まで兵を進めようではないか」

　氏郷は政宗に出陣を確約させ、無事に下草城《しもくさ》での対面を乗り切ったのだった。


　十一月十八日、氏郷は全軍をひきいて下草城から中新田に移った。

　政宗が入城した古川城から、二里《り》半（十キロ）ばかり西に位置している。北を流れる荒雄川《あらお》（江合川《えあい》）と南の鳴瀬川《なるせ》にはさまれた平野だが、いくつもの支流が入り組んで大軍の移動を難しくしていた。

　氏郷は中新田に入る前に、色麻《しかま》の丘陵《きゅうりょう》にのぼって地形を確かめた。

　北に二里半ほど進めば、一揆勢が立てこもる岩出山城がある。高清水城までは北東におよそ五里だった。

平野は厚い雪におおわれ、一面の銀世界である。所々に集落があり、藁《わら》ぶきの低い屋根が雪に丸くおおわれている。

雪に埋もれていないのは川ばかりで、西側の山間部から流れ出した川が、複雑な流路をたどって鳴瀬川に合流していた。

（ここでは戦えぬ）

川の流れがあまりに複雑で、どう進路を取っていいか分らない。しかも道は深い雪におおわれ、川には橋もかかっていない。

もしここで戦ったなら、地の利を得た敵に翻弄《ほんろう》されるのは目に見えていた。

（下手《へた》をすれば、小野目沢《おのめざわ》で皆殺しにされた木村勢の二の舞いになる）

氏郷はその危険をひしひしと感じ、政宗が中新田に布陣させたのは死地に追い込むためではないかと疑った。

「輪之丞《りんのじょう》を呼べ」

甲賀組《こうかぐみ》をひきいる町野《まちの》輪之丞に、あたりの地形と敵の拠点を調べ上げるように命じた。

「時間がない。明朝までに絵図を作り、すべての隊の大将に渡してくれ」

徹夜で働かざるを得なくなるが、年若い輪之丞は嫌な顔ひとつせず、配下をひきいて中新田に走っていった。

「殿、腹など痛みませぬか」

郷成が竹筒に入れた湯を持ってきた。

極寒《ごっかん》の地では湯気さえありがたい。氏郷は湯を半分飲み、残りを郷成に渡した。

「このとおり、何ともない。どうしてそんなことを聞く」

「近頃の毒は、わざと効《き》き目を遅らせて誰の仕業《しわざ》か分らないようにするそうでござる。昨日の茶にそんなものが入っていたかもしれぬと思いましてな」

「そちも同じ茶を飲んだではないか。それに私は用心のために西大寺《さいだいじ》を飲んでおる」

もし毒が入っていたなら、郷成の方が危ないはずだった。

「伊達どのも飲まれたゆえ、気づかいは無用と存ずるが、何やら胸騒ぎがおさまらぬのでござる」

「それはこの地形のゆえであろう。万一伊達どのが一揆勢と通じて軍勢を向けたなら、我らは袋のねずみだ」

古川、高清水、岩出山から攻められたなら、氏郷らは鳴瀬川ぞいに上流に逃れるしかない。しかしそこは三方を雪山に囲まれているのだから、逃げ場を失って一人残らず討ち取られるにちがいなかった。

その日は中新田で野営することにした。

氏郷は寺を本陣として寒さをしのいだが、六千の軍勢を収容できるだけの民家はない。将兵の半数以上が雪を積んで風よけにし、その中に陣小屋を作って夜を明かさなければならなかった。

陽が落ちて寒さがいっそう厳しくなった頃、浅野正勝《まさかつ》が政宗の使者としてやって来た。

「伊達どのは急病をわずらわれ、明朝には出陣できぬとおおせでござる。病《やまい》が回復されるまで、出陣を見合わせていただきたい」

「先日お目にかかった時には、元気なご様子であったが」

「無理がたたったのか、急に腹痛におそわれたとおおせでござる。何とぞご了解いただきたい」

「ご回復の見込みは」

「一両日中には治るとおおせでござる」

「病とあらばいたし方ござらぬ。ご養生専一《せんいつ》にとお伝え下され」

「城攻めは足並みをそろえてと申し合わせております。ご出陣はお待ちいただけましょうな」

正勝はこの期《ご》に及んでも政宗寄りの立場を取りつづけていた。

「いつまでも将兵を野営させるわけには参らぬ。伊達どのにそう伝えていただきたい」

氏郷はめずらしく不快をあらわにした。

下草城で起請文《きしょうもん》まで取り交わしておきながら、仮病《けびょう》を使って平然と言い逃《のが》れをする。そのふてぶてしさが腹にすえかねていた。

氏郷はすぐに重臣たちを集め、評定《ひょうじょう》を開いて対応を協議した。

家老の町野左近将監《さこんのしょうげん》が政宗からの申し入れを披露《ひろう》し、

「このまま中新田にとどまるか、それとも明朝討って出るか」

皆の存念をうかがいたいと言った。

「討って出るべきと存ずる」

後ろ備えの兵をひきいる関一政《せきかずまさ》が声を上げた。

将兵の中には凍傷《とうしょう》になったり体調をくずす者がふえている。このまま野営をつづけることはできないというのである。

「さよう。敵の城を奪い取って暖《だん》を取らねば、皆が参ってしまいまする」

年寄りにはこの寒さはひときわこたえると、結解十郎兵衛《けつかいじゅうろべえ》がおどけて身震《みぶる》いした。

それを笑う者は誰もいない。奥州の冷え込みの厳しさに、皆が命の危険を感じ始めていた。

「それでは予定どおり、岩出山城を平らげまするか」

左近将監が氏郷にたずねた。

「お待ち下され、それでは伊達どのの思う壺かもしれませぬ」

郷成が異《い》をとなえた。

政宗はこれまで何度も出陣を待てと申し入れてきたが、氏郷はそのたびに裏をかいて兵を進めた。それゆえ政宗は、今度も氏郷は出陣するにちがいないと見て策を弄《ろう》しているはずだというのである。

「それゆえ岩出山ではなく、高清水城に向かうべきと存じます」

「しかし高清水までは五里もはなれておる。しかも荒雄川を渡らねばならぬのじゃ」

そう反論する者がいた。厳寒のさなかに大河を渡ることがどれほど危険か、知らぬわけではなかろうと言う。

氏郷は皆の意見を聞いた上で、明朝出陣するので仕度《したく》をしておけと命じた。どちらに向かうかは、輪之丞の報告を待って決めるつもりだった。

幸い翌日は晴天だった。

空は青くすみわたり、雪におおわれた大地は静まりかえって日の出を待っている。

氏郷は夜明けとともに目をさまし、政宗から渡された絵図を見ながら考えをめぐらした。

　中新田と岩出山、古川と高清水を線で結べば、ほぼ四角形になる。一辺はおよそ二里半で、高清水だけがやや北東にはなれていた。

　攻めるなら岩出山城のほうが楽だった。距離が近い上に、荒雄川の南に位置しているので渡河の危険をおかさずにすむ。

　だが郷成が言うとおり、政宗はそれを見越して謀略を仕掛けているおそれがある。それに岩出山城に向かえば、佐沼城から遠ざかることになるのだった。

　冬とはいえ、奥州の日の出は早い。卯《う》の刻（午前六時）には平野のかなたから太陽がのぼり、白銀の大地をまばゆく照らした。

　その直後に輪之丞がもどった。

　甲賀組の者たちに総出で地形の探索《たんさく》にあたらせ、徹夜で絵図を作り上げたのだった。

「荒雄川には二ヶ所に浅瀬があり、歩いて渡れます。岩出山城までは近いように見えまするが、間に山の尾根がせり出しているので、大きく迂回《うかい》しなければなりませぬ」

　輪之丞は自分で川に入り、浅瀬を渡れると確かめていた。

「川の水はさぞ冷たかろうな」

「さにあらず。まわりの冷え込みがきついせいか、湯に入ったように温《ぬく》く感じました。ただし、川から上がったならすぐに体を乾かさなければ凍傷になると存じます」

「分った。高清水城へ向かうゆえ、各隊に組の者をつけて道案内をさせよ」

氏郷はそう命じた。

高清水から佐沼城までは五里しかはなれていない。ここを先に攻め落としたなら、政宗も手の打ちようがなくなるはずだった。

辰の中刻（午前九時）、蒲生勢六千は高清水に向かって進軍を開始した。

陽の高い正午頃に荒雄川の渡河を終え、高清水を間近にのぞむ清滝《きよたき》村まで進出する計画である。渡河の後の着替えを迅速《じんそく》にできるように、全員に鎧直垂《よろいひたたれ》や下袴《したばかま》を入れた包みを首に巻くように命じた。

甲賀組の道案内は的確で、雪に埋もれた道を誤ることなく進んでいく。難所と思われたいくつもの支流も、冬場で水量が少ないために簡単に渡ることができた。

めざす荒雄川まで半里ほどに迫った頃、突然雪原から銃撃を受けた。

白い布をかぶって身を伏せていた二十人ばかりが、馬上の氏郷を狙って鉄砲を撃ちかけてきた。

一発は鯰尾《なまずお》の兜《かぶと》にあたり、一発は真鹿毛《まかげ》の耳をかすめた。前後にいた馬廻《うままわ》り衆が素早く馬を寄せ、楯《たて》となって氏郷を守る構えを取った。

敵は間近で、二発目を込めている様子がはっきりと見えた。

「させるな。蹴散らして討ち取れ」

十騎ばかりが馬を駆って敵の中に乗り入れようとした。

深い雪の下には畑の段差がかくれている。それにはばまれて進みかねているところに銃撃をあび、五人があえなく落馬した。

その時、後ろ備えの関一政が鉄砲隊を出し、伏兵《ふくへい》に向かっていっせいに撃ちかけた。

立っていた者は白い布を血に染めて倒れ、伏せて命が助かった者はあわてて西に向かって逃げ出した。

「逃がすな。追え追え」

仲間を討たれた馬廻り衆は、色めき立って追撃した。

「殿、この先に名生《みょうう》城という要害があります。伏兵はそこから出たものと思われます」

輪之丞が報告に来た。

「その城は破却《はきゃく》したと、政宗は申したが」

嘘だったのである。政宗はそう言って油断させ、氏郷が岩出山城に攻めかかったなら、名生城から一揆勢を出して背後をつかせるつもりだったのだ。

ところが氏郷らが高清水に向かったために、計略は不発に終わったのだった。

「城までの距離は」

「半里ほどでございます」

「案内せよ。攻め落として今夜の陣所といたす」

名生城は荒雄川の西南に位置する段丘《だんきゆう》にきずかれていた。

一番高い所に大館《おおだて》と呼ばれる本丸を置き、まわりを塀と土塁《どるい》で囲んでいる。大館の南に小館《こだて》、北には内館《うちだて》や北館《きただて》を配して守りを固めていた。

奥州探題《たんだい》だった大崎家が政庁とした所で、城というより館《やかた》である。大崎義隆《よしたか》が秀吉に所領を没収されてからは、木村吉清に与えられていた。

城には大崎家の旗をかかげた一揆勢一千ばかりが立てこもっていた。

だが当初の思惑《おもわく》がはずれ、蒲生勢をはさみ討ちにすることができなくなって、すっかり士気が落ちている。

郷成がひきいる先発隊が鉄砲隊を先頭に小館を攻め落とすと、他の館にこもっていた者たちは、さしたる抵抗もせずに岩出山城をめざして落ちていった。

郷成らの急襲が功をそうし、一揆勢は城に火を放つ余裕さえ失っている。そのために七つの曲輪《くるわ》から成る広大な城が無傷のまま手に入り、すべての軍勢が館や櫓《やぐら》で寒さをしのぐことができた。

氏郷は城にたくわえてあった兵糧《ひょうろう》や薪を将兵に配り、充分に食事と暖を取るように命じた。

「外の守りは我らがする。何の気づかいもなく手足を伸ばして横になれ」

氏郷は近習《きんじゅう》とともに城内をまわり、足軽、雑兵《ぞうひょう》にまでねぎらいの言葉をかけた。

夕方、古川城を見張らせていた輪之丞の配下がもどった。

「伊達勢三千が中新田に向かっております」

大将は伊達家きっての名将といわれる片倉小十郎景綱がつとめているという。

「政宗め、たわけたことを」

中新田を押さえれば、古川、高清水、岩出山の四角形の中に、蒲生勢を封じ込めることができる。

第一の策に敗れた政宗は、すぐさま第二の策をとって氏郷を死地に追い込もうとしているのだった。

かくなる上は一刻の猶予《ゆうよ》もならない。

政宗が包囲網を完成させる前に高清水城を攻め落とし、佐沼城への道を切り開かなければならなかった。

氏郷は二番隊の梅原弥左衛門《やざえもん》、三番隊の細野九郎右衛門《くろうえもん》を呼び、ただちに荒雄川を渡って清滝村に向かうように命じた。

「これ以上、先発隊や一番隊に負担をかけられぬ。明朝わしも出陣するゆえ、城攻めの仕度をして待っておれ」

名生城から清滝までは、およそ二里。渡河に時間がかかるとはいえ、二刻《ふたとき》（四時間）もあれば着けるはずだった。

「承知いたしました。雪明り星明りがあることゆえ、真昼の野を行くようなものでござる」

梅原と細野は胸を叩いて引き受け、日暮れ前に千五百の兵をひきいて出陣していった。

翌朝未明、氏郷は六番隊、七番隊、馬廻り衆を勢揃いさせた。

その数およそ二千。残り二千五百は名生城の守備に残していくことにした。

「兵が足りぬと存じまするが」

左近将監が一番隊をひきいて供をしたいと申し出た。

「高清水城を落とすのに暇《ひま》はいらぬ。問題はその後のことだ」

政宗に対抗するには、二つの城に兵を分けて一気に殲滅《せんめつ》されないようにしておくほうが安全だった。

　出陣は織田信長が好んだ寅《とら》の刻（午前四時）。まだ夜は明けていないが、一面の星月夜と白く輝く雪が足許《あしもと》を照らしてくれた。

　荒雄川の浅瀬には、昨日渡った身方《みかた》が目印の竹竿を立てている。それを目当てに難なく渡り終え、清滝村の先発隊に合流した。

「殿は後ろ備えをして、兵を休ませて下され。あれしきの小城、それがしと細野どのだけで落としてみせまする」

　弥左衛門は昨夜のうちに物見を出し、城の様子を調べ上げていた。

　清滝から高清水城まではおよそ一里。城は善光寺《ぜんこうじ》川と小山田《おやまだ》川にはさまれた平地にきずかれ、低湿地に水堀をめぐらして守りを固めている。

　夏場なら手こずりそうな城だが、今は湿地が凍りついているので自由に歩ける。堀の水も少ないので、攻めにくい城ではないという。

「それでは六番隊だけ連れていけ。城の大手から鉄砲を撃ちかけ、防ぐ間を与えずに追い払え」

　目的は一刻も早く城を確保することである。わざと搦手《からめて》を空けて敵が逃げやすくしておくように申しつけた。

　城は一刻《いっとき》（二時間）ばかりで落ちた。

一揆勢は一千余人とはいえ、鉄砲は数えるほどしか持っていない。しかもすべて旧式のもので、射程も短く威力も弱い。最新式の鉄砲三百挺《ちょう》を装備した蒲生勢の前にはなす術《すべ》もなく、氏郷が空けさせていた搦手から北に向かって敗走していった。

氏郷はさっそく高清水城に入り、

「配下の者を出して、佐沼城の様子をさぐらせよ」

町野輪之丞に命じた。

ところがその直後に、佐沼城の木村吉清から使者が来た。三千の一揆勢に包囲されたままだが、父子ともに無事である。城内には兵糧や弾薬のたくわえもあるという。

「それでは佐沼まで進撃して一揆勢を追い払う。木村どのに三蓋笠《さんがいがさ》の旗印が見えたなら討って出られるように伝えよ」

これでようやく無事に役目をはたすことができる。そう思ってほっとしたとたん、胃の腑《ふ》からむっと吐き気が突き上げてきた。

氏郷は口に手を当てて庭先まで走り出ようとしたが、堪《こら》えきれずに次の間で嘔吐《おうと》した。

吐いたものの中に、今朝食べた糒《ほしいい》の湯漬けと大根の漬物が消化されないまま残っていた。

昨日食べたものは茶色っぽい粥《かゆ》のような状態になっているが、その中に赤黒い毒々しい色が混じっている。

おそらく血であろう。しかも血の匂《にお》いとともに、政宗の茶室で飲んだ濃茶の匂いがただよっていた。

（まさか……）

毒を盛られたのではないか。氏郷は片膝《かたひざ》をついたまま茫然《ぼうぜん》と吐瀉物《としゃぶつ》をながめた。しかし、そんな機会はなかったはずである。茶は皆でまわし飲みしたし、政宗が点前の途中で不審な動きをしたなら気づくはずだった。

「殿、いかがなされましたか」

近習が次の間に駆け込んできた。

「騒ぐな。人を近づけてはならぬ」

氏郷はふすまを閉めさせ、従軍医師の村井玄庵《げんあん》を呼ぶように命じた。

玄庵は次の間に入るなり、身をかがめて吐瀉物の匂いをかいだ。赤黒い血の固まりを指でつまみ、もみほぐしてから鼻に当てている。

それだけでは得心《とくしん》がいかないのか、舌先でなめて味を確かめ、用意の水で口をゆすいだ。

「腹は痛みまするか」

最初にそうたずねた。

「いや、強い吐き気がしたばかりで今はなんともない」

「血の固まりから酸味があるすえた匂いがします。抹茶《まっちゃ》の味もまじっておりますので、おそらく茶に毒を盛られたものと思われます」

「しかし、茶碗を皆でまわしたのだ」

政宗も成実も飲んだのだから、茶に毒が入っていたはずはないと言った。

「ならば殿の飲み口に毒をぬっていたのでしょう。思い当たることはございませんか」

「確かに、飲み口なら……」

氏郷は正客なので、茶碗の正面をはずしてどこで飲むかは予測がつく。

しかも濃茶はすするものだし、飲み終えた後に懐紙で飲み口をふき取るので、他の者に毒がまわるおそれもない。

政宗はそこまで計算して、大ぶりの黒楽を使ったのだろう。

楽茶碗は飲み口が厚いので毒をたっぷりとぬれるし、深みのある黒い色が毒の色をかくしたにちがいなかった。

「おそらく敵は、今日この時刻に毒が効くことまで分っているはずです。もし事前に西大寺を服用しておられなければ、お命が危《あや》うかったかもしれませぬ」

玄庵はすぐに湯をはこばせ、これを飲んで胃の腑を洗うように勧めた。

毒がどれほどまわっているか分らない。今からでは手遅れかもしれなかったが、こうした上でもう一度西大寺を服用する以外に対処のしようがなかった。


氏郷はその日のうちに高清水城を引き上げ、名生城にもどることにした。

もし自分が仆《たお》れたなら、配下の将兵六千は雪の中に封じ込められて皆殺しにされるおそれがある。それを避けるためには、全軍を一ヶ所に集めて即座に行動できるようにしておく必要があった。

同時に政宗に対する調略《ちょうりゃく》も忘れなかった。老練の結解十郎兵衛と二百の精兵を高清水城に残し、城を開け渡すので受け取りに来るように申し入れた。

これは佐沼城の救援に行かざるを得なくさせるための策略で、

「氏郷が名生城にもどるのは、手柄《てがら》を独《ひと》り占めしては政宗に恥をかかせることになるからだ」

使者にそう申し入れさせた。

高清水城が落ちた今では、佐沼城までの行軍をはばむ要害はない。いかに政宗でも、これ以上口実を構えて救援を遅らせることはできないはずだった。

名生城にもどった氏郷は、すぐに蒲生郷成と町野左近将監を呼んだ。

「郷成、腹の具合など悪くはないか」

笑ってたずねると、郷成はすこぶる快調だと答えた。

「わしはいかん。どうやら毒を盛られたようだ」

「それで急に逃げもどって来られたのでござるか」

郷成は冗談だと思って軽口を叩いた。

高清水城を落とす手柄を立てながら、それを政宗に引き渡すのは合点《がてん》がいかぬと不服だったのである。

「そうよ。万一わしがあそこで死ねば、政宗の思いどおりになる」

「そのような不吉な戯言《ざれごと》を」

「玄庵もそう診立《みた》てた。残念だが、あの若僧にしてやられたのだ」

氏郷は千利休の高弟でありながら、政宗の点前に邪心《じゃしん》があると見抜けなかった。

そのことが口惜《くちお》しくて自嘲《じちょう》の笑みをもらした。

「殿、それでは……」

郷成は左近将監と顔を見合わせ、みるみる怒気《どき》をあらわにした。

「それがしに鉄砲隊三百をお預け下され。高清水への道中に待ち伏せて、あの夜叉《やしゃ》を討ち取ってみせまする」

「我らの役目は一揆を平定し、木村どのを助け出すことじゃ。政宗と白黒をつけるのは、それからでよい」

「殿のおおせられるとおりじゃ。さぞご無念でござろうが」

今は怒りを鎮《しず》めて体を大事にしてほしいと、左近将監が分別のあることを言った。

「そちが申したとおり、政宗は人ではなかった。乱世を血まみれになって生き抜いてきた夜叉なのだ」

きっと若き日の信長も、今の政宗のようだったにちがいない。

ところが氏郷は、そうした修羅場《しゅらば》をくぐらないまま順調な出世をとげたので、非情さや狡猾《こうかつ》さにおいて政宗に一歩も二歩も遅れを取ったのである。

その夜、高清水城に残した十郎兵衛から急使がとどいた。

伊達家の家臣である須田伯耆守《ほうきのかみ》が、政宗が一揆勢と通じて氏郷を攻め滅ぼそうとしていると訴えてきたという。

「伯耆守どのは、殿に直《じか》にお目にかかって真相を訴えたいとおおせでございます」

使者はそう伝えたが、氏郷は須田を名生城に移して後の証人とするように命じただけだった。

すでに政宗の心底は分っている。今さら会っても、それ以上の話が聞けるとは思えなかった。

翌日から氏郷は、病気と称して名生城から動かなかった。

実際に安静を保つ必要があったし、政宗がどう動くか見極めたかった。

政宗は浅野正勝を使者につかわしてしきりに様子をさぐろうとしたが、氏郷は六千の軍勢を城内にとどめて引きこもり、対面に応じようとしなかった。

しかも高清水城からは十郎兵衛がしきりに引き取りの催促《さいそく》をするので、政宗は十一月二十三日になってようやく城を受け取り、翌日には佐沼城まで兵を進めて木村父子を救出した。

すでに一揆勢は氏郷が高清水城を落とした日に退散しているので、政宗は矢弾《やだま》ひとつ用いていない。氏郷の策にはまって木村父子を助けざるを得なくなったのだから、手痛い敗北というべきだった。

このことは事件の後に政宗が氏郷にさし出した起請文に、

「今度木村伊勢守《いせのかみ》（吉清）一揆蜂起《ほうき》について、佐沼 後《うしろ》巻《ま》きつかまつり、伊勢守親子助け申す儀、ひとえに氏郷御働きゆえと存じおる事」

と明記していることからもうかがえる。

政宗は謀略が失敗したと見るや掌《てのひら》を返したように方針を転換し、氏郷との関係を修復してすべてをもみ消そうとしたのだった。

十一月二十六日、木村吉清父子が名生城をたずねてきた。

二人ともひげが伸び放題だが、二ヶ月以上の籠城《ろうじょう》戦を耐え抜いたにしては、それほどやつれていなかった。

「飛騨守どの、このたびはまことにかたじけのうござった」

吉清は深々と頭を下げ、自分たちの不始末でこのようなことになったとわびを入れた。

「無事で何よりでござる。不慣れな土地での籠城ゆえ、さぞ苦労なされたであろう」

氏郷は不満や怒りを胸におさめ、ねぎらいの言葉だけを口にした。

「飛騨守どののお働きに比べれば、我らの苦労など取るに足らぬものでござる。この二月《ふたつき》のことをつらつら考え、我らは捨て駒にされたということがよく分り申した」

五千石の身上《しんしょう》から、いきなり三十万石を与えられたこと。

検地と刀狩を厳重にし、そむく者はなで斬りにせよと命じられたこと。

赴任《ふにん》にあたって満足な弾薬も与えられなかったこと。

これらはすべて葛西、大崎領で一揆を起こさせ、木村家を亡ぼさせた後に秀吉子飼いの大名を送り込むための策略だったのである。

「それがしが新規に召し抱《かか》えた家臣は、すべて石田三成《みつなり》どのが大坂から呼び寄せられた者たちでござった。その者たちが勝手に狼藉《ろうぜき》を働き、一揆が起こると早々に逃げ散ったのでござる」

「初めから一揆が起こるように仕向けてあった、とおおせられるか」

「そうとしか思えませぬ。その計略を知っていたゆえ、伊達どのも救援の兵を出そうとなされなかったのでございましょう」

吉清は捨て駒にされたのは自分だけだと思っている。だからいっそう、氏郷が厳寒の雪原をついて救援に来てくれたことに感謝しているのだった。

（だが、そうではあるまい）

吉清を我が子と思えと言った秀吉のしたり顔を思い出し、氏郷は再び強い吐き気を覚えた。

秀吉は吉清と抱き合わせにして氏郷をつぶそうとした。肥後《ひご》でつぶした佐々成政《さっさなりまさ》と同様に、信長子飼いの武将は政権の邪魔になってきたからである。

政宗もそれを知っていたから、あれだけやりたい放題をしたにちがいない。

だとすればこれ以上秀吉に従っても、政権の中枢で腕をふるえる立場に取り立てられることはない。

氏郷はそう見切りをつけ、志をなし遂げるために独自の道を歩むことにしたのだった。

鶺鴒《せきれい》の目

氏郷《うじさと》が一千の兵をひきいて会津《あいづ》を発《た》ったのは、天正《てんしょう》十九年（一五九一）一月二十四日だった。

名生城《みょうう》での籠城《ろうじょう》から引き上げて、わずか十二日後のことである。

氏郷も配下の軍勢も疲れはてている。だが伊達政宗《だてまさむね》の謀略を秀吉に訴え、天下に理非を明らかにしようと、雪深い道を踏み分けて京に向かったのだった。

江戸では、転封《てんぽう》を終えたばかりの家康が温かく迎えてくれた。

宿所や食事の用意をしていてくれたばかりか、一緒に上洛《じょうらく》するという。道中の宿場《しゅくば》や伝馬《てんま》も手配してくれていた。氏郷にとって、これほどありがたいことはなかった。

「会津への援軍といい、こたびのご厚情《こうじょう》といい、お礼の言葉もございませぬ」

氏郷は深々と頭を下げた。

「ご苦労をなされましたな。都までは我らが露払《つゆはら》いをつとめます。ご案じめされるな」

小田原での約束を忘れてはいないと、家康が胸を叩《たた》いて請《う》け負った。

両軍前後して都に着いたのは、閏《うるう》一月二十二日のことである。粟田《あわた》口には数千の群衆が集まり、奥州《おうしゅう》平定の立役者《たてやくしゃ》を熱狂的に出迎えた。

この日のために装束《しょうぞく》をととのえた氏郷勢は、胸を張り万感《ばんかん》の思いで都大路《みやこおおじ》を行軍し、聚楽第《じゅらくだい》の屋敷に入った。

御殿で冬姫と九歳になる鶴千代《つるちよ》が待ちわびていた。

「長々のお働き、ご苦労さまでございました」

冬姫が氏郷を床几《しょうぎ》に座らせ、かいがいしく鎧《よろい》を脱がせた。

「昨年二月に小田原に出陣して以来じゃ。長い戦《いくさ》であった」

「ご武勇のほどは都でも評判になっております。会津へのご栄転、おめでとう存じます」

「陸奥《みちのく》じゃ。さぞ驚いたであろう」

「それでも四十万石ですもの。これまでとは格がちがいます。徳川さまが同道して下されたのも、それが分っておられるからではありませんか」

おかげでわたくしも鼻が高いと、冬姫は手放しで喜んだ。兄信雄《のぶかつ》が改易《かいえき》されて心細い日々を過ごしていたので、久々に胸のつかえが下りたのだった。

「お前はどうじゃ。手習いは上達したか」

氏郷は鶴千代に声をかけた。

「はい。父上」

鶴千代は元気良く答えると、自分の部屋から八幡大菩薩《はちまんだいぼさつ》と大書した紙を持ってきた。

太くて気品のある字で、大人顔負けの達筆だった。

「よう書けておる。どことなく義父上《ちちうえ》の字に似ておるな」

「まあ、そうでしょうか」

冬姫は誇らしげに目を輝かせ、もっとお稽古《けいこ》しなければと鶴千代を励《はげ》ました。

夕方になって高山右近《うこん》と細川忠興《ただおき》がたずねてきた。

小田原で別れて以来の再会だった。

「ご無事のご帰洛《きらく》、おめでとうござる」

右近が祝い酒を差し出した。

キリシタン追放令が出された後に改易され、しばらくは諸方《しょほう》に身を隠していたが、今は前田利家《としいえ》に仕え、築城や治政に腕をふるっていた。

「それがしは、これを作って参りました」

忠興は箱の中から兜《かぶと》を取り出した。金箔《きんぱく》をぬった鯰尾《なまずお》の兜に、銀の十字架の前立てをつけている。忠興は手先が器用で、飾り兜を作るのを趣味にしていた。

氏郷は広間の茶室に二人を招き、自ら薄茶を点《た》ててもてなした。政宗に毒を盛られて以来、濃茶を練るのは気が進まなくなっていた。

「ヴァリニャーノ師がご上洛なされたことは、お聞き及びでしょうか」

右近がゆったりとした所作《しょさ》で茶を飲み干した。

「存じません。いつのことですか」

「今月八日です。先にローマに派遣した少年使節を連れて、聚楽第に伺候《しこう》なされました」

天正十年（一五八二）に伊東マンショ、原マルチノらを連れてローマに向かったヴァリニャーノは、イスパニア国王やローマ法王との謁見《えつけん》を無事に終え、三年前にマカオにもどってきた。

秀吉がバテレン追放令を発していたために日本への入国を見合わせていたが、昨年長崎に到着。そしてこのたび、インド副王使節の肩書きで上洛をはたしたのだった。

「これは、実質的にはバテレン追放令を撤回したのと同じです。関白殿下《かんぱくでんか》はイスパニアとの交易を優先して、彼らの要求に応じられたのでござる」

「それは良かった。これで洛中《らくちゅう》での布教も以前のようにできるでしょう」

「そうなればいいのですが」

忠興が横から口をはさんだ。

「小田原でも申し上げたとおり、殿下はイエズス会との交渉を、小西摂津守《つのかみ》どのと石田治部《じぶ》どのに一任することになされたのです」

大陸への出兵に際して必要な硝石《しょうせき》や鉛《なまり》を購入するためで、今後は氏郷や右近はイエズス会との交渉から締め出されるという。

「殿下は明《みん》国出兵をお決めになったのか」

「そのつもりで準備にかかっておられます。しかし、これには反対する方々も多く、水面下で激しい争いがつづいています」

「飛騨守《ひだのかみ》どの。実は宗匠《そうしょう》がその争いに巻き込まれ、難しい立場に追い込まれておられるのです」

右近が案じ顔でいきさつを語った。

秀吉は三年前の九州征伐の頃から明国出兵をおこなうと広言していたが、関東や奥州の平定が終わらないので時期を見合わせていた。ところが昨年葛西《かさい》・大崎一揆《いっき》を鎮圧し、天下統一をほぼ終えた。

そこでいよいよ出兵にかかろうと石田三成《みつなり》や小西行長《ゆきなが》に仕度《したく》を命じていたが、これには転封された大名たちの多くが反対していた。領国経営を優先させるべきで、明国まで兵を送る余裕はないからである。

そうした大名たちは秀吉の弟の秀長《ひでなが》を頼り、何とか秀吉をいさめてもらおうとしていた。だが秀長が病《やまい》に倒れ、この年一月二十二日に他界した。そこで秀長の盟友だった千利休《せんのりきゅう》が、反対派の取りまとめ役をはたすようになった。

それを知った秀吉は、大徳寺《だいとくじ》の三門に利休の木像を安置しているのは不届きだと言いがかりをつけ、利休を屈服《くっぷく》させようとしているのだった。

「あの木像は大徳寺の古渓宗陳《こけいそうちん》さまが、宗匠のご寄進《きしん》に感謝して安置なされたものでしょう。宗匠の責任ではないはずです」

「おおせのとおりです。しかし石田治部らはあらゆる醜聞《しゅうぶん》をばらまいて、宗匠をおとしめようとしています」

利休が茶道具を不当に高く売りつけて暴利をむさぼっているとか、人から預かった茶道具を横領《おうりょう》したとか、秀吉や高貴の方々に対して僭越《せんえつ》な物言いをするとか、数え上げたらきりがないという。

「実は飛驒守どの。貴殿《きでん》のこともその醜聞のひとつになっているのです」

「それは、どういうことでしょうか」

「伊達政宗どのに謀叛《むほん》の企《くわだ》てがあったと訴えておられるのは、宗匠の後ろ楯《だて》を得て政宗どのを追い落とすためだというのです」

「笑止《しようし》な。いったい誰が」

「事実でないことは分っています。しかしそれが噂としてばらまかれ、宗匠を追い詰める材料にされています。それゆえ」

伊達政宗と争うのは思いとどまってほしい。右近はそう言って頭を下げた。

「不義に屈せよと、おおせられるか」

「お怒りはごもっともです。不本意とは存じますが、宗匠をお救い申し上げるには……」

「それがしが奥州の雪原でどのような苦難に耐えてきたか、右近どのはご存知あるまい。それもこれも」

政宗の謀略のせいだ。喉《のど》まで出かかった言葉を、氏郷はすんでのところで呑み込んだ。

宣教師や信者を救うために、高槻《たかつき》城で身を捨てようとした右近の姿を思い出したからである。

それから数日、氏郷は心が定まらずに悶々《もんもん》とした日を過ごした。

政宗にあれほどひどい仕打ちを受けながら、泣き寝入りするように引き下がっては、武士の一分《いちぶん》が立たない。凍傷《とうしょう》にさらされ、命の危険をおかしながら下知《げち》に従ってくれた家臣たちにも合わす顔がない。

しかもすでに政宗を訴えているのだから、ここで取り下げたなら、自ら讒言《ざんげん》だったと認めるようなものではないか……。

そう思うと、無念のあまり胃の腑《ふ》が絞《しぼ》られるように痛む。だが右近がそれを承知で頼むのは、利休がよほど危《あや》うい立場にあるからにちがいない。

そして利休が処罰されたなら、明国出兵を進める秀吉を止める手立てはなくなるのだった。

氏郷は苦悩の末に、神への信仰に活路を見出そうとした。

「御国《みくに》が来ますように。御心《みこころ》がおこなわれますように。あなたと同じように、私もすべての罪を許せますように」

祈りの言葉を何度もくり返し、敵は政宗でも秀吉でもない。汝《なんじ》の敵を愛せというイエスの言葉に従えない自分だと思い直した。

(右近どのは、その許しを求めておられるのだ)

氏郷がそう気づいて気持ちをおさめかけた時、町野輪之丞《まちのりんのじょう》が意外な知らせをもたらした。

「伊達どのは三日前、尾州《びしゆう》の清洲《きよす》にお着きになりました。そして一昨日の朝、関白殿下の本陣に招かれ、茶の振舞いにあずかられたそうでございます」

政宗は一揆煽動《せんどう》の嫌疑《けんぎ》について釈明《しやくめい》するために、一月晦日《みそか》に米沢《よねざわ》を発った。その知らせを受けた氏郷は、輪之丞に命じて道中の動きをさぐらせていた。

「茶の席で伊達どのは無実を訴えられ、殿下は分っているとお答えになったようでございます」

「そんなことが、どうして分る」

「殿下の本陣で、そうした噂が流れております。伊達家の家臣の中には、これで潔《けつ》白《ぱく》が認められたと高言する者もおりました」

「話が外にもれるように仕組んだ。そういうことだな」

氏郷はすぐに秀吉の意図を見抜いた。

政宗と結託《けつたく》して氏郷をつぶそうとしたことが明らかになれば、秀吉の信用は地におちる。そこで政宗の側に立って訴訟《そしよう》に勝たせようとしているのだ。

わざわざ清洲で政宗と会ったのは、このことが噂となって都に伝わるようにするためにちがいなかった。

（どこまで人を虚仮《こけ》にするつもりだ。あのお方は）

氏郷は胃の腑から突き上げてくる吐《は》き気におそわれ、やはりこのまま引き下がることはできないと思った。

もし訴えを取り下げたなら、政宗は鬼の首でも取ったように氏郷が讒訴《ざんそ》したと言い立てるにちがいない。秀吉はこれに加担《かたん》して氏郷を責め、処罰にかかるかもしれなかった。

(ここで負けるわけにはいかぬ。真実を明らかにすることが、この国のためでもあるのだ)

氏郷はそう思い直し、政宗との対決にそなえて仕度にかかった。

秀吉が都にもどったのは二月三日。

政宗はその翌日に、千余人の軍勢をひきいて粟田口から入洛《にゅうらく》した。

家臣たちには美々《びび》しく着飾らせていたが、自身は白装束に身を包み、従者に金箔をおした磔柱《はりつけばしら》を持たせていた。

死罪を命じられたなら、この磔柱にかかるつもりだという覚悟を示したのである。これには物見高い都人《みやこびと》も度胆《どぎも》を抜かれ、政宗の評判は一気に高まった。

〈政宗の風情《ふぜい》こそ聞くも恐しけれ。死装束に出立《いでた》って、金箔を押したる機物杭《はたものぐい》を馬の先に持たせて上洛ありしとぞ聞えし〉

『氏郷記』はそう伝えている。

いかにも政宗らしい、大向こうの受けを狙った演出で、これが男伊達の語源になったという説があるが、すでに政宗は秀吉から罪には問わぬという言質《げんち》を得ていた。

そのことは政宗が清洲から米沢の伊達成実《しげざね》にあてた手紙に、「今度雑説《ざつせつ》の義、毛頭実事《もうとうじつじ》に思《おぼ》し召さず」と秀吉から伝えられたと記していることからも明らかである。

だからこそ余裕綽々《しゃくしゃく》とこういう演出をし、洛中の人気を集めて訴訟を有利に運ぼうとしたのだった。

翌五日、氏郷と政宗は聚楽第に呼び出され、奉行の石田三成、増田長盛《ましたながもり》の前で対決することになった。

氏郷は早めに席についていたが、政宗は刻限ぎりぎりにやって来た。

「飛騨守どの、奥州ではかたじけのうござった」

いかにも親しげに声をかけ、どうしてこんな争いになったか分らぬと首をふった。

「大方《おおかた》、それがしに逆心を持つ者の讒言によるものと存ずる。ご迷惑をおかけし、まことに申し訳ございませぬ」

「ご挨拶《あいさつ》かたじけない。やがてすべてが明らかになるものと存ずる」

氏郷は丁重《ていちょう》に応じながら、妥協《だきょう》するつもりは一切ないことを示した。

やがて三成と長盛が席につき、双方の言い分を聞いた。

氏郷は一揆の経緯と政宗の動きを逐一《ちくいち》明らかにし、すべては政宗が仕組んだことだと訴えた。

「このことは木村吉清《よしきよ》どのもご存知のことでござる。またそれがしのもとに、謀叛の企てがあったと訴え出た者もおります」

これに対して政宗は、氏郷がそう思い込んだのは、伊達家に恨《うら》みを持つ者の讒言によるものだと反論した。そして自分の側には常に浅野正勝《まさかつ》が目付《めつけ》としてついていたのだから、そのような企てがあったなら、気づいたはずだと言った。

「しかるに正勝どのの主《あるじ》である浅野弾正《だんじょう》どのは、そうした訴えをしておられませぬ。それどころか、ご子息《しそく》の幸長《よしなが》どのを上洛の道案内につけて下されたほどでござる」

三成らは二人の主張を詳しく聞き取っただけで、これを秀吉に報告して裁定をあおぐことにした。

「後日殿下の御前《ごぜん》で、お二方の言い分をのべていただく。やがて日取りをお知らせいたすゆえ、そう心得られるがよい」

この日は争論する機会もなく、互いの主張をのべ合うだけで終わったのだった。

氏郷は聚楽第の屋敷で次の沙汰《さた》を待ちながら、政宗の出方を計っていた。政宗は奥州奉行の浅野長政《ながまさ》を証人にして無実を訴えるつもりらしい。長政もそれを承知し、息子の幸長を政宗と一緒に上洛させた。

それは今度の企てが、秀吉と長政の後押しによってなされたことを裏づけている。

何とも不利な状況だが、氏郷には絶対の切り札《ふだ》があった。

一揆の首謀者にあてた政宗の書状を、伊達家にいた須田伯耆守《ほうきのかみ》から預かっている。これを突きつけたなら、言い逃《のが》れはできないはずだった。

翌日、早々と三成から書状が来た。秀吉は政宗の所領五郡を没収して氏郷に与え、政宗には葛西、大崎領を与えるつもりである。

この五郡を合わせれば氏郷の所領は八十万石。前田利家に匹敵《ひってき》する大大名になる。これが秀吉が示した誠意なので、訴訟のことは当方の計らいに任せるようにということ。

実利を与えて懐柔《かいじゅう》しようとする、いかにも秀吉らしいやり方だった。

その一方で、政宗への計らいも手厚く進めていた。

二月十二日には政宗を参内《さんだい》させ、従五位下《じゅごいのげ》の侍従《じじゅう》に任じた。所領の大半を没収するかわりに、官位を与えて政宗の疑いが晴れたことを公けにしたのだった。

それは、政宗に謀叛の企てがなかったと表明するも同じである。その知らせに苦々《にがにが》しい思いをしているところに、細川忠興が前触れもなくたずねてきた。

「う、氏郷どの、一大事でございます」

「どうなされた。落ちつかれよ」

「宗匠が堺《さかい》に追放されることになりました。ご出発は明日だそうでございます」

「それは、まさか」

自分のせいではないかと、氏郷の顔から血の気《け》が引いた。政宗を訴えた報復に、秀吉が利休への処分をきびしくしたのではないかと思った。

「分りません。とにかくお見舞いに参りましょう」

二人して聚楽第にある利休の屋敷をたずねた。利休は書院造りの居間に座り、火灯窓《かとうまど》を開けて庭をながめていた。

丹精《たんせい》をこめて造った枯山水《かれさんすい》の庭が、雪におおわれている。池と築山《つきやま》の見分けもつかない景色の中で、隅に植えた侘助椿《わびすけつばき》が一輪の赤い花を咲かせていた。

外の冷気が部屋をおおい、しんしんと冷え込んでいる。だが利休はそんなことには構いもせず、窓を一杯に開け放っていた。

「どうじゃ。よい景色であろう」

ここに来てながめてみよと二人を誘った。

「奥州の雪原を思い出します」

延々と雪の中を行軍したことが、氏郷は妙になつかしくなった。あの時は命をおびやかした大自然も、ここでは手の内にあった。

「さようか。わしは丹後《たんご》の雪山で道に迷った時のことを思い出していた」

「そんなことより、明日堺に下《くだ》られるそうではありませんか」

忠興が利休の身を案じて声を張り上げた。

「耳が早いな。幽斎《ゆうさい》どのか」

「そうです。父から聞きました」

「もはや助かるまいとでも、おおせられたか」

利休はいささか皮肉をこめた言い方をしたが、決して忠興を責めているのではなかった。

「も、申し訳ございません」

忠興は図星をさされて顔を赤らめた。

「そちが謝らずともよい。確かにわしは助かるまい」

「それを承知の上で、殿下の命《めい》にそむかれたのでございますか」

「命は借り物じゃ。志のほうが大事であろう」

「宗匠、もしや私の訴訟のせいで」

「兄弟子《あにでし》までつまらぬことを言う。与一郎《よいちろう》、隣の小間《こま》で茶の仕度をしてくれ」

利休は忠興に用事を言いつけて席をはずさせ、これはわしと殿下の問題だと打ち明けた。

「小田原で宗二《そうじ》が処刑された。その原因は聞いたであろう」

「殿下に悪口雑言《あっこうぞうごん》なされたとか」

「そうじゃ。中でも殿下の逆鱗《げきりん》に触れた一言があった。それはずっと前に、わしが宗二にもらしたことなのだ」

口は禍《わざわ》いのもとだと、利休が唇《くちびる》をゆがめて薄く笑った。

一月《ひとつき》ちかくの心労のせいで、ずいぶん頬がやつれていた。

「殿下はすぐにそのことに気づかれた。なぜならそれは、わしと殿下しか知らぬことだからだ」

「よほど重大なことでございましょうか」

「それは言えぬ。言えばそなたも宗二と同じ目にあうことになろう」

利休は固く口を閉ざし、今生《こんじょう》の思い出に一手伝授しようと茶室にさそった。

茶道具は忠興が美しくととのえていた。風炉《ふろ》にかけた釜の湯もたぎり、かすかに松籟《しょうらい》の音をたてている。

利休は点前畳《てまえだたみ》に座り、ゆったりとした所作で茶を点てはじめた。袱紗《ふくさ》で茶入れと茶杓《ちやしやく》を清め、茶筅《ちやせん》通しをし、茶碗を茶巾《ちやきん》でぬぐってから抹茶《まつちや》を入れる。

ここまではいつもと同じだったが、釜から湯をくむ時の柄杓《ひしやく》のさばき方がちがっていた。

釜に柄杓の合《ごう》を入れて湯をすくう時、腕を返すのが普通である。ところが利休は腕を静止させたまま、いつの間にか湯をすくった。

合を入れたと見るや、次の瞬間湯をくみ上げていたのである。

腕が伸びたままの所作は美しく、まるで魔法でも見せられたようだった。

「宗匠、今のは」

どんな所作だろうと、忠興が首をかしげた。

「手落しとでも」

利休がもう一度やってみせてから、茶碗に湯をそそいだ。

釜の湯に合を入れた時に、柄杓の柄《え》を持つ手を放す。すると合は湯に沈み込んで自然と上を向く。そこを持ち上げれば、湯をすくうために腕を返す必要がないので、腕を静止させたまま湯をくみ上げることができる。

理屈は簡単だが、それを自然にやれるようになるには長年の鍛錬《たんれん》が必要だった。

「つかもうとするから力に頼る。放せば自然と向こうから手に添ってくることもある」

利休は手早く点てた熱めの茶をさし出した。

氏郷は毒を盛られて以来初めて茶がおいしいと思い、利休がこの一服で何を伝えたいのか分った気がした。

伝えようとしたのは二つだった。

ひとつは不義に屈するなということである。氏郷がどんな立場におかれているか、利休もよく分っている。その上で不義に屈するなとは、秀吉や政宗に妥協してはならないということだった。

利休はその姿勢を身をもって示そうとしていた。秀吉や三成は大陸への出兵に反対している利休を、筋の通らぬ言いがかりをつけて屈服させようとしている。

だから利休は死を覚悟して、秀吉に頭を下げることを拒否している。そんな生き方を貫くことで、氏郷にも出兵に反対している大名たちにも、己《おの》れの信じた道を進めと鼓舞《こぶ》しているのだった。

もうひとつは手落しの所作の中に、秀吉の秘密を解く鍵があるということだ。

利休が氏郷の身を案じて口にしなかったこと。一言それをもらしただけで、宗二が耳をそがれ鼻をそがれ、その場で打ち首にされた重大な秘密。それが何か想像もつかなかったが、利休が手落しに託して暗示していることはしっかりと感じ取っていた。

（その意図を汲《く》み取れるかどうか、宗匠は最後の課題を与えられているのかもしれぬ）

茶の湯は一期一会《いちごいちえ》である。心をこめて相手をもてなすには、相手の胸中《きょうちゅう》を充分に察しなければならない。その姿勢はもてなされる客の側にも求められる。

いわば茶道は、茶を介《かい》した無言の対話である。

言葉では伝えきれないものを、茶室のしつらえや道具の組み方、点前の仕方などによって伝える。そこには身分の上下や貴賤《きせん》の垣根は一切ない。ただ一対一、素《す》の人間として向き合うだけだった。

（すまんな。言えへんけど、黙ってられんのや）

手落しの所作の中に、氏郷は利休のそんな声を聞いていた。

氏郷はまず家康をたずね、今後のことを相談することにした。秀吉を敵にまわした氏郷にとって、今やもっとも頼り甲斐《がい》のある人物だった。

「利休どののことは聞いておる。だが、わしが殿下に意見しては角《かど》が立つのでな」

どうしたものかと家康も苦慮《くりょ》していた。

「宗匠は殿下に屈するおつもりはありません。それゆえお救い申し上げるには、争いの原因となった問題を解決するしかないと存じます」

「明国出兵か」

「思いとどまっていただく方策はないでしょうか」

「殿下はすでに出兵すると公言し、仕度にかかっておられる。しかも出兵を機に、この国を作り変えようとしておられるのだ」

外に敵を求めて国内の結束をはかるのは、古くから権力者の常套《じょうとう》手段である。

秀吉は戦時を理由に権力を一手に掌握《しょうあく》し、諸大名から自治権をうばって、ヨーロッパのような中央集権国家を作り上げようとしていた。

「しかし今の我が国には、明国に攻め込むほどの力はありません。やがて兵糧《ひょうろう》や弾薬の補給がつづかなくなりましょう」

「それゆえ殿下はイスパニアの力を借りようとなされておる。ヴァリニャーノの入洛を許されたのは、その交渉をするためだ」

「信長公もヴァリニャーノ師から明国出兵を迫られましたが、お断わりになりました。それは戦ではなく交易によって、海外に進出するべきだと考えておられたからです」

「わしも同じ考えじゃ。他国の力を当てにして明国に攻め込むなど、妄想《もうそう》に取りつかれた暴挙としか思えぬ」

家康は苦々しげに首をふり、政宗との訴訟はどうするとたずねた。

「やり抜きます。宗匠にもそうせよと教えられました」

「勝てるか」

「勝ちます。そのための仕度もととのえておりますゆえ」

「さようか。ならば活路はあるかもしれぬ」

家康はしばらく思いを巡らした末に、文机《ふづくえ》から矢立てを取り出して書状をしたためた。

「これを持って秀次《ひでつぐ》どのをたずねてみよ。あのお方も出兵を憂《うれ》えておられるゆえ、力を貸していただけるかもしれぬ」

秀次の屋敷は聚楽第の南二の丸にあった。昨年の七月に織田信雄が美濃《みの》・尾張《おわり》・北伊勢を没収された後、秀次が岐阜城に入って所領を受け継いだ。

石高《こくだか》はおよそ百万石。秀長が他界した今では、秀吉一門の中でもっとも重みのある存在になっていた。

「不時《ふじ》の推参《すいさん》、お許しいただきたい」

氏郷は非礼をわび、率直に用件を告げた。

「奥州でのお働き感服いたしました。いつ来ていただこうと、こちらは大歓迎です」

秀次はにこやかに迎え、明国出兵については叔父秀長も懸念《けねん》していたと言った。

秀吉の姉日秀《にっしゅう》の子で二十四歳になる。小牧《こまき》・長久手《ながくて》の戦いでは一敗地にまみれたが、それ以後は四国征伐、小田原征伐で着実に実績を積み重ね、近江八幡《おうみはちまん》や岐阜で治政の手腕《しゅわん》も発揮していた。

「徳川どのからこれを預かって参りました」

氏郷が差し出した書状に目を通すと、秀次は長く伸ばしたもみ上げに手を当てて考え込んだ。

「氏郷どのはキリシタンの洗礼を受けられたと聞きましたが」

「さよう。高山右近どののお導きで入信いたしました」

「その右近どのは出兵に賛成なされたそうですが、ご存知でしょうか」

「いいえ。聞いておりません」

「巡察使《じゅんさつし》どのや小西行長どのとともに殿下に対面し、キリシタン大名が出兵の先陣をつとめると申し出られたそうでございます」

寝耳に水の話である。だがイエズス会やヴァリニャーノから指示されたとすれば、考えられないことではなかった。

「氏郷どのはどうです。名づけ親の申しつけには逆らえないのではありませんか」

秀次はキリシタンの仕来《しきた》りをかなり詳しく知っていた。

「確かに右近どのの申しつけには逆らえません。しかし、そんな話は聞いておりませんので、自由にしても構わないということだと思います」

「あくまで反対を貫かれる覚悟ですか」

「国を開いて諸外国と交易しなければならないと考えています。しかし、それは海路を用いたものに限るべきで、兵を内陸部に送り込んだなら、とたんに行き詰まるでしょう」

ポルトガルやイスパニアもそれが分っているから、港に要塞《ようさい》をきずいて交易を支配しているのだった。

「実は出兵を止める方法がひとつだけあります」

「その方法とは」

秀次が身を乗り出して打ち明けた。

「外にもれたらまずいことになります。他言しないと誓っていただけますか」

「むろんです」

氏郷は胸の前で十字を切った。神にかけてという意味だった。

「朝廷には、関白在職中は都からはなれてはならないという決まりがあります。それを守るように帝《みかど》に命じていただくことです」

「そんなことができるのでしょうか」

「お公家衆《くげ》の中にも、出兵に反対している方がおられます。私も徳川どのも、その方々に上奏《じょうそう》していただくようにお願いしようと考えておりました」

ところが秀吉の動きがあまりに早いので、根回しが間に合わない。しかし氏郷が政宗との訴訟に勝ったなら、この動きを止めることもできるという。

「訴訟に負けて所領を没収されることになれば、政宗どのは米沢に立てこもって兵を挙げられましょう。その平定に手間取る間に、朝廷工作をすることができます。帝が勅命《ちょくめい》をお下しになったなら、諸大名も表立って出兵反対の声を上げることができましょう」

だから家康は訴訟に勝てるかと念を押したのだ。明国出兵と利休の処罰の行方《ゆくえ》が、氏郷の働きひとつにかかっているのだった。


氏郷と政宗の二回目の対決は、利休が堺に追放された二日後におこなわれた。

聚楽第の虎の間に秀吉が着座し、三成と長盛が立会人をつとめた。

「双方の言い分は先日うけたまわり、書きつけにして殿下のご覧に供《きょう》しました。付け加えることがあれば双方申し出ていただき、ご裁定をあおぐことといたします」

「治部の申すとおりじゃ。二人とも思うことを腹蔵《ふくぞう》なく言い合い、裁定の後は遺恨《いこん》を持たぬようにせよ」

秀吉は脇息《きょうそく》にもたれ、氏郷と政宗を交互に見やった。

「それでは申し上げまする」

政宗が勇《いさ》み立って口火を切った。

「一揆が起こった時、それがしは氏郷どのに我らの指示に従って動くように申し入れました。力で押さえ込むより、一揆の首謀者を説得して殿下の威《い》に服させたほうがいいと考えたからでござる。氏郷どのはこれに従うと返答しながら、二度も三度も約束をたがえて軍勢を進められた。それを知った一揆の者どもは、武力で鎮圧しようとしていると見て態度を硬化させ申した。説得がうまくいかなかったのは、功を焦《あせ》った氏郷どのの違約のせいでござる」

「それがしは殿下から、木村吉清どのを我が子と思って助けよと申しつけられておりました。吉清どのが雪深き佐沼《さぬま》城で一揆勢に包囲され、落城が目前に迫っているというのに、伊達どのは救援に駆けつけようとなされぬ。それゆえ一刻も早く駆けつけようとしたまででござる」

氏郷は落ちつき払って反論した。

「ならば何ゆえ、それがしの指示に従って出陣すると返答なされた。貴殿が約束を破られたゆえ、一揆勢はそれがしを疑い、投降に応じなくなったのでござる」

「一揆勢の中には伊達家の胴丸をつけ、兵糧や弾薬の補給を受けている者がおりました。それゆえ伊達どのが一揆勢を裏であやつり、木村父子を滅亡させようとしておられると疑わざるを得なかったのじゃ。説得しようとしていたなどとは、時間をかせぐための見せかけでござる」

「笑止な。一揆勢は我らの所領に攻め込み、武器や兵糧を奪い去ったのでござる。補給しているなどとは言いがかりじゃ」

「それなら何ゆえ、すぐに攻め込んで奪い返そうとなされなかった。伊達家の軍律はそれほどゆるんでいるのでござろうか」

「当家の面目より奥州の平安を優先したからでござる。この間のいきさつについては、浅野弾正どのとのやり取りで明らかでござる」

政宗は長政から来た三通の書状ばかりか、長政にあてた控えの三通を証拠として差し出した。

政宗は状況を長政に報告し、一揆勢を説得して投降させるべきだと進言している。これに対して長政は進言を了承し、現場での対処は政宗の判断に任せると答えていた。

「それがしはこのとおり、奥州奉行である浅野弾正どのの指示に従って動いております。謀叛を企てていたなどと訴えられては、弾正どのに対しても申し訳が立ち申さぬ」

政宗がここぞとばかりに言い立てると、三成がすかさずこの書状を見れば言い分はもっともだと後押しをした。

「それならこちらの書状も、ご披見《ひけん》いただきたい」

氏郷は須田伯耆守から受け取った切り札を出した。

政宗が一揆の首謀者の一人である志田《しだ》郡の古川主膳《しゅぜん》にあてたものだ。

大崎、葛西の旧領で一揆が起これば、木村父子は責任を取らされて改易される。その後で大崎義隆《よしたか》や葛西晴信《はるのぶ》が復帰できるように関白殿下に取りなすので、心おきなく暴れてくれと記していた。

「署名と花押《かおう》は、まちがいなく伊達どののものでござる。そちらの書状の筆跡《ひっせき》と見比べていただけば、すぐに分るはずでござる」

動かぬ証拠を突きつけられ、政宗は額に脂汗《あぶらあせ》をうかべて返答に詰まった。

三成も書状を検《あらた》め、苦《にが》りきった顔をして長盛を見やった。

「こ、これは偽書《ぎしょ》じゃ。古川某《なにがし》にあてた書状を、須田伯耆が持っているはずがあるまい」

政宗は頭の回転が速く度胸《どきょう》もすわっている。すぐに態勢を立て直して反論に出た。

「伯耆守が蒲生《がもう》勢にくだったと知った古川主膳が、伯耆守を頼って投降したいと申し出て参りました。この書状はその時に差し出したものでござる。見覚えがござらぬかな」

「知らん。古川主膳などという名は聞いたこともない」

「同様の書状は他の首領にも出しておられると、伯耆守が申しております。ご不審とあらば、当人をここに呼んでいただいても構いませぬ」

「その儀には及ばぬ」

黙ってなりゆきを見守っていた秀吉が、急に席を立って書状を手に取った。

「なるほど。これが真実《まこと》なら言い逃れはできぬ。そちの首を打ち、伊達家を取りつぶさねばなるまい。まことにそなたが書いたものかどうか、性根《しょうね》をすえて返答せよ」

政宗に書状を突きつけ、謎をかけるような笑《え》みをもらした。

政宗は身動きならないところまで追い詰められていたが、秀吉がどんな言い訳でもせよと言っていることをすぐに察知した。

「滅相《めっそう》もございませぬ。確かに署名も花押もよく似せておりますが、これはそれがしの書状ではございませぬ。偽書でござる」

「偽書とな。何ゆえ、そう言えるのじゃ」

「それがしの花押は鶺鴒《せきれい》の姿に似ておりますが、こうしたこともあろうかと、目の所を針で刺しております。この花押にはその穴がありませぬ。それゆえ偽物と分るのでございます」

「なるほど。さすがは羽柴《はしば》伊達侍従じゃ。用心が良いことよ」

秀吉は政宗の主張を認め、一揆の件は不問に付すと言った。

「ただしすべてが潔白とは申せまい。木村吉清の所領を与えるゆえ、米沢領は会津宰相《さいしょう》に引き渡すがよい」

氏郷はまだ宰相と呼ばれる官位ではない。だが秀吉はそう呼ぶことで昇進を明言し、氏郷を懐柔しようとしたのだった。

一方、利休への処罰はきびしかった。二月二十六日に上洛を命じると、二十八日には切腹を命じた。

利休は従容《しょうよう》とこれに服し、聚楽第の屋敷で七十年の生涯を閉じた。

これで大陸への出兵に反対していた勢力は精神的な支柱を失い、秀吉に対抗することができなくなったのだった。

巧妙な罠《わな》

天正《てんしょう》二十年（一五九二）の四月下旬、氏郷《うじさと》は重臣たちを従え、会津《あいづ》の北東に位置する飯盛《いいもり》山の山頂に立っていた。

氏郷は葛西《かさい》・大崎一揆《いっき》や九戸《くのへ》政実《まさざね》の乱を平定した功によって、昨年会津から米沢《よねざわ》にまたがる七十三万四千石の広大な領地を与えられた。

二年後の検地で実高九十二万石と定められ、俗に会津百万石と称される。大名の中では徳川家康、毛利輝元《もうりてるもと》につぐ大大名に立身したのだった。

次の課題は、それにふさわしい居城《きょじょう》と城下町をきずくことである。

そこで奉行に任じた町野左近《さこんの》将監《しょうげん》や蒲生源左衛門《げんざえもん》郷成《さとなり》らを連れて飯盛山に登り、城地を見渡しながら縄張りを定めることにした。

一行には珍しい男が加わっている。氏郷が会津に転封《てんぽう》になった後も、松坂《まつさか》で商売をつづけていた日野屋次郎五郎《じろうごろう》である。

日野屋の商売は順調で、角屋《かどや》と肩を並べるほどの廻船問屋になっていたが、氏郷に頼まれて会津に移転してきたのだった。

「何しろ幼なじみや。知らんふりもできんよってな」

顔を合わせるなり、大きな口を叩《たた》いたものである。

イタリア式簿記《ぼき》を習得した次郎五郎は、松坂で商売の神さまとあがめられ、今や百万両にのぼる身代《しんだい》をきずいている。それをすべて氏郷のために使うと、肚《はら》をすえて駆けつけていた。

「まず城のことだが、黒川城を取り壊して、このような造作《ぞうさく》にする」

氏郷は上洛《じょうらく》している間に考え抜いた縄張り図を示した。

黒川城跡を本丸とし、東に二の丸、三の丸をきずく。西と北には馬出しのための出丸を配し、まわりに広々とした堀をめぐらしていた。

堀の幅は広い所で二十二間《けん》（四十メートル弱）、狭くても十四間。城全体が湖にうかんでいるような造りだった。

「これからは大砲を用いた戦《いくさ》が主流になる。水堀を広く取るのは砲撃をさけるためだ」

会津盆地は夏に猛暑にみまわれる。堀を広くすれば、それを和《やわ》らげられるという利点もあった。

「しかしそれでは、敵に攻められた時に遠すぎて見にくうござろう」

郷成が遠慮のないことを言った。

葛西・大崎一揆の時には伊達政宗《だてまさむね》の監視役をつとめ、体を張って謀略を防いだ猛将である。今では白石《しろいし》四万石を与えられていた。

「それゆえ天守を七重にする。高さは二十間ちかくなろう」

「七階ではなく、正味の七重でござるか」

「そうだ。これまで誰も見たことがない天守をきずき、奥州鎮撫《ちんぶ》の威《い》を示さなければならぬ」

外観五重、内部は七階という造りは、すでにいくつかの城で用いられている。だが外観七重という尖塔《せんとう》のような城は、日本のどこにもなかった。

「恐れながら、そのような城が造れましょうか」

築城の指揮をとる町野左近将監が危《あや》ぶんだ。

技術の問題だけではない。費用や工期にも配慮しなければならないのである。

「できる。これが見取り図だ」

氏郷は天守の図を皆に示した。

これまでの城は望楼《ぼうろう》形といい、屋根の上に見張り櫓《やぐら》を載せたものである。ところが氏郷は層塔《そうとう》形という新しい築城法を用いることにした。

一階、二階、三階と上に行くに従って一定の率で小さくしていく造りで、これだと安定性があるし、柱や梁《はり》の寸法がそろったものを用いることができる。

五重までをこうした形できずき上げ、上の二重は教会の塔のように細くしている。信長の安土城《あづちじょう》を真似《まね》たものであり、氏郷のキリスト教信仰のひそかな告白でもあった。

「そりゃあ、ええな。ローマにも雲《くも》をつくような高い塔が仰山《ぎょうさん》あった。見る者《もん》が見たら分るはずや」

ロルテスらとローマに行ったことがある次郎五郎は、氏郷の意図をいち早く察した。

「城下の町割りは、このようにしたい」

氏郷はもう一枚の絵図を取り出した。

城の南には湯川が流れて天然の要害をなしている。町は城の北に広がる広大な平坦地にきずくことにしていた。

東西、南北に碁盤《ごばん》の目のように道を作り、東西を丁《ちょう》、南北を通りと呼ぶ。通りの中心は北の出丸から延びる日野町（甲賀《こうか》町）通りで、丁の中心は一の丁。現在の一之町通りである。

二つの大路が町の中心部で十字を描くのも、氏郷の信仰的なこだわりだった。

この十字路の真ん中に立つと、ちょうど真南に教会の尖塔《せんとう》のようにそびえる天守をのぞむことができる。十字は人々の信仰の拠《よ》り所であり、天守は神が宿る聖堂だった。

城下は総構えで囲んだ郭内《かくない》と、その外の郭外に分れている。郭内を家臣たちの居住地にし、郭外には商人や職人たちを住まわせる予定だった。

郭内の広さは東西十七町（約一・八キロ）、南北十一町。会津宰相《さいしょう》の城下にふさわしい堂々たる規模だった。

「これを機に町の名を変える。綿向《わたむき》神社にちなんで若松が良かろう」

蒲生家の氏神である綿向神社に若松の森がある。氏郷はこの松に深い愛着を持っていて、伊勢の四五百《よいほ》の森《もり》に城をきずいた時も松坂と命名した。今度も黒川の地名を廃して会津若松と名づけ、新しい領国の経営に取り組んでいる。

しかしここまでの道のりは、決して平坦なものではなかった。

昨年二月に利休《りきゅう》が切腹した後、都はしばらく不穏《ふおん》な空気につつまれていた。秀吉の情け容赦《ようしゃ》ない残忍なやり方に、批判と反感が高まったからである。

秀吉を非難する落首《らくしゅ》が洛中《らくちゅう》に公然と張り出されたことが、そうした空気を端的《たんてき》に示している。

末世とは別《べち》にはあらじ木の下の
さる関白《かんぱく》を見るにつけても
十分になればこぼるる世の中を
御存知なきは運の末かな

他八首、いずれも歯に衣着《きぬ》せぬものばかりである。

これに対して秀吉は、利休の関係者を徹底的に弾圧し、見せしめにすることで批判を封じ込めようとした。

実行を命じられた石田三成《みつなり》は、利休の妻や娘を屋敷に連行して蛇責《へびぜ》めにかけたと、当時の公家《くげ》は伝えている。

「今日宗易《そうえき》女、同息女《そくじょ》、石田治部少輔《じぶしょう》において強問《ごうもん》（拷問）、蛇責め仕《つかまつ》るの由其《よしそ》の沙汰《さた》なり。母当座に絶死し、次に息女同前云々《うんぬん》。但《ただ》し慥《たし》かならず」（『兼見卿記《かねみきょうき》』）

文末に慥かならずと記されているように、これは事実ではなかったようだが、こうした噂が洛中に飛び交っていたことが、弾圧のきびしさと秀吉政権に対する人々の不信を物語っている。

それは氏郷も同じだった。伊達政宗との争論は鶺鴒《せきれい》の目の詭弁《きべん》によって封じられ、裁定に従わざるを得なくなったが、もはや心は秀吉からはなれている。

これからは利休の遺言に従って、信じた道を進もうと覚悟を定めていた。

三成に追われていた利休の関係者を、ひそかにかくまったのもそのためである。

中でもきびしい追及にさらされていた利休の娘婿《むすめむこ》の少庵《しょうあん》は、家臣に命じてひそかに会津に脱出させていた。

そんな時に、奥州南部《なんぶ》で九戸政実の乱が起こった。

南部家では以前から、当主である南部信直《のぶなお》と一門の九戸政実が家督《かとく》相続をめぐって対立していたが、秀吉の奥州仕置《しお》きを機に一気に激化した。

秀吉の命令に従って家臣団の統制や検地、刀狩を進める信直に、政実ら武断派が反発したからである。

秀吉はそんな事情など一顧《いっこ》だにせず、信直に命令の実行を迫る。それに従いつづける信直に政実が反旗をひるがえし、南部領の大半を占拠したのだった。

この報告を受けた秀吉は、氏郷を帰国させて対応にあたらせると同時に、奥州仕置軍を編制して出陣を命じた。

白河口《しらかわ》は総大将の羽柴秀次《はしばひでつぐ》と徳川家康。仙北口《せんぼく》は上杉景勝《かげかつ》と大谷吉継《よしつぐ》。相馬口《そうま》からは石田三成と佐竹義重《さたけよししげ》。津軽《つがる》方面へは前田利家、利長《としなが》。

伊達政宗や最上義光《もがみよしあき》、津軽為信《ためのぶ》らにも、その方面の仕置軍に加わるように命じた。

わずか五千にも満たない九戸政実勢にこれだけの軍勢を向けたのは、軍令にはそむけない大名たちの弱点をついて、政権に従属させる体制を作り上げるためである。明《みん》国出兵に向けた体制固めと予行演習という意味もあった。

帰国した氏郷は、七月二十四日に一万余の軍勢をひきいて会津を出陣。奥州奉行の浅野長政《ながまさ》と合流して対応を協議した。

八月下旬には奥州仕置軍と合流。九月二日には九戸城を包囲した。

しかし長政は力攻めにはしなかった。九戸家ゆかりの僧を使者に立て、「開城すれば残らず助命する」と申し入れた。

政実はこれに応じて出家姿で降伏したが、長政は約束を反故《ほご》にし、政実らを処刑したばかりか、城内にいた者は女、子供にいたるまで皆殺しにした。

氏郷はこの乱の平定後、正式に伊達政宗の旧領をそっくり加増《かぞう》された。このお礼に十一月に上洛すると、義理の妹を南部信直に嫁《とつ》がせるように命じられた。

秀吉は氏郷を奥州大名の旗頭《はたがしら》にして、支配体制の一翼《いちよく》をになわせようとしたのである。

その間にも着々と、明国出兵の仕度《したく》を進めていた。

この年十月には、肥前名護屋《ひぜんなごや》城の築城にかかるように命じた。十二月二十七日には養子にした秀次に関白職をゆずり、太閤《たいこう》となって都をはなれる自由を得た。

関白在任中は都をはなれてはならないという朝廷の仕来《しきた》りを、秀吉といえども無視することはできなかったのである。

秀吉が京を出発したのは、天正二十年の三月二十六日である。氏郷はそれを見送ってから帰国の途についた。

「そちは奥州の要《かなめ》じゃ。来年の春までは会津に腰をすえ、城下の整備と領国の経営にあたってくれ」

秀吉は氏郷の手を取って申しつけ、人も銭も惜《お》しむなと念を押したのだった。

六月一日、氏郷は会津若松城の築城始めをおこなった。

更地《さらち》にした黒川城の本丸跡で地鎮祭《じちんさい》をし、盛り土に鍬《くわ》を入れて工事の無事と早期の完成を祈った。

その後、本丸跡に陣幕を張り、重臣たちを集めて祝いの酒宴を開いた。日野や松坂以来の譜代《ふだい》の者たちと、会津に転封になってから取り立てた者の融和《ゆうわ》をはかるためだった。

「二年前の小田原の陣まで、我らは十二万石の身上《しんしょう》であった。今はその六倍になった。人もそれだけ必要じゃ。譜代、新参の分けへだてなく、力を合わせて治政にあたってもらいたい」

氏郷は新参の者から挨拶《あいさつ》をさせた。

筆頭は、信夫《しのぶ》郡五万石を任せることにした木村吉清《よしきよ》だった。

「佐沼《さぬま》城から生きて出られたのは、殿のおかげでござる。その上過分《かぶん》の取り立てにあずかり、お礼の申しようもござらぬ。倅秀望《せがれひでもち》ともども、身命《しんめい》を賭《と》してご奉公申し上げまする」

吉清は居城《きよじょう》とした杉目《すぎのめ》城を福島と改名している。今日まで伝わる福島の名は、こうして生まれたのだった。

次は九千石を与えた成田長忠《ながただ》だった。

武蔵忍《むさしおし》城主成田長泰《ながやす》の子で小田原の北条氏に仕えていたが、秀吉の小田原征伐後に兄氏長《うじなが》とともに氏郷に仕えた。ところが昨年、兄が下野烏山《しもつけからすやま》城の城主に任じられたために、兄の扶持《ふち》も引きついで九千石を食《は》むことになった。

三番手は六千石の真田信尹《のぶただ》。

信州上田の真田幸隆《ゆきたか》の子で、昌幸《まさゆき》の弟である。武田、北条、徳川と渡り歩いた後に氏郷に仕え、九戸政実の乱の時には八番手の大将をつとめた剛《ごう》の者だった。

四番手は三千石の曾根《そね》内匠助《たくみのすけ》。

信尹と同じ武田家の旧臣で、徳川家に仕えた後に氏郷に見出された。築城の名手で、会津若松城の縄張りは内匠助の発案によるものだった。

以下、千石以上の知行《ちぎょう》を受けた者が十五人にも及ぶ。伊達の旧領三十万石を加増されたのだから、それでも人手が足りないほどだった。

譜代では米沢七万石を与えられた四郎兵衛郷安《さとやす》、田村三春《みはる》五万二千石の田丸直昌《たまるなおまさ》、白河五万石の関一政《かずまさ》、白石四万石の蒲生源左衛門郷成《げんざえもんさとなり》など、大名なみの所領を持つ重臣が何人もいた。

顔合わせを終えると、氏郷は皆に今後の方針を伝えた。

「我らはこの地に再び十楽《じゅうらく》の地をきずかねばならぬ。土地を豊かにし、商いを盛んにし、領民を幸せにすることが、我らの務めなのだ」

そのためにはまず会津若松城を完成させ、城下町を整備して商人や職人を集める。

産業をおこし流通をさかんにして、米沢、三春、白河、白石など領内の拠点となる城下との交易を活発にする。

交易の便をはかるためには道路網を整備し、宿駅《しゅくえき》の制度も確立しなければならなかった。

「いずれも難しい仕事だが、奥州の野山が雪に閉ざされる前に、一応の目途《めど》をつけねばならぬ」

領民に生活が確実に良くなっていくという実感を持たせることができれば、領主として信頼され冬の間も協力を得ることができる。氏郷はそう考え、仕事を急がせることにしたのだった。

「しかしそれでは、銭がいくらあっても足りますまい」

二本松城主となった町野左近将監が、財政状況を危ぶんだ。

相次ぐ出陣や上洛で出費がかさんでいる上に、伊達の旧領には年貢《ねんぐ》を四公六民《しこう》にする優遇措置《ゆうぐうそち》を講じている。その上築城と道普請《みちぶしん》にかかっては、財政が破綻《はたん》しかねなかった。

「肥前の名護屋城からは、十五万の軍勢が朝鮮に渡った。見知らぬ異国で戦っている大名衆の負担を思えば、我々の苦労など知れているではないか」

四月十三日には小西行長《ゆきなが》勢を中心とする第一陣が、十七日には加藤清正《きよまさ》、鍋島直茂《なべしまなおしげ》の第二陣が釜山《ふざん》に上陸し、戦闘に突入していた。

「我らにもいつ出陣の命令が下るか知れませぬ。その時のことも考えて、貯えを残しておくべきと存ずる」

「そのことなら案ずるな。来春までは会津に腰をすえて領国経営に専念せよと、殿下《でんか》が直々《じきじき》におおせられた」

だから人も銭も惜しむなと、氏郷は秀吉と同じことを言った。朝鮮出兵はやがて行き詰まる。そうして来年の春過ぎには、氏郷にも出陣の命令が下るだろう。だから今のうちに領内を整備し、負担に耐えられる態勢をととのえておきたかった。

旧暦六月は会津がもっとも美しく輝く季節である。陽射《ひざ》しはすでに夏に変わっているが、北の大地にはカラリと乾いた涼しい風が吹き抜けていく。

幸い天気にも恵まれ、築城も城下の整備も着々と進んでいた。家臣、領民が総出で夫役《ぶやく》をつとめ、活気に満ちて働いている。

新しい国をきずく希望と夢が、土着と新参の者たちの心をひとつにし、工事は予想以上の早さで進んでいた。

蟬《せみ》の鳴き声もかしましくなった六月中旬、肥前名護屋に出陣中の秀吉から急使が来た。

遠路の使いを命じられたのは、葛西・大崎一揆の時に政宗側に立って動いた浅野正勝《まさかつ》だった。

「飛驒守どの、その節はたいそうお世話になり申した」

皮肉を込めた言い方である。内心では、お前の強情のせいでしなくていい苦労をしたと思っているのだった。

「ほう、今は名護屋城におられるか」

「主《あるじ》長政は本丸下の曲輪《くるわ》を与えられ、御殿をきずいております。その指揮を命じられたのでござる」

「名護屋城は大坂城に劣らぬ華やかさだと聞きましたが」

五層の天守閣を金箔瓦《きんぱくがわら》で飾り立てているという評判は、氏郷の耳にも届いていた。

「それはそれは見事なものでござる。しかもわずか半年で仕上げたのですからな」

殿下のお力はたいしたものだ。朝鮮に出兵した軍勢も連戦連勝の快進撃をつづけていると、正勝は自分の手柄のように得意気だった。

「先月十六日、朝鮮の都漢城《かんじょう》を攻め落としたという報が殿下のもとにとどき申した。小西行長どのはそのまま平壌《へいじょう》に向かって進撃し、加藤清正どのは朝鮮の王子を追って咸鏡道《かんきょうどう》に向かわれた。明《みん》国の征服も間近とあって、殿下はこれからの方針を諸将にお示しになられました」

「どのような方針でござろうか」

「それは申せませぬ。肥前に行かれた時に、ご自分でおたずねになるがよい」

正勝は冷ややかに突き放し、秀吉からの書状を差し出した。

八月末までに名護屋に参陣せよという命令である。来春までは会津に腰をすえ、領国経営に専念せよと言った舌の根も乾かぬうちの変更だった。

「これは解《げ》せぬことでござる。一年間は出陣を命じぬと、この春、殿下は明言なされたが」

「それがしには詳しいことは分り申さぬ。この書状を渡すように命じられたばかりでござる」

「会津に腰をすえ、奥州の要になれとおおせられた。それゆえ城や城下の普請を急がせているのじゃ」

「貴殿《きでん》なら胸の内を察してくれるであろうと、太閤殿下はおおせられた。未曾有《みぞう》の勝ち戦ゆえ、早く参陣なさらねば恩賞にあずかり損ないまするぞ」

「築城にかかったばかりゆえ、急に参陣せよと言われても、費用の調達や軍勢の編制が間に合いませぬ」

「これはしたり。二年前の乱の時には、それがしとの約束など歯牙《しが》にもかけず、雪の中を出陣なされたではござらぬか」

百万石の大将になられ、臆病風《おくびようかぜ》に吹かれたと見ゆる。正勝は秀吉の威光《いこう》を笠に着て鋭い皮肉を言った。

「あの時には……」

氏郷は反論しかけた言葉を呑み込んだ。

初めから悪意をもってかかっているのだから、何を言っても無駄だった。

「伊達どのも転封なされて間もないのに、二千の兵をひきいて参陣しておられる。それを見習われたらいかがかな」

政宗に頼まれたことがあるからと、正勝は早々に席を立って北に向かった。

（またしても、すかされたか）

あるいは秀吉は、わざと無理難題を押しつけているのかもしれぬ。そう思うと憤《ふん》懣《まん》やる方ないが、秀吉から禄《ろく》をもらっている以上、参陣の命令には逆らえなかった。

氏郷は町野左近将監と源左衛門郷成を呼び、参陣の命令を伝えて対応策をはかった。

「なるほど。やはり来ましたか」

老練な将監は、こうなるかもしれぬと思っていたという。

「太閤殿下は殿を罠《わな》にはめてつぶそうとなされた。心の底には今も同じ思いを持っておられましょう」

「これも罠だと申すか」

「金を使いはたさせてから出陣を命じれば、参陣が遅れることもありましょう。それを理由に処罰することができまする」

「将監どの、埒《らち》もないことをおおせられるな」

郷成がきびしくとがめた。

そんなことは先の乱の時から分っているのだから、無理難題を乗り切れるようにするのが我らの務めだというのである。

「さよう。それゆえ貯えを残しており申す」

氏郷は銭を惜しむなと言ったが、将監は算用方に命じて五千両の予備費をとっていたのだった。

「それがしも家中の物頭《ものがしら》に、出兵の仕度をおこたるなと申しつけております。三日のうちには三千の兵を集めることができましょう」

兵はそれで充分だが、肥前までは一ヶ月以上かかる。兵糧《ひょうろう》、弾薬、馬糧《ばりょう》などの購入費を合わせれば、あと一万両は必要だった。

氏郷は日野屋次郎五郎を呼び、何とか用立ててほしいと申し入れた。

「一万両を、一月《ひとつき》のうちにでっか」

次郎五郎は商人の目をして考えをめぐらし、首をたてには振らなかった。

「築城のためにずいぶん出費しております。手元にはあと二千両しか残っておりまへん」

「九月には年貢米が入る。これを担保《たんぽ》に、よそから金を借りる手立てはないか」

「年貢米はうちの担保にも入っとります。これ以上担保に出しては、殿さんの米櫃《こめびつ》まで干上がることになりまっせ」

「上方《かみがた》ではずいぶん米が値上がりしておる。そこに売れば、二倍ちかい儲《もう》けが見込めるはずだ」

秀吉が朝鮮への出兵を命じて以来、西日本では兵糧米の需要が急増して米価が高騰《こうとう》している。それを見越した米商人が買い占めに走るので、今や例年の三倍にはね上がっていた。

「上方に運べるなら、ひと儲けすることもできましょう。そやけど、どこの船も肥前に出払っていて、ご領内の港には小舟しかありまへんのや」

これで伊勢まで運ぶのは無理だと、次郎五郎はきびしい姿勢をくずさなかった。

船の手配さえつけば何とかなる。氏郷は領内ばかりか隣国の廻船業者にも使いを走らせたが、次郎五郎が言ったとおり、どこの船も出払っていた。

朝鮮へは十五万の軍勢を送っている。兵糧や弾薬の補給も必要なので、秀吉はありったけの船を供出《きょうしゅつ》するように、諸大名に厳命していたのである。

このままでは一万両の金策ができず、名護屋城への参陣もおぼつかない。窮地《きゅうち》に追い込まれた氏郷のもとに、白河城の関一政から急使がとどいた。

「申し上げます。勿来《なこそ》の菊多浦《きくたうら》に、正体不明の唐船《とうせん》が漂着《ひょうちゃく》しているとのことでございます」

船番所の役人の注進《ちゅうしん》をそのまま取り次いだだけで、誰の船かも、何のために来たのかも不明である。

唐船といえば明国か南蛮《なんばん》のものだろうが、どうして奥州までやって来たのか。気を揉《も》みながら次の知らせを待っていると、一刻《いっとき》（二時間）ほど後に二人目の使者が駆けつけた。

「申し上げます。唐船の主《ぬし》は和田丹後守貞秀《たんごのかみさだひで》どのでございます。マカオから岩上伝右衛門《えもん》どの、竹村藤次郎《とうじろう》どのとともに帰国なされた由《よし》にございます」

「それは鉄砲三左《さんざ》じゃ。和田三左衛門《さんざえもん》の別名じゃ」

氏郷は嬉《うれ》しさのあまり腰をうかした。

「積荷のあつかいについて相談があるゆえ、至急、日野屋次郎五郎どのをさし向けていただきたいとおおせでございます」

「私も行く。明日には港に出向くゆえ、船番所で丁重《ていちょう》にもてなすように申し伝えよ」

翌朝、氏郷は次郎五郎ら十名ばかりを従え、真鹿毛《まかげ》に乗って菊多浦に向かった。

会津若松から白河へ出て、勿来への道をひた走る。距離はおよそ三十里（百二十キロ）。馬の休息を切りつめて急ぎに急ぎ、未《ひつじ》の刻（午後二時）には勿来に着いた。

ここには古くから勿来の関がおかれ、陸奥《みちのく》と関東の境とされてきた。今は蒲生領と佐竹領の境になっている。

そこから一里ほど北に菊多浦があり、鮫《さめ》川の河口に天然の良港が広がっていた。

港には大型のジャンクが停泊《ていはく》していた。

帆柱は途中で折れ、船館《ふなやかた》の板屋根は吹き飛んでいる。舷側《げんそく》にはいくつもの亀裂《きれつ》が入り、満身創痍《まんしんそうい》の落武者のようだった。

和田三左衛門らは船番所にいた。

十五人全員無事で、マカオに行ったままだった竹村藤次郎ら五人を連れ帰っている。だが月代《さかやき》やひげは伸び放題で、体はやつれはてていた。

船番所の役人が、漂流船と思ったのも無理はなかった。

「三左、ようもどってくれた」

氏郷は三左衛門の手を取ってねぎらった。

「薩摩《さつま》の坊《ぼう》ノ津《つ》までは、何事もなく着いたのでござる。ところが紀州の沖で嵐に巻き込まれ、どことも分らぬ無人の島に流れ着き申した」

島には水も食料もない。このままでは飢え死にを待つばかりだと、破軍《はぐん》の星（北極星）をたよりに北へ向かい、七日目に陸地を見た。

小舟を出して浜の者にたずねると、下総《しもうさ》の銚子《ちょうし》だという。

そこで陸伝いに鹿島灘《かしまなだ》を北上し、菊多浦にたどり着いたのだった。

「殿が会津に移られたと、坊ノ津で聞きました。それを知らねば、伊勢に向かっていたところでござる」

「その方らがマカオに発ったのは四年前じゃ。無理もあるまい」

「以前は日本の船がマカオに入っていたゆえ、国の様子を知ることができたそうです。ところがバテレン追放令が出たために、日本船の入港を禁じるようになったのでござる」

後に秀吉は追放令を撤回したが、その頃には日本との交易船は、マカオではなくマニラに入るようになった。

このままでは日本に帰るのがますます難しくなる。焦《あせ》りにかられた三左衛門らは、地元の貿易商人から古いジャンクを買いつけ、独力で日本に向かうことにしたのだった。

「三左衛門どの。その話はゆっくり聞かしてもらうとして、積荷を見せてもらいましょか」

何しろ殿の一大事やと、次郎五郎が先を急がせた。

三左衛門に案内されて船倉に入ると、魚とかびの匂いが鼻をついた。

中は薄暗くひんやりとしている。

舷側にはいくつも亀裂が走っているのに、それほど浸水していなかった。水密隔《すいみつかく》壁《へき》と呼ばれるいくつもの仕切りが、浸水を防いでいる。おかげで大半の積荷は無事だった。

「マカオでこれを買いつけて参りました」

三左衛門が木箱のふたを開けた。

中には密封されたルソン壺が入っている。壺の中身は上等の硝石《しょうせき》だった。

「朝鮮出兵が始まったと聞きましたゆえ、他の品より高値で売れると思いまして」

「無論じゃ。どの大名も喉《のど》から手が出るほど欲しがっておる」

「それで、この壺をいかほど」

買い込んできたかと、次郎五郎が小型の算盤《そろばん》を取り出した。

「二百箱じゃ。それに傷薬も二十箱ほど買いつけてきた」

「さすがやなぁ。この日野屋にお任せいただけるなら、五万両で売りさばいてご覧に入れましょう。それにこの船を修理すれば、米の輸送用に使えますがな」

おかげで窮地を脱することができると、次郎五郎が苦境《くきょう》に立たされているいきさつを語った。

「さようでございますか。これもデウスのお導きでございましょう」

三左衛門はマカオにいる間に、いっそう敬虔《けいけん》なキリシタンになっていた。

「しかし、この出兵はうまくいきますまい」

「何ゆえじゃ」

「秀吉公はイスパニアの支援を当てにしておられますが、かの国は四年前にイギリスとの戦に敗れました。もはや太陽の沈まぬ帝国と呼ばれた頃の力はありませぬ」

イスパニアはオランダの独立を助けたイギリスを叩くために、無敵艦隊百三十隻《せき》を派遣した。ところがフランシス・ドレイクにひきいられたイギリス艦隊に英仏海峡で大敗し、艦船の半数を失う打撃を受けた。

「このため南蛮での勢力争いでもイギリスやオランダに遅れを取り、マニラを維持することさえ難しくなっているのでござる」

三左衛門がもたらした最新の情報は、氏郷にとっても衝撃的なものだった。

七月初め、氏郷は馬廻り衆を中心とする精兵三千をひきいて、会津若松を出発した。

奥州街道を南に下って白河の関をこえ、上野《こうずけ》から中山道《なかせんどう》を通って都に上る。その後、摂津《せっつ》の尼崎《あまがさき》まで行き、豊臣家の奉行が手配した船で肥前名護屋に向かう予定だった。

浅野正勝は明国を征服する日も近いと豪語していたが、それほど楽観できる状況ではなかった。

イギリスに敗れたイスパニアがマニラを維持できなくなれば、イスパニアと同盟することで硝石や鉛《なまり》を輸入している秀吉は、入手の経路を断《た》たれることになる。

これまで備蓄《びちく》したものがあるうちはいいが、やがて朝鮮半島への弾薬の補給がつづかなくなり、十五万の将兵は鉄砲や大砲を使えないまま、不利な戦いを強《し》いられることになる。

そうなる前に、何としてでも戦を終わらせなければならなかった。

（あるいは二度とここにはもどれぬかもしれぬ）

氏郷はその覚悟で会津を発った。

これが最後だと思うと、目にする景色や旧蹟《きゆうせき》、すれちがう人々までが愛《いとお》しい。いと惜しいとはこのことだと改めて気づき、感興《かんきよう》のおもむくままに道中記を書きつけることにした。

白河の関をこえる時には、

陸奥《みちのく》も宮古《みやこ》もおなじ名どころの
白河の関いまぞこえゆく

長い旅に出る覚悟をそう詠《よ》んだが、前途に対する不安は心を暗くおおっていた。

下野国で遊行上人《ゆぎょうしょうにん》ゆかりの柳がある川のほとりにさしかかった時には、

今もまた流《ながれ》はおなじ柳陰《やなぎかげ》
　行《ゆき》まよひなば道しるべせよ

と気弱な一面が顔を出している。

那須《なすの》野の原まで上り、人影もない物淋《ものさび》しい光景を見た時には、その気弱さと無力感が一時につのった。

世の中に我は何をか那須の原
　なすわざもなく年やへぬべき

百万石の大守《たいしゅ》となった得意など微塵《みじん》もない。ままならぬ人生への諦観《ていかん》が色こくただよう歌になった。

信濃《しなの》国に入り浅間山《あさまやま》に立つ煙を見た時には、心に想う人の面影《おもかげ》をしのんで、

しなのなる浅間の岳も何を思ふ
　我のみ胸をこがすと思へば

歌人らしい恋歌を披露《ひろう》し、木曾《きそ》のみかえりの里に着いた時には、「跡に思ふ人なきにしもあらざりければ」と詞《ことば》書きして、

限《かぎり》なくとほくもここに木そのちや
　雲ゐの跡をみかへりの里

遠く会津をはなれた旅愁《りよしゆう》をそう詠んだ。

正室の冬姫は証人（人質）として京屋敷に住んでいる。

跡に思う人とは、新しく側室にした姫ばかりではない。重い負担をおわせたまま会津に残してきた家臣や領民たちが、気にかかっていた。

木曾路をへて美濃《みの》に入り、垂井《たるい》の宿をすぎれば近江《おうみ》である。

ここは氏郷が生まれた国であり、信長に仕えていた頃には、岐阜と安土の間を何度も往復したなつかしい所。その頃を思えば、遠く会津の地に封じられた今の境《きよう》

遇《ぐう》がひとしお感慨《かんがい》深かった。

おもひきや人の行《ゆく》へぞ定めなき
我《わが》ふる郷《さと》をよそにみんとは

この歌もまた、ままならない人生への空しさに彩《いろど》られたものである。氏郷にとって百万石を与えられた喜びよりも、故郷を追われた無念のほうがはるかに大きかった。

秀吉のやり方に反感を持ちながらも、逆らえないまま臣従してきたやり切れなさも、こうした淋しさや空しさにつながっている。

だが、氏郷はそうした虚無感におぼれ、自分を見失ったりはしなかった。京に着いた時には気持ちを立て直し、朝鮮出兵を早期に終わらせなければという覚悟に立ち返っていた。

その胸の内が、最後の一首にあらわれている。

はるばると思ひし我ぞ今日ははや
心のままの都いりして

はるかに遠い旅路だと思っていたが、今日はもうすんなりと都に着いてしまった、というのが表の意味である。

だが「はるばると思ひし我ぞ」という言葉には、前の六首に詠んだような葛藤《かっとう》を抱《かか》えながら旅をしてきた、というもうひとつの意味が込められている。

そうした迷いを断ち切り、大名や武将としての自分に立ち返って都に入ったのである。旅の途中はともかく、都に着けば、そんな甘い感傷は許されないことを承知していたのだった。


都は異様なばかりの興奮状態にあった。

朝鮮半島に出兵した軍勢は連戦連勝で、早くも明国の国境まで迫っている。そうした知らせが矢継ぎ早に名護屋城からとどき、洛中洛外の者たちは神功《じんぐう》皇后以来の壮挙だともてはやしていた。

商人たちは戦争特需《とくじゅ》で大儲《おおもう》けし、街にくり出して銭をばらまいている。そのおかげで都は空前の好景気になり、誰もが戦勝気分にわき立っていた。

情報操作に長《た》けた秀吉は、そうした気分をあおって庶民の支持を取りつけようと、朝鮮での戦利品を次々に都に送って格安の値段で市《いち》に出した。

これがさらに庶民を熱狂させ、太閤殿下をたたえる万歳《ばんざい》の声が、洛中のあちこちから上がる有様だった。

氏郷の軍勢も盛大な歓迎を受けた。粟田口《あわた》から三条大路にいたるまで、道の両側に数千の群衆が集まっていた。

中には「俵《たわら》の藤太《とうた》氏郷」と大書した幟旗《のぼりばた》や、「朝鮮退治」「明国退治」と書いた旗をかかげた者もいた。氏郷の先祖の俵藤太秀郷《ひでさと》の百足退治《むかで》の伝説にちなんだものだった。

氏郷は馬上から、苦々《にがにが》しい気持ちでそれをながめた。

(ちがう。私はレオン、レオン氏郷だ)

世界に向けた視野を持ち、デウスに仕える者として信じた道をまっとうする。その覚悟を改めてかみしめながら、聚楽第《じゆらくだい》の屋敷に向かった。

冬姫と再会を喜び合う間もなく、氏郷は本丸御殿に豊臣秀次をたずねた。

昨年末に秀吉から関白職をゆずられた秀次は、名実ともに聚楽第の主になっていた。

「ご参陣、ご苦労さまです」

秀次は以前と変わらぬ丁重さで迎えた。

「お顔の色がすぐれないようですが、お体の具合が悪いのではありませんか」

「大丈夫です。あわただしいことが続きましたので、少し疲れているのでしょう」

実は会津を出る時から胃のあたりに違和感があり、時々吐き気に襲われていた。これは政宗に盛られた毒が体をむしばんでいるからで、やがては命に関わる大事に至るかもしれないという不安がある。

だから一日も早く、無謀な戦を終わらせたいと願っていたのだった。

「それより名護屋の殿下からは、何か知らせがありましたか」

「小西摂津守《つのかみ》の第一軍が平壌を攻め落とし、朝鮮全土を制圧したそうです。殿下はたいそう喜ばれ、やがてご自身も出陣し、新しい国作りに取りかかるとおおせでございます」

五月に漢城を攻略したとの知らせを受けた秀吉は、秀次に今後の大陸経営に関する覚書《おぼえがき》を送った。

その第一条は、秀次を中国の関白とし北京のまわり百ヶ国を与える。

第二条は後陽成《ごようぜい》天皇を北京に移すので、行幸《ぎょうこう》の用意をすること。

第三条は後陽成天皇のあとには皇太子良仁《ながひと》親王か皇弟智仁《ともひと》親王を即位させ、関白には羽柴秀保《ひでやす》（秀長の養子）か宇喜多秀家《うきたひでいえ》を任じる。

また秀吉は北京を支配下においた後に寧波《ニンポー》に居所を移し、天竺《てんじく》（インド）征服に着手するつもりだという。

「何とも壮大な気宇《きう》でございまするな」

氏郷は思わず失笑をもらし、口許《くちもと》を手でおおった。

「飛騨守どのも、無理な話だと思われますか」

「失礼ながら、殿下のもとには出兵を推し進めた側近ばかりがいて、状況を正しく伝えていないと存じます」

「貴殿は何かご存知のようですね」

「先月、マカオに派遣していた使者が、荒波をついて奥州にもどって参りました。その者たちの知らせによれば、イスパニアは四年前にイギリスとの海戦に大敗し、艦隊の半数ちかくを失ったそうでございます」

「それでは、マニラはどうなるのでしょうか」

秀次はすぐに事の重大さを理解した。

「今のところはまだイスパニアが掌握《しょうあく》しているようですが、イギリスやオランダが南蛮に進出してきたなら、苦しい立場に追い込まれるでしょう」

「日本に硝石や鉛を送れなくなるということですね」

「日本から独自の船団を送る以外、手に入れる方法はなくなるでしょう」

「今はとてもそんな余裕はありません。しかしそんな大事なことを、どうして」

仲介役《ちゅうかいやく》のイエズス会は日本に伝えなかったのだろう。昨年のうちにそれを知っていたなら、秀吉も出兵を思いとどまっていたはずだと、秀次はやる瀬なさそうに首をふった。

「イエズス会はイスパニアが明国を征服し、新たな布教地となることを望んでいます。それに彼らはカトリックですから、イスパニアが新教《プロテスタント》の国に敗《ま》けたとは認めたくないのです」

だからわざと隠していたのだ。氏郷はそう思っていた。

「飛騨守どのはキリシタンだと聞きました。それなのにイエズス会を批判なされるのですか」

「いかに信仰していても、まちがったことに分別もなく従うわけにはいきません。デウスもそんなことは望んでおられないのです」

「それなら、どうなされますか」

秀次が氏郷の目を真《ま》っ直《す》ぐに見つめた。

あいまいな返事を許さない、きびしい視線だった。

「弾薬が尽きる前に、この戦を終わらせなければなりません。名護屋に行ったなら、身命を賭して工作にあたるつもりです」

「殿下の命に、そむいてもですか」

「信じるところを説《と》いたなら、殿下も分って下さると思います」

「飛驒守どの、関白になって初めて、そのような勇気ある言葉を聞かせていただきました」

誰もが秀吉の影におびえて本心を語らない。だから苛立《いらだ》たしい日々を過ごしてきたが、今日初めて同志を得た気がする。秀次は感動に目をうるませてそう言った。

「実は私のもとにも極秘の知らせがとどいています。朝鮮での海戦で我が軍は相次いで敗れ、すでに兵糧や弾薬の補給がとどこおっているのです」

朝鮮水軍の李舜臣《イスンシン》が考案した亀甲船《きっこうせん》を用いた戦法に、日本の水軍はまったく歯が立たず、七月七日の閑山島《かんざんとう》沖の海戦では、六十余隻の艦船のうち三十九隻を撃沈された。

だがこのことは、秀吉にも知らされていなかったのだった。

「こんなことでは、朝鮮に渡った将兵を見殺しにすることになりかねません。しかし本音を打ち明けられる者もなく、どうしたものかと思い悩んでいたのです」

「それなら二人で力を合わせて戦を終わらせましょう。関白どののご支援を得られるなら、これほど心強いことはありません」

今後は緊密に連絡を取り合って事をはかろうと申し合わせ、氏郷は八月中頃に尼崎から名護屋に向かう船に乗り込んだ。

ゴルゴタの丘

文禄《ぶんろく》二年（一五九三）の春を、氏郷《うじさと》は肥前名護屋《ひぜんなごや》城で迎えた。昨年八月末に着陣して以来、城の大手口に屋敷を与えられ、秀吉の一門として遇されていた。

秀吉は奥州征伐で名を挙げた氏郷を厚遇《こうぐう》し、諸大名のまとめ役とすることで、朝鮮出兵への批判や不満を封じ込めようとしている。

だが氏郷はその立場を逆手《さかて》に取り、早く戦《いくさ》を終わらせる工作をひそかに進めていた。

それは聚楽第《じゅらくだい》での関白秀次《かんぱくひでつぐ》との申し合わせに従ったものである。それゆえ戦局の節目《ふしめ》ごとに秀次に密書を送り、つぶさに状況を報告していた。

三月初旬のこの日も、漢城《かんじょう》の小西行長《ゆきなが》から知らせがあったことを伝えるために、朝から文机《ふづくえ》に向かっていた。

「ただ今、出征軍は平壌《へいじょう》から漢城まで撤退し、漢江《かんこう》を境にして明《みん》軍と対峙《たいじ》しております。冬の間は寒さがきびしく、互いににらみ合いをつづけるばかりですが、この間にアゴスチノ（行長）どのは明の将軍沈惟敬《しんいけい》とひそかに連絡を取り、講和の道をさぐっておられました」

これは氏郷や高山右近《うこん》が中心となり、行長と連絡を取り合いながら進めていることである。

昨年右近がイエズス会の指示に従って朝鮮出兵賛成にまわってから、氏郷はしばらく距離をおいていたが、右近は名づけ親として氏郷に賛成にまわるように強制はしなかった。

その配慮に感じ入り、水面下で和平工作をするようになってからは、再び息の合った同志にもどっていた。

「その甲斐《かい》あって、このたび沈将軍から講和の使者を名護屋に送っても良いという返答がありました。交渉に持ち込みさえすれば、話し合いの間は休戦することができます。しかも交渉をまとめるには互いの使者が北京や京を往復しなければならないのですから、一年や二年はかかります。その間に軍勢を帰国させれば、もはや戦をしようという気運は起こらなくなるでしょう。これ以外に戦を止める手立てはないものと存じます」

だから行長には、どんな手段を用いてでも沈惟敬との交渉を進めるように伝えたが、これには問題が二つある。

ひとつは出征軍の総大将である宇喜多秀家《うきたひでいえ》と、秀吉が目付《めつけ》として派遣した石田三成《みつなり》が、この計略に同意すること。もうひとつは秀吉に明国との和平交渉に入ることを了解させることだった。

「宇喜多宰相《さいしょう》と石田治部《じぶ》どのの説得には、アゴスチノどのとダリオ（宗義智《そうよしとし》）どのがあたっておられます。もはや朝鮮出兵の失敗は誰の目にも明らかで、講和をして兵を引く以外にこの窮状《きゅうじょう》を脱する方法はないのですから、宇喜多宰相にも治部どのにも納得していただけるものと存じます」

戦局はそれほど悪化していた。初めは連戦連勝で平壌まで兵を進めたが、戦が長引くにつれて形勢は不利になっていた。

第一の誤算は、李舜臣《イスンシン》がひきいる朝鮮水軍に日本の水軍が大敗し、兵糧《ひようろう》、弾薬、兵員の補給がままならなくなったことだ。

第二に、イスパニアの勢力がおとろえたために、マニラやマカオからの硝石《しようせき》や鉛《なまり》の輸入量が減って、弾薬の生産に支障をきたすようになっていた。

第三の誤算は、主要都市を占拠して朝鮮軍を追い払ったものの、民衆が義勇軍を結成して頑強《がんきよう》に抵抗したことである。

そのために兵糧の調達や兵舎の確保ができず、住民からの略奪をくり返すようになり、占領地の経営がいっそう難しくなった。

そうしている間に朝鮮軍が陣容をととのえ、来援した明軍と協力して反撃に転じると、出征軍は平壌を放棄して漢城まで後退せざるを得なくなった。

冬の朝鮮では、漢江が凍結して馬で渡れるほどの寒さに襲われる。将兵の多くは凍傷《とうしょう》や飢え、病気に苦しめられ、脱走する者も相次いで、出征軍の半数近くを失う惨状におちいっていた。

「太閤殿下《たいこうでんか》の説得には、このレオンが身命《しんめい》を賭《と》してあたることにいたします。もし尋常《じんじょう》の手段で応じていただけないなら、諸大名の連署状を突きつけてでも説き伏せるつもりです。そのための根回しもほぼ終わり、アゴスチノどのからの知らせを待っています。先の書状で大変ありがたいご提言をいただきましたが、そこまでお手をわずらわせることのないようにしたいと考えております」

秀次の提言とは、講和の勅命《ちょくめい》を後陽成《ごようぜい》天皇に出してもらうことである。関白である秀次にはそれができたが、事前に秀吉に察知されたなら工作が表面化する。

それが秀次の立場を危《あや》うくしかねないと懸念《けねん》していたのだった。

氏郷の屋敷の正面には、名護屋城の三の丸が広がっている。曲輪《くるわ》のまわりには太《たい》鼓塀《こべい》をめぐらし、内側には都から移植した桜の巨木が植えてある。

その花が満開を迎え、海から吹きつける風にはらはらと散りはじめた頃、高山右近がたずねて来た。

「対馬《つしま》からの使者が、ダリオどのの文《ふみ》をもたらしましたぞ」

右近が満面の笑《え》みをうかべて、宗義智の書状を差し出した。

沈惟敬の使者を送ることに、宇喜多秀家と石田三成が同意した。四月中旬には漢城を出発する予定だという。

「しかも宇喜多どのと石田どのが、使者に同行して名護屋城に来られる。ダリオどのの使いはそう伝えました。宇喜多どのはともかく、石田治部どのがどうして急に考えを改められたのか、不思議でなりません」

「きっとデウスのご加護があったのでしょう。後は使者に対面すると太閤殿下に明言していただけば、すべてがうまくいきますね」

氏郷と右近は互いの目を見交わし、西洋流の握手を交わした。

「今にして思えば、私も出兵反対を貫くべきでした。しかしヴァリニャーノ師の命令には逆らえなかったのです」

「そのことは分っています。右近どのとイエズス会の交わりは、私などよりずっと深いのですから」

「貴殿《きでん》の方はどうです。諸大名への根回しは進んでいますか」

「キリシタン大名は心配ありません。奥州の大名も伊達政宗《だてまさむね》どのを残すだけです」

「レオンどのとあの御仁《ごじん》は、殿下の前で争った間柄ですからね。誘いをかけない方がいいのではありませんか」

政宗に計略を打ち明けたなら、秀吉に密告される恐れがある。右近はそう案じていた。

「難しくても奥州の足並みがそろわなければ、諸大名を動かすほどの勢力にはなりません。家康公も我らの力を見限られるでしょう。考えがありますので、政宗どのも説得に応じてくれるはずです」

「どんな考えか、聞かせていただけませんか」

「この計略にすべてを賭けていることを伝えるだけです。石田治部どのにも、そうして応じていただきましたから」

「レオンどのが、治部どのに？」

「ええ。使者を送って胸の内を伝えました」

三成は沈惟敬の家臣を明皇帝の使者だと偽《いつわ》ることに、最後まで難色《なんしょく》を示した。もし秀吉をあざむいていたことが分ったなら、講和が成立しても無事ではすまないからだ。

そこで氏郷は、すべての責任は自分が取ると三成に約束したのである。

「それで急に考えを改められたのか。しかしそれでは、レオンどのだけが身を切ることになりませんか」

「いいのです。信じたことのために真《ま》っ直《す》ぐに進めと、宗匠《そうしょう》も遺言なされましたから」

「このことを、冬姫どのは」

知っているのかと、右近は氏郷の家族を気づかった。

「何も話していません。私が処罰されたと聞けば取り乱すかもしれませんが、やがては真意を分ってくれるはずです」

「そうですか。あるいはレオンという洗礼名が、あなたをここに導いたのかもしれませんね」

レオンの名はローマ法王レオI世にちなんだものだ。

レオI世は西暦四四〇年に法王に就任し、ローマの行政にも深く関わった。四五二年にフン族の王アッティラがローマに攻め寄せた時には、戦争をさけるように皆を説得し、話し合いによって敵を撤退させた。

四五五年にヴァンダル族の王ガイセリックが攻めて来た時も、平和的な手段で危機を乗り切っている。

そのためレオI世は「ローマのパパ」と慕《した》われ、聖《セント》レオと呼ばれるようになったのだった。

「私もヴァリニャーノ師を通じて、マニラのイスパニア総督《そうとく》に、和平を勧める使者を日本に送るように求めています。そろそろイスパニアも、ドーバー海峡での海戦でイギリスに大敗したことを正式に伝えるべきです」

右近も氏郷の意を汲《く》み、手回し良く動いていた。

「それはありがたい。それをお聞きになれば、殿下も戦をつづけることが不可能だとお分りになるでしょう」

氏郷は右近を玄関まで送ろうとしたが、立ち上がるなり左に大きくよろけた。

「大丈夫ですか。お顔の色がすぐれぬようだが」

「少々疲れているだけです。主《しゅ》イエスの苦しみに比べれば、何ほどのこともございませぬ」

年が明けた頃から、体調はいっそう悪化している。腹痛と下痢《げり》がつづき、最期《さいご》の時が刻一刻と近付いているのを自覚しているが、朝鮮での戦を終わらせるためには体の具合など構ってはいられなかった。

四月初め、漢城から衝撃的な知らせがとどいた。

三月二十日に在朝鮮軍の点検をおこなったところ、昨年春の出兵時の兵力の半数以下になっていることが分ったのである。

小西行長、宗義智らの第一軍は、一万八千七百の将兵のうち、六割五分にあたる一万二千七十四人を失っていた。

加藤清正《きよまさ》、鍋島直茂《なべしまなおしげ》らの第二軍は、二万二千八百のうち九千六百六十四人。約四割を失っている。

こうした損耗《そんもう》の結果、漢城の城内にとどまっているのは、わずか五万三千人にすぎないことが明らかになった。

漢城以外の地に駐留している軍勢もいるのでこれがすべてではないが、十五万七千と号した出征軍はわずか一年の間に半数ちかくになったのである。

このことについてルイス・フロイスは、『日本史』の中で次のように記している。

〈兵士と輸送員を含めて十五万人が朝鮮に渡ったと言われている。そのうちの三分の一にあたる五万人が死亡した。敵によって殺された者はわずかであり、大部分の者は労苦、飢餓《きが》、寒気、および疾病《しっぺい》によって死亡したのである〉

死者五万人。他に三万人ばかりが脱走した。その中には敵に投降した者もいる。朝鮮側では彼らを降倭《こうわ》と呼び、手厚く遇して日本軍との戦いに投入していた。

秀吉はこうした知らせを有力大名以外にもらさないようにしていたが、噂は少しずつ名護屋在陣の諸将の間に広がり、敗けるのではないかという危機感と厭戦《えんせん》気分が強まっていった。

在陣報告がとどいた数日後、氏郷は伊達政宗をたずねた。

伊達家の陣屋は周りに高い石垣をめぐらし、三つの曲輪を配している。波戸岬《はと》の高台にきずかれた諸大名の陣屋の中でも、ひときわ堅固《けんご》な作りだった。

「飛騨守《ひだのかみ》どの、よう来て下された」

政宗は上機嫌で迎えた。

二十七歳の男盛りである。名護屋で半年以上も所在なく過ごしているのでひと回り太っているが、眼光《がんこう》は相変わらず鋭かった。

「さっそくご対面をいただき、かたじけない。今日は折り入って聞いていただきたいことがござる」

「会津宰相のご用とあらば、何をおいても応じるのがそれがしの務めでござる。世の中にはつまらぬことを言う輩《やから》もおりますが、飛騨守どのを杖とも柱ともたのんでおりまする」

政宗は驚くほど愛想がいいが、心の底では隙あらば蒲生《がもう》家から米沢《よねざわ》を取り返そうと狙っている。氏郷は顔を合わせただけで政宗の本音が分った。

「それで、折り入ってのご相談とは」

「漢城で在陣軍の点検をしたことは、お聞きおよびでござろうか」

そうでござるな」

「太閤殿下から直《じか》に伺《うかが》い申した。欠けた者の多くは、国に逃げ帰った雑兵《ぞうひょう》どもだ

　政宗は秀吉との親密ぶりを見せつけ、海が鎮《しず》まれば人数の補充はいくらでもできると豪語した。

「貴殿に出陣の命令が下ったなら、喜んで渡られるか」

「むろんでござる。早くそうならぬかと、手ぐすね引いて待っております」

「それがしは嫌でござる。早く戦が終わればいいと願っております」

　氏郷は本音をぶつけ、政宗の意表をついてゆさぶりにかかった。

「会津宰相ともあろうお方が、そのようなことを口になされてよいのでござるか」

「誰かが声を上げねば、この状況を変えることはできません。ついてはそれがしが、皆の同意を取りつけて殿下にご意見申し上げるつもりでござる」

「それはご苦労なことでござるな」

「ついては伊達どのにもご同意いただき、奥州大名の要《かなめ》になっていただきたい」

「ほう、それは……」

　政宗はどう応じていいか即断できず、しばらく黙り込んだ。

　出兵を命じられるのは避けたいものの、罠《わな》ではないかと疑っているのだった。

「このような企《くわだ》てをして無事にすむとは、それがしも思っておりません。それゆえ

事が成ったなら、殿下に上知《じょうち》を願い出るつもりでござる」

「会津領を返納すると申されるか」

所領の拡大に血眼《ちまなこ》になってきた政宗には、想像もできない進退である。驚きのあまり口を半開きにし、呆《ほう》けたような顔で氏郷を見つめた。

こんなに底が浅いとは意外である。この程度の男にどうして毒を盛られたかと悔まれたが、氏郷の人を見る眼があの時より格段に上がったからこそ、そう感じるのだった。

「さよう。それを朝鮮に出兵した諸大名の恩賞にあてていただく所存でござる。しかし米沢は伊達どのの父祖の地ゆえ」

「と、当家に返して下されるか」

「それがしに力を貸していただけるなら、殿下にそのようにお願い申し上げまする」

「承知いたした。実はそれがしも、このままでは危ういとひそかに案じていたところでござる」

さすがは会津宰相どのじゃ。我らとは器がちがうと、政宗は掌《てのひら》を返して協力を約束した。

翌日、氏郷は家康の陣屋をたずねた。

この計略を仕上げるには、家康の協力が絶対に必要である。対面したならこう言おう、ああも説《う》こうと腹づもりをしていたが、対面所で会ったとたんにそうした思惑は消え失せていた。

五十二歳になる家康は、すでに大人《たいじん》の風格をそなえている。小手先の策でどうにかなる相手ではなかった。

「ご健勝のご様子、祝着《しゅうちゃく》に存じます」

「おかげで息災《そくさい》にしておる。そなたは、ちとすぐれぬようじゃな」

「少々体調をくずしております。肥前の水が合わないのかもしれませぬ」

「そのような体をおして、いろいろと骨を折ってくれているようじゃの」

家康は氏郷が講和をはかろうと動いていることを知っていた。同意を求めた大名の中には、いち早く家康に注進におよんだ者がいたのである。

「かたじけのうございます。今日はそのことでお願いに上がりました」

「漢城では明の将軍との交渉も進んでおると聞く」

「小西摂津守《つのかみ》どのが中心になって、交渉を進めておられます」

秀吉が交渉を承知しさえすれば、停戦を実現することができる。行長らの動きは自分と申し合わせた上のことだと、氏郷は包み隠さず打ち明けた。

「そのためには太閤殿下をあざむいてもやむを得ぬと申すか」

「それは明国の使者のことでございましょうか」

「そうじゃ。明皇帝は冊封《さくほう》という形でしか周辺の国とは交渉をせぬ。つまり臣従《しんじゅう》せよということじゃ。それゆえ太閤殿下が先に講和の使者を出さなければ、皇帝が使者を出すことはあるまい」

だから明の使者が来るということは、沈惟敬が偽《にせ》の使者を送ってくるか、小西行長らが秀吉の使者と偽って皇帝に講和を申し入れたかのどちらかだ。

いずれにしても秀吉をあざむくことになると、家康は鋭く本質を見抜いていた。

「恐れ入りました。実はその両方でございます」

行長は家臣の内藤ジョアンを北京につかわし、秀吉の使者と偽って明皇帝に講和を申し入れることにしていた。

「それが明らかになった時の責任は、すべてその方が取るつもりだな」

「誰かがその覚悟《かくご》を示さねば、こうした計略は成らぬものと存じます」

「命も地位もなげうつと申すか」

「思いがけず、それを成せる場所に立っておりました。これも主《しゅ》のお導きでございましょう」

「提《ひっさ》ぐる我が得具足《えぐそく》の一太刀《ひとつたち》、か」

家康は利休《りきゅう》の辞世の歌を口にし、はなむけに茶を馳走《ちそう》すると言った。

二畳台目《にじょうだいめ》の点前《てまえ》畳に座ると、太った家康はさすがに窮屈《きゅうくつ》そうである。だが手並みは鮮やかで、よどみのない所作《しょさ》で点前を進めた。

備前《びぜん》の火だすきの茶碗に抹茶《まっちゃ》を入れ、柄杓《ひしゃく》をつかんで湯を汲む所作に、氏郷は目をみはった。

柄杓の合《ごう》を釜に入れた次の瞬間、腕を返すことなく湯を汲み上げたのである。

「今のお点前は、手落《てお》とし」

利休が最後に伝授した技だった。

「さよう。口では言えぬことを伝えようとなされた技じゃ」

その秘密が何か家康は知っている。だが何も言わずに茶を薄めに点《た》ててさし出した。

氏郷は家康の心遣いに感じ入りながら、ありがたく飲み干した。

「ただし用心せよ。このまま戦が終われば、殿下は政《まつりごと》の表舞台から身を引かざるを得なくなる」

秀吉は名護屋に出陣するにあたって、養子の秀次に関白職をゆずっている。

何の戦果も上げられないまま兵を引いては、面目を失うばかりか、出兵の責任を追及されることになるのだった。

「それゆえ勝ちと同じ条件でしか、和議に応じようとはなされぬ。それを説き伏せることは、生半《なまなか》の覚悟ではできぬぞ」

秀吉は人たらしの名人と言われている。その恐るべき手腕は、刃《やいば》を交えたことのある家康が一番良く知っていた。

秀吉は名護屋城中で暇《ひま》をもてあましている。

諸大名との対面や朝鮮出兵軍への指示などの仕事はあるものの、いずれもわずかな時間ですむものばかりである。

そこで能を習うことにした。

もともと能が好きで、金春座《こんぱるざ》の暮松新九郎《くれまつしんくろう》を名護屋に呼んでしばしば能会をもよおしていたが、趣味が高じて自分でシテを演じることにしたのだった。

数え歳五十八。五十の手習より遅いくらいだが、秀吉は諸国を流浪《るろう》していた少年の頃から遊芸《ゆうげい》に親しんでいる。

そのせいか上達も早く、わずか三ヶ月で十番ばかりの演目をこなせるようになった。

そこで今度は、御伽衆《おとぎしゅう》の大村由己《ゆうこ》に自分の偉業を宣伝するための新作能を作らせ、帰洛《きらく》の折には後陽成天皇の前で披露《ひろう》するという野望を持った。

『吉野詣《もうで》』『高野詣《こうや》』『明智討《あけち》ち』『柴田退治』『北条征伐《ほうじょう》』の五曲で、日々稽古《けいこ》の成果を近習《きんじゅう》や大名に見せつけて悦《えつ》に入っていた。

新緑のさかりとなった四月十日、氏郷もこの会に招かれた。

漢城の小西行長からは、早く秀吉の了解を得なければ沈惟敬との交渉が打ち切りになると、矢の催促《さいそく》を受けている。

これ以上先延ばしできないので、返事がなくても四月中頃には明使をそちらに向かわせるという切迫ぶりである。

そこで氏郷は能会の後で秀吉に進言することにして、名護屋城の本丸に向かった。

大手門から二の丸、本丸へは、狭く急な石段がつづいている。

頭上にそびえる天守に向かって歩きながら、ふとゴルゴタの丘につづく道のようだと思った。

主イエス・キリストは、人間の罪を背負って十字架にかけられた。自分もその教えに従い、戦を終わらせるために命を捧《ささ》げるつもりだった。

やがて本丸御殿で能会が始まった。

演目は『明智討ち』。主君の仇光秀《かたきみつひで》を討伐した手柄を描いたもので、こうも昔を偽るかとあきれるほどの脚色《きゃくしょく》ぶりだった。

能が終わると、重い衣装をつけた秀吉が真っ先に氏郷のもとに足を運び、

「飛騨守、今日の出来はいかがであった」

額に汗をうかべてたずねた。

「少々気づいたことがございます。茶などいただきながら申し上げとう存じます」

氏郷はこの機をとらえて進言しようと、小袖の下に白装束《しろしょうぞく》を着込んでいた。

「そうか。ならば茶室で待て」

利休好みの小間《こま》の茶室で待っていると、秀吉が赤と黒の片身《かたみ》ちがいの小袖に着替えてやって来た。片手にぬれた鉄瓶《てつびん》を下げていた。

「来たな。ようよう」

秀吉は氏郷の尋常ならざる覚悟を見抜いている。今年になって諸大名とひんぱんに連絡を取り合っているという報告も受けていた。

「ご明察、恐れ入ります」

「茶などいるまい。これで酒を飲め」

利休が愛用していた楽茶碗を取り出し、氏郷の前に置いた。

「恐れながら、思うところあって断《た》っております」

「わしの酒は飲めぬと申すか」

「心願《しんがん》の成就《じょうじゅ》を念じてのことでございます。ご容赦《ようしゃ》いただきたい」

氏郷は口実を用いた。本当は酒を飲めないほど胃の調子が悪い。それを秀吉に悟《さと》られたくなかった。

「強情なことよ。つまらぬ意地を張らなければ、利休も死なずにすんだものを」

秀吉は鉄瓶から冷やした酒をなみなみと注《つ》ぎ、喉《のど》を鳴らして飲み干した。

「宗匠は信念を貫くために命をなげうたれたものと存じます。そのことによって、宗匠の茶の湯に永遠の命が吹き込まれました」

「それに倣《なら》うつもりか。その方も」

「未熟者ゆえ倣うことなどできません。近づきたいと念じているだけでございます」

「聞こう。言いたいことを申すがよい」

「明国や朝鮮との和平のことでございます。このまま戦をつづけても戦局が好転する見込みはございませぬ。一日も早く和を結び、兵を引かれることこそ肝要《かんよう》と存じます」

氏郷は姿勢を正し意を決して、勝つ見込みがない理由を並べた。

第一は朝鮮出兵軍の犠牲《ぎせい》があまりに大きく、戦闘を継続する能力を失っていることである。

兵糧や弾薬の補給がないまま戦をつづけている日本軍は、多くの死傷者を出した上に逃亡者が相次いでいる。

全体の二割を失ったなら軍勢は機能を失うとは、兵法《へいほう》の常識である。朝鮮での日本軍の状況は、それよりはるかに深刻だった。

第二の理由は、各大名家の家臣や領民が海外出兵の負担に耐えきれなくなっていることである。すでに出兵時からその傾向はあったが、一年の間に状況はますます悪化していた。

大名たちは失った将兵や人足、水夫《かこ》を領国から徴集《ちょうしゅう》して補充しようとする。在陣中の戦費をまかなうために、新たな税の負担を押しつける。

これに耐えかねた領民たちは次々に逃散《ちょうさん》し、田畑のたがやし手がいなくなる村が続出していた。

第三の理由は、イスパニアがイギリスに大敗し、東アジア貿易圏を支配する力を失いつつあることだった。

イスパニアは天正《てんしょう》八年（一五八〇）にポルトガルを併合《へいごう》し、世界中の植民地を奪い取って「太陽の沈まぬ帝国」を作り上げた。

ところが天正十六年（一五八八）に英仏海峡でのイギリスとの海戦に敗れ、無敵艦隊の半数を失う大打撃を受けた。今やイスパニアとイギリスの立場は逆転し、イスパニアは東南アジアから撤退せざるを得ないほどの苦境におちいっていた。

「マニラのイスパニア総督も宣教師たちも、このことをひた隠しにしておりますが、これまでのように我が国と貿易をつづけることはできなくなりましょう。明国を支配しようとしたイスパニアの野望も潰《つい》え、やがてイギリスやオランダの新教国が、南蛮の支配に乗り出してくるものと思われます」

「そのようなことは初耳じゃが……」

飛騨守が申すのならまちがいあるまいと、秀吉は茶碗を持ったまま考え込んだ。

秀吉が朝鮮出兵を決断したのは、イスパニアが明国を攻めるという見込みがあってのことだった。明国がその対応に追われている間に朝鮮を占領し、あわよくば北京まで攻め込んで領土の割譲《かつじょう》を求めるつもりだった。

だがイスパニアには、もはやその力はない。そのことを知らされないまま、秀吉は朝鮮への出兵を強行し、苦戦の泥沼におちいったのである。

「だとすれば、そちの申すことがもっともじゃ。一刻も早く和を結ばねばならない」

「恐れながら、ただ今小西行長どのが、漢城で明国の将軍と和平交渉を進めておられます。明皇帝の使者を名護屋に送らせるところまで話が進んでおりますので、その使者に会って和平に応じると明言していただきとう存じます」

「和議の条件はどうする。まさか手ぶらということはあるまいな」

「それは明国の皇帝との間で、追い追い進められたら良いものと存じます。和平に応じると明言していただけるなら、後のことはそれがしが責任を持って対処いたしまする」

「何も得られなかったらどうする。わしの面子《めんつ》は丸つぶれじゃ」

「その時には、それがしに名護屋城と水軍をお貸し下され。我が一手をもって朝鮮を攻め取り、殿下に進上いたします」

氏郷は本当にその覚悟である。内陸に兵を進めるのではなく、水軍を強化し貿易拠点を押さえていけば、十年の間には朝鮮を手なずけることができると考えていた。

「分った。明使との対面に応じると、行長に伝えよ。ただし、ひとつ条件がある」

氏郷に賛同している大名たちに会いたいので、一堂に集めよ。秀吉はそう迫った。

「そちが何をしてきたかは分っておる。その者たちの前で、和平交渉に応じると明言してやろうではないか」

「諸大名には意見を聞いたばかりでございます。一堂に会するほどの強いつながりはございません」

「ならば遊びの席にでも集めよ。能会、茶会、歌会、何でも良い」

この和平に応じれば、わしは政から身を引かねばならぬ。皆の求めでそうするのだという形を取って、最後の花道を飾らせてくれ。秀吉は氏郷の手を取り、殊勝《しゆしよう》な顔をして頼み込んだ。

「皆を集めれば、かならず明言していただけるのですね」

氏郷はもう一度念を押し、秀吉の求めに応じることにした。

遊びの会は五月一日におこなわれた。

広い瓜《うり》畑の中に間口《まぐち》一間《けん》（二メートル弱）ほどの店屋や旅籠《はたご》を作り、参加者が物売りに扮《ふん》して売り歩く趣向である。

そこに氏郷に賛同している大名たちを招き、秀吉が機会を見て和平交渉に応じると表明することにしたのだった。

瓜畑の側には、扮装《ふんそう》をととのえるための楽屋がある。氏郷はそこで抹茶売りに扮する仕度をした。天秤棒《てんびんぼう》の片方に茶道具、もう一方に熱い湯を入れたかごを提《さ》げ、注文があればその場で茶を点てるのである。

「レオンどの、お見事でござる」

南蛮人の装束をつけた右近が近寄り、これだけの大名をよく集めたものだとねぎらった。

徳川家康も前田利家《としいえ》も上杉景勝《かげかつ》も、思い思いの扮装をして出番を待っている。表向きはただの遊びの会だが、集まったのはすべて氏郷の呼びかけに賛同した者たちだった。

「徳川大納言《だいなごん》どのと前田中納言《ちゆうなごん》どのが呼びかけて下されたおかげでござる。それがしの力ではありません」

「明国の使者が五月十一日に名護屋に着くと、アゴスチノから連絡がありました。宣教師《パードレ》バウティスタ師も、イスパニア総督の信書を持って平戸《ひらど》に到着なされたそうです」

その知らせは、すでに秀吉にも届いている。信書にはイスパニアの現状と、明国征服を中断せざるを得ない事情が記されているはずだった。

「右近どのは、何を売られますか」

「この壺に入れた金平糖《コンフェート》です。南蛮渡来の菓子でござる」

右近が赤い壺をさし上げておどけてみせた。

やがて扮装をこらした大名たちが、いっせいに瓜畑に出て物を売りはじめた。

秀吉は手ぬぐいで頬かむりをし、かごを背負って瓜を売り歩く。

家康はずんぐりとした体で山のように簣《あじか》(土運び用のざる)をかつぎ、

「簣はいらぬかな。川ざらえにも城普請にも重宝《ちようほう》する簣ぞな」

実直そうな低い声で売り歩く。

高野聖《ひじり》に扮した利家は、法衣《ほうえ》を着て錫杖《しゃくじょう》をつき、

「お宿《やど》よう、お宿。お宿よう、お宿」

善根《ぜんこん》宿をさがしあぐねているふりをして歩きまわる。

政宗は何と遊女に扮し、旅籠の軒先に座って檜扇《ひおうぎ》で客を招きつづけていた。

氏郷は天秤棒をかつぎ、

「抹茶はいかが。味のよい栂尾茶《とがのおちゃ》。お代はたったの十五文《もん》」

客から声がかかると、その場で立ったまま茶筅《ちゃせん》をふった。

互いの扮装を面白がりながら半刻《はんとき》（一時間）ばかりも売り歩いていると、

「物売りども、参れ」

高貴な大名に扮した老女が、旅籠の前に一斗樽《いっとだる》をすえて酒を振舞うと言い出した。

「これは渡唐天神《ととうてんじん》の振舞いである。遠慮のう参れ参れ」

この言葉に誰もがふり返り、急ぎ足で集まった。秀吉が皆の前に立ち、明使との和平交渉に応じると明言すると思ったのである。

氏郷も右近と顔を見合わせ、荷物をその場において馳《は》せ参じた。

秀吉は酒樽の前に立ち、振舞い酒にあずかる順番を待っている。だが何かを言い

出す気配はなかった。

「早うせい。粗相《そそう》をするまいぞ」

大名に扮した老女が、枡《ます》にくんだ酒を美しく着飾った侍女《じじょ》たちに配らせた。

氏郷も無理に口をつけ、秀吉が口を切るのをじりじりしながら待っていた。

他の大名たちも期待に高揚《こうよう》した顔で待っているが、秀吉はしてやったりとばかりに知らぬ風を決め込んでいた。

（よもや、またしても）

秀吉にたぶらかされたかと、氏郷はぞっとした。

賛同する者を集めさせたのは顔ぶれを確かめるためで、和平交渉に入ると表明するつもりなど初めからなかった。

（それを見抜けずに術中にはまり、同志を売るような真似《まね》をしたのではないか）

そう気づいた瞬間、氏郷は枡を投げすてて秀吉に詰め寄った。

「殿下、何ゆえ約束をはたして下されぬ。今こそその時ではござらぬか」

「これはお茶売りどの。先ほどのお茶代、しばし待たれよ」

秀吉は瓜売りの扮装のまま芝居をつづけた。

「そのようなことではござらぬ。あれほど約束をしておきながら、二枚舌を使われるご所存か」

「悪いところで出くわしたものじゃ。銭は払うゆえ、そこをのいて下され」

「おのれ、この期《ご》に及んで」

氏郷は懐《ふところ》をさぐった。

帯刀は厳重に禁じられているが、万一にそなえて銀の茶杓《ちゃしゃく》を持参している。その柄《え》で秀吉の急所をえぐろうとした。

その時、山のように簣を背負った家康が、

「御免《ごめん》なされや。この年寄りにも酒をめぐんで下され」

そう言いながら二人の間に割って入った。

氏郷が横をすり抜けようとすると、よろめいたふりをして行く手を防いだ。

（家康どの、まさか……）

秀吉に通じて邪魔をしているのではないか。そう思った瞬間、腹の底から吐き気が突き上げてきた。

思わず口を押さえ、瓜畑の中に走り込んだ。

我慢の堰《せき》が切れ、大量の血を吐いた。足許《あしもと》が鮮血にそまるほどの吐血《とけつ》である。

（ああ、ついに……）

この日が来たかと思いながら、氏郷は前のめりに倒れた。

目の前に信長が現われ、手をさしのべている気がしたが、意識が遠のくにつれて闇の中に消えていった。

氏郷は一月《ひとつき》の間生死の境をさまよったが、右近が呼び寄せた西洋人医師らの懸命な治療によって、何とか一命を取りとめた。

だが、その後も寝たきりの状態がつづき、正面にそびえる三の丸の石垣をながめながら日を送っていた。

倒れてからすでに三ヶ月が過ぎ、季節は夏から秋へと移っている。夕方にはこおろぎや鈴虫が鳴き、刻《とき》のうつろいを伝えている。

氏郷はそれを聞きながら、やる瀬ない気持ちにとらわれていた。

秀吉は結局、和平より自分の延命のために動いた。

五月十一日に明使二人が名護屋城に到着し、明皇帝の和平の意志を伝えたが、秀吉は威丈高《いたけだか》に五つの条件を突きつけた。

その中には明皇帝の娘を天皇の后《きさき》とすること、勘合《かんごう》貿易を復活すること、朝鮮南部四道（京畿《けいき》、忠清《ちゆうせい》、全羅《ぜんら》、慶尚《けいしよう》）を割譲することが含まれていて、とても明国が呑める内容ではなかった。

秀吉が一転して保身と延命をはかり始めたのは、大坂城にいる淀殿が懐妊《かいにん》したという知らせが入ったからだ。

しかも、男子が生まれるというお告げがあったと聞いた秀吉は、その子に豊臣家を継がせるまでは権力を手放すまいと、強硬策を取り始めたのだった。

こうした事態になった場合、氏郷は和平に同意した大名たちの力を背景にして、秀吉に翻意《ほんい》を迫るつもりだった。

ところが瓜畑の遊びで顔ぶれをつかんだ秀吉は、氏郷が病床《びょうしょう》に臥《ふ》している間にある者は手なずけ、ある者は脅《おど》し、あっという間に動きを封じた。

そのやり方は驚くほど巧妙で、今となっては対抗する手段はまったくなかった。

八月十日の昼過ぎ、秀吉が近習三人を従えて見舞いに来た。

「飛騨守、喜べ。やはりお告げはあたっておったわ」

飛び上がらんばかりに上機嫌で、淀殿が八月三日に男子を産んだと告げた。

幼名《ようみょう》お拾《ひろい》、後の秀頼《ひでより》である。

「わしは二十日過ぎに大坂へ帰る。明皇帝との交渉について帝に奏上《そうじょう》せねばならぬし、幼な児《ご》を抱いて参内《さんだい》せねばならぬ。忙しいことじゃ」

「おめでとうございます。健《すこ》やかにご成長なされるように祈っております」

氏郷は吐き気をこらえながら祝いをのべた。

「そちも同道させるゆえ、仕度をしておけ。京、大坂の名医にかかれば病気も良くなろう。生まれ在所で養生したいなら、日野に所領を与えてもよい」

「今はこのような状態でございます。もう少しこちらで養生してから、大坂に上りたいと思っております」

「そのような弱気でどうする。そちは百足《むかで》を退治した俵藤太《たわらのとうた》の裔《すえ》ではないか。常にわしの側にいて、怨敵《おんてき》退治の知恵を貸してくれねば困る。ゆくゆくはお拾の後見役にと見込んでおるのじゃ」

　秀吉は甘い言葉を並べたが、本心は別にある。氏郷を名護屋に残していったなら、再び大名たちを集めて良からぬことを企てるのではないかと恐れていた。

「そのようなおおせであれば、御意《ぎょい》のままに」

「惜《お》しかったのう。そちにわしや政宗ほどのあくどさがあれば、名護屋城を乗っ取ることを、ためらいなどしなかったろうに」

「さようでございましょうか」

　氏郷は秀吉の顔を見るのが嫌で、三の丸の石垣に目をやった。

　お拾の誕生を祝う赤い幟旗《のぼりばた》が、曲輪のまわりに隙間もなく立てられていた。

「物売り遊びの日、そちはわしを刺そうとしたな」

「……」

「あの時、家康がなぜ邪魔をしたか分るか」

「いいえ、分りませぬ」

「そちを死なせまいとしたのじゃ」

秀吉はこうした場合にそなえて警固の者をまわりに配していた。あのまま狼藉《ろうぜき》に及んだなら、氏郷を討ちはたし会津百万石を没収するつもりだった。

家康はそれを察して氏郷を救ったのである。

「実はそちと話した時には、講和に応じ身を引いても良いと考えていた。ところがその直後に淀に児《やや》ができたという知らせがあった。それゆえ我が子に天下をゆずるまではと、褌《ふんどし》を締め直したのだ。家康もそれを知っていたのだろうよ」

「お子ができたことをでしょうか」

「わしの構えが変わったことをじゃ。この太閤が本気になれば、そちの計略を突き崩す策などすぐにあみ出せる。家康はそれを承知しておるのだ」

「天下の安泰《あんたい》をはかることより、ご自分の血筋を残すほうが大事だとおおせられますか」

「そうよ。人はそちのように、デウスの教えや正義のために動いているわけではない。それゆえ機を見るに敏《さと》い者が勝ち残るのだ」

「では、殿下は何のために生きておられるのです。何を信じておられるのですか」

「わしか。わしは己《おの》れの欲のみを信じ、ほしいものを手に入れるために知恵を絞《しぼ》る。知恵を絞りぬいて人をだし抜くことこそ、このわしの生き甲斐じゃ」

だが手に入れてしまえば、女子《おなご》も天下も存外つまらぬ。夢のまた夢だとつぶやき、秀吉は忙《せわ》しない足取りで立ち去った。

（手落し、か）

利休があの技で何を伝えようとしたか、氏郷はようやく分った。

秀吉は決して本心を人に悟《さと》らせず、勝機が転がり込んで来るのを待つ術《すべ》を心得ている。そして巧妙に天下を汲み上げた。

その最大のきっかけは、本能寺の変の時である。秀吉は信長が討たれることを知りながら、中国大返しの仕度をととのえてじっと待っていたにちがいなかった。

（御国《みくに》が来ますように、御心《みこころ》がおこなわれますように）

氏郷は胸の中で祈った。

後悔はしていない。この世では秀吉のような者が勝者になっていくからこそ、信仰の火を灯《とも》しつづける者が必要なのだった。

氏郷が京の屋敷で没したのは、文禄四年（一五九五）二月七日である。

行年四十歳。葬地は大徳寺の昌林院《しょうりんいん》（現在の黄梅院《おうばいいん》）。

戒名《かいみょう》は昌林院殿高岩忠公大禅定門《しょうりんいんでんこうがんちゅうこうだいぜんじょうもん》である。

没後に氏郷の画像に賛を求められた南禅寺《なんぜんじ》の玄圃霊三《げんぽれいさん》は、

奥州五十四郡を管領《かんりょう》す。

惜しむべし、談笑中、窃《ひそ》かに鴆毒《ちんどく》を置く。

そう記して死因が毒殺であったことを伝えている。

このことから秀吉や三成による毒殺説も流れたが、その毒は奥州下草《しもくさ》城で政宗に盛られたものだった。

氏郷の没後、秀吉は会津九十二万石を没収し、嫡男秀行《ちゃくなんひでゆき》に近江《おうみ》に二万石を与える裁定を下した。ところが関白秀次がこれをくつがえし、秀行が旧領をそのまま相続することになった。

それは氏郷が望んだことではない。

だが、氏郷が身を捨てて講和の実現をはかろうとしていたことを知っていた秀次は、秀吉の意に反してでも蒲生家を守らずにはいられなかったのである。


（完）

あとがき

氏郷《うじさと》毒殺説の有力な根拠は、南禅寺《なんぜんじ》の住職玄圃霊三《げんぽれいさん》が氏郷の肖像画に寄せた賛《さん》と序《じょ》である。慶長《けいちょう》二年（一五九七）氏郷の三回忌にあたって制作された肖像画に賛を求められた霊三は、「惜《お》しむべし、談笑中、窃《ひそ》かに鴆毒《ちんどく》を置く」と明記した。

この肖像画は会津若松《あいづわかまつ》市の興徳寺《こうとくじ》に伝来していたが、戊辰《ぼしん》戦争の兵火によって焼失した。寺ではこれを惜しんで明治十九年に復原したが、資料的な価値としてはいささか弱い。

もっと確実な資料はないかと探し求めていると、漢詩に造詣《ぞうけい》の深い坂井輝久氏から、霊三ゆかりの丹後久美浜《たんごくみはま》の宗雲寺《そううんじ》に『玄圃藁《こう》』が残されていて、その中に氏郷の肖像画への賛と序が収録されているとご教示いただいた。

これは平成十一年に久八叢書《きゅうはちそうしょ》の別冊として復刻され、一部が京都府立総合資料館に収蔵されている。その全文を坂井氏に読み下していただいたが、ここでは問題の部分を紹介し、諸覧の参考に供したい。

「（氏郷は）世寿《せじゅ》四十にして逝《い》きけり。惜しい乎《かな》。千里《せんり》の駒、半途《はんと》にして一《いつ》に蹶《たふ》れたり。厥《そ》の克家子《こつかし》（嫡男秀行《ちゃくなんひでゆき》）、其《そ》の像を画《えが》き讃詞《さんし》を講侍予に需《もと》む。左右の好《よしみ》、辞

する克《あた》はず旃《これ》を書す。賛に曰《いわ》く、
　参議の官に任じ八州の座列に入る。昔、田原藤太《たわらのとうた》の孫《そん》を承《う》け、後に伊陽松坂《いようまつさか》の牧《ぼく》と為《な》る。家声墜《かせいお》ちず、年華初冠《ねんかしょかん》にして文彩弓裘《ぶんさいきゅうきゅう》（武術）、国士無双《こくしむそう》たり。燕寝《えんしん》清香《せいか》、兵衛画戟《へいえいがげき》。吾《わ》が官軍千乗万騎《せんじょうばんき》を将《ひき》ゐて征東《せいとう》す。勝《すぐ》れて李勣《りせき》を高麗《こうらい》に置くに似たり。彼の賊塁《ぞくるい》を援《たす》けて十死一生にして北に追ふ。元済《げんせい》を蔡雪《さいせつ》に擒《とりこ》にするに如同《じょどう》す。士峰《しほう》を遠望して一由旬《ゆじゅん》、頂《いただき》の貴重と賞する所の下に必ず勇夫《ゆうふ》有り。奥州《おうしゅう》五十四郡を管領《かんりょう》し、惜しむべし、談笑中、窃かに鴆毒を置く。或《あ》る時は半ば挺《てい》して魯《ろ》直《ちょく》の詩を読み、石鼎《せきてい》に茶を煮る。或る時は微行《びこう》して趙晋《ちょうしん》の第《やしき》に到り、炉辺《ろへん》に定策《ていさく》す（以下略）」

　玄圃霊三は細川忠興《ただおき》の家老だった松井康之《やすゆき》の母の弟にあたる。松井家の菩提寺《ぼだいじ》である宗雲寺に『玄圃藁』が残されていたのは、霊三が中興開山《ちゅうこうかいざん》としてこの寺に招かれたからだ。

　霊三は細川忠興や蒲生《がもう》氏郷とも親しく交わっていた。また肥前名護屋《ひぜんなごや》城で明《みん》使との交渉にも当たっている。その彼が三回忌の肖像画に、氏郷の死因は鴆毒によると記しているのだから嘘偽りとは思えない。

　しかし氏郷を診察した医師たちの記録では、毒による急死ではなかったという。

その矛盾《むじゅん》を埋めるには、伊達政宗《だてまさむね》が盛った毒が徐々に氏郷の体をむしばみ、ついに死に至らしめたと考えるのが妥当《だとう》だと思われる。

久八叢書別冊のあとがきを読んで驚いた。『玄圃藁』の復刻に力をつくされたのは、熊本県八代《やつしろ》市出身の宮園昌之氏だという。氏とはすでに十年ちかくご好誼《こうぎ》をいただいているが、このことは知らなかった。

深く不明を恥じ、史料保存のために地道な努力をつづけてこられた多くの方々に感謝申し上げる次第である。

解説

葉室　麟

――レオン氏郷

タイトルからして、魅力的であり、すべてを語りつくしているように思える。

安部龍太郎氏の本作は戦国時代の武将、蒲生氏郷《がもううじさと》を主人公としている。

戦国武将の中で、もっともはなやかで麒麟児《きりんじ》とも呼ぶべき人物をあげるとしたら、それは蒲生氏郷だろう。

なにしろ織田信長が認めて娘の冬姫の婿《むこ》に選び、秀吉が会津《あいづ》四十二万石の大封《たいほう》を与えるほどに実力を認め、かつひそかに恐れた男なのだ。

東北の梟雄《きょうゆう》、伊達政宗《だてまさむね》のライバルであり、千利休《せんのりきゅう》の高弟である利休七哲のひとりという教養人であり、さらにはレオンという洗礼名を持つ信仰心厚いキリシタンだった。

男の魅力を、

智

仁

勇

の三つに求めるとするならば、氏郷はどれひとつとして欠けるところがない。氏郷には秀吉によって毒殺されたのではないかという見方があるが、すべてを持ったかに見える氏郷を秀吉が嫉《ねた》んだためだったろうとさえ思える。

だが、これまで氏郷が歴史小説の主人公として取り上げられることは少なかった。

登場したとしても脇役に過ぎなかったのは、戦国時代を描く小説が織田信長、豊臣秀吉、徳川家康などのような天下人を中心とするからだ。

蒲生氏郷は天下を狙ったわけではない。だから戦国時代小説の主人公にはなり得なかったのだ。

しかし、本作で安部氏は氏郷の取り上げ方を逆転させている。すなわち、天下を狙ってはいないからこそ魅力的なのだと。

あらゆる能力を持ち、天下人にふさわしい器量人《きりょうじん》でありながら、氏郷は天下を目指さない。

なぜなのか。それが本作の眼目である。

さらに安部氏は物語のテーマに戦国小説にありがちな権力者になろうとする野望ではなく、まったく新しい、しかも日本史にとって重要なものを取り上げている。

それは、何かと言えば、

――グローバリズム

である。

戦国時代の覇者、信長の天下取りは、ポルトガル伝来の鉄砲が国内で大量生産され、しかも火薬の原料となる硝石《しょうせき》の輸入増大という環境のもとで成し遂《と》げられたことを考えると、大きな意味でグローバリズムの影響下にあった。

いや、むしろ信長は戦国時代のグローバリズムに向き合い、自ら海外へ打って出る志向を持ったと思《おぼ》しい。

本作の中で信長は世界がローマ法王アレクサンデル六世の裁定により、イスパニアとポルトガルに二分された、いわゆる、

――トルデシリャス条約

の存在を知っている。しかも、信長は宣教師ヴァリニャーノを通じてイスパニアから明国《みん》を征服するため十万の援軍を出すように求められているという設定になっている。

氏郷は信長にイスパニアの要求を断るように諫言《かんげん》し、明国とは道義によって交渉し、交易を行うべきだと主張する。

信長はこれを受け入れ、とりあえず、イスパニアの要求を引き延ばし、天下を統一するまでの時間稼ぎをする。

そのためにヴァリニャーノは伊東マンショ、千々石《ちぢわ》ミゲル、原マルチノ、中浦ジュリアンら少年を遣欧使節としてローマへ旅立たせるのだ。

氏郷の物語はこうして世界へとつながっていく。

その背景には、氏郷が家臣としていたイタリア人のロルテス（日本名、山科《やましな》羅久《ろく》呂左衛門勝茂《ろざえもんかつしげ》）をローマに使節として遣《つか》わしたという伝承がある。

安部氏はこの伝承を、明治十七年（一八八四）に外務省が発行した『外交志稿』や蒲生家の子孫が保持していた『御祐筆日記 抄 略《ごゆうひつにっきしょうりゃく》』などの資料を駆使し、小説として見事に描き出していく。

こうして見ると明らかなように本作で描かれるのは、グローバリズムに対抗した代表的な日本人、織田信長とその後継者たらんとした蒲生氏郷の物語だ。

一方、信長の後継者として自認する秀吉にとって真の後継者であるかもしれない氏郷は常に目障《めざわ》りな存在だった。

戦 上手《いくさじょうず》で世間知に長《た》けている秀吉は、巧《たく》みに天下を自らの手中に収める。

さらに秀吉は野望の赴《おもむ》くままに朝鮮出兵を行い、独裁者となっていく。秀吉の野望を押し留めたいと苦慮する氏郷は、果たせぬままに吐血《とけつ》して倒れる。

病床《びょうしょう》にある氏郷を秀吉は素知らぬ顔つきで見舞う。

天下の安泰《あんたい》よりも自分の血筋を残すほうが大事か、と糾《ただ》す氏郷に向かって秀吉は平然と嘯《うそぶ》いた。

「そうよ。人はそちのように、デウスの教えや正義のために動いているわけではない。それゆえ機を見るに敏《さと》い者が勝ち残るのだ」

氏郷は納得せず、さらに、秀吉に向かって、何を信じて生きているのか、と問う。

「わしか。わしは己《おの》れの欲のみを信じ、ほしいものを手に入れるために知恵を絞《しぼ》る。知恵を絞りぬいて人をだし抜くことこそ、このわしの生き甲斐《がい》じゃ」

秀吉の言葉は虚《むな》しい。

何も言っていないのに等しい。欲望に操《あやつ》られて生きているだけだと述べているに過ぎない。

だが、もし、この言葉が現代の社会に向かって投げかけられたものだと考えたらどうだろう。

われわれは秀吉の言葉以上の生き甲斐を持って生きているだろうか。

秀吉の言葉は、いつの時代にでも通じる欲望の論理なのだ。

氏郷の理想は敗れたのだろうか。いやそうではない。氏郷は胸中《きようちゆう》で祈る。

（御国《みくに》が来ますように、御心《みこころ》がおこなわれますように）

この世を秀吉のような勝者が動かしていくからこそ、信仰の火を灯《とも》し続ける者が必要なのだと氏郷は思う。

こうして蒲生氏郷の物語はいったん、幕を閉じる。しかし安部氏が本作に込めた思いはそこで終わらない。

氏郷は負けたのか？

――否《いな》
というメッセージを安部氏は発しているのだと思う。

そのことを理解するためには、日本史とグローバリズムの関わりについて考えておかねばならない。

古代から中世にいたるまではひとまず、置いておこう。

戦国時代に日本を襲ったのは、スペイン、ポルトガルの南欧グローバリズムだった。

だが、後の世の幕末にはイギリス、フランスなどの西洋グローバリズムが日本だけでなく中国を含む東アジアを覆《おお》う。

中国をアヘン戦争で破り、侵略の牙《きば》をむいた西欧列強の目は日本へも向けられた。

このとき、日本の課題となったのは江戸幕府の封建体制から近代的な統一国家への転換だった。

薩摩《さつま》藩や長州《ちょうしゅう》藩などの尊王攘夷《そんのうじょうい》派は幕府を倒し、さらに天皇を擁《よう》することで統一国家を造り上げる。

尊王攘夷とはすなわち、統一国家造りのスローガンだった。

実は戦国時代も同じだった。

スペイン、ポルトガルによる侵略が迫る中、織田信長は将軍足利義昭《あしかがよしあき》を追放することによって保守的な足利幕府の幕を引いた。

そのうえで、当時まで顧《かえり》みられてこなかった天皇を擁することでの、

――天下

すなわち統一国家造りを目指した。

すべては迫りくるグローバリズムに対抗するためだった。いわば、信長は、たったひとりの革命家であったとも言える。

信長は本能寺で道半ばにして倒れた。

秀吉が権力者として後を継ぐ。しかし、秀吉は信長の理想の継承者ではなかっ

た。

氏郷こそ、真の後継者ではなかったか。

信長が娘の冬姫を氏郷に嫁《とつ》がせたのは、そんな思いもあったからに違いない。

安部氏が氏郷を主人公として取り上げた狙いはそこにある。

もし、という言葉が許されるなら、氏郷が信長の理想の後継者となり得ていたならば、秀吉による無謀な朝鮮出兵は無く、日本の歴史は変わっていたかもしれない。

明治維新もまた、大陸への進出という、あたかも秀吉がたどった道を歩み始める。

そのとき、蒲生氏郷に匹敵《ひってき》する人物がいたとしたら、どう思っただろう。

その人物は何をしただろうか、と作者の想像は広がったのではないか。

しだいに侵略への道を進み始めるわが国の行く末を憂《うれ》い、何事かをしようとする人物像が氏郷と重なったはずだ。

仮にそういう人物がいて、時代の奔流《ほんりゅう》を押し止めることができなかったとしても絶望するべきではない。

氏郷と同じように、言うならば理想の灯りをともし続けることが大事なのだ。

安部氏は「レオン氏郷」を通じて、そう訴えている。

これこそが本作の意義であり、傑作たる所以《ゆえん》だ。


（作家）

この作品は、二〇一二年九月にＰＨＰ研究所から刊行された。

著者紹介
安部龍太郎（あべ　りゅうたろう）
1955年、福岡県生まれ。90年に、『血の日本史』でデビュー。2005年、『天馬、翔ける』で中山義秀文学賞を、13年、『等伯』で直木賞を受賞。主な著書に、『太閤の城』『風の如く水の如く』『関ヶ原連判状』『信長燃ゆ』『生きて候』『天下布武』『下天を謀る』『蒼き信長』『五峰の鷹』『冬を待つ城』『維新の肖像』『姫神』などがある。

ＰＨＰ文芸文庫　レオン氏郷《うじさと》

2015年11月24日　第１版第１刷
2023年10月27日　第１版第３刷

著　者　安部龍太郎
発行者　永田貴之
発行所　株式会社ＰＨＰ研究所
東京本部　〒135-8137 江東区豊洲5-6-52
文化事業部　☎03-3520-9620（編集）
普及部　☎03-3520-9630（販売）
京都本部　〒601-8411 京都市南区西九条北ノ内町11
PHP INTERFACE　https://www.php.co.jp/
組　版　朝日メディアインターナショナル株式会社
印刷所
製本所　大日本印刷株式会社

ISBN978-4-569-76450-4